László F. Földényi

Ein Foto aus Berlin

Essays, 1991–1994

Aus dem Ungarischen
übersetzt von Hans Skirecki

Matthes & Seitz

Die deutsche Ausgabe verdankt eine Förderung der Übersetzung dem Deutschen Akademischen Austauschdienst, Berliner Künstlerprogramm.

 Herstellung und Umschlaggestaltung Bettina Best, München. Umschlagfotos: *Hans Jürgen Syberberg*. Satz: Wirth, München. Druck und Bindung: Spiegel, Ulm. ISBN 3-88221-275-6

INHALT

Denn Angesichts von Natur und Geschichte, angesichts der gründlichen *Unmoraliät* von Natur und Geschichte war Kant, wie jeder gute Deutsche von Alters her, Pessimist; er glaubte an die Moral, nicht weil sie durch Natur und Geschichte bewiesen wird, sondern trotzdem dass ihr durch Natur und Geschichte beständig widersprochen wird. (...) Nichts nämlich hat von jeher einen tieferen Eindruck auf die deutsche Seele gemacht, Nichts hat sie mehr »versucht«, als diese gefährlichste aller Schlussfolgerungen, welche jedem rechten Romanen eine Sünde wider den Geist ist: credo *quia* absurdum est: – mit ihr tritt die deutsche Logik zuerst in der Geschichte des christlichen Dogma's auf; aber auch heute noch, ein Jahrtausend später, wittern wir Deutschen von heute, späte Deutsche in jedem Betrachte – Etwas von Wahrheit ... wir sind eben, sogar bis in die Logik hinein, Pessimisten.

FRIEDRICH NIETZSCHE, *Morgenröthe, 1887*

Die Wirtschaftskrise, diese Primadonna des öffentlichen Interesses, die große starhafte, ist so da mit allem Pomp, so weit vorne an der Rampe der Ereignisse, so alles verstellend, daß sie ihren wahren Ernährer, der sie mit Proviant aus finsteren Etappen speist, unseren gefährlichsten Feind: *die Krise des Geistes* im Verborgenen hält. Dieses komplizenhafte Zusammenspiel hat jene draufgängerische Agonie erzeugt, in der ein Volk von Erwachsenen mit dem ihm eigenen Elan dem Kommando zur geistigen Umnachtung Folge zu leisten sich anschickt.

FRITZ KORTNER, 1932

Eine Möglichkeit der Wiedervereinigung gibt es hier und heute nicht. Das bedeutet keineswegs Resignation, im Gegenteil; diejenigen, die heute abend davon reden werden, wie dringlich die Wiedervereinigung im Osten und auch im Westen ist, werden es eben dadurch dartun, daß eigentlich eine Existenz in Deutschland, ohne daß dieses Problem in allem Ernst gegenwärtig ist, gar nicht vorzustellen ist. Die wirksame Möglichkeit, dem zu widerstehen, was sich drüben abspielt, besteht keinesfalls darin, daß man die eigenen Zustände verklärt und als Ideal darstellt, sondern darin, daß man das, was drüben sich abspielt, in all seiner Negativität zugleich auch mitsieht im Sinn einer umfassenden Kritik dessen, was bei uns geschieht. Es sieht für viele so aus, als wäre das Interesse an der Wiedervereinigung einseitig ein Interesse derjenigen, die in der Ostzone leben und die allesamt auf einem unvergleichlich viel niedrigeren Lebensstandard leben als wir. Das ist eine kurzsichtige, egoistische und beschränkte Ansicht. Die Frage der Wiedervereinigung betrifft, von den handgreiflichsten ökonomischen Dingen aus wie bis in die sublimsten Verästelungen der Kultur hinein, auch die Westzone in einem genau so ernsten Sinn.

THEODOR W. ADORNO, 13. 8. 1951

Berlin, du tote Stadt
mit Stacheldraht
auf weißen Zäunen
Berlin ist alt, und voll Gewalt
wo sind sie hin, ja wo sind sie hin,
die schönen Träume
und dann, ja dann und wann
zuckt auf ein Blitz
aus heitrem Himmel
schlägt ein
in dem ganzen Verein
so kurz mal eben.

NINA HAGEN, *My way*, 1980

I.

U
KAISERHOTEL

EIN FOTO AUS BERLIN

Ich war ungefähr zehn, als ich ein Buch in die Finger bekam, das heute noch zu den wohlbehütetsten Stücken meiner Bibliothek gehört. *Deutschland,* das war sein Titel, so, in deutscher Sprache. Es war in tiefrotes Leinen gebunden, und auf den harten Deckel war mit gotischen Goldbuchstaben nur dieses eine Wort gedruckt. Strich ich mit der Hand darüber, fühlte ich die Vertiefungen der Buchstaben. Sie zogen meine Finger an; ich konnte den Titel mit geschlossenen Augen lesen, indem ich mit der Hand die Formen abtastete. Ich spüre sie noch heute.

Meine Finger entzifferten natürlich nicht den Titel. Sie betasteten das Buch selbst; dort, wo sich die glatte Goldfläche der Buchstaben und das etwas gröbere Leinen begegneten, verschmolzen sie geradezu mit dem Buch. Wie auch ich selbst für eine Zeit mit ihm zusammenwuchs; lange öffnete ich den großformatigen Deckel, als wäre er eine Tür, durch die ich irgendwo eintreten konnte, und wenn ich ihn schloß, blieb ich eine Weile noch drinnen. Als hätte ich mich eingeschlossen. Es spukte auch noch in mir, wenn ich es in den Schrank zurückstellte, hinter die Glastür.

Über diesem Buch konnte ich alles vergessen. Es war ein Bilderbuch, auf jeder Seite ein großes Foto. Das Vorwort hatte Ricarda Huch geschrieben, deren Namen ich nie zuvor gehört hatte. Dieser Name war für mich immer gleichbedeutend mit dem Buch, und als ich ein Vierteljahrhundert später ihr Werk über die deutsche Romantik kennenlernte, packte mich nicht nur die sich auftuende Traumwelt, sondern auch die aufregende Begegnung mit einer lange vermißten Bekannten.

Ihre Einleitung habe ich freilich nicht gelesen, das käme mir auch heute nicht in den Sinn. Die Einleitung interessierte mich nicht; die Bilder sprachen für sich. Sie zeigten Deutschland: Norden und Süden, Osten und Westen, vom Land der Friesen bis zu den bayrischen Alpen, von Pommern bis zum Elsaß, von der Maas bis zum Memelland, und die Landschaften dazwischen, Mecklenburg und den Harz, die Sächsische Schweiz und das Ruhrgebiet, die brandenburgischen Seen und das Frankenland, Westfalen und Ostpreußen, Thüringen und das Neckartal. Und natürlich die Städte, den Stuttgarter Bahnhof, das Augsburger Rathaus, den Hamburger Hafen, den Langen Markt von Danzig, die Kirchen von Dresden, das Goethehaus in Frankfurt und das der AEG in Berlin und den Bamberger Dom. Und dazwischen Gesichter in Nahaufnahme: Fischer, Bäuerinnen, Hafenarbeiter, Kinder mit den sorgenvollen Mienen Erwachsener, Badende am Meer, Bergsteiger, in den Anblick der Landschaft versunkene Ausflügler, Schaufensterbummler und in verschiedene Volkstrachten gekleidete, mal an Statuen, mal an geschrumpfte Trophäen erinnernde Alte.

Heute sind sie alle tot. Die Alten, die Jüngeren und auch die Kinder. Tot auch der Bahnhof und die Kirchen und der Lange Markt und das Kopfsteinpflaster, auf das nur noch auf dem Foto der Regen prasselt, und das Auto mit dem Berliner Kennzeichen, das so spiegelblank poliert war, daß man sich in seinem schwarzen Lack spiegeln konnte. Denn inzwischen gab es einen Krieg. Das Buch nämlich erschien 1933. Es hatte etwas Prahlerisches an sich. Bitte, hier der Spiegel: Deutschland. Dann folgte eine Neuauflage der anderen; mein Exemplar stammt bereits aus dem Jahr 1936. Auf einem Bild taucht schon eine Hakenkreuzfahne auf, diskret zwar, aber deshalb um so auffälliger. Es wäre schwer, sie zu übersehen; sie zieht den Blick auf sich wie die Uta aus Naumburg. Ich weiß nicht, ob sie schon in den früheren Ausgaben enthalten war. Das Buch jedenfalls wurde wohl viel gekauft; wegen seiner schönen Aufmachung war es ein ideales Geschenk: für Abiturienten, für die Sieger in Sportwettkämpfen, für Veteranen, für strebsame Beamte. Für jedermann, wenn es eine passende Gelegenheit gab. Mit diesem Buch feierte das Volk sich selbst; kein Wunder, daß es auch ins Ausland gelangte. Dennoch bin ich nur einem einzigen weiteren Exemplar begegnet: im Bibliothekszimmer einer Villa bei Dresden. Aber dort war der Deckel nicht rot, sondern braun; ich konnte mich nicht mit ihm anfreunden. Es war mir fremd, nicht nur den Augen, sondern auch der Hand, sie war an den tiefroten Ton gewöhnt. Es war mir bekannt und dennoch fremd. Seinem Besitzer aber war es ebenso ans Herz gewachsen wie mir das meine. Der Besitzer hatte nur noch ein Bein, das rechte hatte er in einer Panzerschlacht verloren, bei Smolensk, 1941, kurz nachdem er das Album zum achtzehnten Geburtstag geschenkt bekommen hatte.

Ein Bild war in diesem Buch, zu dem ich immer wieder blätterte, und ich schlug es nie auf, ohne auch nach ihm zu suchen. Es zog mich auf unerklärliche Weise an; wenn ich es erblickte, hatte ich das gleiche Gefühl, wie wenn ich nach langer Eisenbahnfahrt endlich in eine bekannte Gegend komme. Das Bild war so bräunlichschwarz wie alle und glänzte so stumpf wie alle, und weil es gleichfalls eine ganze Seite einnahm, war es nicht weniger feierlich als alle anderen. Schon wegen ihrer Größe flößten sie mir allesamt Respekt ein. Aber dieses schien ein ganz besonderes zu sein. Es zog mich gleich in seinen Bann, und ohne daß ich viel darüber nachgedacht hätte – das geschah erst später –, bemächtigte sich meiner schon bei der bloßen

Erinnerung daran ein Gefühl, das sich am ehesten mit Heimweh vergleichen ließe.

Es zeigte eine Straße bei Nacht und war in Berlin entstanden, an einem Verkehrsknotenpunkt, am Eingang zu einer U-Bahn. Über die nach unten führende Treppe war eine Lichtgirlande aus Glühbirnen gespannt, und damit sie wie ein alter Baldachin wirkte, war die Girlande in der Mitte und an beiden Seiten hochgestützt, während sie zwischen den drei Punkten durch ihr Eigengewicht herabhing. Über dem mittleren und zugleich höchsten Punkt leuchtete ein großes U, das Symbol der Untergrundbahn. Aufgenommen war das Foto einige Stufen unter dem Straßenniveau, die Linse streifte geradezu den Straßenkörper, der regennaß glänzte und das Licht reflektierte, das sich oben, außerhalb des Blickwinkels der Linse befand. Das Bild mochte zu später Nachtstunde entstanden sein, denn die Straße war leer; lediglich ein Auto stand mitten darauf, schwarz, altmodisch und elegant, wie ein sorgfältig placierter Schmuckgegenstand. Beiderseits ragten Mietshäuser auf, dunkel, doch vertrauenerweckend; in der Ferne, als Fortsetzung der näheren, aber unsichtbaren Lichtquellen, einige Leuchtreklamen. Die symmetrische Aufnahme rahmte an beiden Seiten das Treppengeländer; seine Verschnörkelungen wollten wie feine Klöppelarbeiten wirken, ließen aber eher, wie es bei Gußeisenmustern ist, an Gießereien, Dampfhämmer, Funkenschwärme und durch Rinnen fließendes flüssiges Eisen denken und weiter an menschlichen Schweiß, Geruch, Sehnen und Muskeln.

Auf diesem Bild war natürlich alles stumm und ausgestorben, und wegen des *künstlerischen* Arrangements wirkte es ärmlicher als Aufnahmen, die vollgestopfte Straßen oder ganze Stadtviertel zeigen, ärmlicher auch als vergrößerte Porträts. Dennoch beeindruckte mich dieses Foto stärker als alle anderen, die ich bald an ihm maß; durch seinen Filter betrachtete ich das Schloß von Moritzburg, das Münster von Ulm, die Berge hinter Mittenwald oder die Dünen bei Saßnitz. Da war ich noch nie in Deutschland gewesen, aber ich war überzeugt, wenn ich dorthin käme, würde ich überall dieses Bild entdecken, sogar auf den verlassenen Berggipfeln und am Meer. Natürlich nicht die Treppen unter dem Gehweg, die Lichtgirlande, das wartende Auto oder die Leuchtreklamen, sondern die unsichtbare, dennoch stabile und gewichtige Welt, die ich in meiner Phantasie erschaffen hatte und aus der dieses Bild herausragt wie die Spitze des Eisbergs. Obgleich erst zehn, wußte ich, daß alles, was ich sah, der Vergangenheit angehörte. Dennoch war ich mir mehr als gewiß, daß dieses Foto eine Flaschenpost aus einer unzerstörbaren Welt war. Als hätte sich die Linse der Kamera nicht auf die Straße gerichtet, sondern auf das hinter ihr sich weitende Unsichtbare.

In diesem Buch blätterte ich zum erstenmal in der ebenerdigen Wohnung eines Hauses in der ostungarischen Provinzstadt. Dort am Tisch sitzend stellte das Foto für mich nicht einfach Berlin dar, sondern die Großstadt, die Weltstadt, zu der die breite Straße, die hohe Häuserreihe, das elegante Auto und die Untergrundbahn ebenso selbstverständlich gehörten, wie sie in unserer Stadt fehlten. Dort regnet es sogar anders, vermutete ich. Gerade dieses Anderssein, dieses Verschiedensein war es, was mich verzauberte, und dieses Gefühl wurde noch dadurch verstärkt, daß ich sah: dies ist auch nur eine Stadt, in der Menschen leben, ein Ort, wo ich hätte zur Welt kommen können, wohin ich aber auch reisen könnte. Ich bin nicht abgeschlossen davon, dachte ich, und dennoch, beim Betrachten des Bildes hatte ich das Gefühl, das, was ich sah, sei unerreichbar. Ich mochte auch die anderen Bilder, aber die bewahrten stets ihre respektable Distanz; sie sah ich als Abdrücke zufällig erfaßter Augenblicke, als Ansichten für den Fremdenverkehr, als Illustrationen oder Pflichtaufnahmen, auf denen die Berge genau so aussahen, wie ich mir sie vorstellte, und auf denen sich das Meer nicht von dem unterschied, das ich mir erträumt hatte. Sie kann ich jederzeit aufsuchen; sie gehören zu einer erkundbaren Welt. Der auf meinem auserwählten Bild sichtbaren Straße aber, meinte ich, werde ich mich nie nähern können. Auch die anderen Bilder interessierten mich, aber keines führte mich in Versuchung; ihnen wohnte die Möglichkeit inne, daß man sie fand. Aus meinem Bild trat mir etwas völlig anderes entgegen, es löste einen Widerhall aus, es erweckte das Anderssein zum Leben, das in mir schlummerte, von dem ich jedoch, weil es anders war, kaum eine Ahnung hatte. Ich genoß daran das Eintauchen in das Unerreichbare, und während ich in Gedanken diese Schwarzweißaufnahme farbig ausmalte, fort und fort, bemerkte ich nicht, daß ich der Anziehungskraft von etwas gehorchte, das mir nie zugänglich werden würde.

Der Anblick dieser nächtlichen Berliner Straße berührte mein tiefstes und verborgenstes Ich, ähnlich wie viele andere, ebenfalls denkwürdige Anblicke aus späterer Zeit. Braucht dieses Unbekannte vielleicht Bilder, um von sich Kunde zu geben? Muß es sehen, um selbst sichtbar zu werden? Wie der Traum bedeutete dieses Berliner Bild für mich einen unsichtbaren Anblick. Vielleicht wäre ich gar nicht überrascht, wenn ich eines Tages in dem Album blätterte und das Bild nicht mehr darin fände, wenn sich herausstellte, daß ich nur von ihm geträumt habe. Und wie die Kraft und die Tiefe eines Traumes nicht davon abhängen, wie oft ich ihn träume oder ob er sich überhaupt wiederholt, brauchte ich mir nach einiger Zeit auch dieses Bild nicht mehr anzusehen. Es genügte, daß ich daran dachte, und schon mauerte ich mich gegen die Welt in einen Traum ein. Das Foto führte mich irgendwo hinab wie die Treppe darauf. Wohin genau, weiß ich nicht; vielleicht in die Unversöhnlichkeit in mir, die sich an Bilder klammert, um sich selbst ertragen zu können. Ich war es, der die anderen Bilder des Albums aufblätterte, anschaute und genoß; aber bei diesem einen Bild dämmerte mir allmählich, daß das, was ich Ich nannte, nur ein Mittel sein mochte. Ein in mir hausender Unbekannter betrachtete, am Tisch sitzend, dieses eine Bild, und er bediente sich meiner, um das tun zu können. Ich genoß das Bild, er jedoch das aus dem Bild strömende Unmögliche, die Freude an der Unerfüllbarkeit der Sehnsucht. Und mit seinem Genuß hatte ich gewissermaßen nichts zu tun. Ich weiß nicht, wer oder was dieser oder dieses Unbekannte ist, aber ich ahnte schon als Kind, daß es ihn oder es gibt. Diese Ahnung hatte ich unter anderem diesem Bild zu verdanken. Nicht vergebens weckte es in mir von Anfang an ein Gefühl, das an Heimweh erinnert: es war die Sehnsucht nach dem Unfaßlichen in mir. Oder war etwa diese Sehnsucht selbst eine Manifestation des Unfaßlichen?

Es liegt in der Natur der Sehnsucht, daß sie nach Erfüllung trachtet. Als ich später nach Deutschland kam, ertappte ich mich immer wieder bei dem Versuch, alles an diesem Foto zu messen. Natürlich versuchte ich vergebens, das »Original« ausfindig zu machen, die Treppe zur »echten« U-Bahn, die »wirklichen« Reklamen, »jenes« gewisse Auto. Deshalb redete ich mir von Zeit zu Zeit ein, eigentlich sei es überflüssig, all dem nachzujagen, denn ich hätte es ja längst; ich brauche diese Straße und die Welt hinter ihr nicht zu suchen, denn ich selbst komme ja dorther, aus ihr. Das vermittelte mir ein gewisses Gefühl des Heimischseins; ich glaubte besser als die Einheimischen zu wissen, was für eine Welt in Wirklichkeit die sei, in die es mich verschlagen hatte, und wenn sie sich dennoch von der in mir unterscheide, dann sei sie daran schuld: sie habe noch nicht den Weg zu dem gefunden, das in mir lebe. Aber ich war mir sicher, daß das, was ich sah, über kurz oder lang verschmelzen würde mit dem, was ich mir vorstellte; die »Wirklichkeit« würde sich in meinem Traum erfüllen. Das alles war natürlich Selbstbetrug, zumal ich bei meinen ersten Reisen nach Deutschland Berlin nicht zu sehen bekam, und in den Städten, die ich nach meiner in der Phantasie erbauten Welt befragte, waren die Häusergiebel

Anita Berber in Berlin, Anfang der zwanziger Jahre

nicht mit verschwenderischen Reklamen bedeckt, standen auf den Straßen keine eleganten, altmodischen schwarzen Autos mit Berliner Kennzeichen und gab es auch keine Untergrundbahn, über deren Eingang als Lichterkrone ein großes U geleuchtet hätte. Die Städte waren grau; ihre nach dem Krieg in die Höhe geschossenen Wohnblöcke wirkten überall wie eine Baustelle ohne Anfang und Ende, auch dann, wenn von Bautätigkeiten nichts zu bemerken war. Wo blieb da all die Makellosigkeit und wie Geschmeide funkelnde Vollkommenheit, die ich aus meinem Bild kannte! Und die kleineren Städte und Dörfer waren wie im Schlaf verzaubert, als hätten sie nur eine Vergangenheit, die nicht zugänglich war. Meine Straße jedoch war eine Welt des Imperfekts; wie sonst hätte sie sich so hartnäckig in mir festsetzen können?

Das alles hinderte mich nicht daran, weiter nach dem Original meines Bildes zu suchen und durch seine Filter all das zu beobachten, was sich so sehr von ihm unterschied. War ich denn mit übertriebenen Erwartungen nach Deutschland gefahren? Nein, denn mich faszinierte vieles, was seiner Stimmung nach nichts mit dem Foto zu tun hatte, und viele Anblicke prägten sich mir so tief ein wie die Aufnahme aus dem Album. Als ich mich zu beobachten begann, gewahrte ich bald, daß ich dieses Foto hauptsächlich dann in mir heraufbeschwor, wenn ich eine Kränkung hinnehmen mußte, wenn ich verstimmt war, wenn mir etwas mißlang – kurz, wenn ich mit mir selbst nicht im reinen war. Dann versuchte ich mich an diesem Bild *aufzurichten,* was natürlich in den meisten Fällen nicht klappte: Was sich der Mensch als Zuflucht sucht, das bringt ihn nicht in Einklang mit der Welt, sondern entfremdet ihn der Welt in der Regel noch stärker.

So ging es mir mit meinem Berliner Bild. Vielleicht mochte ich an ihm gar nicht so sehr Berlin, die Treppe in den U-Bahn-Schacht oder die regennasse Fahrbahn, sondern eher die Erinnerung an die Freude, daß ich das als

Kind gefunden hatte. Dieses Bild war eines der Gesichter des Unbekannten in mir; sein Genuß machte mir die Unfaßlichkeit meiner Sehnsüchte erlebnishaft. Es war kein ungetrübter Genuß; er war gespeist aus der Freude derer, die sich in sich selbst einschließen.

Später, sechsundzwanzig Jahre nachdem ich das Album zum erstenmal in den Händen gehalten hatte, ging ich für ein volles Jahr nach Berlin. Selbstverständlich fiel mir das Bild wieder ein, und obwohl ich während des einen Jahres nur ein einziges Mal mit der U-Bahn fuhr, nahm ich die Eingänge immer und überall genau in Augenschein. Ich kannte sie mindestens so gut wie die Straßenkehrer, die sie hin und wieder in fieberhaftem Eifer saubermachten. Aber alle Aufmerksamkeit war umsonst; kein Eingang war der, den ich gesehen hatte. Oft hätte ich gar nicht hinzuschauen brauchen, ich wußte instinktiv, daß ich anderswo zu suchen hatte. Freilich ähnelte ihm der eine oder andere, und bei manchen war ich unsicher: sollte es doch der gewesen sein? Meine Verunsicherung wuchs, als ich in mehreren Eingängen jenen einen wiedererkannte, auf dem Hohenzollernplatz ebenso wie auf der Kurfürstenstraße oder der Uhlandstraße. Einige sah ich mir sogar nachts an; aber wenn ich im einen Augenblick hocherfreut noch das Original des alten Bildes entdeckt hatte, ernüchterte mich im nächsten einmal das Muster am Ziergitter des Treppengeländers, dann die Asymmetrie der Häuserreihen rechts und links, dann wieder das Fehlen der Lichtergirlande. Voll Leidenschaft widmete ich mich auch den alten Filmen, etwa *Berlin, Symphonie einer Großstadt* oder Leni Riefenstahls Film über die Olympiade 1936, aber auch den vor dem Krieg gedrehten Spielfilmen. Oft genug waren sie kaum auszuhalten, ja ekelerregend; ich ertrug sie nur, weil hin und wieder ein Straßenbild erschien. Leider allzu selten, und obendrein waren auch diese Außenaufnahmen von der Stimmung der Handlung geprägt, was nicht eben vorteilhaft für die Straßenbilder war.

György Kepes: Schatten eines Polizisten, Berlin 1931

Mehr Glück hatte ich mit Büchern. Nicht mit den alten Fotobänden. Von denen blätterte ich viele durch, aber selbst die vertrauten Ansichten kamen mir fern vor. Statt meiner Welt zeigten sie eine verschwundene, und die trug den Stempel des Plusquamperfekts. Näher zu meinem Foto führten mich Bücher, in denen das einstige Berlin dadurch lebendig wurde, daß sie das Stadtbild gerade nur streiften. Zum Beispiel Walter Benjamins ergreifende autobiographische Aufzeichnungen, *Berliner Chronik,* und ihre Endfassung, *Berliner Kindheit um Neunzehnhundert* – sie handelten von dem alten Berlin, dessen Spuren hier und da auch ich zu entdecken vermochte; aber die Hauptfigur war nicht Berlin, sondern ein Kind, das von der Stadt träumte. Oder besser, das sich seine Stadt zurechtträumte. Das gleiche machte Benjamins Jugendfreund Franz Hessel, der über seine Streifzüge durch Berlin berichtet; er verstand sich meisterlich darauf, wie man sich in einer Stadt verirrt und wie man mit ziellosen Blicken hinter dem Bekannten das Unbekannte entdeckt. Zurück in ein auch mir vertrautes Berlin führte mich ein reich illustriertes Buch über die skandalträchtige und jung verstorbene Tänzerin Anita Berber. An ihr interessierte mich nicht nur das eigenwillige Gesicht und die Serie von Skandalen, die sie einmal auch nach Budapest führte, nicht nur, daß ich in der Nähe der Zähringerstraße wohnte, wo sie auch gewohnt hat, oder daß ich mir regelmäßig die Ausstellungen im Haus Bethanien ansah, dem einstigen Krankenhaus, in dem sie 1928 starb; sie eröffnete mir vor allem die Welt, die ich mir als Kind, träumerisch über das »Deutschland«-Album gebeugt, so oft ausgemalt hatte. Indem ich ihr Leben kennenlernte, so schien es mir, gewann ich auch einen Einblick in meine eigene unbekannte Vergangenheit. Einmal, spät am Abend, ging ich an dem Neuköllner Friedhof vorbei, auf dem sie beerdigt ist.

Diese Bücher machten mir deutlicher als alle Fotos die gesuchte U-Bahn-Station sichtbar; es war, als versuchten sie alle, den Augenblick zu erfassen, in dem der unbekannte Fotograf auf den Auslöser gedrückt hatte. Doch das freudevolle Erlebnis des Suchens und Findens erwartete ich auch von ihnen vergebens; sie waren selbst auf der Suche, bemühten sich selbst, eine nicht mehr zurückholbare Welt zum Leben zu erwecken. Sie waren der gleichen Sehnsucht ausgeliefert wie ich: über den Umweg von Ansichten, Bildern, Reminiszenzen etwas zu finden, das nicht mehr Vergangenheit und nicht Erinnerung ist, sondern Erfüllung und Auslöschung lebensbestimmender Sehnsüchte in einem einzigen zeitlosen Augenblick. Sehnsucht ist natürlich fordernd, und obgleich ich wußte, daß ich das, wonach ich mich sehnte, von ihnen ebensowenig erhoffen durfte wie von irgend jemandem, durchforschte ich sie ungeduldig, geradezu fieberhaft. Aber ich fand nicht, was ich suchte: das Double einer Fotografie, einen U-Bahn-Eingang in der Straßenmitte. Aber suchte ich wirklich ihn? Wußte ich überhaupt, was ich suchte?

Ich fuhr aus Berlin nach Hause und ein Jahr später wieder nach Berlin. Zu Hause, ich erinnere mich, griff ich nicht ein einziges Mal nach dem Album, ich dachte auch kaum daran. Es kam mir auch nicht in den Sinn, als ich wieder in Berlin war, auch die Notizen, die ich mir bei meinem vorangegangenen Aufenthalt gemacht hatte, ließ ich unbeachtet. Die Sehnsucht nach dem Finden schien erloschen. Jedenfalls hatte sie sich gelegt. Ob sich das, worauf sich diese Sehnsucht unter dem Deckmantel der Treppe, des Autos und der Leuchtreklamen unausgesprochen gerichtet hatte, bereits erfüllt hatte, ohne daß ich es bemerkte? Ist es denkbar, daß sich die wirklich wichtigen Dinge unbemerkt klären? Es ließe sich als rätselhafte Botschaft verstehen, daß ich auf das Original des jahrelang gesuchten Fotos stieß, als ich gar nicht mehr daran dachte. Das Erlebnis war noch wach in mir, aber es war nicht mehr fordernd; ich hatte es zwar aufbewahrt, aber ich hätte auch darauf verzichten können. Im Kinoprogramm entdeckte ich den Film *Berlin, wie es war.* Leo de Laforgue hatte ihn 1938/39 mit einer Handkamera gedreht und 1943 fertiggestellt, aber er durfte nicht mehr aufgeführt werden, die Heraufbeschwörung des ungetrübten Glücks der Friedenszeiten hätte vermutlich Empörung ausgelöst. Die bevorstehende Vereinigung Deutschlands mag der Vorwand für ein kleines Kino in Steglitz gewesen sein, ihn aufs Programm zu setzen, einmal wöchentlich und in der Hoffnung, dann würden sich genügend Interessenten zusammenfinden. Zu der einen Vorstellung ging ich. Das Kino war halb leer. In den Reihen saßen auffällig viele ältere Leute, mehr als bei anderen Vorstellungen. Ich fühlte mich sonderbar, so als gehörte ich zu ihrer Generation und als wollte ich auch alte Erinnerungen auffrischen.

Im Zuschauerraum wurde es dunkel, der Vorhang öffnete sich, der Film begann. Es war ein Dokumentarfilm, er schilderte einen Tag in Berlin vom frühen Morgen bis in die späte Nacht. Und ich wußte schon nach den ersten Bildern, nach diesem Film hatte ich ständig gesucht: hier sehe ich das Berlin, das ich mir als Kind vorgestellt hatte und von dessen Existenz ich so sehr überzeugt war, daß auch das wirklich erlebte Berlin sie nicht widerlegen konnte. Berlin, wie es am Morgen erwacht, sich rekelt, gähnt, auf die andere Seite dreht, dann doch aufsteht und zu sich kommt. Berlin, ein Lebewesen, ein gestaltloser Schwamm, der atmet, sich ernährt, sich ausdehnt, sich zusammenzieht; seine Zellen: Menschen, Mietshäuser, Fahrzeuge; seine Muskeln: gepflegte Gehwege, Fahrbahnen, Schienen; seine Eingeweide: Stimmengewirr, Musik, Autolärm, ein Labyrinth menschlicher Blicke. Ich entschied auf der Stelle, daß mein Foto einzig zu diesem Lebewesen gehört, und nach ein paar Minuten achtete ich nicht mehr nur auf das Bild der Stadt, sondern auch darauf, was hinter alledem sein mochte, das mich seinerzeit so fasziniert hatte. Keinesfalls die regennasse Straße, das Auto, die Treppe; das hatte ich mir oft genug angesehen, immer mit dem Gefühl, es seien nur Dekorationen, die mir etwas verdecken. Und wenn ich ihnen zu nahe kam, verflossen sie vor meinen Augen. Konnte ich jetzt endlich sehen, was unsichtbar ist? Konnte ich nun ergründen, was mich so oft beunruhigt hatte und dem ich nie auf die Spur gekommen war?

Der Morgen verging, der Vormittag kam, der Mittag, dann ging allmählich die Arbeitszeit zu Ende, und die Stadt wurde ruhiger, aber gleichzeitig bemächtigte sich ihrer eine Erregung anderer Art. Dann wurde es dunkel, die Lichter gingen an, die Leute schlenderten umher, die Kinos, Theater und Vergnügungslokale füllten sich allmählich, und das Tagesdurcheinander der Fahrzeuge wurde von einem würdevollen und gleichmäßigen Strom eleganter Autos abgelöst. An den schwarzen Karosserien funkelnde Reklamen, hin und wieder tauchte auch das Berliner Kennzeichen auf und dann schließlich die so vertraute Treppe, das verzierte Geländer, die Lichtergirlande und das große U – genau dort, wo sie sich befinden mußten: in der Mitte der Straße, zwischen Häusern mit Leuchtreklamen. Alles war so, wie es seit Menschengedenken sein mochte. Meine Aufnahme war 1933 entstanden, der Film sechs Jahre später; aber dem maß ich keine Bedeutung bei. Was ich sah, das war die Zeitlosigkeit selbst. Der Film hätte im Album enthalten sein können, und umgekehrt hätten die stehenden Bilder des Albums zwischen die laufenden des Films gepaßt.

Ich hatte das Bild also gefunden. Aber es löste keinerlei Erschütterung aus. Der Film war wenig später zu Ende, und ich stand mit einem Handzettel in strahlendem Sonnenlicht auf der Straße eines Steglitzer Villenviertels. Ich empfand eine tiefe Ruhe; mein Magen signalisierte geradezu: alles in Ordnung. Ich ging nach Hause, ohne viel über den Film oder die Tatsache nachzugrübeln, daß ich endlich das Original des Fotos gefunden hatte. Denn das war das Original: ein neues Foto, ein Augenblick aus einem Film über das seither untergegangene Berlin. Ich fand es natürlich, daß mich das Foto zu einem weiteren Bild

Vom Potsdamer Platz aus in die Potsdamer Straße, 1897

geführt hatte; ich ahnte auch, wenn ich mich jetzt in dieses neue Bild vertiefen würde, dann würde es mich irgendwann wieder zu einem anderen Bild führen. Bilder schichten sich auf Bilder, und die Gesamtheit der Erlebnisse gleicht einem geologischen Modell, in dem sich das mürbe Erdreich auf den Ton und der Ton auf das Gestein lagert. Ich meinte, alle die Sehnsüchte, Träume, Ruhelosigkeit, die das Foto aus dem Album je ausgelöst hatte, könne ich nun ruhig dieser Gesamtheit der Bilder anvertrauen. Berlin zu durchforschen wäre vergebliche Mühe, ich würde nicht finden, was ich suche. Nicht nur, weil es sicherlich den Bomben im Krieg zum Opfer gefallen ist, sondern auch, weil ich es niemals hätte finden können, nicht einmal, wenn ich das Foto selbst aufgenommen hätte. Um sehen zu können, was ich sehen will, darf ich nicht sehen, was ich gerade sehe; dazu muß ich mich räumlich wie zeitlich entfernen. Die Vergangenheit kann ich als Gegenwart erleben, aber in der Gegenwart kann ich nicht die Vergangenheit genießen. Das Foto mündet in ein neues Foto, anzeigend, daß alles, was mich beschäftigt, erregt und anregt, jenseits der sogenannten Wirklichkeit, aber doch diesseits der Phantasie liegt. Was mir Leben gibt, das erhebt sich zwar aus mir, ist aber im Verhältnis zu mir dennoch fremd; es ist mit mir identisch und unterscheidet sich doch von mir. Die Kindheitsträumerei und die jetzige Ruhe ergänzten einander gewissermaßen: damals versuchte sich mein bewußtes Ich etwas grundlegend Anderem anzuvertrauen; jetzt hat der Unbekannte in mir signalisiert, daß er Anspruch auf mich erhebt. Auch er sehnt sich nach dem Anderen, nach meinem bewußten Ich, nach dem er wie ein Raubtier schnappen möchte.

Das alles fiel mir nicht dort ein, auf dem mit Herbstlaub bedeckten Gehweg in der sonnenbeschienenen Allee. Ich ging nach Hause; an den Film dachte ich nicht viel. Aber ein paar Tage später hatte ich nachts einen merkwürdigen Traum. Ich stand im Badezimmer, ich war gerade aus der

Wanne gestiegen. Ich zog den Stöpsel, damit das Wasser ablaufen konnte, und begann mich abzutrocknen. Aber das Wasser wollte nicht abfließen. Als ich im Abfluß stocherte, fing es an, sich zu verfärben. Zuerst stieg dichtes Algengeflecht aus dem Abfluß, dann eine bräunliche Masse, die am ehesten an geronnenes Blut erinnerte. Das Wasser wurde immer dunkler; schließlich sah ich meine Hand nicht mehr. Das blutige Algengestrüpp wuchs und wuchs, und je mehr ich aus dem Abfluß zerrte, desto mehr kam blubbernd hinterher. Allmählich nahm es die ganze Wanne ein. In dem Augenblick, als es über den Rand zu wuchern drohte, erwachte ich. Im Dunklen sah ich den Berliner U-Bahn-Eingang vor mir. Ich glaube nicht, wegen der Assoziation der unter die Erde führenden Treppe. Vielmehr war mir der Unbekannte erschienen, der immer statt meiner dieses Bild genossen hatte. Sollte er es auch gewesen sein, der mich in diesen Traum tauchte? Oder war er in meinem Traum aufgetaucht? Und war vielleicht der Film, in dem ich das Bild wiedergefunden hatte, der Abflußstöpsel, den man herausziehen muß? Und dringt, wenn ich ihn herausziehe, all das, was ich für vertraut und heimisch hielt, als Schrecken hervor?

Als ich beim Ansehen des Filmes jenes Bild entdeckte, empfand ich weder Erregung noch Genugtuung oder Erleichterung. Ich nahm es einfach nur zur Kenntnis. Aber es mochte eine unheilverkündende Ruhe gewesen sein, die ich in der Steglitzer Allee empfand, sonst wäre nicht der Unbekannte mit solcher Kraft in meinen Traum eingedrungen. Denn das war er, und obwohl er weder Gesicht noch Gestalt hatte, woran ich ihn hätte erkennen können, wußte ich sofort: das ist er, der mir auch in der Kindheit nachgestellt hat. Damals waren mir seine Annäherungen willkommen. Ich war neugierig und deshalb auch offen. Ich ließ zu, daß er sich in mir einnistete. Was hätte ich sonst tun können? Er war sowieso stärker als ich. Ich war unerfahrener als die Erwachsenen; aber mich hatte, wie jedes Kind, gerade das Fehlen sogenannter Erfahrungen mit einer Fähigkeit ausgerüstet, über die die wenigsten Erwachsenen verfügen: mit einer verfeinerten, beinahe schon animalischen Sensibilität gegenüber dem Unbekannten. In ihrem Besitz wußte ich unbeirrbar, daß in mir eine Kraft wirkt, ohne die ich zwar nie existieren könnte, die aber dennoch nicht restlos mit mir identisch ist. Vermutlich hat sie schon vor mir existiert und wird sie auch nach mir existieren, und sie wird wirken, solange die Welt Welt ist. Das ist das Unbekannte, mit dem das Kind Tag für Tag seine Schlachten austrägt; das ist es, was es dazu bewegt, sich nach etwas zu sehnen, was sich nie wird erfüllen können; das ist es, was es immer wieder aus dem Gleis wirft, zu Träumereien verleitet und behext.

Der Erwachsene fürchtet dieses Unbekannte ebenso instinktiv, wie das Kind sich ihm anvertraut. Das ist nicht verwunderlich, denn je stärker es auftritt, um so kraftloser wird er. Er wird sich selbst ausgeliefert, und das erschwert es ihm, sich im vermeintlich bekannten Leben zu bewähren. Verständlich, daß er sich vor dem, was das Kind so gleichmütig zur Kenntnis nimmt, fürchtet. Aber weil er erwachsen ist, glaubt er, er habe die Kindheit endgültig hinter sich gelassen; und daß es etwas gibt, wovor er sich mehr fürchtet als ein Kind, würde er schwerlich anerkennen. Er verhüllt seine Furcht, und zugleich will er auch das Unbekannte nicht zur Kenntnis nehmen. Dieses macht sich natürlich unabhängig von seinem Willen in ihm breit. Und dann bricht es auf einmal in sein Bewußtsein ein. Sein Erscheinen gleicht einem Alptraum: wen es überfällt, der wird gewahr, daß er einer nicht benennbaren Macht ausgeliefert ist, der weiß plötzlich wieder, was er schon als Kind wußte und zu vergessen versuchte: daß alle Sehnsüchte und Träume von der Unerreichbarkeit gespeist werden und daß sich in allem Gefallen und Wünschen der Kampf mit dem äußersten Unfaßlichen abzeichnet.

Unbeweglich lag ich im Dunkeln und betrachtete die

Schatten an der Wand. Ich war ratlos. Ich hätte mir gewünscht, wieder von der Erregung überflutet zu werden, die das neu entdeckte Foto früher immer ausgelöst hatte; ich sehnte mich danach, wieder auf der Grenze zwischen dem Bekannten und dem Unbekannten zu balancieren, ohne Gefangener des einen oder des anderen zu sein; ich wollte, da das Unbekannte in mir mich einmal wieder so für seine Zwecke benutzte, daß ich es auch selber genießen könnte. Ich wäre gern ein Kind gewesen. Und während meine Augen die Umrisse der von den Autoscheinwerfern mal sich dehnenden und mal schrumpfenden Schatten abtasteten, grübelte ich, ob ich je fähig sein würde, den Alptraum mit jener Kindheitssehnsucht in Einklang zu bringen, die um jeden Preis ihre Traumwelt erbauen wollte, gegen die ganze Welt.

II.

ICH BIN ICH – FÜR MICH – UND ZUGLEICH DU – FÜR ANDERE

Diese Zeilen schreibe ich in Westberlin. In einer für mich fremden Stadt, wo ich selbst ein Fremder bin. Ich betrachte die Gesichter, die gepflegten Gehwege, die Werbeplakate, ich versuche, mich mit dem hiesigen Tonfall anzufreunden, die lokale Bedeutung der Blicke zu erraten. Aber derweil schnuppere ich in die Luft und merke untrüglich, daß dies nicht mein Zuhause ist und es auch nicht werden kann. Wenn man mir eine Frage stellt, ziehe ich die Augenbrauen anders hoch als die Einheimischen; wenn ich auf eine höfliche Phrase antworten muß, ordnen sich meine Gesichtsmuskeln anders zu einem Lächeln; und wenn man offensichtlich Verwunderung oder auch Unverständnis von mir erwartet, reagiere ich am ganzen Körper anders. Von Geburt an benutze ich eine andere Sprache; aber mein Außenstehen verdanke ich nicht nur der schlecht und recht erlernten Grammatik der deutschen Sprache, sondern auch der Grammatik des Körpers, an die sich die gesprochene Sprache mit einer Vielzahl unsichtbarer Anker klammert.

Kurz, diese Welt, in der ich vorübergehend lebe, ist für mich fremd. Ich möchte mich in ihr heimisch fühlen; aber sobald ich mich bemühe, meine Umgebung nicht als Fremder wahrzunehmen, ermahnt sie mich unverzüglich: indem sie mich nicht auf ihre, sondern auf meine Fremdheit hinweist. Letzten Endes bin hier ich fremd, bin ich es, der gehorsam, aber erfolglos die hiesigen Regeln lernen möchte; mein Körper ist es, der anders reagiert, wenn ich reden muß. Ich würde diese Welt nicht als fremd empfinden, wenn ich nicht selbst ein Fremdkörper in ihr wäre. Ich muß eine Zeitlang hier leben, und deshalb bin ich genötigt, mich hier einzurichten; ich versuche, mir meine Winkel und Ecken auszugestalten, also mich heimisch zu fühlen. Aber gerade das Unvermögen dazu läßt mich erkennen, daß diese Welt mir dadurch fremd ist, daß auch ich ihr fremd bin. Ich löse beim Busfahrer einen Fahrschein. Während er mir zuhört, beschreibt sein Gesicht vom Aufhorchen über das Verstehen bis zur abschließenden Gleichgültigkeit ein für mich unnachahmliches System der Mimik, das ich, an der Situation gemessen, obendrein auch unverhältnismäßig kompliziert finde. Ich bemühe mich, diese wenigen Augenblicke der Zuwendung zu erwidern, instinktiv will ich mich so verhalten wie er, ich unternehme also den Versuch, die Situation aus seiner Perspektive zu erleben – aber dann sehe ich an einer winzigen Bewegung seiner Augen, daß mir dabei irgendein Fehler unterlaufen ist. Ich empfinde die Situation als ungewohnt, also fremd, er wiederum sieht mich als Fremden, und wenngleich wir unsere Beziehung auf zivilisierte Weise beenden, indem ich den Fahrschein entgegennehme, haben wir beide das Gefühl, die Wörter und Sätze, die uns verbinden müßten, trennten uns eher.

Natürlich ist nicht nur die Brücke, sondern auch die Unüberbrückbarkeit dazu geeignet, Verbindung zwischen Menschen herzustellen. Zu letzterer sind ebenso zwei Seiten nötig wie zu ersterer. Ich könnte den anderen nicht als fremd ansehen, wenn er nicht mich als fremd ansähe; und wenn ich die Brutstätte der Fremdheit suche, finde ich sie ebensowenig nur in mir wie ausschließlich in ihm, sondern viel eher in der Bruchlinie, die am Weggleiten der Blicke entsteht, in dem Riß, den das oft unmerkliche Schwanken des Glaubens an die Gewißheit meines eigenen Seins auslöst. Der Mensch empfindet sich, ohne daß er es will, als Zentrum des Daseins; auch wenn er wollte, könnte er die Welt nicht aus anderer Sicht betrachten als aus der eigenen. Und die Erfahrung der Fremdheit ist nichts anderes als eine Erschütterung dieses Zentrums. Das Fremdheitserlebnis ist eine spezifische Art, die Welt wahrzunehmen; ich könnte die Fremdheit des anderen nicht bemerken, wenn nicht für einige Zeit die Selbstverständlichkeit meiner eigenen Existenz zurückträte. Das muß nicht unbedingt offensichtlich sein; aber wie unmerklich es auch ist, die Erfahrung der Fremdheit könnte anders nicht existieren. Um mich selbst – auf welcher Ebene auch immer – definieren zu können, brauche ich jemanden oder etwas, der oder das sich von mir unterscheidet. In der Fremde ist die Heimatliebe stets stärker als zu Hause; im Ausland schärft sich mein Gehör für unvergleichliche Wendungen meiner Muttersprache. Unter Weißen kommt mir der Farbige fremd vor, unter Europäern der aus einem anderen Land; in meiner Heimat beobachte ich den interessiert, der aus einer anderen Stadt kommt, und mit den Bewohnern meiner Straße verbindet mich ein konventionelles Zeichensystem, das die Bewohner anderer Straßen vergebens zu begreifen versuchen würden. Wer nicht zu meiner Familie gehört, den kann ich als Fremden betrachten; aber anderer Geschmack und andere Interessen können mich auch meinen Angehörigen entfremden. Und wenn sich jemand, den ich bisher liebte und mit dem ich mich identifizierte, von mir abwendet und mich wie einen Fremden behandelt, dann nehme ich mit nie beobachteter Heftigkeit mein Ich, mit dem ich bisher sorglos zusammenlebte, ins Kreuzverhör. Ich werde auch mir selbst fremd.

Halten wir einen Augenblick lang inne. Die Rede ist von der Fremdheit, und dem Begriff haften auch schon mehrere Bedeutungen an, recht willkürlich geschichtet: politische, geographische, psychologische und existentielle. Obendrein sind sie nicht miteinander versöhnbar: Wo sich auch das Gefühl des Heimischseins herausbildet, es wird neue, bislang nicht geahnte Seiten der Fremdheit hervorrufen. Aus dieser Perspektive betrachtet wirkt jenes fremd, aus jener gesehen dieses. Wenn ich hier Ordnung schaffe, drängt sich dort die Fremdheit herein, wenn ich aber dort Ordnung mache, beginnt sich hier etwas zu verfitzen. Und das weckt den Verdacht, daß all die Fremdheiten keinen gemeinsamen Nenner haben. Es gibt keinen einzigen Maßstab, mit dessen Hilfe wir *alles* und alles *gleichzeitig* heimisch machen können. Danach kann ich mich höchstens sehnen, aber dann komme ich früher oder später zur Skizze einer Utopie – zu einer Traumwelt, in der sich vielleicht alle heimisch fühlen, in der jeder des anderen Bruder ist und in der alle Fremdheit ausgeschaltet ist. Aber möchte ich wirklich in einer solchen Welt leben? Die tödliche Leblosigkeit der Utopien ist eher abschreckend als anziehend, und wenn ich mich in Gedanken in dieser utopischen Welt umschaue, dann fliehe ich: zurück ins Leben, von dem ich ja weiß, daß es immer wieder neue und unerwartete Überraschungen für mich bereithält. In der Utopie gibt es keine Überraschung, weil es keine Zeit gibt, dort gibt es auch kein Entstehen und kein Vergehen. Keine Geburt und keinen Tod, also kein Leben. Daran mag Fernando Pessoa gedacht haben, als er in seinem Artikel über den die Fremdheit angeblich erfolgreich ausschaltenden Kosmopolitismus in einer unerwarteten Wendung zu der Schlußfolgerung kam, man müßte die Kosmopoliten erschießen, damit sie wirklich erreichen können, wonach sie sich sehnen, nämlich in der Welt der Ideen aufzugehen. Die Fremdheit läßt sich nur da ausschalten, wo das Leben liquidiert wird: diesseits der Geburt oder jenseits des Todes.

Aus dieser Sicht betrachtet haben die vielen Formen der Fremdheit – die geographische, die politische, die ethnische, die psychologische – doch einen gemeinsamen Nenner: die Erfahrung des *Andersseins,* das das elementarste Erlebnis des Lebens ist. Julia Kristeva hat recht, wenn sie sagt, der Begriff der Fremdheit sei nur negativ definierbar: fremd sei, was nicht dies oder nicht das, nicht dieser Art oder nicht jener Art usw. sei.[1] Aber die Negativität dieser negativen Definition wird positiv, wenn ich die Fremdheit nicht als Fehlen von etwas auffasse, sondern als aus dem Leben nicht zu eliminierende Manifestation. Wenn das Leben undenkbar ist ohne die stetige Erfahrung des Anderen, des Fremden, kann ich die Fremdheit nicht als einfachen Defekt betrachten, der sich beheben läßt. Für das utopische Denken (»Proletarier aller Länder, vereinigt euch!«) ist die Fremdheit ein Splitter im Körper der Menschheit, der herausgezogen werden muß. Wenn wir das aber versuchen, stellt sich heraus, daß wir, statt zu heilen, eher ein neues Attentat auf das Leben unternehmen. Und dennoch, das Erlebnis der Fremdheit ist oftmals beklemmend, unangenehm und in den seltensten Fällen ungetrübt. Und wenn sie, wie zu vermuten ist, nicht endgültig überwunden werden kann, müssen wir für den Versuch, mit ihr zu leben, einen anderen Weg suchen.

Der Begriff der Fremdheit kann so viele Bedeutungen annehmen, weil es sich um eine grundsätzliche Erfahrung handelt. Nicht ohne Grund sind die Menschen erstaunt, verblüfft, neugierig, haßerfüllt, froh, verzweifelt: in jedem Fall machen sie eine Erfahrung, die im Vergleich mit dem, woran sie gewöhnt sind, anders ist. Beim Erleben des »Anderen« zeigt es sich, daß im Leben hinter allem Gewohnten auch Ungeahntes steckt, daß dieses Ungeahnte vielleicht über tiefere Wurzeln verfügt als das, was offensichtlich ist. Mit sich selbst ist etwas dadurch identisch, daß es sich gut sichtbar von allem Anderen abgrenzt; es ist dadurch anheimelnd, daß es von allem, was nicht anheimelnd ist, abgesondert ist; es ist dadurch bekannt, daß es das Unbekannte aus sich ausschließt. Aber wie schon die Wörter zeigen, ist

1. Julia Kristeva: *Etrangers à nous-mêmes,* Fayard, Paris 1988.

die Ausschließung die Voraussetzung für die Absonderung. Und es ist mehr als ein Spiel mit Wörtern, wenn wir sagen, etwas ist uns bekannt, weil es vom Unbekannten umschlichen wird, und anheimelnd, weil durch das Fenster das Unbehauste seinen Schatten hereinwirft. Das Identische gewinnt seinen Sinn durch das Andere, das wie ein Holzwurm in ihm bohrt. In den Augenblicken des Fremdheitsgefühls, wenn ich ein fremdes Gesicht sehe, einen fremden Brauch beobachte, ein fremdes Wort höre oder eine fremde Landschaft erblicke, werfe ich einen Blick in den Spiegel des Anderen.

Ein Blick in diesen Spiegel war zuletzt im Paradies nicht nötig. Indem der Mensch vom Baum der Erkenntnis aß, wählte er nicht nur das Wissen, sondern auch die Vertreibung in die Fremdheit. Seither ist sein Leben in etwas eingebettet, das nicht mit ihm identisch ist. Er hat Selbstbewußtsein gefunden; er hat bemerkt, daß er mit sich selbst identisch ist, aber er hat dabei auch bemerkt, daß die Welt nicht mit ihm identisch ist und daß sie ihn unermeßlich übertrifft, ihn nicht aufzunehmen vermag; daher kann er sich in ihr nicht restlos heimisch fühlen. Sein Eintritt in die Geschichte war ein Eintritt in die Fremdheit; mit dem Verlust des paradiesischen Zustands des unbewußten Heimischseins wurde das spähende und lauernde Mißtrauen sein Schicksal.

In der Erfahrung der Fremdheit könnte man auch ein Zeichen der Entfernung von Gott entdecken. Verständlich, daß Denker wie Martin Buber, Franz Rosenzweig oder Ferdinand Ebner im Dialog, im Zwiegespräch, also im Zusammenfinden des Ichs mit dem, am Ich gemessen, fremden Du den Augenblick des Findens zu Gott zu entdecken vermeinten; genauer gesagt, sie betrachteten die Hinwendung zu Gott als eine Voraussetzung, durch die eine Unmittelbarkeit zwischen dem Ich und dem Du, dem Fremden und dem Bekannten zustande kommen kann. »Jede wirkliche Beziehung in der Welt ist ausschließlich;

das Andere bricht in sie ein und rächt seine Ausschließung. Einzig in der Beziehung zu Gott sind unbedingte Ausschließlichkeit und unbedingte Einschließlichkeit eins, darin das All begriffen ist«, schreibt Martin Buber. Die Augenblicke des echten Zusammenfindens sind zu Recht heilig (paradiesisch) nennbar; das Mißtrauen gegenüber dem Fremden erlischt nur, wenn ich mich von einem Mißtrauen in tieferem Sinn, von der durch die Vertreibung ausgelösten Enttäuschung befreien kann.

Überaus bedenkenswert ist allerdings, daß dazu der Umweg ausgerechnet über Gott, also das, am Menschen gemessen, vollkommen Andere nötig ist, und daß ich den Höchsten Fremden, um Lautréamont zu zitieren, den »Großen Außen« zu Hilfe rufen muß, um mich meines Fremdheitsgefühls zu entledigen. Damit ich die Welt nicht als Gelände der Fremdheit sehe, muß ich mich mit einer jenseitigen, einer göttlichen Fremdheit aufladen; damit ich den anderen, den jeweils Fremden nicht als Feind betrachte, sondern als Schicksalsgefährten, der das gleiche Sein erleidet, muß mir das Erlebnis zuteil werden, daß auch ich etwas vollkommen Anderem unterworfen bin. Auf den indogermanischen Stamm ghost-tis sind das griechische *xenos* und das lateinische *hostis* zurückzuführen, was ›Fremdling, Gegner‹ bedeutet; aus demselben Stamm leiten sich aber auch die Worte für ›Gast‹ her: *hospes, Gast, guest*. Der Widerspruch, der sich in der Sprache zeigt, weist gleichfalls darauf hin, daß die verschiedenen Ebenen, auf denen man die Fremdheit erfährt, schwer miteinander zu versöhnen sind. Vertiefe ich mich in die Erfahrung der weltlichen Fremdheit, neige ich dazu, die tiefere, die Welt übertreffende Fremdheit zu vergessen; will ich mich jedoch mit der Fremdheit in der Welt versöhnen, muß ich in das Erlebnis dieser tiefen Fremdheit – der Fremdheit Gottes oder des Seins – hinabtauchen, was neuerlich darauf hinweist, daß die für heimisch gehaltene Welt in ihrer Gesamtheit fremd ist im Vergleich mit dem sie übertreffenden Sein: sie ist kein

Heim ihrer selbst. »Denn wir sind nicht von dieser Welt, und die Welt ist nicht von uns«, lesen wir in einem Katharer-Gebet. Und das gleiche sagt, mit anderen Worten, Heidegger. »In der Unheimlichkeit steht das Dasein ursprünglich mit sich selbst zusammen.«

Das Erlebnis der Fremdheit führt zum Erlebnis der Unversöhnlichkeit von Welt und Gott; nicht zufällig sind in den Augenblicken der Heiligkeit Manifestationen weniger des Friedens als vielmehr einer tiefen Krise zu entdecken. Die Augenblicke des Erlebnisses der auch mir innewohnenden Fremdheit galten mir immer als heilig, wenngleich ihre Heiligkeit nichts zu tun hat mit der angeblichen Heiligkeit der kanonisierten Religionen, die den Menschen den Glauben eines kalten, stummen und ungestörten Friedens einzupflanzen versucht, wobei sie den Lohn für das moralisch Gute besonders betont. Diese Heiligkeit ist die Heiligkeit der Anarchie; das Unbekannte und das Fremde verletzen die brüchige Einheit der Welt und vermögen sie sogar ihrer selbst zu entkleiden. Als heilig erlebt der Mensch, was an ihm gemessen vollkommen anders ist. Heiligkeit hat immer Absonderung bedeutet: das griechische *hagios* war ursprünglich eine abgetrennte Fläche, die kein Sterblicher betreten durfte; das lateinische *sanctus* wird von dem Stamm *sag- (umgehen, umgrenzen) abgeleitet; auch die Wurzel des hebräischen *gadôš* (›heilig‹) bezieht sich auf die Absonderung. Der Mensch hat ein Heiligkeitserlebnis, wenn etwas, dem er sich völlig fremd fühlt, in ihn einzieht und ihm die Sinne verwirrt – wenn er etwas vollkommen Anderes als vollkommen Identisches erlebt.

Die Welt (kosmos) und die Heiligkeit (hagios) stehen sich gegenüber, heißt es in einem altgnostischen Werk aus der Feder eines unbekannten Verfassers. Wenn die Welt sich selbst erkennen will, gelingt ihr das nur, indem sie in den Spiegel der Heiligkeit blickt; das *Fremde,* das *Andere* muß in ihr übermächtig werden, damit sie sich ihrer selbst bewußt werden kann. Nicht zufällig sagt man, dann verliere sich der Mensch, entfremdet er sich doch allem, sich eingeschlossen. Diese Selbstentfremdung der Welt war allen Zeitaltern bekannt, doch auf die darin steckende zerstörerische Kraft wurden nur wenige aufmerksam. Zu ihnen gehörten die Gnostiker, die die *Fremdheit* als Synonym des Trans- oder Hyperkosmischen deuteten und eine unüberbrückbare Kluft zwischen dem irdischen Dasein und dem für das Dasein verantwortlichen, unerkennbaren Gott beobachteten; zu ihnen gehörten die Frühchristen, denen immer wieder der Gedanke kam, an Gott gemessen sei die Welt vollkommen anders, die Mystiker, die sich zum Erlebnis der unüberwindbaren Fremdheit bekannten, Nietzsche und in unserem Jahrhundert E. M. Cioran, die beide aus der in der Welt unüberwindbaren Fremdheit auf eine Panne in der Schöpfung schlossen, oder Georges Bataille, der seine Gedankenwelt auf die auch begrifflich herausgearbeitete *Heterologie* begründete (heteros, ›anders‹), auf diese Weise die Tradition der Gnostiker aufgreifend, zu deren zentralen Begriffen ebenfalls *heteros* gehörte.

Doch kehren wir zum Alltag zurück. Wenn ich die universelle Fremdheit, die mir innewohnt, nicht akzeptiere, kann ich auch die Fremdheit anderer nicht akzeptieren. Man könnte die Geschichte der neuzeitlichen Zivilisation durchaus als Geschichte der Eliminierung der Fremdheit schreiben: Die technische Zivilisation läßt sich, da sie nach ihrer stillschweigenden Absicht alles sich angleichen möchte, als ein kompliziertes System von Sicherheits- und Vorsichtsmaßnahmen betrachten, das alles Unerwartete, Unberechenbare, Bedrohliche, das heißt alles, was an ihm gemessen anders und fremd ist, eliminieren möchte. Es bahnt sich eine merkwürdige, perverse Variante des Paradieses an. Aber wie sehr das Erlebnis der originären Fremdheit ein elementares Bedürfnis ist, zeigt sich in der Ausgehungertheit der in gesicherten Verhältnissen lebenden Menschen nach allem, was unbekannt, abenteuerlich und gefährlich ist. Dracula und Frankenstein sind insofern Verwandte der Helden aus den Kriminalromanen oder der außerirdischen Alien bei Ridley Scott: alle sind sie Verkörperungen des paradoxen Gefühls der unstillbaren Sehnsucht nach Fremdem und zugleich der Furcht vor ihm – ähnlich den rumänischen Zigeunern, die vor den eleganten Läden am Kurfürstendamm betteln, in exotische Lumpen gehüllt und in einer noch exotischeren Sprache lamentierend; die Passanten verachten und meiden sie offensichtlich, aber zugleich legen sie Verwunderung, Widerstreben, Scheu und zuweilen unverhüllte Bestürzung an den Tag, also gefühlsmäßige Betroffenheit.

Ich übertreibe nicht, wenn ich sage, daß der Fremde, das Fremde von Grund auf Gegenstand des Wunders ist; aber die Existenz des Fremden – eines Menschen, eines Brauchs, einer Religion, eines Gesichtes, Wortes, Gedankens, Glaubens – kann ich nur als Wunder sehen, wenn ich mich im gegebenen Augenblick unbewußt auch über mein eigenes Dasein wundere, es also nicht als selbstverständlich betrachte. Und das gilt auch umgekehrt: Hinter dem Haß, der Gleichgültigkeit gegenüber dem Fremden entdeckte ich unschwer Spuren des Unfriedens mit mir selbst. Der Fremde (ob ein Barbar aus der Antike, ein Krimineller, ein Gespenst oder ein überirdisches Wesen) weist nicht nur auf die uralte Sehnsucht des Menschen nach Fremdheit, sondern auch darauf hin, daß ein Teil seines Wesens in der Fremdheit wurzelt. Wenn ich also dem Fremden gegenüber verkrampft bin, dann fühle *ich* diesen Krampf, da es sich um meinen eigenen Krampf handelt. In unserer Zeit, wo die verschiedenen Kulturen einander in nie erlebtem Maß durchtränken und die Anwesenheit von Fremden in Europa ebenso eine unleugbare Tatsache ist wie die Anwesenheit derer, die hier schon immer heimisch waren, sollte das besonders beherzigt werden, zumal wir in dieser neuen kulturellen und zivilisatorischen Situation weiterhin mit Reflexen Ordnung zu schaffen versuchen, deren Untauglichkeit sich wiederholt erwiesen hat.

Es gibt zwei Extreme: die Herausstreichung der Ausschließlichkeit der universellen Menschenrechte und den mit Fremdenhaß gepaarten Nationalismus. Keines von beiden vermag mit der neuen Situation fertig zu werden. Das erstere ist ein Erbe der Aufklärung und trägt ihre Widersprüche in sich. Die Aufklärung versuchte, das Prinzip des Unterschieds zwischen den Menschen abzuschaffen; aber ohne es zu ahnen, lieferten die Fürsprecher dieses idealistischen Glaubens Ideen für die Verwirklichung eines überaus pragmatischen Zieles. Im 18. Jahrhundert begann die breitangelegte Erfassung, Beobachtung und Systematisierung fremder, das heißt außereuropäischer Kulturen (1799 beispielsweise wurde in Frankreich die Société des Observations de l'Homme gegründet, die sich die systematische Erkundung fremder Völker zum Ziel setzte), doch gleichzeitig war diese scheinbar unparteiische und unvoreingenommene wissenschaftliche Forschung eine Voraussetzung für die erfolgreiche innere und äußere Kolonialisierung. Die Zielsetzung war objektiv, und zwar im wörtlichen Sinn: sie behandelte ihren Gegenstand tatsächlich als Objekt. Zweck des Gegenstands ist es, in Besitz genommen, als Mittel behandelt zu werden. Die daraus hervorgegangene aufgeklärte Ideologie – alle Menschen sind gleich – ist als Antwort auf eine unaufschiebbare Frage anzusehen (damit die einander fremden Völker miteinander auf einer kleiner gewordenen Erde leben können, benötigen sie eine universelle Basis); in der Praxis jedoch stellte sich das Problem als Machtfrage dar. Es genügt, an die Kolonialisierung Mitteleuropas nach dem Zweiten Weltkrieg zu denken: Die Betonung der Gleichheit bedeutete die Leugnung der Verschiedenheit und des Andersseins; welchen Machthintergrund das hat, ist klar.

Es mag paradox anmuten, aber der Fremdenhaß, der Chauvinismus und der ausschließliche Nationalismus können sich mit dem Gedanken der universellen Gleichheit treffen. Der Fremde ist hassenswert, weil er mir die Arbeit wegnimmt, mich um höhere Einnahmen bringt, meine Umgebung kaputtmacht; er ist es aber auch, wenn das nicht der Fall ist, denn er hat andere Gewohnheiten, er verhält sich anders, er hat andere Meinungen. In Osteuropa ist der Fremde besonders verhaßt, weil er die sonderbare und in anderen Teilen Europas unbekannte Idee »eine Sprache, eine Nation« gefährdet. Der Fremde ist mir feind, weil er nicht meinen Erwartungen entspricht – dem *universellen* Anspruch, den ich an ihn stelle und der natürlich mit meinem Anspruch identisch ist. Meine eigene Partikularität wird zur Grundlage der Universalität – und dahinter entdeckt man ebenfalls unschwer die Machtinteressen, wirtschaftlicher und territorialer ebenso wie religiöser Natur.

Im ersten Fall lautet der Grund der Klage: warum sind wir anders, wenn wir doch angeblich gleich sind; im zweiten Fall lautet er: warum sollten wir gleich sein, wenn wir doch anders sind. Die beiden Argumentationen gleichen sich nicht nur logisch, sie treten oft auch gemeinsam auf. Zum Beispiel in Osteuropa, wo die gegenwärtig tobenden Nationalismen nicht so heftig wären, wenn ihnen nicht ein Antinationalismus vorausgegangen wäre; zum Beispiel in Westeuropa, wo sich der Fremdenhaß häufig einer Mentalität gegenübersieht, die sich für aufgeklärt hält und den Fremdenhaß haßt.

Anti- und anti- anti-. Und inmitten all der Negationen entgeht der Aufmerksamkeit gerade das, was eine Affirmation erfordern würde: die Fremdheit und das Anderssein. Wer fremd ist, der wünscht sich keine Kaste, keine negative Aussage in bezug auf seine Existenz und auch nicht einfach nur gleiche Rechte, sondern die Anerkennung des *Rechtes auf Fremdheit* – ungefähr so wie ein Gast, der mit Recht gekränkt wäre, wenn ich ihm meine eigenen Vorstellungen aufdrängen wollte. Gerade die etymologische Verwandtschaft von ›Gast‹ und ›Gegner‹ weist darauf hin, daß das *Anderssein* ein Problem ist, das sich nicht mit entsprechenden Mitteln und Maßnahmen überwinden läßt, sondern in dem wir ein unausschaltbares Element des Lebens sehen müssen. Fremdheit ist nie liquidierbar; auch die überzeugendste Erhellung wird mich nicht dazu bringen, jemanden, der ein Fremder ist, nicht als Fremder zu sehen. »Erhellung« – als ob es sich um ein technisches Problem handelte, als ob gar ich die ausschließliche Quelle des Lichtes wäre. Dabei »beleuchte« ich den Fremden in Wirklichkeit vergebens: an mir gemessen, bleibt er im »Dunkeln«. Statt Erhellung wäre eher »Eindunklung« nötig: zulassen, daß das Fremde, das »Dunkle« auch mich überschattet, damit ich die Konturen des auch in mir vorhandenen »Unerhellbaren« sehen kann. Davon bleibe ich noch ich; gleichzeitig aber bemerke ich, wie es das als Titel verwendete Feuerbach-Zitat sagt, auch den in mir lauernden Anderen – den, der ausschließlich für mich Ich ist, für die anderen aber Du. Dann erst kann ich bemerken, was der Fremde und ich gemein haben: *das Andere*. Der Fremde bleibt davon noch fremd; aber ohne das könnte sich mein vorläufig noch gesundes Verhältnis zu ihm nicht ändern. Nun zeigt sich, daß die Fremdheit kein Defekt ist, der um jeden Preis behoben werden muß. Sie ist notwendig; ohne sie könnte ich – und wir kommen zu einem früheren Gedanken zurück – auch von der paradiesischen Unschuld nichts wissen. Das Fremdheitserlebnis ist der göttliche Umweg zur Versöhnung mit mir selbst – und am Ende dieses Umwegs steht auch der Andere, den jeder benötigt.

Die Begegnung mit einem Westberliner Busfahrer, bei der wir beide unsere gegenseitige Fremdheit spüren; ein Gastarbeiter, den ich nicht als Gast, sondern als Gegner sehe; ein fremdes Volk, das ich für minderwertig halte – aber auch ein fremdes Gesicht, in dessen Anderssein ich mich vertiefe; ein fremder Körper, den ich mir zu eigen machen möchte; ein fremder Gedanke, der mich verwirrt und verstört. Alles berührt und trifft mich anderswo: meine Gedanken, meinen Verstand, meinen Geschmack, meine Sinnlichkeit, meinen Magen, meine Haut, meine

Einsicht. Nichts in und an meinem Wesen könnte nicht zur Angriffsfläche für das Fremde werden. Diesem Angriff bin ich immer wieder ausgesetzt. Und wenn ich gewahr werde, daß ich irgendwie auch selbst Teil der Fremdheit bin, daß das universelle Anderssein mich nicht nur angreift, sondern von vornherein in mir nistet, dann entdecke ich für die politische, existentielle, psychologische, ethnologische oder religiöse Bedeutung der Fremdheit den gemeinsamen Nenner, das, worin sie einander und mir ähneln. Dann lerne ich mit dieser Fremdheit zu leben, und schließlich will ich alles, was an mir gemessen fremd ist, nicht durch die Betonung meiner eigenen Identität aus meinem Leben filtern, sondern ich finde durch die Akzeptierung der Fremdheit den Weg zur Fremdheit meiner selbst, zu dieser lange unbemerkt gebliebenen, vergessenen Wurzel meiner Identität.

ANLEHNUNG DURCH ABLEHNUNG

Über nationale Identität und Literatursprache

> Reden wir nicht schlecht über den Nationalismus. Ohne die nationalistische Virulenz würde über Europa und die Welt schon ein technisches, rationales, uniformes Imperium herrschen. ... Der Nationalismus war die letzte Verkrampfung des Individuums angesichts des grauen Todes, der seiner harrt.
>
> *Und doch:*
>
> Das Aufkommen des Nationalismus deutet in jeder Nation darauf hin, daß ihre Originalität am Erlöschen ist.
>
> NICOLÁS GÓMEZ DÁVILA

I.

In dem Land, wo ich lebe, läuft es vielen kalt über den Rükken, wenn sie diesen Ausdruck hören: nationale Identität. Zu diesen gehöre ich auch. Dieser Begriff ist im Wortschatz des öffentlichen Lebens in Ungarn der Ausdruck, der in den zurückliegenden Jahren die größte Karriere gemacht hat. Ein klangvoller Ausdruck, an dem man sich leicht festhalten kann und mit dem jeder Politiker mit Leichtigkeit Anhänger gewinnt. Eine verführerische Wortbindung: man glaubt, man äußere frei seine Meinung, und merkt gar nicht, wie wenig man frei ist. Man ist Gefangener älterer Stereotypen, Gefangener der Welle nationalistischer Vorurteile, wie sie ganz Europa kennzeichnet. Mit einem Wort, wir haben es nicht mit Freiheit zu tun, sondern mit freiwilliger Gefangenschaft.

Nationale Identität: diese beiden Wörter haben längst ihre Unschuld verloren. Vielleicht sollten sie gar nicht beachtet werden. Und dennoch, wenn ich sie höre, verkrampft sich etwas in mir, denn gerade mit diesem Ausdruck versuchen viele eine Reinheit zu suggerieren, wie sie nur eine nie gesehene Landschaft, eine zum erstenmal gehörte Musik besitzen mag. Er bedeutet also etwas anderes, als er beim ersten Hören mitzuteilen scheint. Er enthält eine scheinbar neutrale Aussage, die aber dazu imstande ist, nichtneutrale Gefühle aufzuwühlen, denn zu seinem Kern gehören untrennbar solche Begriffe wie die Begehrlichkeit, die Aufforderung, die Rache, die Ablehnung, die Nostalgie, die Resignation, der Zynismus, die zerdrückten Tränen, die kitschige Betrübnis und die Inbrunst. Jeder hört heraus, wofür er empfänglich ist, und natürlich möchte er diese Teilbedeutung für volle Wahrheit halten. Es ist ein hermeneutisches Problem, und trotzdem können sich in Ungarn die Menschen deswegen in die Haare geraten. Was den Verdacht aufkommen läßt, daß die echte Bedeutung der nationalen Identität vielleicht nicht in dieser oder jener Teilwahrheit zu suchen ist, sondern in diesem »In-die-Haare-Geraten« – in Zank und Streit und Angriffen, was die, die diesen Ausdruck verwenden, zu einer echten Gemeinschaft macht. Den hochmütigen, beleidigten, belehrenden oder Rechenschaft fordernden Tonfall haben alle gemeinsam – er ist es, der den Nationalisten ebenso auszeichnet wie den Kosmopoliten, den Liberalen ebenso wie den Konservativen, den Linken ebenso wie den Rechten. Und das läßt einen weiteren Verdacht aufkommen: Wäre es möglich, daß hinter diesen Wörtern gar kein echter Sinn steckt? Daß sie keine andere Rolle spielen als im Geländespiel die Zahl, die man sich an die Mütze steckt? Und daß der Magen, die Haut, das Herz, das Blut von etwas ganz anderem sprechen als der Mund, der Begriffe leiert?

Wörter, Wörter, Wörter: noch nie ist in Ungarn so viel

geredet und gepredigt worden wie in diesen Tagen; aber noch nie sind auch die Wörter ihrer Bedeutung so entleert worden wie gegenwärtig. Es läuft mir also kalt über den Rücken, wenn ich diesen, von einer Pyramide der Verdrängungen bedeckten Ausdruck höre: Nationale Identität.

Je länger ich über seinen Sinn grüble, um so verwaister fühle ich mich. Nicht nur, daß der Glaube an die Identität mit meinem Selbst zerrinnt, auch meine Vorstellung von der Art und Weise meiner nationalen Identität wird immer nebulöser. Und zugleich wächst natürlich mein Widerstreben. Denn ich komme aus einer Region Europas, wo meines Wissens noch niemand sich seine Unschuld bewahren konnte, wenn er die Frage der Nation, horribile dictu, der nationalen Identität zu ergründen versuchte. Etwas suggeriert mir, daß es sehr wohl eine nationale Identität gibt (ich kann nicht sagen, ich wäre ja so gerne ein Ungar, wenn ich doch ein Ungar bin); aber sobald ich hinter ihre Komponenten kommen möchte, gerät alles durcheinander. Die Identität macht der Verwirrung Platz. Wäre die gemeinsame Sprache ihr Kriterium? Eine magere Annahme; und überhaupt, auf sie beruft sich nur, wem endgültig alle Argumente ausgegangen sind. Oder ist die gleiche ethnische Gemeinschaft Voraussetzung der nationalen Identität? Dazu wäre eine rassenreine Nation in anthropologischem Sinne nötig; ich vermute aber, derlei finden wir nicht einmal mehr bei den verstecktesten Stämmen der afrikanischen Urwälder. Oder setzt nationale Identität die politische Loyalität voraus? Manche sagen das; ihnen sollten wir besser mit Mißtrauen begegnen. Oder ist eine politische Gemeinschaft, genauer, eine Staatsformation Bedingung für diese Identität? Viele, besonders in Westeuropa, sagen: Ja. Ich sage, etwas leiser: Wie gut, wenn es so wäre. Ein beträchtlicher Teil meiner Landsleute aber reagiert auf diese Annahme je nach Temperament mit einem Aufstöhnen oder einem Aufheulen.

Man ist sich also nicht einig. Angesichts der unterschiedlichsten Definitionen, von denen die meisten immer ein wenig – aber nur ein wenig! – Wahrheit enthalten, könnte ich sogar behaupten, daß der Begriff der nationalen Identität erst mit seiner Unbegreiflichkeit plastisch zu werden beginnt – zumindest bei uns, in Mittel- und Osteuropa, wo dieser Begriff mich am ehesten an ein großes, gewaltiges Loch erinnert. Deshalb schaudere ich, wenn ich ihn höre. Ich weiß, diesem Loch ist schwer auszuweichen; aber ich weiß auch, wenn ich hineinstürze, werde ich auch nicht klüger.

II.

Nicht zufällig sagt man, einer gegebenen Nation anzugehören bedeute eine schicksalhafte Determiniertheit. Das Schicksal aber ist Möglichkeit ebenso wie Fügung. Wem eine Fügung zuteil wurde, der ist rechtens neidisch auf den, dem das Leben eine reiche Auswahl an Möglichkeiten bietet; der letztere bedauert den ersteren, aber wie ein ungarischer Dichter angesichts des Reichen, der den Armen bemitleidet, schreibt: seine Sorgen zu tragen, solch Narr ist er nicht.

Auf dem Weg von Mitteleuropa nach Westen fällt etwas auf: wie unterschiedlich der Klang der Frage nach der nationalen Identität westlich beziehungsweise östlich des Rheins ist. Wenn ich laut die Frage stelle: was ist die französische Identität?, dann läßt sich ungefähr ahnen, woher das Echo kommen wird. In etwa von der deutschen, der schweizerischen, der italienischen beziehungsweise der spanischen Grenze, um die Meere gar nicht zu erwähnen. Aber wenn ich etwas Ähnliches in Ungarn rufe – wie es heutzutage immer mehr tun –, dann warte ich vergeblich auf ein Echo. Die Frage schwingt sich über die Landesgrenzen hinweg und löst sich irgendwo in der Ferne in nichts auf. Kein Wunder, daß jetzt viele immer verbitterter und immer lauter rufen. So lange, bis sie schließlich doch das Echo hören

– aber dieses Echo kommt von der Mauer ihrer eigenen Seele zurück, die sie deshalb für den Schutzschild der nationalen Identität halten. Sie entdecken die Kriterien der nationalen Identität nur in der eigenen Gefühlswelt und sehen darin eine rein innerliche Frage, eine Privatangelegenheit, die andere Nationen – da sie es ohnehin nicht verstehen würden – nichts angeht. Das Hinterfragen der nationalen Identität übernimmt die Rolle einer Ersatzreligion.

In den westlichen Ländern Europas verfügt das Problem des Nationalgefühls über eine Grundlage, von der aus sich auch Diskussionen und Dialoge führen lassen. In Ost- und Mitteleuropa hat die Geschichte alles in solchem Maße durcheinandergebracht, daß das Nationalgefühl nicht zum Diskussionsgegenstand werden kann. (1974 wurde z. B. in der DDR der Ausdruck »deutsche Nation« sogar aus der Verfassung gestrichen.) Eher kommt es in einer Unzahl von Monologen zum Ausdruck. Dieser östliche und der westliche Habitus können einander nicht verständlich machen. Nicht nur ihre Sprache ist anders, auch ihre historischen Erfahrungen unterscheiden sich grundlegend.

Wenn im Zusammenhang mit der Frage der nationalen Identität der Westler den Ostler romantisch und grundlos sentimental nennt und dieser wiederum den anderen für gefühllos und kalt rationalistisch hält und sich im Hochmut seiner eigenen Kulturüberlegenheit gefällt (was für die gesamte Region von Gombrowicz mit schonungsloser Selbstkritik entlarvt wurde), dann sind diese Anschuldigungen doppelt verräterisch. Zum einen entlarven sie den, dem sie gelten: Unbestreitbar steckt in den Behauptungen beider Seiten eine tüchtige Portion Wahrheit. Zum anderen aber ist – der weltweit geübten Methode der Verdrängung und der Projektion entsprechend – die Beschuldigung auch eine Selbstbeschuldigung. Denn es ist nicht ungerechtfertigt, die Frage zu stellen, ob nicht jede Seite die andere wegen etwas verdammt, dessen sie selbst bedürfte und das ihr – aus gewichtigen Gründen – schmerzlich fehlt.

Was nimmt der eine beim anderen wahr? In erster Linie das Negative, wie die vergangenen zwei Jahrhunderte zeigen – als ob wir nichts voneinander lernen könnten. Der Franzose, der Engländer, der Niederländer und selbst der Spanier bezeichnen den Deutschen, den Polen, den Ungarn, den Tschechen als sentimental – und das ist relativ lobend gemeint. In Wirklichkeit gebührt ihnen, deren Seele in ihrer Situation gemessen unverhältnismäßig weit sei, eher Argwohn. Der Westler wundert sich und versteht nicht, daß der Ostler außerstande ist, darüber nachzudenken, warum seine nationalen und staatlichen Rahmen sich nicht decken, wie er auch nicht versteht, warum der Ostler nicht zu der bescheidenen Einsicht neigt, daß er für seine heutige, zumeist als unersprießlich erlebte Situation in gewissem Maß selbst verantwortlich ist. Er bringt auch kein Verständnis dafür auf, daß im Osten die metaphysischen Spekulationen, vorsichtiger ausgedrückt: Schicksalsfragen so lebensfähig sind und daß sie zu einem barockartigen Wuchern der geistigen Leistungen führen, wie Vergleichbares in den lateinischen, aber besonders in den angelsächsischen Gegenden schwer zu finden ist. In den romantischen Spekulationen gewahrt er ein Zeichen von Hilflosigkeit; er sieht sie als Kompensation, als Selbsttrost, vom Ostler herausgebildet als Ersatz für die versäumten politischen Möglichkeiten.

Der Wahrheitsgehalt von alledem ließe sich schwerlich bestreiten. Das jahrhundertelange Elend der politischen Zustände in Mittel- und Osteuropa hat nie jemand geleugnet. »In der Qual der Erde wurzelt die Romantik, und so wird man ein Volk um so romantischer und elegischer finden, je unseliger sein Zustand ist«, mit diesen Worten zitiert Carl Schmitt in seiner Monographie über die politische Romantik den Junghegelianer Arnold Ruge.[1] Dieses

1. Carl Schmitt: *Politische Romantik,* Duncker & Humblot, Berlin 1982, S. 35.

Elegische, Romantische ist die Erklärung dafür, daß die osteuropäischen Völker gegebenenfalls Jahrhunderte im Winterschlaf verträumen, sich aber dann, wenn eine Möglichkeit zum Handeln besteht, nicht zu schöngeistigen Taten, sondern zu sinnloser Anarchie, zu Zerstörungen und im besseren Fall zu zielloser Zwietracht hinreißen lassen. Sie schwanken zwischen den beiden Extremen der Furcht vor dem Tod der Nation und der nationalen Aggression, und während sie einerseits auf überwältigende Weise metaphysische Schicksalsfragen analysieren, sind sie andererseits erschütternd engstirnig, wenn es um praktisch-politische Entscheidungen geht.

Aber wir wollen sehen, was ihm am Westler auffällt. Er bezichtigt ihn der Gefühllosigkeit und nennt ihn einen herzlosen Vernunftmenschen, während er ihn gleichzeitig aus tiefster Seele beneidet, weil der Westler zufriedener und erfolgreicher ist. Seine seit Jahrhunderten andauernde Mißerfolgsserie bringt er deshalb, um sie zu entschuldigen, mit der Tiefe in Zusammenhang. Er spricht von sich selbst als einer Kulturnation und sieht im anderen jedoch eine bloße Staatsnation[2], auch damit zum Ausdruck bringend, wie wenig es ihm behagt, wenn das Gebilde der Nation ausschließlich als politische Kategorie behandelt wird.

Und daran liegt es auch, daß es zu irreparablen Wirrnissen führt, wenn die eine Seite sich in das Leben der anderen einzumischen versucht. Denken wir zurück an das Friedensprogramm Wilsons von Januar 1918, das bis zum heutigen Tag bestimmt, wie man in Mitteleuropa über die nationale Identität denkt. Er wollte der für Westeuropa gültigen, im Prinzip wohlklingenden Kategorie des Selbstbestimmungsrechtes der Völker in einer Region zur Geltung verhelfen, wo dafür nicht die Voraussetzungen bestanden. Das Ergebnis war, daß Mitteleuropa nicht dem Westen ähnlich

2. Vgl. Friedrich Meinecke: *Weltbürgertum und Nationalstaat,* München 1962, S. 10.

wurde, sondern noch tiefer in seine Östlichkeit versank. Eine an sich rationalistische Überlegung bereitete die Brutstätte der modernen Nationalismen vor. Die beiden Lukács-Schüler Ágnes Heller und Ferenc Fehér drücken es so aus, auch im Namen der Ungarn, die unter der entstandenen Lage ebenso litten, wie die anderen Nationen von Mitteleuropa: »Als Präsident *Wilson* die moralischen und politischen Lehren aus dem Weltenbrand des Ersten Weltkriegs in der Losung von der universellen Anerkennung des nationalen Selbstbestimmungsrechts zusammenzufassen versuchte und alle Versuche, eine universelle Autorität zu schaffen, die zwischen berechtigten und unbegründeten Ansprüchen unterscheiden könnte, scheiterten, da war das Ergebnis eine Kettenreaktion, die unmittelbar zu einem neuen Weltenbrand führte.«[3]

Wie schwer es ist, einen Roman oder ein Gedicht zu übersetzen; als Fußnote müßte die Geschichte einer ganzen Kultur unter der Übertragung stehen. Und wie schwer ist es erst, aus einer Sprache in die andere historische Erfahrungen zu übersetzen, ohne daß wir sie erleben. Der Westeuropäer versteht unter nationaler Identität etwas grundlegend anderes als der Mittel- und Osteuropäer, und jeder vermerkt beim anderen, wie schon gesagt, das Negative. Aber negativ nennt er, was ihm selbst schmerzlich fehlt. Der Ostler ist bestrebt, sich vom »seelenlosen Rationalismus«, vom politischen Pragmatismus, von der liberal genannten Geisteshaltung abzugrenzen – von Dingen, vor denen seine Abscheu doch überflüssig ist, hatte er doch aufgrund seiner historischen Situation gar keine Gelegenheit, sie effektiv zu praktizieren. Und was ist es, wovon der Westler nicht gern hört? Die metaphysischen Schicksalsfragen, die aus Leid sich entfaltende apokalyptische Sicht, also all das, was dem westlichen Geist in den vergangenen

3. Ferénc Féher – Ágnes Heller: *Das Pendel der Modernität,* Budapest 1993, S. 63.

Jahrzehnten schmerzlich fehlte und fehlt. Ein Hauptkriterium der heutigen westlichen Zivilisation ist gerade das Bestreben, das Leiden auszuschließen, und sei es um den Preis, daß dadurch grundlegende menschliche Bedürfnisse in Parenthese gesetzt und als irrationalistisch abgestempelt werden. In welchem Winkel Europas also die Frage der nationalen Identität auf die Tagesordnung kommt, sie beschenkt uns nicht nur mit eigenwilligen Farbtupfern, sondern auch mit Krämpfen. Es ist, als hielte jeder immer entschlossener an seinem eigenen Weg fest und vergäße, daß die oft beschworene Einheit Europas die Einheit von Osten und Westen bedeutet. Das Vergessen ist verbreitet. Es ist kein östliches und kein westliches, sondern ein europäisches Privileg. Kein Wunder, wenn der Dialog heute so selten ist. Das liegt nicht an einer Seite, wie auch ein Weg nur dann als Weg bezeichnet werden kann, wenn er in zwei Richtungen begehbar ist.

III.

Ein Dialog zwischen Ost und West scheint ziemlich aussichtslos. Dabei gehören beide zu einem Kontinent, und sie tragen denselben Familiennamen (Europa). Und dennoch, nach der Geburt gestaltete sich ihr Schicksal grundverschieden. Mich erinnern sie an zwei Schwestern: an die Justine und die Juliette des Marquis de Sade. Sie erlebten das gleiche: eine Vielzahl von Enttäuschungen, Demütigungen, Qualen und Gewalttätigkeiten. Trotzdem endet Juliette als Fürstin des Lebens, während Justine immer tiefer stürzt – sie könnte höchstens Dienstmagd sein. Ein diametral entgegengesetzter Ausgang. Doch die Geschichte beider ähnelt sich – keine von ihnen ist wahrhaft glücklich –, und die Wurzeln sind gemeinsam. Auch in Europa erlebt jeder etwas anderes; aber es gibt eine Ebene, auf der uns allen das gleiche Schicksal zuteil wird. Europa war immer ein zerbröckelter Erdteil; und doch hat seine Einheit niemand bestritten. Schon in der Mythologie wurde sie ebenso erschreckend wie verlockend dargestellt: die wunderschöne Königstochter, Europa, wie sie auf dem wilden Stier reitet. Nichts ist so ungeheuer und so furchterregend wie die Frucht der Hochzeit von Gott und Mensch (vgl. Minotauros); und doch gibt es keine Kultur in Europa, deren Kern nicht die Hoffnung auf diese Hochzeit wäre (vgl. Jesus).

Ohne das Erlebnis dieser Unlösbarkeit und Paradoxie verfehlt man auch die eigentliche, d.h. zutiefst persönliche Bedeutung der nationalen Identität. Wenn wir den Begriff der nationalen Identität näher verstehen wollen, schadet es nicht, wenn wir über die politischen, gesellschaftlichen, staatlichen, ethnischen, geographischen und spirituellen Aspekte der Nation hinaus auch die ursprüngliche Bedeutung dieses Wortes bedenken. Natio nämlich bedeutet Geburt, wie auch das ungarische Wort ›nemzet‹ von den Wörtern ›zeugen, gebären‹ abstammt. Geburt bedeutet a priori, in etwas hineingeboren zu werden. Doch in etwas hineingeboren zu werden bedeutet primär nicht, daß der Mensch Familie, Haus, Vaterland, Heimat, Landschaft und Sprache hat, sondern daß er ein Leben hat. Unabdingbare Voraussetzung des Lebens aber ist nicht nur die Geburt, sondern auch der Tod, und diese Last kann keiner einem anderen abnehmen. »Es gibt nur einen Mutterboden, der fremder ist als der, in dem wir leben, und das ist der Kosmos; ein Vater hat uns alle gezeugt, und das ist das All«, schrieb im 2. Jahrhundert vor unserer Zeitrechnung Meleagros von Gadara.

Und dies ist der Punkt, wo sich das Problem der nationalen Identität paradoxerweise nicht einengt, sondern weitet und eine existentielle Bedeutung gewinnt. Die Nation wird von einer rein theoretischen Frage zu einer wirklichen gewichtigen Existenzfrage, wenn ich in ihr gleichzeitig den Teil und das Ganze entdecke – die Notwendigkeit, irgendwohin zu gehören, die aus einer anderen, einer existentiellen (oder kosmischen) Perspektive betrachtet dennoch partiell (aber nicht aufhebbar!) erscheint. Es geht nicht darum, daß der Teil, im Ganzen gemessen, verschwindet und irrelevant wird (diese Illusion des Supranationalen wurde von allen linken Bewegungen verkündet), aber auch nicht darum, daß der Teil das Ganze aufsaugt (jene Konservativen, die gern mit dem Gedanken des Todes der Nation spielen, gefallen sich unausgesprochen in der komischen Rolle der letzten Vertreter des Menschheitsgeschlechts). Das sind immer noch Überlegungen, die im politischen Rahmen bleiben; sie betonen das Wir statt des Ich und vernachlässigen leichtfertig auch die Last des Lebens auf den Schultern des Ich. Die Politik bemüht sich um säkulare Lösungen, aber während sie das Heil einer Gemeinschaft vor Augen hat, verhält sie sich zu den Gliedern dieser Gemeinschaft gleichzeitig zu abstrakt, auf der Ebene einer Ideologie. Denn einer Nation angehören, politisch, ethnisch, sozial, als Staatsbürger usw., kann man letztlich nur abstrakt. (Was natürlich nicht bedeutet, daß man nicht auch keiner Nation angehören kann.) »Bei uns auf Erden steht in der Tat der Franzose dem Franzosen am nächsten in der gleichen Sprache miteinander, kämpfen in den Reihen der gleichen Armee, sind durch die gleichen Zölle geschützt, erwerben und verlieren gemeinsam usw. Aber in der jenseitigen Welt gibt es keine Zollgrenzen, keine Armeen, keine teuren und billigen Produkte, dort erscheint die ›Gemeinsamkeit der Interessen‹, die wir hier auf Erden als die Urgrundlage des Seins, als etwas Ewiges und Unveränderliches zu betrachten gewohnt sind, nur als eine sinnlose Vereinigung jeglichen Sinnes entbehrender Worte.«[4] Aber nur der Nation anzugehören ist ebenfalls eine Unmöglichkeit (»undeutsch sei, bloß deutsch zu sein«, schrieb im vergangenen Jahrhundert Johann Eduard Erdmann, ein deut-

4. Leo Schestow, *Potestas clavium oder Die Schlüsselgewalt,* München 1926, S. 259.

scher Rechtsgelehrter). Das ist eine ebensolche ideologische Illusion wie die »aufgeklärte« Annahme, der einzelne sei primär Mensch und erst hernach Engländer, Deutscher, Franzose, Ungar (Montesquieu). Beide sind Mißgeburten derselben geschichtlichen Entwicklung; das heißt, mit den Worten des kolumbianischen Philosophen Gómez Dávila ausgedrückt: »Die Konservativen der Gegenwart sind nicht mehr als von der Demokratie mißhandelte Liberale.«[5] Die »aufgeklärte« Annahme unterscheidet sich wenig von der, der Mensch sei primär Katholik, Kommunist, Zionist, Antisemit oder eben Pazifist. (Diese Aufzählung stammt von George Orwell; er nennt sie mit Recht Abarten des Nationalismus, denn der Nationalismus sei, so schreibt er, vor allem eine internationale Erscheinung.)[6]

Was konkret ist, ist das Ich-Gefühl. Wenn das Ich seine Wurzeln sucht, muß es über seine Weltbürger-Existenz beziehungsweise seine nationale Zugehörigkeit hinaus unweigerlich seiner eigenen Einmaligkeit ins Auge schauen. Und natürlich dem Grund dieser Einmaligkeit: der Geburt und dem Tod. Dem Umstand also, daß er ausgerechnet über das nicht frei verfügen kann, was er für sein Ureigenstes hält: sein Schicksal. So wahr und tröstlich der Gedanke sein mag, daß die Nation auch nach dem Tod des einzelnen weiterbesteht, dieses mit dem Bewußtsein des Todes verbundene Gefühl vermag dem Menschen auch die stärkste Nation nicht zu nehmen. Und wenn es um die nationale Identität geht, dann bin ich der Überzeugung, zu dieser Identität gehört auch, daß sich der Mensch mit keinerlei Körper identisch fühlt. Das gilt nicht nur für den der Nation, sondern auch für seinen eigenen. Sein Identitätsgefühl ist nicht trennbar von seinem Fremdheitsgefühl in

5. Nicolás Gómez Dávila: *Einsamkeiten,* Karolinger, Wien 1987, S. 115.

6. George Orwell: *Notes on Nationalism,* in: *Collected Essays,* Secker and Warburg, London 1975, S. 282-83.

der Welt. Wäre es abtrennbar, dann wäre er entweder ein Engel, der angeblich ausschließlich die göttliche Identität erlebt, oder ein Teufel, der die stetige Fremdheit erleidet. Es gibt kein Ich-Gefühl, das nicht auf dem Gefühl basiert, irgendwohin zu gehören (sei es nun die Nation oder der Kosmos); aber es gibt auch kein Gemeinschaftsgefühl (sensus communis), das nicht von der Erfahrung beeinflußt ist, vollständig auf sich selbst angewiesen zu sein – mal offen, mal verborgen. Der Mensch kann sich sein Leben nicht ohne andere vorstellen; und dennoch: die echte Hölle bilden, wie Sartre schreibt, die anderen. Oder um den Gedanken eines anderen Schriftstellers, Musils, zu zitieren: »Es ist ein Grundzug der Kultur, daß der Mensch dem außerhalb seines eigenen Kreises lebenden Menschen aufs tiefste mißtraut, also daß nicht nur ein Germane einen Juden, sondern auch ein Fußballspieler einen Klavierspieler für ein unbegreifliches und minderwertiges Wesen hält. Schließlich besteht ja das Ding nur durch seine Grenzen und damit durch einen gewissermaßen feindseligen Akt gegen seine Umgebung (...) darum ist es nicht von der Hand zu weisen, daß die tiefste Anlehnung des Menschen an seinen Mitmenschen in dessen Ablehnung besteht.«[7] Allein die bei der Ablehnung sich äußernde Anlehnung kann zu einer persönlichen, existentiellen Erfahrung werden. Erst in der fürchterlichen Übersteigerung der Fremdheit, erst wenn die Fremdheit sozusagen ins Unendliche führt, kann das aufblühen, was der Zweck jeglichen Erschaffens einer Heimstatt ist: das Mysterium der Einheit

7. Robert Musil: *Der Mann ohne Eigenschaften,* Rowohlt, 1981, I, S. 26.

IV.

Literatursprache und nationale Identität. Welche Sprache hat die Identität, deren tiefstes Wesen die Differenz ist? Wir haben gesehen, daß die unterschiedlichen historischen Erfahrungen nicht übersetzbar sind; und wenn wir sie dennoch übersetzen, wenden wir ideologische Gewalt an. Ob da die Literatur Abhilfe schaffen kann? Mir kam es immer verdächtig vor, wenn die Literatur, die Literatursprache mit grundanderen Begriffen in Zusammenhang gebracht wurde. Verdächtig, weil ich aus einem Land komme, wo die Literatur oft genug dadurch unterminiert wurde, daß man sie mit nichtliterarischen Fragen assoziierte. Verdächtig aber auch deshalb, weil sich, wenn die Frage so gestellt wird, unabweislich vorgeformte, also phrasenhafte Antworten anbieten: von der durch und durch deutschen (also mitteleuropäischen) Vorstellung der Literatur als moralische Institution bis hin zu der postmodernen These, die Literatur lasse sich auf ihre Sprache reduzieren, also in den Dienst von nichts, nicht einmal der Literatur, stellen.

Der Schriftsteller schreibt, der Leser liest, und die Kriege, die die nationalen Empfindungen ausnutzen, gehen weiter. Jeder tut das Seine, jeder auf einem anderen Gebiet. Thomas Hardy hat die ländliche Landschaft Englands zum Schauplatz tiefster menschlicher Tragödien gemacht; Wessex ist seither auch meine Heimat. Dabei ist im Zweiten Weltkrieg das Haus meiner Großmutter von englischen Piloten zerbombt worden. Die Landschaften des Ivo Andrič sind auch meine Landschaften, obgleich mein Urgroßvater im Ersten Weltkrieg in ebendiesen Landschaften gevierteilt wurde. Die Sprache Gottfried Benns empfinde ich symbolisch auch als meine Muttersprache; doch die Beziehungen meiner Familie zu den Deutschen waren nicht konfliktfrei. Von den russischen Schriftstellern möchte ich ganz schweigen. Für meinen Onkel jedenfalls wurde Tschechow in russischer Kriegsgefangenschaft zum Lieblingsschriftsteller –

natürlich auf russisch, die Sprache lernte er in den dort verbrachten Jahren. Auch den Juden Kafka empfinde ich als mein eigen; viele Mitglieder meiner Familie sind darüber empört, und vielleicht stellen sie ihren nationalen Stolz gegen meinen Stolz, nach dem sich die Heimstatt nicht nach innen verengt, sondern nach außen weitet.

»Wie der Frühling, wandelt der Genius von Land zu Land«, schreibt Hölderlin. Der Genius zeigt im Begreiflichen das Unbegreifliche, im Nahen das Ferne, im Hier das Dort. Die Sprache der Literatur ist natürlich aus einer Sprache in eine andere übersetzbar. Aber die literarische Sprache selbst ist in keine andere Sprache übersetzbar: weder in die der Politik noch in die des ethnischen Gruppenbewußtseins. Denn wenn ich das versuche, dann übersetze ich sie in die Sprache der Ideologie, das heißt, ich verletze sie an ihrem empfindlichsten Punkt. Die Literatur (oder die Kunst) ist ja das einzige zur Verfügung stehende »Mittel«, das existentielle Erfahrung bietet. Sie bestärkt mich in meinem Gruppen-, ethnischen und nationalen Bewußtsein auf die Weise, daß sie mich gleichzeitig ausstößt. Dem wechselnden Genius gehorchend, läßt sich die Ferne darin in Nähe übersetzen, jedoch so, daß sie sich weit von mir verflüchtigt, während ich sie als mein eigen zu empfinden beginne. Das gilt nicht nur für ein Gedicht von Georg Trakl, sondern auch für ein Volkslied in meiner Muttersprache. Das Geheimnis eines jeden besteht in dem Strudel, in den ich mit der Hoffnung taumle, zu mir zu finden, während er mich doch gerade von meiner vermeintlichen Identität immer weiter entfernt.

Läßt sich daraus irgendeine Lehre ziehen? Ist es möglich, daß alle Schriftsteller der Welt ein und dieselbe Sprache sprechen: die Sprache der bildlichen »Sprengung« der Sprache? Ist es denkbar, daß die Literatur hierin das Kriterium ihrer nationalen Identität findet? Statt mich in Binsenwahrheiten zu verwickeln, möchte ich abschließend lieber drei Gedichte zitieren. Das erste hat ein *mitteleuropäischer* Dichter geschrieben, Hugo Ball, dessen Muttersprache das *Deutsche* war:

»jolifanto bambla o falli bambla
grossiga m'pfa habla horem
égiga goramen
higo bloiko russula huju
hollaka hollala
anlogo bung
blago bung
blago bung
bosso fataka
ü üü ü
schampa wulla wussa óloo
hej tatta gorem
eschige zunbada
wulubu ssubudu uluw ssubudu
tumbla ba- umf
kusaguama
ba- umf«

Das zweite stammt von Tristan Tzara, der, wie wir wissen, in einer *westeuropäischen* Sprache schrieb, dem *Französischen:*

»Dschiloli mgabati bailuuda
Toundi-a-voua
Soco bgai affahou
Farafangama soco bgai affahou«

Und das dritte verfaßte ein Osteuropäer, der ungarische Baron László Amade, um die Mitte des 18. Jahrhunderts. Ich meine, er war der erste Dadaist in Europa. Seine Muttersprache war das Ungarische:

»Dini dini Mimi
Rimini Terci ferci en-ó-nó
Glágla glúglú palenó
No koleno.

Heje luja moja!
Luluja!
Striki straki fióki
Tri vitri articsóki
Csiki csóki!«

Eva Besnyő: Berlin, Starnberger Straße, 1931

DIE SCHULE
WALTER BENJAMIN: DEUTSCHE MENSCHEN

Im Westteil des lange zweigeteilten Berlin, dort, wo die Knesebeckstraße in den Savignyplatz mündet, steht ein Backsteinbau, der die umliegenden Häuser mit ihren Balkonen überragt: die einstige Kaiser-Friedrich-Schule. Sie zieht den Blick schon von weitem auf sich, beherrscht sie doch die ganze Gegend, und sie erinnert an ihrer Bestimmung beraubte mecklenburgische Schlösser. Der Bau ist ein Denkmal preußischer Gesinnung; seine nordische Gotik fügt sich gemütvoll in die Großstadtlandschaft ein, deren Horizont hier seit einem Jahrhundert von der S-Bahn bestimmt wird.

Doch nichts mehr ist mit nordischer Gotik und Mecklenburg. Geblieben sind die immer leereren S-Bahnen und die Metropolis, hinzugekommen sind chinesische Gaststätten und amerikanische Imbißstände, japanische Autosalons und südländische Gastarbeiter, sie betrachten den rötlichen Schulbau abschätzend, mit den Blicken von Siegern. Und geblieben sind die durch und durch deutschen Straßenmädchen am Savignyplatz; aber kaum ein paar Schritte weiter steigern Peep-Shows die Diskretion ins Absurde. Hier will offenbar alles möglichst amerikanisch werden; im Ostteil der Stadt haben berühmte Plätze und Straßen ähnlich ihren nationalen Charakter verloren.

In den Jahren der Jahrhundertwende hat Walter Benjamin diese Schule besucht. Das Gebäude, an das er sich in seinen autobiographischen Erinnerungen mit Schaudern erinnert, mag gegen Ende des vergangenen Jahrhunderts entstanden sein; womöglich 1883, als der letzte – an Nietzsche gerichtete – Brief der Sammlung *Deutsche Menschen* niedergeschrieben wurde. Für den heutigen Leser des kleinen Buches ist dieser Schulbau ein Symbol, wenn man so will, ein in Stein gehauener Brief, den Generation um Generation weiterschrieb, als Dokumentation des eigenen Lebens, als Botschaft an die Nachwelt.

Benjamins Buch setzt den Briefen ein Denkmal, schreibt Adorno in seinem Nachwort, und ihm folgend könnten wir die Zeitspanne zwischen 1783 und 1883 als Kultur des Korrespondierens bezeichnen, gekennzeichnet zum einen durch eine Humanität ohne Hemmungen und zum anderen durch eine naive Beschränktheit, die vor allem im intimen Nest der bürgerlichen Heimstatt Platz für die Humanität schaffen wollte. Die 1936 in der Emigration veröffentlichten und unter einem Pseudonym kommentierten Briefe entstanden auf den geistigen Höhen des deutschen Bürgertums und bilden so eine Art geistigen Schulbau; Benjamins Ziel waren jedenfalls Belehrung und Beispielgabe, als er dem für die deutschen Leser der dreißiger Jahre bestimmten Band dieses Motto voranstellte:

VON EHRE OHNE RUHM
VON GRÖSSE OHNE GLANZ
VON WÜRDE OHNE SOLD

Die Vergangenheit mag noch so widersprüchlich sein, der Mensch möchte in ihr immer einen Lehrmeister der Zukunft sehen. Aber wie der Zweck des schulischen Unterrichtsstoffs letzten Endes darin besteht, zu bewahren, zu konservieren, weshalb er stets hinter dem tatsächlichen Reichtum des Lebens zurückbleibt, so ist das, was der

Gegenwart als Beispiel aus der Vergangenheit hingestellt werden kann, eigentlich Vergangenes im wörtlichen Sinn. Die von Benjamin zusammengestellte und drei Jahre vor dem Krieg herausgegebene Briefsammlung weist uns heute, mehr als ein halbes Jahrhundert später, auf eines hin: aus ihr läßt sich die negative Lehre ableiten, daß es keine Lehre gibt. Natürlich veröffentlichte Benjamin diese an sich unvergleichlich schönen Briefe mit der Absicht, eine positive Lehre zu bieten. In der Emigration, auf der Flucht vor dem an die Macht gekommenen Nationalsozialismus und im Schatten der ahnbaren Katastrophe, hätte er es sich kaum erlauben können, über das Paradoxe des Unternehmens nachzugrübeln. Das können erst wir heute tun, nach dem Geschehenen, wenn auch weiterhin im Dickicht des Lebens.

Sobald wir versuchen, den Charakter einer Nation und ihren geistigen Zustand zu fixieren, entgleiten sie uns. Je weiter wir in die Vergangenheit zurückgehen, desto eher können wir hoffen, uns ein Urteil über den Nationalcharakter zu bilden, während wir zugleich neutrale Außenstehende bleiben. Zumindest davon überzeugt der Band *Deutsche Menschen:* Zwar läßt sich der deutsche Geist in seinem Zustand vor hundert Jahren erfassen, aber er verpflichtet zu nichts, in bezug auf die Gegenwart (1936) ebensowenig wie hinsichtlich der Zukunft (1994). Übertrieben scheint mir die Äußerung Adornos, nach der vorgestellten Zeitspanne ließen sich keine Briefe mehr schreiben; zweckmäßiger ist es, darüber nachzudenken, daß Benjamin kaum ein ähnlich repräsentatives Bild vom deutschen Geist zwischen 1883 und 1936 gelungen wäre. Das kann erst heute entworfen werden – heute weiß der Mensch zwar, daß die Vergangenheit irgendwie auch seine Vergangenheit ist, aber existentiell berührt sie ihn doch nicht unmittelbar. Und freilich stellt sich auch die Frage, ob man einen ähnlich repräsentativen Band mit Briefen aus der Zeit zwischen Benjamins Tod und der Wiedervereinigung zusammenstellen könnte. Ich vermute, nein. *Deutsche Menschen* führt uns das Bürgertum vor, das noch enge Verbindung zum Geist der europäischen Tradition hatte (wenngleich dieses Bürgertum auch seinen eigenen Niedergang im 20. Jahrhundert vorbereitete). Der schlimmste Schlag des Zweiten Weltkriegs war die Vernichtung oder zumindest Zerschlagung dieses Geistes. Das Zeitalter des Bürgertums im traditionellen Sinn mußte 1945 enden, weil die bis dahin lebendige Tradition des europäischen Geistes nicht mehr intakt war. Statt repräsentativ zu sein, ist der Geist heute an den Rand gedrängt, und zwar von Jahr zu Jahr stärker.

In Kenntnis der deutschen Politik zwischen 1783 und 1883 wirkt die in den Briefen zutage tretende »intime« Geschichte menschlich und national; und dennoch, von der Politik her betrachtet ist dies rein negativ: aus der Sicht der auf dem Formalismus fußenden Politik wirkt das Persönliche, besonders wenn es zu einer die Nation formenden Kraft wachsen will, destruktiv. Mit dem aus persönlichsten Merkmalen gespeisten Nationalcharakter rechnet die Politik als etwas nie Faßlichem – es handelt sich um einen Negativabdruck der Geschichte, eine zum Mythos geeignete Fata Morgana.

Deutsche Menschen ist ein im tiefsten Sinn des Wortes apolitisches Buch. Ähnlich wie Goethe oder Nietzsche, die der Politik gegenüber gleichgültig waren, hält Benjamin die Wirkungen des menschlichen Schicksals für unberechenbar. Die politische Revolution kann nicht stärker ins Gewicht fallen als eine nicht zu verdrängende Kindheitsvision, ein Erlebnis am Meer oder ein Traum. Die Schule, die Benjamin jahrelang besuchte, blieb ihm sein Leben lang ein Erlebnis; vielleicht kam ihm auch das rote Backsteingebäude in den Sinn, als er sich in kritischer Situation auf seinen Selbstmord vorbereitete. Denn – um zum Savignyplatz zurückzukehren – mit dem Brief an Nietzsche aus dem Jahr 1883 ist der in *Deutsche Menschen* gespannte Bogen nicht beendet. Wenn wir das Buch als geistige Erinnerungsschrift lesen, können wir mit einem Gedanken spielen. Franz Overbeck, der Freund, schlägt Nietzsche in seinem Brief vor, er solle ein Lehramt an einem Gymnasium annehmen. Hat der Schüler Benjamin auf diesen Lehrer gewartet? Das Gebäude steht heute noch, es dient heute noch als Schule; sieht man es im Vorbeigehen unerwartet vor sich, gewahrt man den Geist eines Jahrhunderts. Das Buch *Deutsche Menschen* ist nicht abgeschlossen; die Geschichte setzt sich über die Seiten hinaus fort.

AN DER GRENZE ZWISCHEN VERGANGENHEIT UND ZUKUNFT

Es gab eine Zeit, da durfte der Mensch so viel in Besitz nehmen, wie er an einem Tag, von Sonnenaufgang bis Sonnenuntergang, zu Fuß umrunden konnte. Das war sein Land. Das Maß war sein Körper. Seine Schritte markierten die Grenze, der Schweiß seiner Stirn tränkte den Boden, und in der Luft, die wie eine Glocke über ihm lag, konnte er noch Jahre später das Keuchen, das immer hastigere Atmen hören. Je näher der Sonnenuntergang rückte, desto schneller mußte er laufen; bis zum Einbruch der Dunkelheit mußte er zu seinem Ausgangspunkt zurückkehren.

Wenn es ihm nicht gelang, bedeutete dies, daß er das Maß verloren hatte. Und damit das Recht auf den Boden.

Kein Wunder, daß sein Körper und das erworbene Land eine enge Einheit bildeten; wurde dem einen ein Schaden zugefügt, bekam es auch der andere zu spüren. Sie waren ein Körper und eine Seele. Und der Boden, der den Menschen am Leben erhielt, nahm ihn nach seinem Tode auf und umfing ihn als Grab wie eine Gebärmutter.

Die Bodenständigkeit ist uralt und nicht mit den Eigentumsverhältnissen zu erklären; der Wunsch nach Eigentum des Bodens ist kein Grundbedürfnis des Menschen. Bodenständigkeit erklärt sich auch nicht aus der Liebe zur Natur; bis sie sich herausbildete, hatte so manches die alte Beziehung mit dem Boden beschädigt. Und auch die Notwendigkeit zur Arbeit und das Streben nach Selbstversorgung liefern keine Erklärung; sie sind eher Mittel, einen tieferen und bestimmenderen Wunsch am Leben zu halten.

Was ist dieser tiefere Wunsch?

Das Heimischsein in einer Welt, die von menschlichem Maß und überschaubar ist, die von der Phantasie bevölkert werden kann und deren Unendlichkeit ein Gefühl der Freiheit und nicht der Hilflosigkeit vermittelt. Ein kosmisches Heimischsein, worunter natürlich nicht der Kosmos im physikalischen Sinn zu verstehen ist. Kosmisches Heimischsein bietet die Gebärmutter, aber auch das Grab; die Harmonie mit einer höheren Ordnung ist in beiden Fällen ungebrochen. Und kosmisches Heimischsein bietet das natürliche Verhältnis zur Erde, zum Boden. Nicht zufällig wird in vielen Mythologien der Himmel mit der Gebärmutter verglichen: wie eine Glocke wölbt er sich über die Erde, die mit ihren lebenspendenden Säften den Menschen ernährt.

Die Erde erhält und trägt den Menschen; wenn er ihre Gesetze kennt und mit ihnen umzugehen weiß, fühlt er sich auf ihr heimisch. Und die Erde bedeutet in diesem Fall nicht nur Ackerland, Wiese, Weide oder Wald, sondern viel eher eine für den Menschen durchschaubare Projektion der Welt; sie bedeutet das, worin er wie in einem Spiegel den geheimen Rhythmus seines eigenen Lebens wiedererkennt und die ihn deshalb wie ein Schild gegen die Maßlosigkeit der menschenlosen Leere schützt. Die Gesetze der Erde gelten also nicht nur »im Freien«, in der Unbewohntheit, sondern überall, wo der Mensch Fuß fassen kann und sich einrichtet. Das gilt auch in der Stadt. Wie die Land und Acker bearbeitenden Menschen haben auch die Stadtbewohner ihre eigenen Gesetze und Gebräuche entwickelt. Sie sind natürlich andere, aber auf ihre Weise versuchen auch sie den erwähnten tiefen Wunsch des Menschen zu befriedigen. In der »Tiefe« der Stadt, im Geflecht ihrer Straßen und Plätze, offenbart sich irgendwann der Rhythmus, in dem der Mensch den Rhythmus seines eigenen Lebens erkennt. Und wenn die Stadt ihm ein Heim bieten kann, erfüllt ihn dieser Rhythmus mit tiefer Befriedigung: inmitten der Mietshäuser, Gassen, Plätze und Parks kann ihn die Freude des kosmischen Heimischseins ebenso anrühren wie in einer verlassenen Landschaft, an einem Waldrand, einem Flußufer. Und während er die Stadt erschaut, durch sie schlendert, sie begeht, dringt er zugleich in ihren Körper ein. Die unsichtbare Karte seines Lebens deckt sich genau mit der sichtbaren Karte der Stadt, der Lebensrhythmus seines Organismus und der Stadt sind im Einklang.

1988/89 habe ich ein Jahr im westlichen Teil Berlins verbracht. Meistens arbeitete ich zu Hause. Die Bücher, die ich für meine Arbeit benötigte, holte ich mir aus der Staatsbibliothek. Mein Arbeitszimmer befand sich nahe am Grunewald, in einer stillen und kurzen Straße, die Bücher am anderen Ende der Stadthälfte. Dorthin fuhr ich in der Regel mit dem Auto, möglichst bis an den Eingang. Lange bedeuteten die wenigen Schritte vom Auto bis zur Tür den einzigen körperlichen Kontakt mit der Umgebung der Bibliothek.

Später wurden es mehr Schritte. Zuerst wagte ich mich zur gegenüberliegenden Nationalgalerie, dann zur Kasse der Philharmonie, noch später schon bis zum Kunstgewerbemuseum. *Ich wagte mich;* aus der Tür der Bibliothek tretend, maß ich erst einmal das ferne Ziel ab, dann wandte ich mich in die entsprechende Richtung und machte mich mit gesenktem Kopf schnell auf den Weg, hinweg über die breite Straße mit den sechs Fahrspuren, nur in den notwendigsten und gefährlichsten Augenblicken zur Seite oder nach vorn schauend. Ich achtete auf meine Füße und die regelmäßigen Betonplatten. Für sie hatte ich ein Maß, zu ihnen konnte ich mich ins Verhältnis setzen. In der riesigen leeren Betonwüste boten mir diese Platten einen Trost. Und als ich herausfand, daß ich bei jedem dritten Schritt genau in die Mitte einer Platte treten konnte, vermittelten sie mir fast das gleiche Gefühl des Heimischseins wie die schweigsamen Villen des Grunewalds.

Auf die Gehwegplatten konnte ich treten. Sie übernahmen den Rhythmus meiner Schritte, und ich fand ein lebendiges Verhältnis zu ihnen. Jeder Schritt zauberte ein Fünkchen Heimischsein zwischen die gigantischen Gebäude rundum und die sie umgebenden Wüsteneien.

Aber mit jedem Schritt weiter war es auch um den Fußbreit Heimischsein geschehen. Die Wüste sog unverzüglich die Spur meiner Schritte auf, und die Gebäude stießen mich hin und her, statt mich zu führen und zu lenken. Ich war froh, wenn ich irgendwo eintreten konnte. Nicht nur, weil ich dann nicht länger unter dem Wind zu leiden hatte, der in dieser sonderbaren, gestaltlosen Gegend auch dann blies, wenn in der Stadt sonst Windstille herrschte, sondern auch, weil ich innerlich erleichtert war: als ob die Unendlichkeit für eine Weile zu Ende wäre. Von der Staatsbibliothek bis zur Philharmonie sind es nur ein paar hundert Meter; mir wuchs die Entfernung, während ich fleißig ausschritt, dennoch ins Maßlose.

Inmitten der Stadt habe ich oft genug ein Vielfaches dieser Distanz zurückgelegt, ohne es zu merken. Wenn ich zum Beispiel die Pestalozzistraße entlangging, über die Bleibtreustraße hinweg und durch die Niebuhrstraße, um dann über die Wieland- und die Mommsenstraße in die Knesebeckstraße zu kommen, wurden meine Füße niemals müde. Und das nicht nur, weil als Belohnung an dem für mich anheimelndsten und architektonisch wohl vollkommensten Platz Berlins, dem Savignyplatz, ein Café auf mich wartete, auf dessen Terrasse ich mich ausruhen konnte, sondern auch, weil ich unterwegs auf Schritt und Tritt etwas Neues, zuvor nicht Gesehenes entdeckte.

Ganz anders die Spaziergänge am Ende der Potsdamer Straße, in der Gegend der Staatsbibliothek. Diese Gänge waren mühselig und anstrengend, so als hätte ich auf flachem Gelände die Arbeit des Sisyphos zu verrichten gehabt. Vielleicht sollte ich nicht von Spaziergängen sprechen, sondern von einer Strafe. Im Verlauf des Jahres bin ich dort keinem Passanten begegnet, in dessen Gesicht ich nicht den kaum verhüllten Schatten der Bemühtheit bemerkte. Alle machten den Eindruck, als hätten sie tief Luft geholt und als wollten sie so schnell wie möglich weg aus dieser Gegend. Sie strengten sich an, wie ich ja auch. Wen es hierher verschlägt, der hat das Gefühl, die Luft um ihn herum sei dünner geworden; er atmet hastig und unregelmäßig, er beschleunigt den Schritt. Die umliegenden Gebäude sind scheinbar neutral, aber sie machen sogar den Gang, die Körperhaltung des Menschen, der sich zwischen ihnen bewegt, unnatürlich. Es ist klar, so kann man keinen Spaziergang machen, denn beim Spazierengehen ist Selbstvergessenheit unerläßlich. Der Mensch gibt sich seiner Umgebung hin; er vertraut sich etwas an, das anfangs noch außerhalb von ihm zu sein scheint, dann aber doch zu einem Abbild seines Inneren wird. Ein Spaziergang – das ist Vertrauen. Doch er verlangt Vertrauen nicht nur zum eigenen Inneren, sondern auch zur »äußeren« Welt. Und das Gehen, das Unterwegssein wird davon zum Spaziergang, daß beides miteinander verschmilzt. Straße und Platz werden zu meiner inneren Straße, meinem inneren Platz. Der Spaziergang ist auch eine Art Heimischsein.

Nie kam mir in den Sinn, ich könnte abends mit meiner Frau oder mit Freunden in der Gegend um die Staatsbibliothek spazierengehen. Abends fiel mir besonders auf, wie ausgestorben die Gegend war. Und als ich später erfuhr, daß dieser Abschnitt der Potsdamer Straße gar nicht mehr ein Teil der ursprünglichen Potsdamer Straße ist, da den früheren Straßenverlauf das Bibliotheksgebäude verbarrikadiert, sah ich meine Ahnung bestätigt, daß dies tatsächlich eine tote Gegend ist. Die sechs Fahrspuren verlaufen dort, wo früher Häuser standen, auf dem Gehweg laufe ich durch frühere Vorgärten, Arbeitszimmer, Wohnzimmer, Schlafzimmer, Geschäfte, Cafés, Restaurants, und indem ich so die Ruhe der Toten störe, gerate ich selbst in eine Gespensterwelt. Wenn das Gefühl des kosmischen Heimischseins einen Gegensatz hat, dann ist es dies.

Als ich 1988 für eine längere Zeit nach Berlin kam, kam ich aus einer haltlosen Welt: aus Ungarn, das drauf und dran war, aus dem Ostblock auszuscheren, ohne Hoffnung zu haben, sich an den Westen anschließen zu können. Das ganze Land erinnerte ein wenig an ein Niemandsland, es hatte seine Vergangenheit, es verfügte auch über ein vages Zukunftsbild, aber die Gegenwart schien es verloren zu haben.

Dann kam 1989; die Lage wurde immer chaotischer – zugegeben, dadurch auch hoffnungsvoller. Ich blätterte in der Berliner Staatsbibliothek die Zeitungen durch. Die deutsche Presse beschäftigte sich damals auffallend viel mit Ungarn. Ein wenig hatte ich freilich den Eindruck, die an Ungarn gerichteten Botschaften und Kommentare gälten in Wirklichkeit der Osthälfte Deutschlands, dem Teil, dessen überdimensionierte Wohnblöcke und dessen nie aufgeräumte Baustellen ich ja aus den Fenstern im zweiten Stock der Bibliothek sehen konnte.

Und weil Ungarn vom Schicksal der ostdeutschen Flüchtlinge immer spürbarer berührt wurde, schien es mir, als wären die beiden Länder stärker aufeinander angewiesen als in den zurückliegenden Jahrzehnten der offiziellen Freundschaft. Dadurch gewann die Mauer noch mehr Bedeutung für mich; ich war zwar auch Osteuropäer, aber mein Land lag inzwischen diesseits der Mauer, die DDR hingegen jenseits. Die Mauer teilte nun nicht mehr Osten und Westen auf, sie teilte auch den Osten selbst. Wenn ich aus der Bibliothek kam und – selten genug – »nach hinten« ging, zur Mauer hin, fühlte ich mich verwirrt: ich hätte schwerlich sagen können, auf welcher Seite ich »daheim« bin. Wegen meiner Vergangenheit gehörte ich »nach drüben«, meine Zukunft hingegen rief mich auf »diese« Seite.

Und meine Gegenwart? Die blieb irgendwo in der Mitte, in der Gegend des Potsdamer Platzes. Irgendwo in der Gegend des hinteren Ausgangs der Bibliothek, der für die Lastwagen, die Transportarbeiter und das Personal bestimmt ist, für die, die ungesehen bleiben müssen. In Ungarn nennt man das »Dienstboteneingang«. Irgendwo dort war meine Gegenwart.

Als ich ein Jahr später, im Herbst 1990, erneut für längere Zeit nach Berlin kam, war ich wieder auf die Bibliothek angewiesen. Wieder fuhr ich mit dem Auto hin, und wenn der vordere Parkplatz belegt war, benutzte ich den in der Schellingstraße. Einmal vergaß ich, nach rechts abzubiegen, und plötzlich hatte ich ein riesiges leeres Gelände vor mir. Einen Stadtrand mitten in der Stadt; eine Einöde, die an einen Trümmerplatz und eine Gänsewiese gleichermaßen erinnerte; ein Niemandsland, in dem noch immer ein unbekannter Krieg im Gang zu sein schien. Das war der Potsdamer Platz, die einstige Mitte und das Symbol der Stadt Berlin, bekannt aus alten Filmen, Fotografien und Romanen.

Als Osteuropäer war ich mir weiterhin sicher, wo ich mich einordnen sollte. Die Ausgestorbenheit und Öde des Platzes spiegelte ein wenig meine Situation, genauer: die des Raumes, aus dem ich kam und den die Abrechnung mit der Vergangenheit und die Hoffnung auf eine wahrhaft neue Zukunft belebte. Auf ganz Osteuropa wartet das gleiche Schicksal wie auf diesen Platz: wieder bebaut,

»genutzt«, »weltartig« – kurz, für den Menschen genießbar zu werden. »Demokratie«, »Freiheit«, »Rechtsstaat« und so weiter: vierzig Jahre lang nahm Osteuropa diese Begriffe für sich in Anspruch, aber das Ergebnis war eine Verödung von Geist und Seele, die nur mit der Öde des Potsdamer Platzes vergleichbar ist. 1989 platzten die Schlagwörter wie Seifenblasen, oder man versuchte, ihnen einen neuen Inhalt zu geben. Und das alles auf der Grundlage einer neuen Erwartung, die eindeutig darauf gerichtet war, Anschluß an den Westen zu finden, was wiederum fast ausschließlich als wirtschaftliche Notwendigkeit zu verstehen ist.

Doch der Potsdamer Platz trennt nicht nur den Osten vom Westen, sondern auch den Westen vom Osten. An diesem Platz begegnen sich zwei Welten. Oder eher: dort prallen sie aufeinander. Denn der jetzige Zustand des Platzes zeigt, daß es sich um eine gewaltsame, eine unnatürliche Begegnung handelt. Wäre die Berührung der beiden Welten eine natürliche, würde auch der Platz nicht an eine riesige Wunde am Körper der Stadt erinnern.

Aber es ist keine natürliche, denn sie kann keine natürliche sein. Die Teilung Europas ist an sich schon unnatürlich. Und diese Unnatürlichkeit hat ihre Geschichte und Vergangenheit. Das Schicksal Osteuropas wurde durch einen Kuhhandel besiegelt, indem die Vereinigten Staaten und die Sowjetunion Europa unter sich aufteilten. Dieser Handel und der Untergang des Potsdamer Platzes fielen ungefähr in die gleiche Zeit: erst wurde er von den Alliierten zerbombt, dann zerschossen die Russen die übriggebliebenen Ruinen. Erst verbündeten sich die beiden Welten, dann standen sie sich auf demselben Platz Auge in Auge gegenüber, zwischen sich eine Grenzmarkierung. Für den Platz erwies sich beides als gleich verhängnisvoll. Doch das Verhängnis schwebte wohl schon seit der Gründung des Deutschen Reiches im vergangenen Jahrhundert über dem Platz, als er und seine Umgebung allmählich zum Mittelpunkt der Diplomatie wurden und bis 1945 in immer erschreckenderem Maße die unterschiedlichsten Machtzentren um sich konzentrierten. Der heutige Zustand des Potsdamer Platzes zeugt nicht nur von alliierten Bombenflugzeugen und sowjetischen Geschützen, sondern auch von einer beängstigenden Schicksalhaftigkeit. Er gleicht der Bühne beim letzten Akt einer Schicksalstragödie.

Es scheint, als wäre mit der Mauer auch der Vorhang gefallen. Die Tragödie ist zu Ende. Oder steht noch ein Satyrspiel bevor? Der Platz – oder richtiger: die Einöde, zu der er gehörte – bietet Aussicht auf die modernen Mietshäuser in Ostberlin und auf das Kulturforum in Westberlin. Die ersteren wecken den Eindruck von häßlichen und abstoßenden Dutzendprodukten – für Menschen gebaute Häuser, aber in Wirklichkeit Menschensilos, schon äußerlich geprägt von der Art Rationalität, die am menschenfeindlichsten ist. Das letztere, das Kulturforum, ist eine Gespensterwelt: die Bibliothek, die Philharmonie und das Museum loben zwar die Phantasie Scharouns und Mies van der Rohes, doch entlarvt sich die Verwirklichung dieser Phantasie, sobald man näher tritt, als mindestens so bedrückend wie die Vision Albert Speers von der Einebnung des einstigen Bürgerquartiers und dem Bau einer Reichshauptstadt, der Nord-Süd-Achse.

Und das macht den osteuropäischen Besucher, der zwischen den Abfallhaufen auf dem Potsdamer Platz umherstolpert, ratlos. Die Ostseite kennt er gut; von der Diktatur des Staates hat er die Nase voll, auch davon, daß andere über seine Ansprüche entscheiden, darüber, wie er leben soll, in was für einer Wohnung, was für einem Haus, was für einem Menschensilo. Er will nicht mehr, daß andere über sein Maß befinden, nach dem sich auch sein Inneres richten muß. Aber wenn er zur westlichen Seite blickt, kommt er in Verlegenheit. Danach hat er sich gesehnt, solange er drüben war: nach freier Phantasie, nach Schönheit, luftiger Architektur, organischer Platzgestaltung. Was er sieht, wird dem im Detail durchaus gerecht. Insgesamt wirkt es dennoch gespenstisch; er erinnert sich deutlich, welches Grauen ihn befiel, wenn er von dem einen Gebäude zum anderen gehen mußte. Und obgleich er weiß, daß er das nicht verallgemeinern darf, erfüllt ihn die Westseite des Potsdamer Platzes mit Argwohn.

Woher rührt dieses Unbehagen? Daher, daß er eine gespenstische Symmetrie zu entdecken vermeint. Hier stehen sich die Diktatur des Staates und die Diktatur der Technik und Planung gegenüber. Beide haben sie in ihren Berechnungen den Menschen vernachlässigt, ihn vergessen – den Passanten, der sich heimisch fühlen will in seiner Stadt, der vor dem Krieg von Behörden und Institutionen aus dieser Gegend verdrängt wurde und der nichts dafür kann, daß dieser Teil seiner Stadt vernichtet wurde. Im Krieg zog man ihm den Potsdamer Platz und seine Umgebung unter den Füßen weg, und als die Flächen beiderseits der Grenze – wie zwei ferne Planeten, deren Bahnen sich nie kreuzen – bebaut wurden, ohne daß die eine Seite Rücksicht nahm auf die Ausdehnung der anderen, stahl man ihm die Stadt auch über den Kopf weg. Nicht einmal wenn er wollte, könnte er sich hier eine Heimstatt schaffen, drüben ebensowenig wie hier, sagen wir zwischen der Philharmonie und der Nationalgalerie, da, wo sich die Gestalten Theodor Fontanes so heimisch fühlten, daß sogar der Fremde Heimweh nach dieser Gegend bekommt, die er doch nie gesehen hat. Es siegte die Technik: der Geist der Berechnung, der mit Lineal und Zirkel über Dinge entschied, die damit nicht zu fassen sind.

Doch vorläufig ist der Potsdamer Platz noch eine Einöde. Ein schwarzes Loch, aus dem Gutes wie Schlechtes emportauchen kann: Leidenschaft, Kälte, Barbarei, Dummheit, Irrsinn, Genialität – oder deren Gemisch. Beide Seiten des leeren Platzes sind bebaut; anscheinend ist es nur noch eine Frage von Lineal und Zirkel, damit in kurzer Zeit auch der Platz selbst bebaut wird. Und da mag leicht die Illusion aufkommen, nun hänge es nur noch von der Phantasie der miteinander wetteifernden Architekten ab, wie dieses Gemisch zusammengesetzt sein wird.

Aber der Platz erinnert auch an einen leeren Blick, an den eines Menschen, der an Gedächtnisstörungen leidet. Und dieser *menschliche* Blick weckt die Vermutung, vielleicht besteht die wahre Aufgabe doch nicht darin, einen neutralen, leeren Platz aufzufüllen; auch wenn die technische Lösung noch so frappant, einfallsreich und »genial« ist, vielleicht darf sie erst in einer späteren Phase zum bestimmenden Faktor werden. Dieser Platz gleicht einem kranken Lebewesen, das gutes Zureden, menschliche Zuwendung und Zuneigung vorerst dringender braucht als Medikamente. Dieser Platz hat an der Last von hundert Jahren zu tragen, von denen jedes der letzten fünfzig das Mehrfache von jedem vorangegangenen wiegt. Eine Unmenge nicht ausgetragener Konflikte hat ihn zu dem gemacht, was er ist; statt sie zu lösen, wurden sie mit immer wieder neuen unterdrückt, bis schließlich alles jeden Rest eines menschlichen Antlitzes verloren hatte.

Am Potsdamer Platz stößt der Passant gegen die unsichtbaren Hindernisse einer Wüste gewordenen Geschichte. Nicht nur sein Verstand und seine Einsicht protestieren, auch sein Körper. Er stellt sich auf diesem Platz eine Zukunft vor, in der ihn der Leib der Stadt nicht als Fremdkörper ausstößt und in der sich auch sein Leib nicht krampfhaft gegen den der Stadt stellt.

Damit das Wirklichkeit werden kann, muß man diesen kranken Körperteil der Stadt vorsichtig berühren. Diese Wüste kann nicht von einem Tag auf den anderen bebaut werden; die ungelösten *historischen* Konflikte lassen sich nicht mit der Hilfe der *Technik* bereinigen. Das würde nichts anderes bedeuten, als daß man einen an der Seele kranken Menschen mit Medikamenten vollstopft und ihn dann laufenläßt. Der osteuropäische Besucher weiß aus eigener Erfahrung, daß Zukunft nur dort erschaffen werden kann, wo der Mensch sein Verhältnis zur Vergangenheit geklärt hat. Und setzen wir hinzu: nur dann wird er auch eine Gegenwart haben. Wenn diese Vergangenheit nicht benannt und beklagt werden darf, wird auch die Zukunft zum Terrain des Todes, und seine Dekorationen werden den Ostberliner Neubaugebieten oder den gigantischen Blöcken des Kulturforums ähneln. Es geht um die Abrechnung mit einer Gespensterwelt, und das bedeutet auch, daß sich der Mensch aus der Umklammerung einer Planung befreit, die statt seiner über seine Zukunft entscheiden will, daß er den Kräften widersteht, die von der Industrie bis zum Umweltschutz alles bedenken, nur nicht den unvergleichlichen Lebensrhythmus des einzelnen Menschen – den Lebensrhythmus, der, in der Form verborgener oder offener Leidenschaft, der Maßlosigkeit sein eigenes Maß entgegenzusetzen versucht.

Der Tod und die Gespensterwelt sind immer eintönig und homogen; das Leben ist es nie. Und noch weniger ist es das kosmische Heimischsein. Wenn sich ein Gefühl dafür herausbildet, wird der Mensch die Erfahrung machen, daß die Welt in ihrer Vielfarbigkeit *seine* Welt ist: sie steht ihm nicht als feindseliger Block gegenüber, sondern erlaubt dem, der in sie eindringt, daß er sie frei durchstreift, entdeckt, erkundet, sich zu eigen macht und dann glücklich mit ihr zusammenlebt. Wie ich mich immer wohl fühlte – wieder muß ich mich darauf berufen –, wenn ich durch die Gegend am Savignyplatz spazierte, ebenso wie auf den Plätzen beliebiger anderer Städte, die mich für eine Weile aufnahmen und mich dann, mit dem Gefühl des Heimischseins, wieder auf die Reise schickten.

Was ist das Geheimnis dieser Plätze? Allein aus ihrer Architektur kommen wir ihm nicht auf den Grund, auch soziologisch ist es nicht zu enträtseln, Aspekte der Stadtplanung geben ebensowenig Auskunft. Jede Stadt hat ihr nicht enthüllbares Geheimnis. Wäre es ergründbar, könnte man Städte in Serien herstellen, wie es ja heute vielfach versucht wird – und nicht nur Städte, auch Orte, die als Plätze bezeichnet werden, könnten am Fließband entstehen. Vielleicht ist die Stadt eine spezifische Variante des Daseinsgeheimnisses? Alle Städte unterscheiden sich voneinander, und jede hat ein anderes Geheimnis.

Aber könnte es sein, daß jede Stadt das gleiche, große Geheimnis verkörpert, vom El Amarna des Echnaton bis zum Berlin der neunziger Jahre? Ist es denkbar, daß jede das gleiche unlösbare, eine Geheimnis in sich trägt wie alles andere – wie ein Krieg, eine Liebe, ein Lebensweg, die Geschichte einer philosophischen These, ein Sehnen, eine Hoffnung, eine Furcht?

Dieses Geheimnis kann unterdrückt, aber nicht ergründet, noch weniger kann es geplant werden. Das Geheimnis einer Stadt, eines Platzes bildet sich erst im *natürlichen* Lauf des Lebens heraus; das Leben aber ist immer das eines Organismus. Wie ja auch – alten Fotos nach zu urteilen – der einstige Potsdamer Platz ein Organismus war. Es ist nicht sicher, daß er schön war, auch nicht, daß er perfekt geplant war; aber sicher ist, daß er lebte, atmete, seufzte, litt, pulsierte und unter der Bedrohung vielleicht immer stärker fieberte. Je näher und länger ich die alten Aufnahmen betrachte, desto ratloser bin ich: ich spüre, auch dieser Platz hatte seinen geheimen Rhythmus. Was dessen Geheimnis war, weiß ich nicht. Und ich bin mir nicht sicher, ob ich es je ergründen könnte.

Eines aber weiß ich: ich würde gern mit diesem Geheimnis leben. Vielleicht hätte ich dann weniger schwer am Geheimnis meines eigenen Lebens zu tragen. Wenn dieser Rhythmus beschädigt bliebe, dann würde ich in dieser Gegend mir selbst überlassen, auf ähnliche Weise, wie ich mich weggestoßen fühlte, wenn ich aus der Staatsbibliothek trat. Ich schaue mich um, und ich sehe, daß ich in unmittelbarer Nähe nichts zu erwarten habe. Überließe ich mich dieser Gegend, würde die Wüste auch mich von innen her aufzehren. Diese Bauten sind wunderschön, dennoch ist es, als wollten sie mir die Aussicht auf die Freiheit versperren. Kein Wunder, daß ich aus der Bibliothek jetzt lieber zum leeren Gelände des Potsdamer Platzes blicke. Noch habe ich die Möglichkeit, ihn zu besiedeln, ihn aufzulockern und farbenfroh zu machen und so zu gestalten, daß ich womöglich dereinst sogar Heimweh nach ihm habe.

PERSPEKTIVEN DER FREIHEIT

Über die deutsche Vereinigung – aus ungarischer Sicht

Das »befreite« Ostberlin beliefert den Westen mit seiner sexuellen Promiskuität, die im Schatten der Diktatur gedeihen konnte, und folglich auch, mittels illegaler Prostitution, mit Aids. Der Westen dagegen beliefert den Osten mit seinen Stereopornovideos, den Bildern eines Gaukelspiels von Sex, um die Leute im Osten grausam betrogen wurden. Dorthin gelangt eher ein geistiges Aids. So infizieren die beiden Kulturen sich seit dem Fall der Mauer der Schande also gegenseitig.

Die verschiedenen Kulturen, von sich selbst eingenommen, nähern sich einander niemals an, höchstens mit der Behäbigkeit geologischer Platten. Der Traum, sie eines Tages miteinander auszusöhnen, ist gänzlich absurd. Vom Standpunkt des Universalen aus betrachtet – also dem unsrigen –, kann man nichts anderes mit ihnen tun, als sie auszulöschen, die unsrige inbegriffen. Der Platz, den unsere westliche Unkultur einer anderen Kultur überläßt, kann nur der Tod sein.

JEAN BAUDRILLARD, 1990

Die Teilung Berlins war Zeichen der Teilung Europas; die Mauer war zu Stein erstarrte Manifestation eines absurden Zustands. Der graue Betonstreifen eine offene Wunde am Körper des Kontinents. Als die Mauer einstürzte, erwarteten alle, daß diese Wunde heilen und Berlin seinen Sonderstatus verlieren würde: daß aus der Frontstadt eine Weltstadt würde und die Schizophrenie endete. Doch für den Besucher aus der Fremde weckten der Abriß der Mauer und die Vereinigung der beiden Deutschländer merkwürdigerweise nicht die Vorstellung von Aussöhnung und Händeschütteln. Im Gegenteil, die Teilung Europas ist durch das Verschwinden der Mauer zu einem noch einschneidenderen und elementareren Erlebnis geworden. Früher schien es, die Verbote, die Maschinenpistolen und die Soldaten an der Paßkontrolle würden die Vereinigung der beiden Länder und damit der beiden Teile Europas nicht zulassen; jetzt aber, nachdem sich die Verbote in Luft aufgelöst haben, die Maschinenpistolen in den Besitz der westdeutschen Polizei übergegangen sind und die Soldaten von der Bundeswehr übernommen wurden, zeigt sich die Teilung Europas in ihrer ganzen Nacktheit. Die Voraussetzungen für die Freiheit sind gegeben, und deswegen fällt das Fehlen wahrer Freiheit auf.

Dabei sind wenig Wörter so oft zu hören wie das Wort »Freiheit«; auf sie kommt wieder und wieder die Rede, oftmals selbst dann, wenn es nicht nötig wäre. Zuweilen habe ich den Eindruck, Freiheit sei nur ein Reizwort: die bloße Erwähnung genügt, schon folgt die voraussehbare Reaktion. Die Assoziationen, die das Wort auslöst, sind zumeist eingleisig; ich konnte – in privaten Gesprächen oder im Fernsehen – oft beobachten, daß die Sprechenden und die Zuhörenden wahren Genuß nicht aus dem Gedanken der Freiheit bezogen, sondern daraus, daß das Gespräch nicht die im voraus berechenbare Bahn verließ. So, als ob Freiheit eine Frage wäre, die mit einem einverständlichen Lächeln zu erledigen ist, eine Frage, die abzuklopfen sich nicht lohnt, weil ja alle wissen, was Freiheit bedeutet.

Aber was bedeutet sie? Das stellt sich in den seltensten Fällen heraus, und wenn es sich herausstellt, dann nur durch Rückschlüsse – am ehesten aus dem Textumfeld, in dem der Begriff Freiheit auftaucht. Wirtschaftlicher Aufbau, Sanierung, Ausbau der Infrastruktur, Entwicklung neuer Weisungssysteme, Erhöhung der Effektivität bei gleichzeitiger Verantwortlichmachung der Schuldigen usw. – solche magischen Begriffe geben der Freiheit ihren Rahmen. Und wenn ich dann noch auf die Mienen derer achte, die sich ohne jeden Anflug von Zweifel diese Begriffe – zuweilen schon mit andächtiger Gläubigkeit – auf der Zunge zergehen lassen, sie auskosten, sie fachmännisch ab- und erwägen, dann habe ich das Gefühl, ich solle von der Allmacht eines technischen Hilfsbegriffs überzeugt werden. Aus der Freiheitsidee, die auch im östlichen Teil Deutschlands zunehmend an Raum gewinnt, entfaltet sich eine »Theologie« des wirtschaftlichen Aufbaus, der Planung, Realisierung, Berechnung. Aber von was für einem Gott lebt diese Theologie?

Die Frage ist um so berechtigter, als es um Freiheit geht, um einen jener Begriffe, welche gerade wegen ihrer »göttlichen« Aspekte zu den Grundpfeilern unserer Kultur gehören. In seinem Werk über den Katholizismus, den Liberalismus und den Sozialismus nannte Juan Donoso Cortés um die Mitte des vergangenen Jahrhunderts die Frage, die in jedem großen politischen Problem lauert, eine theologische. Und auch die heute so häufig zu hörende Frage nach der Freiheit sollte in diesen Zusammenhang gestellt werden, zumal sie im künstlich geteilten Europa der vergangenen Jahrzehnte im Westen wie im Osten zu einer gekünstelten Frage geworden ist: Meistens reduzierte sie sich auf die politische Bedeutung, und die Rahmen richteten sich nach den ökonomischen Zusammenhängen. Für Osteuropa bedeutete der Westen die Freiheit, das heißt, was dort ein fernes Ziel war, das war hier schon erreicht. Tatsächlich hatte der nach Deutschland kommende Osteuropäer das Gefühl, eine Welt der restlosen Gegenwart zu betreten, in der sich für die Frage der Zukunft niemand mehr interessiert. Aber gerade im Zusammenhang mit der Vereinigung, dem unerwarteten Lebendigwerden von Geschichte beschleicht ihn ein Verdacht: Fehlt das Zukunftsbild nicht vielleicht deshalb, weil das Verhältnis zur Vergangenheit beschädigt und widersprüchlich ist?

Wenn er das hiesige Umfeld und den mit ihm verbundenen, ziemlich engen Freiheitsbegriff aus dieser Perspektive betrachtet, gewinnt er bald den Eindruck, die Vergangenheit – vor allem natürlich die Zeit des Dritten Reiches – gleiche einer offenen Wunde: Berührt man sie, fahren alle vor Schmerz auf, unabhängig von Parteizugehörigkeit und Weltanschauung. Der Besucher freilich hat es leicht; aber auch er sieht, daß die Wunde fast unheilbar ist – was geschehen ist, bleibt noch lange das nicht Abgetragene. Vergeblich die historischen Forschungen, die Analyse der politischen Bedingungen, die Aufdeckung der ökonomischen Zusammenhänge oder der *Volksseele* – für bestimmte Dinge gibt es keine Erklärung. Mit dem Unerklärlichen zu leben und es irgendwie mit uns selbst in Zusammenhang zu bringen, das scheint schier unmöglich und ist obendrein schmerzhaft. Damit sich der Mensch von den auch in ihm steckenden Splittern des Schlechten befreien kann, ist eine lange und selbstquälerische Arbeit nötig. Verständlich, daß er dann mit sich hadert; in keinem anderen Land bin ich einem solchen Grad von nationalem Selbsthaß und nationaler Selbstverachtung begegnet wie in Deutschland. Paradoxerweise bedeutet dieser Haß für viele auch Balsam: Er macht den Menschen zu einem Außenstehenden, der – wie der Antisemit Weininger im Zusammenhang damit, daß er selbst Jude ist – über die Vergangenheit urteilen kann, ohne ihre Last als verbindlich zu empfinden. Um Irrtümern vorzubeugen: Nicht daß restlos verurteilt wird, was man wirklich nur verurteilen kann – nämlich den Hitlerismus –, bereitet mir ein Problem, sondern daß man dabei gleich das Kind mit dem Bade ausschüttet; man lehnt nicht nur das Dritte Reich ab, man sperrt sich auch gegen die kulturelle Vergangenheit, die sich auch das Dritte Reich anzueignen versuchte. Konkreter: Man leugnet die Wurzeln, ohne die keine Nation ein gesundes Leben haben kann.

Und das führt uns zur Frage der Freiheit zurück. In den westlichen Teil Deutschlands verirrt, fragt sich der Fremde, ob der sterile Überfluß an Wohlstand, der auch für Osteuropa als höchster Beweis der Freiheit gilt, nicht auch dazu beitrug, das widersprüchliche Verhältnis zur Vergangenheit zu verschleiern. Ich sprach vom Selbsthaß, diesem augenfälligen Zeichen des Fehlens von Freiheit, den der Besucher in Deutschland so oft beobachtet und der gerade bei den bewußtesten, den »aufgeklärtesten« Deutschen am ausgeprägtesten ist. Doch es ist, als diene diese Bewußtheit der Verdrängung der Wurzeln, und oft gewinnt der Fremde den Eindruck, je bewußter und aufgeklärter das Ich ist – und ganz typisch für den heutigen Zustand deutschen Geistes sind ja die Reflektiertheit, die Obsession zur politisierenden und soziologisierenden Weltinterpretation, die eng verstandene »Aufgeklärtheit« –, um so vereinsamter und verletzlicher ist das innere, unbewußte Ich, das Selbst. Die Freiheit hat jedoch ein gesundes Verhältnis gerade zu diesem Ich, zu diesem Selbst zur elementaren Voraussetzung. Je nachdrücklicher die politischen, ökonomischen und soziologischen Rahmen der Freiheit betont wurden, desto mehr versank das Selbst im Nebel – jenes Selbst, das der jüdische Philosoph Franz Rosenzweig als »eine aus Unbekannten in Unbekanntes führende Grade« bezeichnet und das sich »unmittelbar Gott gegenübersieht.«

Rosenzweig spricht von Gott, dem sich das Selbst nicht nur gegenübersieht, sondern in dem es auch wurzelt. Und gerade das ist eines der Schlüsselwörter der Freiheit: die erwähnte Wurzel. Was ist die Wurzel (der Ursprung, der Anfang, arche)? Das, was den Menschen an das bindet, was ihn übertrifft, aber dennoch hält. Und damit weitet sich das Problem der Freiheit zu einem theologischen. Die Wurzel des Menschen war, wie Rosenzweig erklärt, immer eine göttliche, und darunter ist sicherlich nicht der auserkorene Gott einer bestimmten Religion zu verstehen. Und wenn man das Göttliche auch lange mit Gott selbst identifizierte, so verschwand es doch nicht mit dem Zufall des christlichen Weltreiches, nur seine Maske veränderte sich. Wie zur Zeit der Romantik in ganz Europa deutlich wurde, ist das Verlangen des Menschen nach dem Göttlichen nie erloschen; nach dem »Tod« Gottes war das Göttliche imstande, ihn in Form neuer Wurzeln vorübergehend wieder gegen die Angst, gegen die Schutzlosigkeit gegenüber der Leere, also gegen das Gefühl der Gefangenschaft zu wappnen. Die Wurzel ist eine geheimnisvolle Macht; verwandt mit dem *duende,* würde Garcia Lorca sagen, mit dem »Geist der Erde«, der »keine Frage der Befähigung, des Wissens, sondern des dem Leben selbst eigenen Stils, das heißt des Blutes«, ist. Heimat, Natur, Erde, nationale Vergangenheit, Gemeinschaft oder Schmerz, Traum, Leid, Gewohnheit – das alles erwies sich für den Menschen als geeignet, sich etwas anzuvertrauen, das ihn übertrifft und zugleich doch ein Teil von ihm ist. Dies sind allesamt Bestandteile des Selbst; in ihnen vermochte der Mensch seinen eigenen Mittelpunkt zu finden, und indem sie ihn vor der Angst, dieser Form der Wurzellosigkeit, schützten, machten sie ihn auch frei.

Jetzt sind auch diese Wurzeln gefährdet. Das darf nicht verwundern; das Dritte Reich, das dem Schlechten so zur Erfüllung verhalf, wie das christliche Weltreich es mit dem Guten plant, nahm gerade diese Wurzeln in Anspruch, um sich am Leben zu erhalten. Und was sich als geeignet erwiesen hat, ein Mittel des denkbar Schlechtesten zu sein, ist verständlicherweise verdächtig. Dem Nicht-Deutschen genügt es, die Wörter Heimat, Boden, Mythos, Natur auszusprechen (wobei er freilich darauf achtet, Boden und Natur nicht auf den Gegenstand der Ökologie zu beschränken), und er bemerkt auf der Stelle, daß er ein Tabu anrührt. Eine Voraussetzung der nicht nur politischen, sondern auch existentiellen Freiheit ist es aber, daß wir aus diesen Tabuwörtern das Gute, das zweifellos in ihnen steckt, herausschälen und es nicht dem Schlechten überlassen und daß wir anerkennen, daß die Wurzel nicht nur das Böse speisen kann. Wie die Überwindung einer Neurose ist dies ein konfliktreicher, schmerzhafter Prozeß. Wer auf diese innere Fremdheit aufmerksam macht, muß eine undankbare Rolle in Kauf nehmen: niemand mag es, wenn man ihm Schmerz zufügt und ihn auf etwas hinweist, das er nicht zur Kenntnis nehmen möchte. Doch es geht um viel: um die Befreiung des Selbst, das auch das die Wurzeln ablehnende bewußte Ich frei macht – frei von seinen Krämpfen. Das Finden der Wurzel bedeutet zugleich die Befreiung der Vergangenheit, und die freie Vergangenheit gibt Zukunft, ohne die echte Freiheit nicht sein kann.

Wir wollen hinzufügen: auch echte Demokratie nicht. Die Befreiung der Wurzeln schließt Demokratie und Liberalismus nicht aus. Daß die Wurzel für viele ein verdächtiges Wort ist und daß sie versuchen, Demokratie und Liberalismus ohne sie zu erreichen, verrät, daß ihr äußerster Horizont noch nicht die Freiheit ist. Die Verdrängung und der Krampf, denen der Besucher in Deutschland auf Schritt und Tritt begegnet, zeugen davon. Und dem osteuropäischen Besucher fällt das deshalb so sehr auf, weil für ihn bisher die Freiheit der Westen und, als nächster Nachbar, gerade Westdeutschland bedeuteten. Doch als die als ausschließliche Voraussetzung für die Freiheit betrachteten politischen Rahmen auch in Osteuropa hergestellt waren, stellte sich heraus, daß es von der Freiheit immer noch weit entfernt ist. Es scheint, als werde nun auch Osteuropa vom Fehlen der Zukunft geplagt. Auch dort nehmen die

Krämpfe zu, auch dort steigt das Bereicherungsfieber, und was in Wirklichkeit nur ein Mittel ist – die wirtschaftliche Gesundung –, das ist für die Mehrheit zum einzigen Ziel geworden. Das aber ist kaum als Zukunft anzusehen.

In Osteuropa war die Freiheit stets ein offener Begriff; da sie von der Realisierung weiter entfernt war als im Westen, hatte der Begriff nicht nur eine politische, sondern auch eine theologische (metaphysische) Bedeutung. (Man denke beispielsweise an die Schriften von Leo Schestow, die noch heute höchst aktuell sind, oder an die Essays und Aufsätze der Ungarn Béla Hamvas und Béla Tábor.) Und da die politische Bedeutung nicht alles durchtränkte, schien auch die Empfindsamkeit für die Wurzeln ausgeprägter als in der Sphäre des Liberalismus. Nach 1989 hatte Osteuropa vor allen Dingen den Wunsch, »aufzuschließen«; doch im geraden Verhältnis dazu geriet die verbliebene Empfindsamkeit für die Wurzeln in Gefahr. Ob wohl der politische Rahmen der Freiheit und ihr theologischer (metaphysischer) Inhalt unvereinbar sind? Im heutigen Berlin stellt sich diese Frage besonders prägnant. Nach dem Einsturz der Mauer beobachteten die Westberliner staunend, wie die zeitweilig an Ameisen erinnernden Ostberliner auf den Schultern Kartons voll elektrotechnischer Artikel in den Ostteil der Stadt balancierten; doch die gelinde Verachtung, die sich in ihr Staunen mischte, suggerierte dem Außenstehenden, daß sie nicht merkten, wer den östlichen Verwandten diese Verhaltensform angeboten hatte – sie selbst nämlich haben eine Welt errichtet, die den Ausgeschlossenen überzeugen will, die Anhäufung erreichbarer Güter sei eine unabdingbare Voraussetzung für die Freiheit. Und wenn der Ostberliner bisher unter der politischen Sklaverei litt, so muß er jetzt wohl oder übel zur Kenntnis nehmen, daß diejenigen, denen er sich anschließen wollte, oft genug voller Verachtung auf ihn blicken. Im vereinten Deutschland bedeutet das – mit Günter Grass' Worten –, daß er zu einem Staatsbürger zweiter Klasse geworden ist; wie ja auch der östliche

Teil Europas nicht mehr als Ostblock, sondern als Block zweiter Klasse zu bezeichnen ist.

Angesichts der wirtschaftlichen Zweitklassigkeit darf jedoch nicht vergessen werden, daß alle die gleichen Chancen haben, was die Freiheit im theologischen Sinn betrifft. Wenn es darum geht, den inneren Mittelpunkt zu finden, dann gibt es keine Menschen erster und zweiter Klasse. Nun, da die beiden Teile Europas politisch gleichrangig geworden sind, dürfen die wirtschaftliche Teilung und der Zwang zum Aufschließen nicht verdecken, daß Osteuropa jetzt mindestens eine solche Verantwortung trägt wie früher Westeuropa. Stand im Westen bisher die Idee von der politischen und wirtschaftlichen Freiheit im Vordergrund, dann muß in Osteuropa jetzt die Idee von der existentiellen Freiheit wachgehalten werden, ohne die die aus der Vergangenheit hervorwachsenden Wurzeln vertrocknen und die Zukunft sich in ein schwarzes Loch verwandeln würde. Das löst Angst und Verkrampfung aus; der Krampf aber ist nichts anderes als eine raffinierte Spielart der Gefangenschaft. Der Osten soll dem Westen ein Beispiel geben? Wie die öffentliche Stimmung heute ist, scheint dieser Gedanke absurd – und über seine Hoffnungslosigkeit bin ich mir im klaren. Doch wenn es darum geht, die theologische Bedeutung der Freiheit wachzuhalten, dann sollte man auf diese Absurdität setzen. All die Schlacke, die sich in vierzig Jahren in den beiden Teilen Europas – im Osten deutlicher, im Westen weniger sichtbar – angesammelt hat, gefährdet die Wurzeln. Die Wurzeln zu befreien ist eine schmerzhafte Arbeit. Die Wurzeln zu vernachlässigen ist für beide Teile lebensgefährlich.

AUFKLÄRUNG – UM JEDEN PREIS

Jürgen Habermas: Der philosophische Diskurs der Moderne

> Ganz offensichtlich fügen Wut oder Gemeinheit zu einem Lehrsatz nichts hinzu. Aber ebenso offensichtlich ist die Vernunft blind für Werte: den Wert einer Landschaft, einer Skulptur oder einer Liebe messen wir nicht mittels der Vernunft oder der logischen oder der theoretischen Analyse.
>
> ERNESTO SÁBATO

Das Werk des auch in Ungarn bekannten Soziologen verdient aus drei Gründen vorgestellt zu werden: a) sein Thema, die Moderne, ist seit zwei Jahrhunderten ein Schlüsselbegriff unserer Kultur; b) Habermas ist einer der wenigen *populären,* auch außerhalb von Fachkreisen ein Echo findenden Denker unserer Zeit, die auf die Herausforderung der Krise der europäischen Kultur mit dem Aufbau eines Gedanken*systems* antworten; c) die Irrwege, Sackgassen und gedanklichen Kurzschlüsse dieses Systems sind wenigstens so lehrreich wie die Theorie selbst. Der zwölf Vorlesungen enthaltende Band verspricht dem Titel nach eine philosophisch fundierte Analyse des Begriffs der Moderne; beim Überfliegen des Inhaltsverzeichnisses darf der Leser einen Einblick in die Geschichte des Begriffs erhoffen, und das Vorwort verheißt nicht weniger als eine kritische Rekonstruktion, die Erforschung der Wegkreuzungen, an denen die Philosophen der Moderne nach Habermas konsequent den falschen Weg gewählt haben. Um entscheiden zu können, ob das Buch die Erwartungen erfüllt, wollen wir überprüfen, worüber Habermas schreibt und wie er das macht.

(Was ist die Moderne?) Von einigen flüchtigen Bemerkungen abgesehen, wirft Habermas nicht den Begriff der Postmoderne auf. Beim Lesen seines Buches hat man dennoch den Eindruck, es handle sich um die Antwort auf eine Herausforderung. Während für immer mehr Menschen, die die Unbeeinflußbarkeit und Schicksalhaftigkeit der historischen Ereignisse spüren, ein Satz von Marcel Duchamp vom Beginn des Jahrhunderts, »es gibt keine Lösung, weil es auch keine Probleme gibt«, einen echten Sinn gewinnt, sucht Habermas, ohne Duchamp oder die Ideologen der Postmoderne zu erwähnen, nach Richtungen und Vektoren in der Geschichte und versucht er in fast schon verkrampftem Bemühen das Problematische unserer Kultur nachzuweisen, wobei sein Vertrauen auf die Lösungen wenigstens so groß ist wie der Zweifel der Postmodernen. Geringer sind höchstens sein Humor und seine daraus resultierende Unvoreingenommenheit. Das ist, wie wir sehen werden, allein schon verräterisch.

Das Buch ließe sich als Rehabilitierung der Moderne verstehen – auf Kosten der Postmoderne. Habermas legt nicht systematisch dar, was er unter Moderne versteht, aber indem er die von ihm ausgewählten Philosophen interpretiert und die einer Lösung harrenden Probleme umreißt, bildet sich mosaikartig auch ein philosophisches Porträt der Moderne heraus. Da Habermas nicht neue Fragen stellen, sondern auf die alten eine neue Antwort geben möchte, sind die Gesichtszüge, die sich abzeichnen, zumeist bekannt. Besonderen Nachdruck verlieh er den folgenden Kriterien der Moderne:

Die Moderne ist ein historisches Gebilde, dessen Anfänge für das ausgehende 18. Jahrhundert anzusetzen sind; ihr bestimmendes Kriterium ist die Ablehnung fremder Maßstäbe, weswegen die Zeit genötigt ist, die Grundlagen ihrer Normativität in sich selbst zu finden; dies ist die Grundlage: überwuchernde Subjektivität im Vergleich zu den vorangegangenen Zeiten; Vorherrschaft der Selbstreflexion: das Verhältnis des Subjekts zu sich selbst wird zur letzten Gewißheit; dieses Verhältnis verdoppelt sich zu einem transzendentalen und einem empirischen sowie zu einem bewußten und einem unbewußten; eine beschränkte, endliche Erkenntnisfähigkeit wird zur transzendentalen Voraussetzung der ins Unendliche gerichteten Erkenntnis (Kant): das Ich erlebt sich gleichzeitig als Subjekt innerhalb der Welt (als ein Objekt unter den anderen Objekten) und als der Welt gegenüberstehendes transzendentales Subjekt; Verdoppelung des Subjekts zu einem von Grund auf schöpferischen und zugleich zu einem seinem Ursprung entfremdeten Wesen; Trennung von Staat und Gesellschaft in einen bürokratischen Staat und in politikfreies Wirtschaften; radikale Geschichtsbetrachtung (Marx, Nietzsche, Walter Benjamin): neue Schlüsselwörter: Revolution, Fortschritt, Emanzipation, Entwicklung, Krise, Zeitgeist.

Habermas interpretiert die Moderne also im Geist der Hegelschen und Marxschen Tradition: wie Hegel setzt auch er ein Gleichheitszeichen zwischen die Begriffe »Neuzeit«, »moderne Zeit« und »bürgerliche Zeit«. Zugleich bedeutet die Moderne für ihn nicht nur ein historisches Zeitalter, sondern auch eine Mentalität, die ausnahmslos alle Zeitgenossen durchdringt. Das Prädikat »modern« ist nicht ein Privileg bestimmter Gruppen und auch nicht bestimmter philosophischer Ansichten, sondern Gemeingut (und Zwang): da nach Habermas für die moderne Zeit die »Dialektik der Aufklärung« kennzeichnend ist, ist der Moderne jedermann ausgeliefert. Sie wird gleichbedeutend mit dem Zwiespalt, und da Habermas sie für ein allgemeines Charakteristikum der Neuzeit hält, vermeint er sie auch dort entdecken zu können, wo das weniger geschulte Auge weder Zwiespalt noch Moderne ausmacht.

Das läßt natürlich viele Fragen offen. Eine Quelle unserer späteren Einwände ist es gerade, daß Habermas auf diese Fragen nicht antwortet; es scheint sogar, als sträube er sich, sie wahrzunehmen. Denn wenn wir beispielsweise die

Moderne so weitgefaßt verstehen, müssen wir dann die Staatstheorie von Rosenkranz oder Carl Schmitt nicht ebenso modern nennen wie die liberalen Staatstheorien, müssen wir sie auf die schematische Kunst nicht ebenso ausdehnen wie auf die Avantgarde oder auch auf Baudelaire, der umsichtiger als irgendwer sonst die Kriterien der modernen Kunst präzisiert hat? Und darüber hinaus: Wenn jemand wirklich die philosophischen Probleme der Moderne löst (denn einen solchen Versuch unternimmt Habermas) und damit prinzipiell über die Moderne hinausgeht, wird dann seine Theorie wegen der einfachen Tatsache, daß er weiterhin ein Kind seiner (also der modernen) Zeit bleibt, nicht zu einer modernen zurückgestuft, und wird er nicht zum Opfer weiterer, nur durch neuerliche Theorien reflektierbarer Probleme?

(Lösungsversuche) Der vielleicht bezeichnendste Zustand der Philosophen der Neuzeit sei das Unbehagen, schreibt Habermas. Alle sind sie Opfer der Zerrissenheit der bürgerlichen Zeit, und alle suchen sie einen Weg zur Aussöhnung und Lösung. Da das Subjekt der modernen Zeit sich gleichzeitig als produktiv und entfremdet erlebt, ist die theoretisch anspruchsvolle Begründung seines eigenen Zustands gleichzeitig mit der Kritik seiner Situation identisch. Kant hat den substantiellen Vernunftbegriff der metaphysischen Tradition gegen einen Vernunftbegriff ausgewechselt, der sich in seine eigenen Momente trennte (reine Vernunft, Urteilskraft und praktische Vernunft), ohne daß er diese Trennung als Zwiespalt empfunden hätte. Hegel war der erste, dem der *historische* Charakter der modernen Zeit auffiel, und demgemäß stellte er auch als erster die Möglichkeit der Vereinigung in Aussicht. Nach Habermas' Auslegung sind in der Kantschen Subjektphilosophie die offensichtlichsten Widersprüche der modernen Zeit zu erkennen, und mit Hegel beginnen die Lösungsversuche, die jedoch – nach Ansicht des Verfassers – ausnahmslos

scheiterten. Der Grund: Bei ihren Versuchen, die Subjektphilosophie zu überwinden, blieben alle ungewollt ihre Gefangenen. Hegel erhob statt des endlichen Verstandes die unendliche Vernunft zum Absoluten, aber dadurch wurden die Gegensätze nicht gelöst, sondern unterdrückt: Er setzte ausgerechnet das in Klammern, was zeitgeschichtliche Aktualität besaß und philosophisch hätte aufgearbeitet werden müssen. Die Empirie wurde so zu etwas »Zufälligem«, »Vorübergehendem«, »Bedeutungslosem«, »Vergänglichem«, das, am Absoluten gemessen, nicht über bestimmende Kraft verfügt: Habermas hält diese Philosophie für untauglich zur Beseitigung der transzendental-empirischen Verdoppelung des Subjekts.

Das gleiche bezieht sich auf die Nachfolger Hegels, die Linkshegelianer und die Rechtshegelianer. Während die Linkshegelianer (»Bewegungspartei«) das verabsolutierte Endliche zu verteidigen trachteten (Feuerbach legte die Betonung auf die sinnliche Existenz der äußeren und inneren Natur, Kierkegaard auf die geschichtliche Existenz des Individuums, Marx auf das materielle Sein der ökonomischen Grundlagen des Zusammenlebens), versuchten die Rechtshegelianer (»Beharrungspartei«) ihre Überzeugung zur Geltung zu bringen, sobald das für die Unruhe verantwortliche revolutionäre Bewußtsein die Vernünftigkeit des Bestehenden einsehe, werde die Substanz von Staat und Religion unverzüglich die Unruhe der bürgerlichen Gesellschaft kompensieren. Auf die Rechtshegelianer geht Habermas nicht ein, um so ausführlicher analysiert er dagegen den Marxismus und seine Erben, die Praxisphilosophie (Gramsci, Lukács, Sartre, Castoriadis, Budapester Schule, jugoslawische Praxisphilosophie). Seiner Ansicht nach spielt in der Marxschen Gedankenwelt die *Arbeit* eine gleiche Rolle wie im deutschen Idealismus das *Selbstbewußtsein*. Habermas meint, bei der Ausarbeitung des Begriffs der *Arbeit* hätten Marx und die Praxisphilosophie gleichermaßen an das Selbstverwirklichungsideal des deutschen Idealismus angeknüpft. Da seines Erachtens Marx der Arbeit die gleiche Aufgabe zuwies, die um die Wende vom 18. zum 19. Jahrhundert der mythenbildenden Kunst zugeschrieben wurde (Friedrich Schlegel, Hölderlin, Schelling, der junge Hegel), also die Schaffung der sittlichen Totalität, erkennt er in der Tiefe des Marxismus ein überaus zeitgebundenes Modell der ästhetischen Produktivität (das Habermas in dem bis zum heutigen Tag lebendigen ästhetischen Utopismus des Marxismus bestätigt sieht). Zugleich bewertet Habermas mit Recht die Kategorie der Arbeit bei Marx als ebenso zweideutig wie später bei den Mitgliedern der Budapester Schule (gestützt auf die in deutscher Sprache erschienenen Werke von Ágnes Heller und György Márkus) oder in Lukács' *Ontologie;* wie er es sieht, diente Marx die Handwerkspraxis der Vergangenheit als Modell, ohne daß er sich das eingestanden hätte. Den Begriff der gesellschaftlichen Arbeit hält Habermas weder anthropologisch noch existential-phänomenologisch für hinreichend geklärt, und deshalb glaubt er, des Zwiespalts der bürgerlichen Zeit könne auch die Praxisphilosophie nicht Herr werden.

Nach Habermas tritt in der Person Nietzsches der Denker in Erscheinung, der sich weder den Links- noch den Rechtshegelianern anzuschließen beabsichtigt, sondern der Zerrissenheit der modernen Zeit Herr werden will, indem er einen Standpunkt restloser Negation einnimmt. Nietzsche lehnt Radikalismus und Sozialismus ebenso ab wie Konservatismus, und statt der Dialektik der Aufklärung zu vertrauen, verwirft er die Vernunft mit allem Drum und Dran; ihre Bewegung hält er für ungeeignet, die Wunden zu heilen, die eben die Vernunft der Menschheit zugefügt hat. Im Gegensatz zu Hegel und Marx sieht Nietzsche innerhalb der bürgerlichen Gesellschaft keinerlei emanzipatorischen Gehalt, und deshalb versucht er, im »Anderen« der Vernunft, im Mythos, eine Heimstatt zu finden. Da aber diesem Mythos die Triebkraft der Dialektik der Aufklärung fehlt, er also geschichtsphilosophisch nicht fundierbar ist, kann die neue Mythologie nur Gegenstand der messianistischen Hoffnung sein. Die archaischen Kräfte erschließt der *kommende* Gott, Dionysos – und das Nahen der Vergangenheit und der Zukunft führt zur Ablehnung der Gegenwart: sich im Augenblick vergessend, gelangt der Mensch aus der zeitgenössischen Welt heraus, und in der Ekstase eröffnet sich ihm der Weg zum dionysischen Leben.

Nietzsche ist der erste, der sich mit der Kritik der Moderne aus dem Reich der Vernunft herausbegibt. Dem Kapitel über ihn gab Habermas den vielsagenden Untertitel *Eintritt in die Postmoderne,* und während er die Kraftlinien der Nietzsche-Tradition aufzeichnet, bemüht er sich um eine bis zum heutigen Tag dauernde, fugenlose Geschichte der von ihm als mißlungen angesehenen Versuche. Nach Habermas gelang es Nietzsche aus zwei Gründen nicht, die Probleme der bürgerlichen Zeit befriedigend zu lösen: 1. Er bemühte sich, die Möglichkeit einer artistischen Weltbetrachtung mit wissenschaftlichen Mitteln zu sichern, verzichtete aber in seinem Mißtrauen gegenüber der Vernunft auf jeglichen Wahrheitsglauben (auf diesem Weg folgten ihm Georges Bataille, Lacan und Foucault); 2. er wollte eine Kritik der Metaphysik bewerkstelligen, ohne darauf zu verzichten, die Philosophie weiter zu betreiben (auf diesem Weg fand er Nachfolger in Heidegger und Derrida).

Bei der Analyse von Hegel und Marx läßt sich Habermas von der Absicht des Verständnisses leiten; er macht sich spürbar beide Ausgangsgrundlagen zu eigen und schreitet mehr oder weniger lange Hand in Hand mit ihnen der angenommenen Lösung entgegen. Und wenn sich ihre Wege nach einer Weile auch trennen, so leugnet Habermas die Solidarität und Verwandtschaft auch später nicht – das verraten nicht nur seine Äußerungen, sondern auch seine Wortwahl und sein Stil. Auf Nietzsche stoßend wird er jedoch zum Außenstehenden, und plötzlich verändert sich sein Stil: er mag die Gedanken Nietzsches und dann seiner

Nachfolger noch so vertieft und stellenweise treffend analysieren, die Möglichkeit eines *Dialogs* weist er von Anfang an von sich. Habermas' Ziel ist die Erkundung der emanzipatorischen Gehalte der bürgerlichen Gesellschaft; er ist der Überzeugung, in ihnen seien Kraftreserven versteckt, die unserer Kultur über alle Krisen hinweghelfen können. Deshalb hat er keinerlei Verständnis für die Denker, die sich auf den Standpunkt radikaler Ablehnung stellen. Doch das mit der Teufelsaustreibung einhergehende krampfhafte Bemühen macht – wie wir sehen werden – auch seine eigenen theoretischen Positionen unvermeidlich schwankend.

Die Anschauungen der analysierten Denker untersucht Habermas unter einem *einzigen* Aspekt: wie sich bei ihnen die Negation der bürgerlichen Zeit äußert. Dieser ausschließliche Gesichtspunkt führt – Habermas gibt es selbst zu – zu unzulässigen Vereinfachungen; und dennoch, Habermas vermag der Nivellierung, die stets mit attraktiven Erfolgen lockt, leider nicht zu widerstehen. Im Falle Heideggers zum Beispiel ermahnt er seine Leser zur radikalen Trennung von Sein und Seiendem. Damit wird jedoch Habermas nicht auf eine zweitausendjährige, wahrscheinlich unlösbare philosophische Problematik aufmerksam, sondern er bemerkt lediglich eine Chiffresprache, die er dann auch »dechiffriert«: Heidegger leugnet seiner Ansicht nach mit der Trennung von Sein und Seiendem stillschweigend die positive Rolle der Vernunft, und da er damit die seines Erachtens auch heute gültige Dialektik der Aufklärung ablehnt, weigert er sich auch, alle die emanzipatorischen Gehalte der bürgerlichen Gesellschaft zur Kenntnis zu nehmen. (Im Fall Heideggers beschäftigt sich Habermas auffallend lange mit der Öffentlichkeitsrolle des Philosophen nach 1933; er versucht sogar, mit dieser Öffentlichkeitsrolle dessen spätere philosophische Entwicklung zu erklären. Das Niveau des Buches sackt hier überraschend ab, nicht nur wegen der offenkundigen Hineindeutungen, sondern auch wegen der Methode. Wenn wir die Anschauungen eines Denkers nicht nach ihrer inneren Dynamik analysieren, sondern lediglich eine Chiffresprache darin sehen, die wir für leicht entzifferbar, übersetzbar, »vom Kopf auf die Füße stellbar« halten, dann stellen wir damit nicht dem betreffenden Denker, sondern uns selbst ein Armutszeugnis aus.) Habermas zitiert den betagten Heidegger, es gebe »ein Denken, das strenger ist als das begriffliche«; aber im Verzicht auf die Argumentation sieht er nur ein Zugeständnis an die Mystik, und er bewertet ihn als Flucht vor den Problemen der modernen Zeit.

Das gleiche wirft er Derrida vor. Er erkennt zwar eine gewisse Gültigkeit des Kampfes gegen den europäischen Logozentrismus an; aber sobald er zu Derridas Aussage »In der Tat ist es klar, daß die Behauptung, es ließe sich jeder subjektive Ausdruck durch einen objektiven ersetzen, im Grunde nichts anderes besagt als die Schrankenlosigkeit der objektiven Vernunft« kommt, wendet er sich auch gegen ihn und beschuldigt ihn der Mystifizierung. Derridas Methode, die »Dekonstruktion«, dient der Zerstörung grundbegrifflicher Hierarchien und der in ihnen sich spiegelnden Herrschaftsverhältnisse; die Sprengung »der ontologischen Gerüste, die die Philosophie im Laufe ihrer subjektzentrierten Vernunftgeschichte errichtet hat«, hält Habermas jedoch für eine eindeutig anarchistische Geste, die mehr schade als nutze. Und ähnlich denkt er über Bataille und Foucault. Bataille erarbeitet den Begriff der Heterogenität, der alles umschließt, was von den bürgerlichen Lebensformen ebensowenig assimiliert werden kann wie von der Methodik der exakten Wissenschaften. Damit schlägt Bataille ebenfalls einen Weg ein, der aus der Dialektik der Aufklärung hinausführt; anders als Heidegger erforscht er nicht die Grundlagen, sondern die Möglichkeit von Grenzüberschreitungen im Interesse der Erreichung echter Souveränität. Nach Habermas' Meinung führt der Bataillesche Begriff der *Heterogenität* und der *Souveränität* ebenso aus der Geschichte hinaus wie der Heideggersche Gedanke des *Grundes*. Und insofern stellt er ihnen auch Foucault zu Seite, der der Rationalität jedes emanzipatorische Element abstreitet und sich die Analyse der inneren Verbindung von Humanismus und Terror, von Wille der Wahrheit und der Macht zum Ziel setzt. Habermas irritiert nicht nur die unleugbare Möglichkeit der Verbindung, sondern auch Foucaults gleichfalls als anarchistisch gekennzeichnete Methodik. »Im Augenblick, und ohne daß ich ein Ende absehen könnte, meidet *mein* Diskurs – weit davon entfernt, den Ort zu bestimmen, von dem aus *er* spricht – den Boden, auf den er sich stützen könnte«, schreibt Foucault. In der Zurückhaltung gegenüber Aussagen mit Wahrheitsgehalt entdeckt Habermas jedoch nicht einen offen eingenommenen Standpunkt oder die Zurkenntnisnahme aller möglichen Konflikte, sondern Zynismus, der seine Hilflosigkeit und seine Unfähigkeit, der inneren Problematik der modernen Zeit Herr zu werden, verhüllen soll.

Bevor wir auf Habermas' eigenen Lösungsvorschlag eingehen, wollen wir das bisher Gesagte zusammenfassen. Nach Habermas' Lesart stimmen in dem Diskurs über die Moderne alle Denker in einem Anklagepunkt überein, der von Hegel und Marx über Nietzsche und Heidegger, Bataille und Lacan bis Foucault und Derrida im wesentlichen unverändert blieb. Die Anklage richtet sich gegen die auf dem Prinzip der Subjektivität basierenden Vernunft, ausgehend von der folgenden Überlegung: Diese Vernunft kämpft gegen alle Manifestationen der Unterdrückung, der Ausbeutung und der Entfremdung, aber nur, um die unangreifbare Herrschaft der Rationalität an ihren Platz zu stellen. (Wir wenden ein: so vereinfachend schreibt nur, wer um jeden Preis Argumente benötigt und diese um einen *beliebigen* Preis auch beschafft.) Ferner: Nach Habermas machen, von Hegel und Marx abgesehen, die erwähnten Denker keinen Unterschied zwischen dem emanzipatorischen und dem regressiven Antlitz der gesellschaftlichen

Rationalität: sie lehnen alles ab und erweisen sich so als unsensibel für die Ambivalenz der Dialektik der Aufklärung. (Der Unsensibilität beschuldigt Habermas an diesem Punkt auch Adorno und Horkheimer, vor allem aufgrund ihres Werkes *Dialektik der Aufklärung).* Ferner: Sie lehnen »undialektisch« die moderne Zeit ab, da sie alles verwerfen, deshalb räumen sie in ihren Theorien dem Alltagsleben keinen Platz ein. Und schließlich – Achtung! – verurteilt Habermas sie noch in einem sonderbaren Anklagepunkt: die behandelten Theorien seien weder der Philosophie noch der Wissenschaft zuzurechnen, weder der Moral- noch der Rechtstheorie, aber auch nicht der Kunst oder der Religion, vielmehr verschmölzen in ihnen Logik und Rhetorik, und den Schaden habe der Wahrheitsgehalt. (Weiterer Einwand: Wie Habermas selbst erwähnt, unterschied schon Kant zwischen dem Schulbegriff und dem Weltbegriff der Philosophie; nur der letztere beschäftigt sich mit etwas, das jedermann »notwendig interessiert«. Und nach Hegel vertiefte sich die Kluft zwischen beiden nur weiter; die Spitzenleistungen der Philosophie sind in erster Linie nicht mit den Namen von Akademiemitgliedern und Professoren verknüpft, sondern mit denen von Partisanen mit nicht einstufbarem Stil und von Denkern, die eigene Wege gingen. Es genügt, an Marx, Kierkegaard, Nietzsche, den jungen Lukács, Klages, Benjamin oder Bataille zu erinnern.)

(Die Lösung) Die im Buch erläuterten Lösungsversuche hält Habermas für unzureichend, weil sie sich nicht an den inneren Problemen der Struktur der bürgerlichen Gesellschaft orientieren, sondern diese Gesellschaft samt und sonders verwerfen. Sie untersuchen nicht das Verhältnis der verschiedenen Momente der Vernunft, sondern konzentrieren sich auf »das Andere« der Vernunft: das Sein (Heidegger), das sich aus der empirisch gesetzten Totalität des Seienden zurückgezogen hat; die Souveränität (Bataille), die restlos der Welt der Nützlichkeit und Berechenbarkeit

gegenübersteht; oder die Macht (Foucault), deren Anziehungskraft der Oberhoheit der Vernunft hartnäckig Widerstand leistet. Habermas denkt in dem fast vierhundertfünfzig Seiten dicken Buch kein einziges Mal darüber nach, ob »das Andere« der Vernunft wirklich eine Realität hat; er stellt nicht die Frage, ob etwas existiert, das außerhalb des Erdenklichen und dennoch lebensnäher ist als das, was wir mit unseren Gedanken durchziehen können. Er befaßt sich auch nicht mit dem *offensichtlichen* Problem, warum die herausragendsten Denker zweier Jahrhunderte ihr Leben lang etwas beschäftigte, was Habermas lediglich für eine Phantasmagorie, einen unfruchtbaren Gedankenhaufen hält. Die Lösung, die er für die Probleme der modernen Zeit anbietet, läßt von vornherein daran zweifeln, daß er sich überhaupt ein Sein jenseits des Horizontes der Moderne und der bürgerlichen Zeit denken kann.

Wer Habermas' 1981 erschienene umfangreiche *Theorie des kommunikativen Handelns* kennt, der wird die von ihm angebotene Lösung ahnen. Wie seither bei jeder möglichen Gelegenheit, erläutert der Verfasser auch diesmal die Grundthesen seiner Theorie, wobei er im gegebenen Fall eine Alternative zu den behandelten philosophischen Lehren bietet. Habermas geht von dieser Hypothese aus: »Zwischen der extramundanen Stellung des transzendentalen und der innerweltlichen des empirischen Ich ist eine Vermittlung nicht möglich.« Eine reale Lösung sieht er in der sogenannten Intersubjektivität, die in der Sprechsituation zustande kommt. Das ist nichts anderes als eine Kommunikation intramundaner Subjekte: Das erdenkliche Wissen von der Welt ist nicht das Privileg eines isolierten Individuums, sondern rational motivierter Konsens, der sich mit Hilfe der Kommunikation aus der Erfahrung aller Subjekte herstellt. Nun müsse »das Paradigma der Erkenntnis von Gegenständen durch das Paradigma der Verständigung zwischen sprach- und handlungsfähigen Subjekten abgelöst werden«: »Im Verständigungsparadigma ist« – im Gegensatz zur »objektivierenden Einstellung« – »vielmehr grundlegend die performative Einstellung von Interaktionsteilnehmern, die ihre Handlungspläne koordinieren, indem sie sich miteinander über etwas in der Welt verständigen.«

Die Wurzeln des kommunikativen Handelns sind in der Geschichte des westlichen Marxismus zu suchen, in der sich zwei Traditionen herauskristallisierten: 1. Nach der Rezeption von Max Weber interpretierten der junge Lukács und die kritische Theorie die Verdinglichung als Rationalität, und nach der materialistischen Aneignung Hegels arbeiteten sie den kritischen Begriff der *Rationalität* aus, ohne das Paradigma der gesellschaftlichen Praxis in Anspruch zu nehmen; 2. nach der Rezeption von Husserl und Heidegger erneuerten der junge Marcuse und Sartre den inzwischen abgenutzten Praxisbegriff, und nach dem im Licht der Husserlschen Phänomenologie gelesenen jungen Marx erarbeiteten sie einen Begriff der *Praxis,* ohne die Konzeption der Rationalität in Anspruch zu nehmen. Mit der Ausarbeitung des Begriffs des kommunikativen Handelns versuchte Habermas u. a. zweierlei Traditionen zu vereinigen; er will die innere Verbindung zwischen der Praxis und der Rationalität aufzeigen.

Die Theorie des kommunikativen Handelns betrachtet die Alltagspraxis als Ausgangspunkt; sie ist der Boden der Sprecher und Hörer voraussetzenden Kommunikation und entdeckt den äußersten Orientierungspunkt in der Lebenswelt. *Innerhalb* dieses Horizontes spielt sich alles ab, was hinsichtlich der Gesellschaft von Belang sein kann. Im Gegensatz zu den von Habermas kritisierten Theorien verkündet sie nicht Negierung, sondern Bewahrung; sie ist nicht radikal, sondern für Reformen; sie führt nicht zu Paradoxa, sondern verspricht eine praktische Lösung; die Geschichte der modernen Zeit sieht sie nicht als eine Serie von Katastrophen, sondern als ein Bauwerk, das sich – wenn auch nicht widerstandslos – immer höher türmt; und was schließlich die Situation des Menschen betrifft, so legt sie nicht existentielles, sondern praktisches Interesse an den Tag, was unausgesprochen die Illusion einer grundsätzlichen Klärbarkeit der menschlichen Existenz weckt.

(Die Fehlenden) Nur als Anmerkung mögen einige Namen und Richtungen folgen, die in dem Buch nicht behandelt werden. Es fehlen vor allem die Denker vor Hegel, wie die Theoretiker der französischen Aufklärung einschließlich des Marquis de Sade; an Hegels Seite fehlen Fichte und Schelling; es fehlen die Romantiker, Schopenhauer, Franz von Baader, Kierkegaard; es fehlen insgesamt die Jahrhundertwende und der Anfang des Jahrhunderts, die Neukantianer, Bergson, der junge Lukács sowie von den späteren Croce, Unamuno, Ortega, Wittgenstein, Ernst Bloch und Emile M. Cioran einbegriffen; es fehlen der Pragmatismus, die Phänomenologie, die hermeneutische Philosophie; es fehlen die bedeutenden christlichen Philosophen des 20. Jahrhunderts.

Und schließlich fällt das Fehlen von Walter Benjamin auf, der doch nach Adornos Charakteristik den Versuch unternahm, die von Habermas abgelehnte Mystik gerade mit der Dialektik der Aufklärung zusammenzubringen.

(Der Stil) Was dieses hochwichtige Thema betrifft, so mag der Stil des mit hohen Ansprüchen auftretenden, bei Suhrkamp erschienenen Buches auch Leser zum Aufstöhnen veranlassen, die für philosophische Fragen weniger empfänglich sind. Der weltweit bekannte und angesehene Denker liefert ein überraschendes Beispiel für eine Art Wortgebrauch, wie sie mir in einem theoretischen Diskurs unzulässig scheint und wie sie eine Zeitlang auch im Ungarischen mit Vorliebe betrieben wurde. Hier einige Beispiele:

Der Verfasser hält Heidegger und Bataille für »anarchistisch« (S. 12[1]), die behandelten philosophischen Theorien

1. Dritte Auflage, 1986.

»wetteifern« (S. 70) seiner Ansicht nach und möchten einander »überbieten« (S. 74), Heidegger und Bataille nennt er »Antihumanisten« (S. 93), aber er geht nicht darauf ein, was er unter Humanismus versteht, Heideggers Philosophie hält er für »philosophische Mystik« (S. 128), das Wort Mystik pejorativ verwendend, seine Philosophie (und nicht die Person) rückt er in die Nähe des Rassismus (S. 161), und wenn es zur Kritik der modernen Zeit komme, meint er, entbehre der Philosoph »jeder Originalität« (S. 167), in bezug auf Foucault erwähnt er den »zynischen Blick des Genealogen« (S. 297), die metaphysische Unbehaustheit betrachtet er als »sentimentale Voraussetzung« (S. 346), Derrida und Heidegger kehrten der zeitgenössischen Welt und Politik den Rücken, um sich »im Ontologisch-Urschriftlichen tummeln zu können« (S. 214), Adorno, Foucault, Heidegger und Derrida seien »unsensibel« (S. 392) für die Ambivalenz der bürgerlichen Zeit, und an einer Stelle setzt er sämtliche behandelte Theorien spöttisch in Anführungszeichen: »Theorien.«

(Fragezeichen und Einwände) Randbemerkungen, ohne Anspruch auf Systematisierung. Kann man ein Buch über die Moderne schreiben und dabei deren ästhetische Aspekte unberücksichtigt lassen? Die Moderne hat sich von Anfang an ästhetisch ausgesprochen (denken wir nur an die Debatte des 18. Jahrhunderts: Querelle des Anciens et des Modernes), und auch die philosophischen Begründungen gehorchen offen (Schiller, Schelling, Nietzsche) oder wie Habermas selbst erwähnt – verhüllt (Marx, Lukács) dem Gesetz des Ästhetischen. Den behandelten Philosophen wirft Habermas vor, sie seien mit ihren Theorien über die Philosophie hinausgegangen oder unter ihr geblieben – und er verwirft sie in erster Linie wegen ihrer Empfänglichkeit für die Krise. In Auslassungen über die moderne Kunst sah Baudelaire dagegen eines ihrer Wesensmerkmale darin, daß sie keine Verbindung zur prosaischen Welt hat, daß sie eine

unlösbare Krise in ihrem Umfeld heraufbeschwört. Auch Habermas selbst verweist wiederholt auf die subversive Kraft der avantgardistischen Kunst, und er verurteilt sogar die Ästhetiker (beispielsweise Joachim Ritter), die die Avantgarde zähmen und salonfähig machen möchten; gleichzeitig lehnt er gerade wegen dieser subversiven Kraft Bataille und Heidegger ab. Der Widerspruch wäre lösbar, wenn er die ästhetischen Grundlagen der Moderne bedächte; aber dann müßte er auch den radikalen, subversiven, die Dialektik der Aufklärung negierenden Philosophen mehr Verständnis entgegenbringen. Das wiederum brächte die Theorie des kommunikativen Handelns in Gefahr. Karl Heinz Bohrer macht zu Recht darauf aufmerksam (*Der romantische Brief. Die Entstehung ästhetischer Subjektivität,* Carl Hanser Verlag 1987), daß in der Sozial- und Funktionsgeschichte von Literatur die »besonderen ästhetischen Bestimmungsmerkmale« des Künstlers gerne »überblendet (werden) von denjenigen, die soziale Identität herstellen« (S. 11) – und das prominenteste Beispiel solcher auf Max Weber zurückleitbarer »Anschlußtheorien« entdeckt er in zwei Büchern von Habermas, in *Theorie des kommunikativen Handelns* und *Der philosophische Diskurs der Moderne,* »auch wenn das Vorwort (des letzteren) sich von einer solchen Inanspruchnahme des Modernismus in Kunst und Literatur distanziert« (ebenda). Setzen wir hinzu: Die Anschlußtheorie, die Bohrer auf Weber zurückleitet, diente gleichzeitig der vulgär-marxistischen Ästhetik als Grundlage. Man denke an Lukács' Realismustheorie oder *Zerstörung der Vernunft,* deren Tonfall sehr an den von Habermas erinnert. Was vor allem charakterisiert diese »Anschlußtheorie«? Daß sie alles in einer geschlossenen Einheit sehen möchte, also nicht das Vorhandensein im Verhältnis zu dem von ihr errichteten System äußerer, heterogener, es sprengender oder widerlegender Elemente duldet. Letztlich duldet sie also keinen *Widerspruch.* Hier werden nicht nur die Wurzeln des deutschen Idealismus erkennbar, sondern für mich fällt auch die *diktatorische* Fundierung einer solchen Denkungsart ins Auge. Und das muß uns nachdenklich stimmen. Denn steht diese Fundamentierung nicht in scharfem Gegensatz zu allem, was Habermas sonst verkündet: zum Dialog, zur Kommunikation, zur Konsenssuche?

Habermas bemängelt mehrmals, Nietzsche habe das, was über die Welt zu sagen sei, auf Geschmacksurteile eingeengt. Nach Habermas wird damit die Wahrheit als solche verletzt: »Wenn sich aber das Denken nicht mehr im Element der Wahrheit ... bewegen kann, verlieren Widerspruch und Kritik ihren Sinn.« Aber wo steckt die Wahrheit, die Habermas vermißt? Wäre es nicht denkbar, daß gerade die *Geste* der Nietzscheschen Abneigung gegen die objektive Wahrheit den – negativen – Abdruck der Wahrheit bezeichnet? Heidegger wirft die Möglichkeit auf, daß »das Ausbleiben des Seins das Sein selbst als dieses Ausbleiben (ist)« – der Mangel kann ebenso erlebnishaft werden wie die Erfüllung. Hätte Habermas die Kunst oder die Psychoanalyse in seine Untersuchungen einbezogen, hätte er sich vermutlich als sensibler für die Negativitäten der modernen Zeit erwiesen, die keinerlei Moment der dialektischen Vernunft positiv zu machen vermag. Diese Negativitäten – der Mangel, die Unbestimmbarkeit, der Radikalismus, die Erotik, das Schlechte, das Heilige, der unaufhebbare Augenblick, der Terror – widersetzen sich der Vernunft, der Rationalität, sie sind nicht einverleibbar und zugleich dennoch durch und durch seiend. Sie sind ungeeignet, zum Gegenstand »kommunikativen Handelns« zu werden, und deshalb tut Habermas, als existierten sie gar nicht: er nimmt sie nicht zur Kenntnis. Er sucht einzig die »positiven« Wahrheiten und richtet seine Aufmerksamkeit auf das Mitteilbare, das Aussprechbare, das Lösbare, auf alles, was Teil des gesellschaftlichen Konsenses werden kann. Aber Georges Bataille hat völlig recht, wenn er schreibt, die für die Gesellschaft gültigen Normen hätten ihre Kraft einem Etwas zu verdanken, das für die

Gesellschaft nicht aufarbeitbar ist (zum Beispiel der Sünde, dem Heiligen); die rationale Welt der Arbeit beispielsweise ist von Verboten umgeben, aber diese Verbote gehorchen nicht den Gesetzen der Ratio. Es scheint, als wollte die Theorie des kommunikativen Handelns von diesen Verboten und Grenzen keine Kenntnis nehmen; während Habermas von Nietzsche Rechenschaft über die Wahrheit verlangt, macht er sich selbst eines anderweitigen Fehlens der Wahrheit schuldig.

Im Zusammenhang mit Adorno und Horkheimer schreibt Habermas: »Wer an einem Ort, den die Philosophie einst mit ihren Letztbegründungen besetzt hielt, in einer Paradoxie verharrt, nimmt nicht nur eine unbequeme Stellung ein; er kann die Stellung nur halten, wenn mindestens plausibel zu machen ist, daß es *keinen Ausweg* gibt.« Existiert wirklich eine Philosophie, deren letztes Wort nicht in Paradoxa, in unlösbaren Widersprüchen erstickt? Hat die Philosophie wirklich die Aufgabe, einen Ausweg zu suchen? An einer Stelle schreibt Habermas, die Philosophie könne nicht auf den Wahrheitsanspruch verzichten, doch dann fährt er fort: »Die Philosophie versteht sich nach wie vor als Hüterin der Rationalität im Sinne eines unserer Lebensform endogenen Vernunftanspruchs.« Diese Behauptung, die philosophiegeschichtlich von vornherein von zweifelhaftem Wert ist, ist ein typisches Beispiel für die Mythenbildung, die Habermas allerdings überall verschleiern möchte. Und wenn wirklich das die Philosophie ist, wie sollen wir dann die von Habermas behandelten Theorien bezeichnen? Versucht Habermas nicht, der Philosophie den Sträflingsanzug der Politologie und der Soziologie anzuziehen?

Zentrale Kategorie der Theorie des kommunikativen Handelns ist die Lebenswelt. Habermas hat diesen von Husserl entlehnten Begriff seiner transzendentalphilosophisch-existentiellen Bedeutung beraubt und ihn praktisch verstanden – aber der Begriff blieb wenigstens so nebulös und unbestimmt wie die Kategorien, die Habermas als »das Andere« der Vernunft charakterisierte. Vermutlich können wir aus dem politischen Hintersinn der Theorie am besten auf die Bedeutung zurückschließen, die Habermas dem Wort gibt: Er behandelt nämlich die Lebenswelt zusammen mit den Lebensformen, die letzteren bezeichnet er als konkret, die erstere als allgemein, und ähnlich wie die Lebensformen benutzt er sie gelegentlich auch im Plural. Beide stehen in einem strukturellen Verhältnis zueinander, und die Lebenswelt bietet als Kultur, als Gesellschaft und als Persönlichkeit der konkreten Lebensform einen Hintergrund. Das Verhältnis zwischen der Lebenswelt und der Lebensform ist jedoch nach Habermas durch die Polyphonie gekennzeichnet, und zur Realisierung des kommunikativen Handelns ist die Benutzung des Plurals unerläßlich. Dann nämlich können die autonomen Teilöffentlichkeiten entstehen, die nicht nur den ungestörten Gang des kommunikativen Handelns, sondern auch den Demokratismus gewährleisten. Wem fiele beim Lesen von Habermas' Erörterungen nicht die Struktur der heutigen westdeutschen Gesellschaft ein? Und zudem erhebt sich der Verdacht, die Lösung, nach der die Menschen zwei Jahrhunderte lang vergeblich strebten und die Habermas in Aussicht stellte, sei schon zustande gekommen: in Form des sozialliberalen Staates, über dessen Grundbedingungen Habermas mit Hegels Worten sagen kann, er sei vernünftig, weil er existiere. Wenn diese Annahme richtig ist, wird Habermas' Antipathie gegen die behandelten Philosophen verständlich: Wie in einem gutorganisierten demokratischen Staat die extreme Ablehnung ein unverdaulicher, terroristischer, schlechter Happen zu sein scheint, so werden für die Theorie des kommunikativen Handelns der eine radikale Geschichtsbetrachtung verkündende Nietzsche, der »anarchistische« Bataille samt Heidegger und Derrida und eigentlich auch die Philosophie selbst unverdaulich, soweit sie sich sträubt, mit praktischen Lösungen aufzuwarten.

(Als Zusammenfassung) Als ich das Buch las, wechselten sich Anerkennung und Ärger ab. Angesichts der überwältigenden Stoffkenntnis stieg von Kapitel zu Kapitel meine Enttäuschung, daß der Verfasser so unübersehbar seine erworbenen Kenntnisse brachliegen läßt. Wie immer, war es auch hier ärgerlich, zu sehen, daß sich ein Denker mit Schranken umgibt und das in einem fort leugnet, und war ich zu Beginn angetan von der Kühnheit, mit der Habermas bei Marx angefangen über Heidegger und Foucault bis hin zu Bataille alle angriff, so war ich später um so enttäuschter, daß da kaum ein Unterschied zur Kühnheit der Vereinfacher und Nivellierer besteht. Bemerkenswert ist die Konsequenz, mit der Habermas von Buch zu Buch das Bauwerk seiner eigenen Theorie aufstockt, aber mit der Höhe wächst das Mißtrauen gegenüber der Stabilität der Fundamente – und das betreffende Buch kann ja auch als eine Art historische Fundamentierung betrachtet werden. Wenn schon vom historischen Fundament die Rede ist, möchte ich hinzufügen: Beim Lesen steigerte gerade die Methodik des Verfassers beim Umgang mit der Vergangenheit meine Abneigung. Indem er »das Andere« der Vernunft in Klammern setzte, klammerte Habermas damit nicht auch eine der stärksten Traditionen der deutschen Kultur ein, die Romantik, den Nicht-Rationalismus? Was für einen Boden wird der heutige deutsche Geist haben, wenn man dieser Tradition jedes Ergebnis bestreitet? Es ist, als hätte beim Lesen mich, den Nicht-Deutschen, diese Frage stärker beschäftigt als den Verfasser. Deshalb war meine Anerkennung für die stellenweise unbestreitbar brillanten Analysen von Ärger und Enttäuschung durchzogen. Doch das wäre schon ein anderes Thema.

MASKEN DER MACHTGIER

Einige Gedanken zu Diedrich Diederichsen

> Ehe man uns unter Anklage stellt, wollen wir daran erinnern, daß Karl Marx sich über ein ›soziales‹ Theaterstück mit dem Titel *L'Insurgé* mokierte, das ein Revolutionär der Pariser Commune geschrieben hatte, wogegen er Shakespeare und die englischen Lyriker auswendig rezitierte, den Monarchisten Balzac bewunderte und sich vor jener Hofschranze namens Goethe verneigte.
>
> ERNESTO SÁBATO

(Der Verfasser dieser Zeilen mag keinerlei Ghetto, er sympathisiert eher mit einem Gedanken Voltaires, der zu einem seiner Gegner gesagt hat: Ich bin zwar gänzlich anderer Meinung als Sie, aber ich gäbe mein Leben hin, wenn man Sie mit Gewalt Ihrer Gedanken berauben wollte.)

Strömte nicht Haß aus jedem Satz des Kapitels *Spirituelle Reaktionäre und völkische Vernunftkritiker* in dem Buch *Freiheit macht arm*[1] und ließe der unangemessen selbstsichere Tonfall des Autors nicht erkennen, daß er im Schatten der Macht der Medien schreibt und ihren Schutz genießt, könnte man Diedrich Diederichsen sogar bedauern. Wenn er wirklich seine eigene Meinung verträte, wenn er die 1. Person Singular nicht nur grammatisch benutzte, sondern auch in ihrem Geist schriebe, täte er mir tatsächlich leid. Denn im Grunde genommen ist jemand, der so verkrampft ist, bedauernswert; er schreit zwar laut, aber gleichzeitig ängstigt er sich. Der Ton der Sätze, das Knirschen der aufeinander sich schiebenden Gedanken und der angestrengt ungezwungene Stil erinnern mich an das fal-

1. Diedrich Diederichsen, Freiheit macht arm, Kiepenheuer & Witsch, Köln 1993, S. 117ff.

sche Pfeifen eines Kindes im Dunkeln, mit dem es die nicht existenten Gespenster vertreiben und sich zugleich Mut machen will. Nichts wäre leichter, als die Persönlichkeit zu analysieren, die hinter *solchen* und *so vorgetragenen* Gedanken steckt; und ein Minimum an Menschenkenntnis genügt, die tiefe Unsicherheit zu erkennen, die der autoritäre, den Regeln der Vorzensur angepaßte Ton verschleiern soll.

Wie gesagt, ich würde ihn bedauern – denn bedauernswert sind sie immer, denen es am allerwichtigsten ist, *um jeden Preis* Helden des Tages zu sein (wer empfände beim Lesen der Zeilen DDs nicht, daß ihm noch wichtiger als die linke Gesinnung oder die – übrigens berechtigte – antifaschistische Emotion – der *Exhibitionismus* ist: er hält sich selbst für viel wichtiger als sein gewähltes Thema). Doch ich kann ihn nicht bedauern. Mir nämlich hat das Leben über lange Jahrzehnte die autoritäre, zu keinerlei Hinhören fähige Mentalität zu *verbittern* versucht, die mir DD so bekannt vorkommen läßt. Daß es ihm nicht gelingt, hat er nicht seiner *Schwäche,* sondern eher meiner *Gleichgültigkeit* zu verdanken. Aber sie hat sich mir für das Leben eingeprägt, und wenn sie gelegentlich auftaucht, erkenne ich sie von weitem. Sie ist ja so vertraut und durchsichtig! Und hinter der nach den aktuellen Moderichtungen zugeschnittenen Maske so langweilig gleichförmig und entmutigend gesichtslos. Sie achtet nur scheinbar auf den *Geist,* in Wirklichkeit trachtet sie ausschließlich danach, eine Macht zu erlangen. Ich möchte betonen: entmutigend ist sie nicht, weil sie in vorliegendem Fall links ist (aber, hinsichtlich des Tons, genausogut rechts sein könnte), sondern weil ihr jeder *menschliche* Zug fehlt. Gerade DDs Buch belegt, wie sehr eine *intelligente Linke* fehlt, die diesen Ton auf die Weise ablehnen würde, wie etwa Joseph McCarthy von Brecht abgelehnt wurde. Dort standen sich nicht einfach die Rechte und die Linke gegenüber, sondern das Intelligente und das Böse – deshalb ist der damalige Streit auch heute noch aktuell, nicht wegen des mittlerweile größtenteils vergessenen politischen Inhalts.

Das Fehlen menschlicher Züge steht immer mit dem Bösen in Zusammenhang. Das Böse nämlich ist stets unpersönlich und leidenschaftslos. Eine Maske, die nach Belieben gewechselt werden kann. Wodurch wirkt das Böse so verlockend? Dadurch, daß die Menschen in der Regel nur auf die *Rollen* neugierig sind und die menschliche (sprich: göttliche, geistige) Qualität in ihrem Innern erstikken wollen. Denn sie zu tragen ist ermüdend und macht einsam. Eine Voraussetzung der Popularität ist der Verzicht auf mich selbst – das Unmenschlichwerden. Am auffälligsten an der Demagogie ist letztlich nicht, daß sie links oder rechts ist, sondern grundlegend ein *Verzicht* – Verzicht auf die Qualitäten, die im Menschen die persönlichsten sind, die nicht maskiert, die nicht in den Dienst irgendeiner Ideologie gestellt werden können. Also *Machtgier,* die durch innere Verarmung Befriedigung findet.

Welches sind die Merkmale der Demagogie? Zum Beispiel der schmeichlerische Ton. Die scheinbare Aufrichtigkeit. Ein wenig Inbrunst. Geheuchelte Demut. Übertriebenes Mitgefühl mit den Unterdrückten. Der jeweilige nachlässige und anspruchslose Stil verrät jedoch, daß hinter alledem knallharter Hochmut steckt: die Voraussetzung jeglicher Unmenschlichkeit. Wie auch das Beispiel des DD zeigt. Es hat den Anschein, als hörte er dem anderen zu. Er tut, als berücksichtigte er alles. Dann zückt er die ideologische Keule und greift statt Gedanken den Menschen an. Er spricht von Matthes & Seitz-Faschisten (Falter, 5/52/92) – so, schlicht und einfach, ohne Namen zu nennen. Mit einer halben Zigarette im Mund, einem Schal um den Hals, arrogant, die Rolle eines ungefähr 65prozentigen Dandys suggerierend. Denkt er an eine faschistische *Partei?* Mit Mitgliedern wie Leo Schestow, Valeriu Marcu, Theodor Lessing, Otto Weininger, Pierre Klossowski, Charlotte Wolff, Max Jacob, Simone Weil, Rahel Varnhagen, Boris

Groys, Felix Somary, Benjamin Fondane, Georg Simmel, Albert Caraco, Morton Feldman, Jacob Taubes? Oder – lassen wir die Juden weg – die GULAG-Opfer Pawel Florenskij, Ossip Mandelstam? Vielleicht Marina Zwetajewa? Denn bestimmt denkt er nicht an John Keats, Arthur Rimbaud, Edgar Degas oder André Masson.

Das Böse war – in der bisherigen Geschichte – nicht nur demagogisch, es *fürchtete* sich auch. Und deshalb ist es ständig mißtrauisch. Auf der Hut. Es sucht *Zusammenhänge.* Auch dort, wo es keine gibt. Dann erschafft es sie halt. In einem 1995 erschienenen Band veröffentlichte DD – und das zeugt von noch mehr Intoleranz und Böswilligkeit – eine umgeschriebene Variante seines Aufsatzes, in der er zugibt, eine *Geschichte,* das heißt Fiktion zusammenzustellen: »Verlage, Personen, Begriffe und Namen von Theorien sind das Material, aus dem ich diese Geschichte (nämlich wie sich die Rechte formiert – L. F. F.) zusammenstelle«. (DD: *Der Anarch, der Solitär und die Revolte,* in: *Rechtsextremismus. Ideologie und Gewalt,* hg. v. R. Faber, H. Funke, G. Schoenberner, Edition Hentrich, Berlin 1995, S. 244) Das Opfer solcher Scheinzusammenhänge wurde halb Europa, sein östlicher Teil, meine Familie eingeschlossen. So mißtrauisch wie nach 1945 die vorgeblich linken Herren Osteuropas war zuletzt die Inquisition gewesen. (Wir kennen natürlich das Gegenargument: das waren nicht die echten Linken. Aber wer dann? Die Erfahrung zeigt: es sind immer die, die es von sich behaupten.)

Das Böse nimmt, wenn es sich fürchtet (und Grund zur Furcht hat es in seinem Machtstreben), keine Rücksicht auf die Menschen. Und noch weniger auf die Gedanken. Botho Strauß zitiert in einem im Carl Hanser Verlag erschienenen Buch Nicolás Gómez Dávila. Gómez Dávila hat der Karolinger Verlag herausgegeben. Ein Autor des Karolinger Verlags ist (neben Kierkegaard, Fechner, Joseph de Maistre, Dostojewskij, Céline) auch Günther Maschke. Maschkes Name ist auch aus der Zeitschrift Etappe bekannt. Ergo: Der Fahndungsbefehl kann auch gegen den Fremden erlassen werden. Man suche ihn nicht in Kolumbien, sondern in Rostock oder Mölln. Besonderes Kennzeichen: maskiert sich als Skinhead. Und was schreibt er? Unwichtig. *Von ihm ist kein Wort zu zitieren.* Der *Verdacht* genügt als Beweis. Und das Ergebnis: Ghettoisierung. Alle zusammengesperrt, denen sein Name nicht gefällt oder die verleumdet wurden. (DD ist in der Forschung so auffällig gründlich, und er kennt diejenigen, die er haßt, so ausgezeichnet, daß sich der Leser geradezu veranlaßt fühlt, seine psychoanalytischen Kenntnisse nutzbringend anzuwenden.) Die Fußnoten 4 und 15 im erwähnten Kapitel des Buches betrachten ja schon Geschwätz als hinlänglichen Beweis, wie auch Hubert Winkels hingeworfene Bemerkung auf der Frankfurter Buchmesse als gewichtiges philologisches Argument in DDs zitiertem Aufsatz aus 1995 angeführt wird (Die Philologie als Verleumdungswissenschaft). Hierher passen die treffenden Worte des Philosophen Rüdiger Safranski: »Intellektuelle Diskussionen im Medienzeitalter fordern schnelle Reaktionen. Da hilft die Zuschreibungstechnik. Wenn man weiß, wohin ein Gedanke ›gehört‹, braucht man ihn nicht mehr zu denken. Man hat ihn erledigt ... In Ermangelung von Geist behilft man sich mit der Empörung. Dabei muß man ein wenig nachhelfen. Hebt man ein Schachbrett an, sagen wir auf der linken Seite, so werden alle Figuren nach rechts unten rutschen, und man braucht dann nur noch darauf hinzuweisen, daß sie auf eine schiefe Ebene geraten sind.« (Rüdiger Safranski: »Die Sehnsucht nach Härte und Schwere«, in: Akzente, Heft 3/Juni 1995, S. 281)

Hier ein Beispiel, wie man Zusammenhänge erschafft – anders gesagt, erschleicht: »Bataille hat nicht Syberberg gemacht, aber eine Linke, die ihn Matthes & Seitz überlassen hat, hat ihn für die Herstellung eines Klimas freigegeben, von dem Syberbergs Publikation und seine und seinesgleichen spätere ›kontroverse‹ Prominenz profitieren konnten.« (S. 154) Bataille ist schwerlich als Faschist zu bezeichnen (wenngleich DD, wenn es um Ausfälle gegen den Poststrukturalismus geht, nicht davor zurückschreckt, den 1962 bereits toten Bataille ebenso wie den 1948 gestorbenen Artaud auf absolut anachronistische Weise Poststrukturalisten zu nennen!); und dennoch: die Demagogie, die stets die *Eindeutigkeit* liebt (in diesem Fall: nicht die Klarheit von Descartes, sondern die geistige Wüste), weiht auch Bataille zum Faschisten, wenn Matthes & Seitz ihn herausgibt: »Syberbergs Buch erschien in dem Verlag, auf dessen Konto nicht nur das Gros der deutschen Bataille-Veröffentlichungen, sondern auch die prominenteste Bataille-Sekundärliteratur geht. Aber ich *fürchte* (hervorgehoben von mir, L. F. F.), daß *diese* ›Ambiguity‹ wirklich nicht mehr ist als ein ›cover for an univocal fascism‹.« (S. 122) *Gedanken,* die den Beweis erbringen müßten, *fehlen* natürlich (DDs *Fürchten* ist Beweis genug); aber sie sind auch nicht nötig, wenn *Menschen* an den Pranger gestellt werden sollen: »Denn wir müssen ein paar Figuren beobachten, ein paar Orte und Unternehmungen, die mit dem Abbau und der Entsorgung des linken deutschen Denkens der Siebziger während der Achtziger, zum Teil auch aus zunächst guten Gründen, beschäftigt waren ...« (S. 122) (Habermas verfährt nach ähnlicher Logik, wenn er – Adornos unbegründetem Argwohn in bezug auf Bataille kritiklos folgend – Bataille, Leiris, Caillois sowie den Verlag Matthes & Seitz mit »Kryptofaschismus« in Verbindung bringt. Jürgen Habermas: *Das Falsche im Eigenen.* Die Zeit, Nr. 39, 23. 9. 1994, S. 78) ... Verschwörungstheorie? Dolchstoßtheorie? Aber ja, in Reinkultur. Nach dem Muster, wie es in Deutschland in diesem Jahrhundert mehrmals gestrickt wurde, auf den unterschiedlichsten politischen Seiten. Jeder, der *anders* denkt als ich, ist ein Antisemit, eine Neonazi usw. Wem fällt da nicht sofort die Wahnsinnsidee von der internationalen jüdisch-bolschewistischen Verschwörung ein?

Auffällig ist, mit welchem Eifer sich DD von denjenigen distanziert, die *andersgeartet* sind. Für mich strömt gerade aus seinen Schriften mit ihrer gnadenlosen Intoleranz der raffinierte und einschmeichelnde Fremdenhaß/Ausländerhaß, von dem sich eine intelligente Linke endlich abgrenzen müßte, auch dann, wenn sich diese Intoleranz in diesem Fall – vielleicht aus dem Wunsch nach Teilhabe an der Macht heraus – störrisch für links hält. Sollte denn nur ein Fremder/Ausländer sein, wer einen anderen Paß, eine andere Hautfarbe, eine andere Muttersprache hat? Diese vereinfachende, technizistische Interpretation der Fremdheit zeichnet die extreme Rechte aus. Doch gegen diese pragmatische (sprich primitive) Mentalität kann ich nur wirkungsvoll argumentieren, wenn ich mir diese Logik *nicht* zu eigen mache, sondern die Wurzeln der Fremdheit erforsche – in allem, hauptsächlich naturgemäß in mir selbst. Ähnlich wie den Rechtsextremisten (oder den Stalinisten) liegt DD nichts ferner als eine Selbstprüfung in der ersten Person Singular. Insofern ist sein Aufsatz auch *typisch:* DD entlarvt nicht nur sich selbst, er wirft auch Licht auf eine ganze Richtung. Er paßt sich spektakulär der rechtsextremen Logik an und bringt dementsprechend Verständnis nur für die Fremdheit auf, die von *denen* abgelehnt wird; und die tieferen, existentiellen Erscheinungsformen der Fremdheit vermag er auch nur durch den Filter der Politik zu interpretieren.

Wenn er beispielsweise die im Merve Verlag oder bei Matthes & Seitz erschienenen Revolte-Anthologien mit der Bemerkung vom Tisch fegt, das Ziel dieser Bücher sei die Stärkung der »klassisch rechten Positionen«, dann kann nur jeder lächeln, der sie wirklich aufgeschlagen und sich nicht damit begnügt hat, durch das Schaufensterglas einer Buchhandlung nach dem Namen des Verlags zu linsen. Wer zum Beispiel vertritt in *Ich gestatte mir die Revolte* (Matthes & Seitz, München 1985) die Rechte? Arthur Adamov, Artaud, Bataille, Blanchot, Günter Brus, Paul Celan,

Céline, Cioran, Emily Dickinson, Flaubert, Guyotat, Hamann, Hölderlin, Ernst Jünger, Kierkegaard, Klages, Leiris, Musil, Nietzsche, Novalis, Pascal, Paul Valéry, Simone Weil – um nur einige zu nennen. O ja, Dummheit ist manchmal gar nicht mehr lächerlich. Was sollen wir anfangen mit einer Kritik, die sich nicht getraut, Namen zu nennen, weil sich dann herausstellen würde, daß das Festhalten an politischen Kategorien pure Scharrenfechterei und Selbstgefälligkeit ist? Möglicherweise dachte Oswald Wiener an Autoren vom Schlag eines DD, als er schrieb: »argumentiert nicht, gebt eure motive niemals bekannt.« In der Tat, das Argumentieren hat einen unteren Pegel, von dem aus man im Diskutieren vielleicht nicht mehr weiter abwärts gehen sollte, weil man sonst den Respekt vor sich selbst aufs Spiel setzte. Diederichsen ist kurzatmig und verbaut wie alle Doktrinäre.

Das Böse ist also nicht nur selbstaushungernd und nicht nur unpersönlich, es ist auch kleinlich und einfallslos. Seine Methoden luchst es anderen ab – und zwar dem jeweiligen Totalitarismus. *Direkte* Verbindungen zwischen dem Geist und der Politik zu suchen, *Bücher* für rechtsradikale Verbrechen verantwortlich zu machen: ist das nicht die Erbschaft des deutschen Idealismus, der sich gegebenenfalls mit Bücherverbrennungen rechtfertigt? Den Zerfall des linken Denkens einigen wenigen anzuhängen: DD kennt nicht einmal die Grundlehren des Marxismus, obgleich er Marx zitiert. Und warum sind diese Methoden grundfalsch? Weil sie im Teil denken, nicht im Ganzen – richtiger, weil sie den Teil zum Ganzen machen möchten. Das Resultat: nicht Reichtum an Werten, sondern Ausrottung von allem. Neofaschismus? Antisemitismus? Jedes mittelmäßig begabte Schulkind ist imstande, jedermann, und sei es die ganze Welt, in Verdacht zu bringen. Aber einstweilen schweigt es, weil es ja lernen muß. Und wenn es heranwächst und immer noch mit den alles andere als kreativen Gedanken des Verdächtigens, der Suche nach Scheinzusammenhängen, der Ehrabschneidung liebäugelt, dann kann ich daraus nur schließen, daß diesen Menschen eigentlich nicht die Zurückdrängung der Skinheads oder der Antisemiten beschäftigt, sondern daß er in seinem tiefsten Innern die eigene Machtgier, den eigenen Narzißmus ausleben möchte, auf Kosten *aller anderen.*

Wie sagt Gómez Dávila? »Die Taktiken der herkömmlichen Polemik scheitern am unerschrockenen Dogmatismus der zeitgenössischen Menschen ... Wir dürfen ihm nicht mit systematischen Argumenten gegenübertreten noch ihm methodisch mit alternativen Lösungen aufwarten.« Er hat völlig recht. Zweierlei darf dennoch nicht vergessen werden: Erstens, daß der *Tonfall* und die *Art der Beweisführung,* derer sich DD befleißigt, in den ehemaligen sozialistischen Ländern Millionen Menschen das Leben ruiniert hat. Zweitens, ich weiß nicht, was aus Hamburg, Stuttgart oder einer Kölner Redaktion von Europa außer dem zu sehen ist, was durch die Medien gefiltert dorthin gelangt. In Osteuropa jedenfalls ist klar, daß zum einen die *Rechte* hier größere Chancen hat als sonst irgendwo in Europa und daß zum anderen diese Rechte sich des gleichen Jargons bedient wie DD. Der Ton, der in einem Buch von Kiepenheuer & Witsch eher schick und kokett wirkt, kommt in Osteuropa heute allen gelegen, die nach Macht streben. Nicht weil es ein »linker«, sondern weil es ein totalitärer Ton ist. Die Wörter können schmeicheln; der Tonfall jedoch gebührt dem Staatsanwalt, den weder Zweifel quälen noch Verlangen nach Dialogen, weil er sich seiner Macht sicher ist. An einer Stelle spielt DD, ein bißchen unüberlegt, mit dem Gedanken, er sei auch ein Staatsanwalt. Wie wir wissen, interessiert es den Staatsanwalt nicht, im Namen welcher Ideologie er andere verurteilt; wichtiger ist ihm das *Urteilen.* Es ist die Voraussetzung seiner Funktion und seiner Macht. Auch DD urteilt im Namen einer Mehrheit und der Macht über eine Minderheit. Aus der sicheren Position der Macht schlägt er auf die ein, die – da sie Schriftsteller sind –

keine politische Macht haben, hinter denen keine politische Partei steht, deren Einfluß nicht weiter reicht als bis zu einer schmalen Schicht Intellektueller, die weder zur Linken noch zur Rechten gehören. Vielleicht, weil sie instinktiv den Verlockungen des Zynismus widerstehen und nicht als Sonntagsprediger auftreten wollen, nur um für eine Weile Medienhelden zu werden. Alle höheren Ideen ebnen die Zyniker ein auf den grad vorliegenden Bedarf, werden von ihnen auf das angebliche Bedürfnis von heute eingeebnet und übersandet. Selbst ihre Grotesken sind noch die Vernunft ihrer Unvernunft.

III.

Edith Clever in Syberbergs *Parsifal*

DIE LAST DER HEILSSUCHE

Syberbergs Parsifal

> Wo ist heute Platz für einen Einzelgänger wie Hans Jürgen Syberberg, der gar keine Filme mehr macht, oder für den großartigen Godard, der jetzt auf Video Filme über die Geschichte des Films dreht?
>
> SUSAN SONTAG, Hundert Jahre Kino, in: Frankfurter Rundschau, 13. 1. 1996

Immer haben mich Filme fasziniert, die mich vergessen lassen, daß ich im Kino sitze. Freilich ist es dabei leicht möglich, daß Kunst und Kitsch friedlich nebeneinanderstehen oder gar die Plätze tauschen. Und trotzdem, etwas haben solche Filme gemeinsam: daß sie eine geschlossene Welt erschaffen, die für ihre Standfestigkeit keine Stütze benötigt – ein Leben, das nur jenseits des Horizontes unseres Lebens zu finden ist und nach dem wir deshalb Heimweh empfinden. Deshalb ist auch der Zuschauerraum zu den Wertmessern der Filme zu rechnen: die guten Filme erkennt man unter anderem daran, daß bei ihrer Aufführung der Zuschauerraum zu einer wahren Arena der Sehnsüchte wird; die Atmosphäre verdichtet sich spürbar, gleichzeitig bleibt sie dennoch unfaßbar. Je weiter sich der Film dem Zuschauerraum »nähert«, desto lebendiger wird dieser; das Geheimnis der Schöpfung der Welt auf dem Filmstreifen ist letztlich nicht die entsprechende Darstellung der »Wirklichkeit« oder die »objektive« Erfassung eines Ereignisses, sondern daß der Filmregisseur mit den Zuschauern spielt wie die Katze mit der Maus. Dies ist eine besondere Art des Ausgeliefertseins; je souveräner die Sehweise des Regisseurs ist, desto bereitwilliger wiegt er den Zuschauer in der

Illusion, er sehe die erscheinende Welt nicht mit den Augen des Regisseurs, sondern im Spiegel seiner eigenen Sehnsüchte. Und das ist vielleicht nicht nur eine Illusion. Diese Filme handeln nicht nur von dem, was auf der Leinwand erscheint, sondern auch von etwas, das mit den Mitteln des Films nicht ausgedrückt werden kann: ihr Stoff ist nicht eine Geschichte oder ein Schicksal, sondern das mal dichtere, mal losere Gewebe aus Sehnsüchten, das sich auf den Zuschauerraum senkt. Von ihm leben diese Filme, von dem Verlangen, dessen Ziel unerreichbar ist und das den Zuschauer deshalb in das Reich der Utopien lockt. Deshalb sind sie im weitesten Sinn des Wortes als *musikalisch* zu bezeichnen; ihr Bindemittel ist das unbefriedigbare Verlangen, das durch nichts zu dämpfende Sehnen.

Die Musikalität hat nichts mit der Filmmusik zu tun, sie bedeutet in diesem Fall nicht Einstimmung oder Untermalung, sondern Unfaßlichkeit: die Nichtfaßbarkeit des vorgeführten Lebens, die Unabschließbarkeit der Situationen, die Zurkenntnisnahme der Vieldeutigkeit der Welt. Es handelt sich also nicht um einen Musikfilm, sondern um Film gewordene Musik. Ein solcher Film ist Hans Jürgen Sybergs *Parsifal;* er ist nicht eine mit Musik illustrierte mittelalterliche Geschichte und auch nicht einfach ein Opernfilm, sondern eine Übersetzung von Wagners *Parsifal* in die Sprache des Films. Der filmhungrige Zuschauer kann in diesem Film wie in einem Spiegel sich selbst erkennen – und während unmerklich seine eigene Seele zum wirklichen Stoff und Schauplatz dieses von Sehnsüchten handelnden Films wird, vergißt er, daß er vor einer Filmleinwand sitzt.

Gleich zu Beginn des Films erscheint ein gesenkter Frauenkopf. Die Darstellerin der Kundry, Edith Clever, hält eine große Glaskugel in der Hand, das herabfallende Haar rahmt die Kugel auf beiden Seiten wie ein Vorhang. In der Glaskugel die Totenmaske Richard Wagners – das ist zugleich auch der Schauplatz des Films. Die Schauspielerin blickt auf, und es ertönt der Seufzer aus dem zweiten Aufzug der Oper: »Ach! – Ach! – Tiefe Nacht – Wahnsinn! – Oh! – Wut! – O Jammer! – Schlaf – Schlaf – tiefer Schlaf! – Tod!« Der Film hat begonnen; aber das ist noch nicht die Oper. Denn vorerst hört man lediglich die Musiker, wie sie die Ouvertüre proben. Dabei erscheinen im strömenden Wasser eines Flusses Bildansichten, die einen Weltuntergang ahnen lassen: eingestürzte Autobahnen, die Peterskirche in Trümmern, die Freiheitsstatue ins Meer gestürzt, Bergspitzen, tote Städte nach einer Katastrophe. Auch die wenig später einsetzende Oper erklingt als Erinnerung – wir erinnern uns aus einer unbekannten Zukunft an das Kunstwerk, dem in der Heilsgeschichte eine gleiche Funktion zugedacht war wie einem Leuchtturm am nächtlichen Meer.

Syberberg interessiert vor allem die Suche nach dem Heil und nicht die Verfilmung des Wagner-Werks. Und dennoch, damit, daß sein primäres Ziel spürbar nicht die Erschaffung eines Kunstwerks ist, bezeugt er dem Wagnerschen Geist mehr Treue als viele Bühnenregisseure, die – aus verständlichen Gründen – das Rätsel *Parsifal* auf ästhetischer Ebene »lösen« möchten. Es scheint, das Medium Film kam Syberberg dabei zu Hilfe. Wie auch immer Wagners Opern inszeniert werden, stets bleibt ein fühlbarer Bruch zwischen der Musikalität der Werke und der in der Regel schwerfälligen Bühnenausführung. Über dieses Problem, das von Appia schon um die Jahrhundertwende gründlich bearbeitet wurde, war sich auch Wagner selbst im klaren, und Nietzsche bemerkte in einem Brief mit ausdrücklichem Bezug auf den *Parsifal*, wer diese Oper auf ihr angemessene Weise inszenieren wolle, benötige das Talent Dantes.

Denn der *Parsifal* ist – handelt es sich doch um ein Musikdrama – als alles mögliche zu bezeichnen, nur nicht als das, was wohl am naheliegendsten schiene. Er ist nicht die Geschichte eines Märchenreiches oder eines wundertätigen Ritters, nicht die Vertonung einer mittelalterlichen Legende

– er ist also kein Märchenbuch, sondern eine eigenwillige, in der Perspektive des Leidens vorgeführte Variante der Suche nach dem Heil. Syberberg wandte sich dem Medium des Films nicht zu, um das, was auf der Bühne rudimentär bleibt, zu vervollkommnen – ihm schwebte nicht ein mit Hollywood-Bravour gedrehter mittelalterlicher Märchenfilm vor –, sondern um den *Parsifal* an seinen wahren Schauplatz zurückzuverlegen: in die Seele.

Die Dramaturgie des Werkes macht den äußeren Schauplatz (das ist ein Grundproblem aller Opernfilme), der die Oper unweigerlich zu etwas Anekdotischem, Genrebildhaftem degradiert, von vornherein überflüssig. Syberberg hütete sich, das Wunder mit filmischen Tricks zu zeigen, denn damit beraubte er sie ihrer wahren Stärke. Der Speer bleibt nicht in der Luft stehen, der Zaubergarten löst sich nicht in Luft auf – was ja im Film so einfach zu bewerkstelligen wäre –, sondern das Wunder spielt sich in jedem Fall in den Gesichtern ab: im Gesicht der Schauspieler, die, mit den Mundbewegungen der Sänger, alle Kraft auf das Rollenspiel verwenden. Die Filmwelt verliert ihre »Objektivität« nicht allein durch die Vielzahl surrealistischer, nur im Traum möglicher Bilder, sondern auch durch die Betonung der Innerlichkeit des Geschehens. (Ein solches Bild ist beispielsweise im 1. Aufzug der tote Schwan, der auf einer Tragbahre befördert wird, den wir aber Augenblicke später als Porzellanschwan in Lebensgröße wiedersehen – als Statue im Neuschwansteiner Schloß Ludwigs II. Die »Echtheit« des Requisits schlägt hier deutlich in ihren eigenen Gegensatz um.)

Syberbergs Ausgangspunkt war wahrscheinlich das, was im 1. Aufzug Gurnemanz dem Parsifal über das Reich der Gralsritter mitteilt: Zum Raum wird hier die Zeit. In der Tat vollzieht sich die Gesinnung des Heils, die Erlösung, nicht in der Zeit; nicht zufällig hat der Mensch, wenn er an einer Erlösung teilhat – wozu nicht unbedingt ein mythologischer Rahmen nötig ist, sie kann schon durch eine Begegnung, einen Blick, eine Berührung, einen Gedanken zustande kommen –, das Gefühl, plötzlich außerhalb der Zeit zu stehen und nicht länger Gefangener der Umstände zu sein. Schauplatz des Film-*Parsifals* ist nicht eine Burg, nicht Monsalvat, sondern der Kopf Wagners – genauer, ein 15 Meter langes, 9 Meter breites und 4,5 Meter hohes Abbild seiner Totenmaske, das sich an den unvermutetsten Stellen öffnet und so ein undurchsichtiges Labyrinth bildet. In den Spalten und Öffnungen, die sich in der Totenmaske bilden, spielt die Oper, und wenngleich sie ebenfalls einen äußeren Schauplatz zeigen, erinnern so wenig an einen realen Raum, daß sie der von der Überwindung der Zeit handelnden Oper wahrhaftig eine Traumbühne gewährleisten können.

Die Geschichte des *Parsifal* spielt nicht in der »Welt«. Denken wir an Amfortas, dessen Figur so sehr an die des Tristan erinnert: Er ist der Herr über die Ritter, der Führer des Volkes. Aber was ist das für ein Volk, dessen Führer ausschließlich die Sehnsucht beschäftigt, eine Sehnsucht obendrein, deren alleiniges Ziel der Tod ist? Wenn sich im Film, in der Tempelszene des 1. Aufzugs, zum erstenmal die Ritter versammeln, tragen sie Uniformen aus den verschiedensten Epochen deutscher Geschichte, und der merkwürdige Gang, der in die Halle führt, ist in Fahnen gehüllt (was an die Straßen Nürnbergs zur Zeit des von Albert Speer inszenierten ersten Nazi-Parteitags erinnert); die ältesten deutschen Banner sind ebenso vertreten wie die Hakenkreuzflagge. Das Volk, dessen Führer im Bann des Todes steht, ist selbst auf den Tod eingeschworen; wenn im 3. Aufzug die Ritter einziehen, gehören zu den Uniformen nicht nur wunderbare Gesichter, sondern auch Knochenschädel, halb verweste Köpfe, blutüberströmte Gesichter. Ein Trümmerfriedhof gigantischer Konzeptionen ist auch der Tempel selbst, und die Ritter mit dem in den Tod verliebten Amfortas und dem eine zu Stein erstarrte Maske Ludwigs II. tragenden Titurel an der Spitze sind Boten einer Welt, in der alle Schichten der deutschen Geschichte erkennbar sind, die aber insgesamt dennoch außerhalb der Geschichte steht. Um den Zauberer Klingsor liegen im 2. Aufzug – im Hintergrund sehen wir einen Betonbunker vom Atlantikwall des Zweiten Weltkriegs – die abgeschlagenen Köpfe deutscher Geistesgrößen auf dem Boden, Ludwig II., Wagner, Marx, Nietzsche: ein Hinweis auf die nicht gehaltenen Versprechen. Am verräterischsten ist die Zeremonie der Gralsritter im 1. Aufzug: Wir sehen kein Mahl, bei dem Brot und Wein verzehrt werden, wir sehen vielmehr, wie die Ritter – melancholisches (und vergebliches) Symbol ihres Schicksals – eine vergrößerte Kopie des Steinblocks aus Dürers Stich *Melancholie* durch die verzauberte Landschaft aus Caspar David Friedrichs Junotempel in Agrigent schleppen. Dies ist eine Welt der Utopie, wie auch die Schlüsselfrage des *Parsifal* das Utopische des Heils ist.

Die Zeit wurde auf diese Weise tatsächlich zum Raum; die Geschichte verdichtete sich zu einem einzigen Augenblick. Möglich wurde das dadurch, daß das Heil in die Geschichte »eintrat«, und Parsifals Person garantiert gewissermaßen: wenn sich die Geschichte aus sich selbst »herausbewegt«, dann wird das das Zeichen der Erlösung sein. Doch für Syberberg ist die Hoffnung auf das Heil und die Erlösung eine überaus widersprüchliche Erwartung. Dem Amfortas brachte seine unheilbare Wunde (»Sündenfall«) der heilige Speer bei, der Christus in den Leib gestoßen wurde und der nun ihm anvertraut war. Dem Amfortas raubte der Zauberer Klingsor die Waffe, als den Herrscher gerade »ein furchtbar schönes Weib« becircte – und im Augenblick der Liebe verwundete Klingsor den Amfortas. Seither blutet die Wunde, und dagegen gibt es nur ein Mittel: den Speer, der sie verursacht hat. Die Erlösung kommt nicht von »außen«, nur das bietet Erlösung, was auch Quelle des Leidens ist. Syberberg hatte die großartige Idee, die Wunde nicht an Amfortas' Körper zu zeigen, sondern auf einem Samtkissen: Sie ist ein an menschliches Fleisch erinnernder, muschelähnlicher Gegenstand, aus dessen Öffnung ohne Unterlaß dichtes, dunkles Blut quillt. Das Kissen samt der Wunde wird neben Amfortas einhergetragen wie im Mittelalter die Gemälde, und dem Kranken genügt ein Blick darauf, damit sein Leid noch wächst.

Diese Wunde aber erinnert auffallend auch an eine Vagina. Wagner räumte der Frau in dieser Oper eine wichtige Rolle ein; in Syberbergs Film gehört die Hauptrolle von vornherein einer Frau: Kundry. Die Wunde, für die die Liebe verantwortlich ist, kann vermutlich nur von der Liebe geheilt werden. (Im Film sehen wir zu den höchsten Stimmen Personen, unter denen wir Wagners drei Freundinnen erkennen: Judith Gauthier, Mathilde Wesendonk und Cosima.) Erlösung bietet allein das, wovon man erlöst werden möchte – und es ist dieser an Ketzerei grenzende Gedanke, der Syberbergs Film so hoffnungslos macht. Die Ritter möchten Kundry möglichst weit weg wissen, aber wenn sie allzu lange fern bleibt, tritt jedesmal ein Unglück ein. »Eine Verwünschte«, so wird sie von Gurnemanz bezeichnet, der nicht als weißbärtiger Großvater erscheint, sondern als liebesbereiter, gutaussehender Mann im Vollbesitz seiner Kräfte. (Bei Robert Lloyd, der ihn spielt, »strahlt« auch die Stimme, während man bei Gurnemanz gemeinhin an einen dunklen Baß gewöhnt ist.)

Kundry ist ein zeitloses Wesen, ebenso wie die Ritter, aber während sich in den Rittern die Geschichte verdichtet, ist Kundrys Zeitlosigkeit die Verkörperung bodenlosen Fehlens. Syberbergs Kundry ist in jeder Hinsicht eine absolute Frau: einmal wild wie ein Tier, dann massiv sinnlich, restlos erotisch reifes Weib, dann wieder geschlechtslos verfeinerte Mutter, Parsifal als Maria folgend. Ihre Seufzer und Rufe scheinen die tiefsten Schichten zu erschließen, und vielsagend ist dies: so oft sie erscheint, klagt sie nicht nur über Müdigkeit und Schläfrigkeit, ruft sie nicht nur nach dem Tode und nach dem ewigen Schlaf, sondern verkörpert sie auch die immer verführerische Passivität. Edith Clevers Persönlichkeit ist mit solchem Gewicht gegenwärtig, daß sie im Film unweigerlich zur Hauptperson wird. Obwohl am Ende der Oper das berühmte »Erlösung dem Erlöser!« Parsifal gilt, bezieht es sich auf sie – sie ist es, die trotz allem nie erlöst werden kann. Selbst Nietzsche, dessen Verhältnis zum späten Wagner bekannt ist, muß eingestehen, er habe nie so tief die »schwermütigen Blicke der Liebe« empfunden wie beim Hören der *Parsifal*-Ouvertüre – und wenn wir wollen, können wir die »schwermütigen Blicke der Liebe« als den eigentlichen Titel des Films auffassen.

Daß er Kundry in den Mittelpunkt stellte, setzte Syberberg einem schier unlösbaren Problem aus. Nun geht es nämlich nicht mehr nur um die Gewinnung des Heils, also die Erfüllung der Utopie, sondern um die Liebe, die in ihrer Leidenschaftlichkeit mit keinerlei Utopie vereinbar ist: sie führt nicht zur Erfüllung, im Gegenteil, sie stiftet Verwirrung. Zwei Möglichkeiten bieten sich an. Der Regisseur streicht entweder die utopische Erfüllung heraus, wodurch die Figur Kundrys unweigerlich gewichtlos wird und sie als einfache Märchenhexe, als krankes, absonderliches Wesen keinerlei Heil den Weg versperren kann – oder er stellt Kundry in den Mittelpunkt, was allerdings damit einhergeht, daß die Leidenschaft zur wahren Grundsubstanz des Lebens wird, der sich auch die ersehnte Utopie anzupassen hat. Die unbefriedigbare, auf das Unendliche ausgerichtete Leidenschaft und die ihr entgegengesetzte Befriedigung müssen sich an einem speziellen Punkt berühren. Syberberg wählte letztere Lösung, die unbestreitbar schwieriger ist, denn dieser Punkt kann leicht alles im Umkreis versengen. Wenn Amfortas erklärt, das reine Wesen, das ihn erlösen müsse, sei der Tod selbst, setzt er die Erlösung mit dem Tode gleich; wenn sich herausstellt, daß die Wunde nur durch den Speer geheilt werden kann, der sie verursachte, wird das Mittel der Erlösung die Liebe – und diese Zweiheit macht Syberberg von Anfang an deutlich. Alles in diesem Film suggeriert den *Liebestod,* angefangen bei der Szene, in der Parsifal die über den Tod seiner Mutter berichtende Kundry erwürgen will und sich das Mordverlangen unmerklich in Liebesverlangen umwandelt, bis hin zur letzten Szene, in der die Erlösung so eintritt, daß der den Tod und (unausgesprochen) die Liebe ersehnende Amfortas mit Kundry auf die Art von Tristan und Isolde stirbt. Das alles geschieht im Geist Wagners und nicht des Textbuches. Das Reich des Heils ist der Tod, der Baustoff der Utopie das ekstatische Sterben.

Fraglich ist, ob in dieser Konzeption die Figur des Parsifals nicht gewichtlos wird. Syberberg beugte dieser Gefahr mit einer großartigen, schreiben wir ruhig: genialen Lösung vor. Er verdoppelte die Gestalt Parsifals, Mitte des 2. Aufzugs übernimmt die Rolle des Jungen ein schneidend kaltes, kristallartig schönes Mädchen – das, wie der Junge, mit der Stimme Rainer Goldbergs zu uns spricht. Der Wechsel tritt ein, als Kundry den Jungen geküßt hat und er plötzlich gewahr wird, daß die Wunde des Amfortas nun in ihm blutet. In den Zustand der Liebe geraten, versteht er Amfortas' echten Schmerz – jetzt wird er fähig zu der im weitesten, in fast schon physischem Wortsinn aufgefaßten Anteilnahme, zum Mitleid (sympathia). Doch von der Liebe angerührt müßte auch er sich dem Tode verloben – und nun kommt es zum Geschlechtertausch, zu diesem merkwürdigen Autoexorzismus. Indem auch die Frau in ihm Gestalt annimmt, entzieht sich Parsifal der Macht der *Liebe,* und da er sich verdoppelt, gewinnt er auch die Oberhand über das mit der Einmaligkeit einhergehende Sterben – das heißt, er wird ungeeignet für den Liebestod. Auf diese Weise verkörpert sich in ihm, an der Welt des Films gemessen, die absolute Negativität.

Parsifal zufolge wird Kundry Erlösung zuteil werden, wenn sie aufhört, sich zu sehnen. Damit aber schlösse sich der Teufelskreis, denn wenn sie auf die Sehnsucht verzichtete, stürbe sie daran – aber was wäre der Tod für sie anderes als höchstes Sehnen, als höchste Liebe? Parsifal kann sie nicht vor dem Tode retten; und wenn in Syberbergs Film Parsifal dennoch als Erlöser vor uns steht, dann war die Aufgabe, die er erledigte, keine andere als die Beseitigung des Hindernisses, das der ekstatischen Vernichtung, dem Liebestod im Weg stand. Er brachte nicht Leben, sondern Tod – er brachte Amfortas und Kundry, die unter dem Leben leiden, aber zu sterben nicht imstande sind, die Erfüllung. Den irrenden Mann und die irrende Frau können nur ein Junge und ein Mädchen erlösen – ein gespaltener Parsifal. Die Ein-heit ist in diesem Film nur über den Weg durch die Hölle der Zwei-heit (der Krise) zu erreichen. Wir könnten ihn einen Heiligen des Bösen nennen, wenn es sich nicht um ein wunderschönes Kind handelte. Deshalb liegt der Sinn der letzten Aufforderung – »Erlösung dem Erlöser!« – in nichts anderem als in der Frage, ob auch Parsifal die Wonne des erlösenden Todes zuteil werden kann. In den letzten Augenblicken des Films, als Parsifal die Enthüllung des Grals veranlaßt, verschwinden alle; in der Mitte der Leere erscheint Wagners Maske, vor ihr der Junge und das Mädchen, die beiden Parsifals. Sie umarmen sich, fühlend, daß sie allein gelassen sind, ausgeschlossen vom Tode, und daß von nun an das Leben sie umgeben wird, diese große Leere. Ein wahrhaft anrührender und tragischer Augenblick; es ist, als erwachten Tristan und Isolde zum Leben, der Möglichkeit zur Liebe beraubt.

Der 1982 entstandene, vier Stunden und fünfzehn Minuten lange *Parsifal* ist von Syberbergs früheren Filmen nicht zu trennen. Der dem *Parsifal*-Werk vorausgegangene, siebenstündige *Hitler, ein Film aus Deutschland* (1977) beginnt und endet mit *Parsifal*-Musik, und in gewisser Hinsicht ist der Wagner-Film als Fortsetzung des Hitler-Films zu betrachten. Nach Syberberg nämlich wollte Hitler für das deutsche Volk das Heil erringen (der *Parsifal* war seine Lieblingsoper, für die er zum Fest nach dem Sieg eine Galavorstellung plante), und so wurde der Faschismus zur perversesten Variante der Suche nach dem Gral. Für die bedrückende Last der Utopielosigkeit, die nach Syberberg für den deutschen Geist während der vergangenen anderthalb Jahrhunderte charakteristisch war, macht er natürlich nicht nur Hitler und den Faschismus verantwortlich; auch in seinen früheren Filmen spürte er fast schon manisch diesem Problem nach. Das bezieht sich auf den *Ludwig*-Film (1972, 134 Minuten), auf *Theodor Hirneis* (1972), einen Film über den Hofkoch Ludwigs II., auf *Karl May* (1974, 187 Minuten), in dem eine Spielart der Flucht in Illusionen abgehandelt wird, und auf die *Geschichte des Winifred Wagner und des Hauses Wahnfried von 1914 bis 1975* (1975, 5 Stunden), in der Winifred die Familiengeschichte der Wagners erzählt, wobei sie die intimen Beziehungen der Familie zu Hitler heraushebt. Syberberg interessiert offensichtlich nicht der »aufklärerische« Trend der deutschen Geschichte. Wie er in einem Aufsatz schreibt, erreichte Hitler, daß nach ihm der Irrationalismus aus dem deutschen Denken ausgerottet wurde, ausgehend von der überaus primitiven und oberflächlichen Überlegung, der Faschismus habe versucht, sich die große Tradition des deutschen Irrationalismus anzueignen – die Romantik ebenso wie Schopenhauer, Hölderlin oder Nietzsche. Dagegen möchte Syberberg mit seinen Filmen und seinen Büchern ankämpfen, um dem Übervernünftigen die Rechte und das Gewicht, die ihm gebühren, zurückzugeben; das dokumentiert der *Parsifal*-Film. Wie die Wunde nur durch den Speer geheilt werden kann, der sie verursacht hat, so können die verhängnisvollen Lasten der deutschen Geschichte nur überwunden werden, wenn das Volk sie nicht abschütteln, sondern sich noch einmal aufladen will, sogar die eignen Verletzungen öffentlich sagen darf. Syberbergs Filme scheinen den Deutschen diese Last auf die Schultern heben zu wollen – daher die heftige Ablehnung, mit der sie stets aufgenommen werden. Einerseits ist die Länge der Filme problematisch, und die staatlichen Organe verweigern dem Regisseur unter anderem deshalb immer offener die Subventionierung, weil seine Filme nicht in das profitorientierte Kinonetz einbezogen werden können. Andererseits ist auch das Schweigen vielsagend, das in Deutschland diese Filme umgibt: Je größer der Erfolg im Ausland ist, desto brüsker ist die Ablehnung hier. Während Schriftsteller wie Michel Foucault, Susan Sontag, Moravia und Heiner Müller seinen Filmen lange Essays widmeten (Susan Sontag meint, der *Hitler*-Film sei der beste Film aller Zeiten), bezeichnet die deutsche Presse ihn als Hochstapler und Nestbeschmutzer und sind seine Filme in Deutschland praktisch nicht zugänglich. Syberbergs Filme – und besonders der Hitler-Film – nämlich unterziehen, unausgesprochen, die Nachkriegsgenerationen der deutschen Intelligenz einer harten Kritik. Die Linke lehnt unter anderem deshalb seine Filme so heftig ab, so daß sich der Außenstehende des Verdachts nicht erwehren kann, daß Syberberg sie an empfindlichen Stellen getroffen hat. Denn in seiner Analyse Hitlers nimmt er die reibungslos funktionierenden Verdrängungsmechanismen unter die Lupe; wo andere die Freiheit zu entdecken vermeinten, nahm er Fallen wahr. Es ist vielsagend, daß bei den Centenariumsfeierlichkeiten 1982 in Bayreuth der *Parsifal* auf absolute Ablehnung stieß (Wolfgang Wagner, Chef in Bayreuth, äußerte öffentlich, er sei nicht gewillt, sich den Film anzuschauen), daß auf der Kasseler Documenta, wo die Premiere stattfand, der Saal gähnend leer war, daß man Syberbergs Filme in Deutschland praktisch nirgendwo sehen kann – während sich in Rom, im Circo Massimo, Tausende den *Parsifal* ansahen, während er in Barcelona im bis zum letzten Platz gefüllten Opernhaus gezeigt wurde, während ihn in der New Yorker Radio Music Hall sechstausend Menschen sahen, ein Pariser Kino den Ludwig-Film jahrelang jeden Abend spielen konnte und in Budapest die Kinokarten für die *Parsifal*-Aufführung alle ausverkauft waren.

Der *Parsifal* ist, es sei nochmals gesagt, nicht ein einfacher Opernfilm. Die Musik der Zukunft sei der Film, schreibt Syberberg, und in Wagner sieht er nicht einfach einen Erneuerer der Musik, sondern einen Künstler, der an die Schwelle zum Film gelangt war. Über die Folgen dieser Behauptung ist sich Syberberg im klaren; alle Bildfolgen seines Films suggerieren, daß er nicht Wagner verfilmt, sondern die originäre »Filmgemäßheit« des *Parsifal* herausgearbeitet und die Oper in das ihr angemessene Medium gesetzt hat. Allein darauf ist es zurückzuführen, daß der Film so heftige und konträre Reaktionen auslöste. Hier geht es tatsächlich nicht nur um einen Komponisten, sondern um den deutschen Geist – seit Thomas Manns Wagner-Essay (1933) ist Wagner nicht mehr Gegenstand so leidenschaftlicher Kontroversen gewesen, bis dieser Film entstand – und um die selbstkritische Erscheinung dieses Geistes. Hätte Syberberg einen Opernfilm inszeniert, wäre er dem für die Deutschen so zentralen Problem der Heilssuche ausgewichen und genau in den Fehler verfallen wie der Geist, den er gar nicht ausdauernd genug kritisieren kann: das, was im weitesten Sinn des Wortes politisch ist, hätte er auf eine »ästhetische« Ebene verlegt. Die ungewöhnlich scharfe Ablehnung, auf die der Film in Deutschland stieß, beweist genau das Gegenteil.

Leni Riefenstahl. Eine Frau mit dem *naiven,* aber dennoch verdorbenen Blick.

IM ZAUBER DER REICHSSCHÖNHEIT

(Triumph des Willens)

> Diese Hunde von verleumderischen Intellektuellen, die sich unablässig fragen, wie man zugleich genial und politisch niederträchtig sein kann: Céline, Leni Riefenstahl ... Einig darin, daß es nicht das Wichtigste ist, genial zu sein, sondern zur Rasse der Richtigdenkenden zu gehören. Zugegeben: den meisten blieb keine Wahl.
>
> JEAN BAUDRILLARD

Vor einigen Jahren führte mich mein Weg nach Nürnberg. Kurz vorher hatte ich die Memoiren Albert Speers gelesen, und auf meiner Fahrt nach Deutschland suchte ich nach Spuren nicht nur Hölderlins, Hegels, Kleists oder Fontanes, sondern auch des Dritten Reichs. Genauer: nach Spuren der Speerschen Visionen – nach der Architektur des Mannes, dem Hitler nicht nur blind vertraute, sondern mit dem er wohl auch sein leidenschaftliches Interesse für die Architektur teilte. Gemeinsam erträumten sie ein neues Berlin, den neuen Kongreßpalast, unter dessen Kuppel vielleicht sogar der Eiffelturm Platz gefunden hätte, die Reichskanzlei, für den sie selbst den in Jahrhunderten *natürlich* entstandenen Potsdamer Platz opfern wollten, gemeinsam grübelten sie über künftige Stadtpläne, und Hitler erreichte sogar, daß der in diesem Fall skeptische Architekt seinem Plan zustimmte, Augsburg zur größten süddeutschen Stadt auszubauen und ihr München als Vorort anzuschließen. Auch die Planung des Aufmarschgeländes für die Reichsparteitage in München übertrug er dem da erst Achtundzwanzigjährigen, der daraufhin neben die an das

Albert Speer mit einem Kollegen betrachten das Modell von Berlin. Als ob sie aus einem Sarg in das erträumte Berlin einträten, in diese durch den Tod besiegelte Modellstadt.

Mittelalter erinnernde Traumstadt eine andere Traumwelt zauberte. Es war ein gigantisches Vorhaben; nicht nur die Bezeichnung des Schauplatzes war beinahe schon unaussprechbar (Reichsparteitagsgelände), sondern auch die Größe. Dreißig Quadratkilometer Fläche wurden bebaut, Legionen verdienter Parteigenossen konnten zwischen Brüstungen aus Beton und Marmor, Emporen und Kolossen aufmarschieren, mit Panzern, Flugzeugen und schweren Waffen konnten hier Phantasieschlachten geschlagen werden – inmitten der alten deutschen *Eichen,* die die Nadelbäume der umliegenden Wälder ersetzten.

Dieses Gelände (das zur Erinnerung an die im Mai 1935 begonnene Wiederaufrüstung Märzfeld getauft wurde) beschwor die Ewigkeit herauf – ganz so wie die Träume, die den in Raum und Zeit eingeschlossenen Menschen ebenfalls an die Ewigkeit heranführen. Auch das war auf seine Weise eine Traumwelt. Sie war dazu berufen, ähnlich wie die Träume den ins Alltagsleben eingekapselten Verstand zu befreien und in die Tiefe der Seele zu tauchen, wo die praktischen Gesichtspunkte und allgemein der Raum und die Zeit eine minimale Rolle spielen. Kein anderer als Hitler persönlich erklärte, die »gewaltigen Bauwerke ... werden mithelfen, unser Volk politisch mehr denn je zu einen und zu stärken, sie werden gesellschaftlich für die Deutschen zum Element des Gefühls einer stolzen Zusammengehörigkeit, sie werden sozial die Lächerlichkeit sonstiger irdischer Differenzen gegenüber diesen gewaltigen gigantischen Zeugen unserer Gemeinschaft beweisen«. Er hätte natürlich auch auf Stonehenge oder die Pyramiden verweisen können, die ja auch nicht als Kultstätten des beschwerlichen Alltags gebaut wurden.

Doch die Träume lassen nicht nur neue Perspektiven ahnen, sie eignen sich auch dazu, sie zu verdrängen. In der Nürnberger Innenstadt zuckten die Passanten mit den Schultern, als ich mich nach dem Weg zum Märzfeld erkundigte; und als mir doch jemand weiterhalf, fiel auch

Modell der »Großen Halle des Volkes«. Daneben, zum Größenvergleich, das Brandenburger Tor.

ihm zuerst die nahe Markthalle ein. Das einstige Aufmarschgelände wirkte ungepflegt; zwischen den Granitplatten wuchs Gras, im Gebüsch Unrat und Tausende weggeworfener Kondome, die Marmorplatten der Tribünen bröckelnd und teilweise abgetragen und statt marschierender Soldaten und eleganter Offiziere Scharen von *türkischen Gastarbeitern,* die hier ihre klapprigen Autos wuschen und polierten. Alles weckte den Eindruck einer unglaublichen Stille – sogar der lärmende Rummelplatz am Rand des Geländes. Geradezu krampfhaft versuchte er die Stummheit zu durchbrechen, die die Steine und der Boden ausstrahlten. Es war die Stille eines toten Mythos, der vorläufig auch in seinem Totsein noch kräftig genug ist, den, der sich hierher verirrt, befangen zu machen. Verständlich, daß die Menschen ihn lieber meiden und die Erinnerung an ihn aus ihrem Inneren auszubrennen versuchen.

Wie auch die an den Film, der das einzig würdige Denkmal des gigantischen Projektes ist. Im Herbst 1990 nahm ich mir in Westberlin vor, mir Leni Riefenstahls 1934 entstandenen Film *Triumph des Willens* über das Schauspiel des VI. Parteitags, der in Nürnberg stattfand, anzusehen. Die Kinoprogramme blätterte ich vergebens durch, und wenn ich nachfragte, wie ich ihn zu sehen bekommen könnte, war die Antwort meistens Verblüfftheit. So als hätte ich eine unerhörte Zote von mir gegeben. Der eine hielt mich für indiskret, der andere für pervers, ein dritter für einen faschistischen Sympathisanten. Ich muß hinzufügen, daß die meisten diesen Film nie gesehen hatten. Sie hatten ihn nicht allein deshalb nicht gesehen, weil das Gesetz seine öffentliche Aufführung in Deutschland verbietet, sondern auch wegen des inneren Verbotes. Aber gehört hatten sie von ihm wie auch davon, was ihre Eltern und Großeltern seinerzeit gemacht haben. Sie schämten sich für ihr Deutschsein, und das löste bei ihnen – wie im allgemeinen bei Menschen, die sich schämen – einen zornigen Selbsthaß aus. Ich, der Nicht-Deutsche, war auf den einstigen Mythos neugierig; aber an wen ich mich auch wandte, alle schienen vom Tode des Mythos besessen. Wahre Leidenschaft sah ich in den Augen meistens nur dann aufleuchten, wenn der frühere Gegenstand einer Leidenschaft negiert wurde. Um Mißverständnissen vorzubeugen: Nicht daß sie ablehnen, was man einzig ablehnen kann, fand ich seltsam, sondern daß sie dabei – wie die Flagellanten – geradezu von Genuß erfüllt waren. Und das weckte bei mir einen Verdacht: Könnte es sein, daß diese Leidenschaft des Zornes und der Ablehnung, diese tiefe Intoleranz gegenüber dem eigenen Deutschsein selbst eine Art Ersatzmythos ist? Daß es sich hier nicht einfach um die Bejahung oder die Verneinung des Nationalsozialismus handelt, sondern um die Sehnsucht nach Mythos und irrationaler Leidenschaft, die beim Errichten ihrer Traumwelt der »realen« Welt gegenüber genauso unbarmherzig sein kann wie sich selbst gegenüber?

Natürlich schaffte ich es, mir den Film anzuschauen. Der Angestellte des Berliner Filmarchivs begleitete mich mit verständnisloser Miene in den Kinoraum, ich ließ mich unterwegs auf verlegene Erklärungen ein und berief mich auf aus der Luft gegriffene »wissenschaftliche« Beweggründe. Ich kam nicht umhin, mich zu rechtfertigen – weder dort noch später vor anderen. Der Gesichtsausdruck meiner deutschen Bekannten nötigte mich in eine Situation, als wollte ich »Liebe machen«, um einen Aufsatz über den Orgasmus zu schreiben. Diese Anspielung auf das Sexuelle ist kein Zufall: Der Dokumentarfilm über den einwöchigen Reichsparteitag legt nämlich eine sexuelle Metapher nahe – das im Orgasmus endende Zueinanderfinden des Führers und der Masse –, und er wirkt immer noch so lebendig, weil er in dem, worüber wir heute ausschließlich aufgrund politischer, historischer, wirtschaftlicher oder menschenrechtlicher Gesichtspunkte urteilen (oder überhaupt etwas sagen) können, auch eine Schicht aufzeigt, die man auf solcher Grundlage weder ablehnen noch ableug-

Alles, was wir sehen, weckt den Eindruck einer *metaphysischen* Ordnung – ähnlich wie etwa die berühmten Gemälde Caspar David Friedrichs, auf denen wir gleichermaßen die mit dem Lineal erschaffene abstrakte Ordnung und die in ihr erwürgte glühende Inbrunst bewundern können.

nen kann. Die latente, alles durchdringende Erotik in diesem Film nimmt einen auch gefangen, wenn man im übrigen – aus politischen oder Geschmacksgründen – kein Anhänger der Bewegung ist; wenn man sich aber für diese engagiert, wird man in der Richtigkeit seiner Wahl nur noch bestärkt. Kein Wunder also, daß heutzutage alle vor diesem Film auf der Hut sind. Der Versuchung auszuweichen ist leichter, als sich mit ihr auseinanderzusetzen, indem man sie erlebt.

Die Erotik, die sich durch *Triumph des Willens* zieht, ist jedoch nicht nur honigsüß. Wäre es so, stände der Film voll und ganz im Dienst propagandistischer Ziele – eine Anklage, die nicht nur von den *militärischen* Untersuchungskommissionen der westlichen Alliierten nach der Besetzung Deutschlands erhoben wurde, sondern auch in einem subtilen und vorurteilsreichen Essay von Susan Sontag über die Riefenstahl. In den späteren, propagandistischen Filmen verhält es sich (ebenso wie in den Spielfilmen des Stalinismus) tatsächlich so: Um den Zuschauer zu überzeugen, *genießen* die Helden, was sie tun. So asexuell sie auch sein mögen, die Frauen haben strahlende Gesichter, ein reines Lächeln und einen durchdringenden Blick, während die Männer ernst (aber nicht düster) dreinschauen, ihre Haltung Kraft suggeriert und ihre Mienen entschlossen sind. In den Augenblicken der ideologischen Zuspitzung könnten sie leicht übereinander herfallen, und es ist nicht ausgeschlossen, daß das nach dem Vorhang auf dem restlichen, nicht abgespulten Stück Film tatsächlich geschieht. Leni Riefenstahl gibt ihren Figuren diese Möglichkeit nicht. Nicht nur, weil es sich um einen Dokumentarfilm handelt, in dem es keine »Rollen« und Darsteller gibt (von Hitler abgesehen), sondern weil hier die Erotik nicht der Überzeugung dient. Erotisch ist nicht die Zuspitzung (das Happy-End), sondern von der Anlage her das Ganze.

Ihr Film beschränkt sich zwar strikt darauf, die Nazipartei vorzustellen, doch der Geist, der ihn durchzieht, wächst über diese Bewegung hinaus. Mir fielen in erster Linie nicht die *nazistischen,* sondern die *deutschen* Wurzeln des Filmes auf; wenn ich das Unmögliche versuche und ihn nicht in Kenntnis der Geschehnisse nach dem Film, aus dem Heute zurückblickend, betrachte, sondern mit einem *damaligen* (noch ungeborenen) Ich, dann wendet sich meine Aufmerksamkeit den *vorangegangenen* Ereignissen zu. Damals weiß ich noch nicht von den Judengesetzen, die in Deutschland alsbald gelten werden, ich weiß nicht von den Kriegsvorbereitungen, ich kenne nicht den Namen von Auschwitz und den anderen Lagern (vergessen wir nicht, daß der Film 1937 auf der *Pariser* Weltausstellung von den Franzosen eine Goldmedaille bekam!) – aber ich weiß, daß an dem Film Juden mitgearbeitet haben, ich weiß, daß Goebbels und das Propagandaministerium die Dreharbeiten erschwert haben, ich weiß, daß an den Vorbereitungen der Kommunist Walter Ruttmann teilgenommen hat und welche Wirkung Eisenstein und der frühe sowjetische Film auf die Regisseurin hatten, und ich kenne auch Leni Riefenstahls vorangegangene Spielfilme, die nicht in der Welt der Politik, sondern in der der Berge spielen und die von Konflikten zwischen der Hingezogenheit zu den unerreichbaren reinen Gipfeln und der festhaltenden Kraft der Welt in der Tiefe handeln – ganz im Geist des klassischen deutschen Idealismus. Freilich ist mir auch bewußt, daß Hitler persönlich die Riefenstahl mit der Herstellung des Films beauftragte, und ich glaube nicht die Hälfte von dem, was sie in ihren Memoiren über ihre absolute Unwissenheit und Unschuldigkeit bezüglich der politischen Situation jener Zeit erzählt.

Aber ich sehe, daß es dieser Frau mit dem eigentlich *naiven,* aber dennoch verdorbenen Blick nicht in erster Linie darum geht, die Nazipartei populär zu machen, ich halte es – horribile dictu – nicht einmal für ausgeschlossen, daß es sie bei der Arbeit an dem Film gar nicht interessierte, welche Bewegung da ihren Parteitag hatte. Im Zusammenhang mit ihrem in den Bergen spielenden Film *Das blaue Licht* nannte ein Rezensent die Regisseurin eine »ihrer Besessenheit gläubige Frau«; sie hatte auf Doubles verzichtet und aus eigener Kraft Berge bestiegen, an die nur die Mutigsten zu denken wagten. (Nur das großstädtische, sich in Redaktionen und Verlagen heimisch fühlende urbane Vorurteil kann Kracauer oder die ihm lebhaft zustimmende Susan Sontag dazu verleitet haben, in der Liebe zu den Bergspitzen »proto-nazistische« Gefühle zu entdecken. Den 1932 aufgeführten Film hatte nach einer Idee Leni Riefenstahls der jüdischstämmige Ungar Béla Balázs geschrieben, dessen Name bei der Wiederaufführung 1938 aus dem Vorspann entfernt wurde.) Diese »Besessenheit« empfinde ich auch als Triebfeder in *Triumph des Willens.* Die abstrakte, auf keinerlei konkreten Gegenstand gerichtete Besessenheit lädt den Film mit erotischer Spannung, und sie sorgt auch dafür, daß sich die Regisseurin nicht mit der Geschichte und der politischen Situation der Nazipartei beschäftigt (alles »Aktuelle« ist in dem Film ausgespart), sondern daß sie den endlich Wirklichkeit gewordenen Mythos feiern kann – fast mit Hegelschem Pathos, aber nicht mit absolutem, sondern mit leer gähnendem Geist.

Der Film handelt von der Ankunft der »guten Nachricht«, seine Geschichte erinnert an die der Evangelien. In den ersten Bildern taucht (zur Musik Wagners) ein Flugzeug aus den Wolken hervor; aus der Höhe sehen wir Landschaften, bestellte Felder, Menschenmengen, die dem fernen Nürnberg entgegenziehen. Die Türme der mittelalterlichen Märchenstadt zeigen sich immer näher, schließlich landet die Maschine, und Hitler steigt aus. Eine Menge in Volkstrachten und ein Wald von Hakenkreuzfahnen bildet das irdische *Labyrinth,* durch das der Erlöser schreiten muß – die Kamera kehrt immer wieder zu diesem *ungeordneten* Bild zurück, das nur darauf zu warten scheint, von jemandem mit starkem Blick geordnet zu werden. Neue

Szenen: junge Soldaten und Jungvolk bei der Vorbereitung auf die Parade, morgens, mittags, abends, beim Schlafen, schweigend, lachend, unter Neckereien sich halbnackt waschend, träumend – aber immer *erwartungsvoll.* Dann die Reden: je nach dem Temperament besonnen oder brüllend, zurückhaltend oder professorenhaft (Goebbels) oder gebieterisch. Hernach die endlosen Kolonnen, pfeilgerade, diszipliniert, reglos, und in der stummen Stille die herzergreifenden Antworten auf die scharf gestellte Frage »Woher kommst du?«, mal von dieser, mal von jener Seite des endlosen Platzes. Und dann Hitler selbst, am Morgen, zu Mittag, am Nachmittag, stets fühlen lassend, daß der Höhepunkt noch bevorsteht. Zu dem wird die Nacht, als der aus dem Himmel Gekommene erst das Licht der Millionen schwankender Fackeln beobachtet und dann das Gesicht so dem dunklen Himmel zuwendet, wie es vielleicht Novalis tat, als er seine Hymnen an die Nacht schrieb. Er beginnt leise zu sprechen, verkrampft sich zusehends, steigert sich, herausgelöst aus Raum und Zeit, in einen einzigen Brüll-Orgasmus. Das ist der Augenblick, in dem die Welt da unten durch ihn befriedigt wird, den Weg in den dunklen Himmel da oben findend. Alles andere ist nur eine Frage der Zeit. Hitler reist ab; der, der die gute Nachricht gebracht hat, trägt nun die gemeinsame Botschaft weiter, in einer Person den Willen derer da unten verkörpernd.

Und die ganze Zeit über unvergeßliche Augenblicke: Für eine Sekunde erinnert Hitler, der in der feiernden Menge im Auto steht, an eine leblose Marionette; eine Frau in Volkstracht im dichten Straßengedränge, wie sie sich unbemerkt über die Unterlippe leckt; ein junger Soldat im Stahlhelm, der stumm den Kopf abwendet, damit wir nur sein Profil sehen (in Fassbinders *Lili Marleen* wendet ein Soldat den Kopf ebenso – vielleicht noch schöner – ab, während eine Träne in seinem Gesicht aufblinkt); Hitler auf dem aus dem Dunkel ragenden Podest, mit begeistertem Gesicht, und während er eine winzige Pause macht, wird sein Blick unglaublich traurig; in diesem Augenblick ist er nicht anwesend; nicht er, sondern ein Dämon blickt aus seinem Inneren. Ein Irrsinnsblick ins Nichts. Es gibt keinen Gott, mit dessen Blick sein Blick sich verklammern könnte. So muß er selbst wie Gott dreinblicken – oder wenigstens so, wie er sich vorstellt, daß Gott dreinblickt. Wodurch er natürlich ein wenig komisch wirkt, auch wenn die Situation alles andere als komisch ist.

Es sei denkbar, sagte ich, daß es die Regisseurin vielleicht gar nicht interessierte, was für eine Partei da feierte. Mit der riesigen Materialmenge, die sie verbrauchte (130 000 Meter), hätten vielerlei Filme gedreht werden können; die letzten 3000 Meter suggerieren jedoch, daß sie alles einem bestimmten Gesichtspunkt unterordnete. Während andere Regisseure, die der faschistischen Ideologie zuarbeiteten, dem Kommerzialismus fast ausnahmslos unmerklich Zugeständnisse machten, womit sie ungewollt auch die Ideologie, der sie zuarbeiteten, abmilderten, war die Riefenstahl bestrebt, ein von innen restlos einheitliches ästhetisches Universum zu erschaffen; sie filterte alle heterogenen Elemente aus ihrem Film aus und stellte eine vollkommen geschlossene Komposition her. Die anekdotischen, genrehaften Szenen oder die zufälligen Ereignisse hätten das Menschliche des Treffens unterstrichen und stillschweigend die individuelle Perspektive wirken lassen. Das hätte unweigerlich den »weltlichen« Charakter der Geschichte hervorgehoben. Indem sie aber die Zahl solcher Bilder auf ein Minimum beschränkte und stattdessen Massenszenen und Aufnahmen aus breiter Perspektive bevorzugte, deren dominierendes Element Vertikalen und Horizontalen sind (die hohen Fahnenstangen, die militärische Ordnung, die Anordnung der Reihen in Vierecken, die hierarische und architektonisch anmutende Sitzordnung des Nazi-Führungsstabs), weckt alles, was wir sehen, den Eindruck einer *metaphysischen* Ordnung – ähnlich wie etwa die berühmten Gemälde Caspar David Friedrichs, auf denen wir gleichermaßen die mit dem Lineal erschaffene abstrakte Ordnung und die in ihr erwürgte glühende Inbrunst bewundern können.

Nicht zufällig erwähne ich den Namen eines deutschen Klassikers. Mit *Triumph des Willens* hat Leni Riefenstahl nämlich in erster Linie nicht der Nazipartei ein Denkmal errichtet, sondern sie hat versucht, ein bestimmendes Merkmal des deutschen Geistes zu veranschaulichen – und daß die deutsche Kultur unter anderem in den Nationalsozialismus mündete, ist Ironie der Geschichte. Dieses bestimmende Merkmal ist nichts anderes als *der Konflikt, das zwiespältige Verhältnis zwischen der abstrakten Ordnung und der fast schon chaotisch stickigen, fleischlichen Sinnlichkeit,* das für die deutsche Klassik, so wie Nietzsche oder Wagner, ebenso ein quälendes Problem war wie für die deutsche Geschichte, die wegen des problematischen Verhältnisses zwischen dem Einzelnen (Untertan) und dem abstrakten Staat die gleiche Richtung nahm wie Leni Riefenstahls Film. (Bezeichnend, daß beispielsweise England dieses Problem weder in der Kunst noch in der Politik kannte; bemerkenswert auch, daß es in Frankreich nur für eine kurze Zeit – während der Revolution – in seiner ganzen Fatalität auftrat. Für die Sinnlichkeit steht in diesem Film das denkbar Sinnlichste überhaupt: der *Körper,* der hier eine herausragende Rolle spielt, und für die abstrakte Ordnung: die aus den Körpern erstehende *Massenartigkeit,* die, da sie nicht mehr individuell ist, leblos sein (zum Bestandteil eines Lichtkegels, einer Fahnenstange, einer räumlichen Ebene, eines Horizonts usw. werden) kann. [Hier sei eingefügt, daß zur gleichen Zeit mehrere Filme entstanden, die von den Massen handelten und die das paradoxe Ideal von einer *Massenelite* wachhalten wollten. Hierher gehören Slatan Dudows *Kuhle Wampe* (1931/32) und Riefenstahls *Olympia* (1938). *Kuhle Wampe,* der einzige kommunistische Spielfilm der Weimarer Republik, ist am beeindruckendsten, wo er *Massenszenen* zeigt, zum Beispiel die Sportübungen vor

Die Auserwählten mit schönem Körper, deren Aufgabe die Erlösung der verdorbenen Welt ist.

der Olympiade mit 3000 bis 4000 Teilnehmern. Und wenngleich das Ziel des Films (Drehbuch: Brecht, Musik: Eisler) sehr profan und weltlich ist (Beseitigung der Arbeitslosigkeit, Bekämpfung des Finanzkapitals, Umerziehung des Spießbürgertums usw.), empfinde ich aus dem Abstand von sechs Jahrzehnten nicht den Unterschied zwischen den beiden Filmen, sondern ihre Ähnlichkeit und sogar – horribile dictu – ihre innere Verwandtschaft als stärker. Brecht und die Riefenstahl stehen sich ideologisch diametral gegenüber, dennoch ist es ein und dasselbe, was ihre elementarsten Gesten prägte, ist es der gleiche Glaube, der sich in ihren Instinkten und Sinnen eingenistet hat. Beider Vertrauen gilt samt und sonders Auserwählten mit schönen Körpern, die die verdorbene Welt erlösen werden. Brecht und die Riefenstahl vertreten scheinbar zwei Extreme; sie betont den Mythos, er die Erlösung im Diesseits. Doch er befriedigt die Sehnsucht und den Hunger nach Mythos wenigstens so wie sie. Der Ideologe hat einen Blick für vieles und durchschaut auch vieles, aber auch er ist Gefangener der jeweiligen Situation, auch er kann sich nicht an seinen Haaren aus ihr herausziehen. Und Brecht und die Riefenstahl lebten in derselben Welt; mag er noch so klug und sie noch so sensibel sein, etwas gibt es, das nur der Dritte wahrnimmt: der, der später lebt und obendrein kein Deutscher ist.]

Fraglich ist jedoch, ob der einzelne (sinnliche) *Körper* so mit der Masse verschmelzen kann, daß dabei Kraft und Lebendigkeit seiner Sinnlichkeit nicht beeinträchtigt werden. *Triumph des Willens* wirft ein Problem auf, das die gesamte christliche Kultur beschäftigt, ohne daß sie es jemals zufriedenstellend hätte lösen können – und hierfür suchte Leni Riefenstahl mit ihrem Film eine Lösung. Hinter dem Problem der Unüberbrückbarkeit des *Einzelnen* und des *Allgemeinen* steckte die vom Griechentum übernommene, aber inzwischen deformierte Frage, ob sich der Mensch, indem er sich an das dem Untergang ausgelieferte

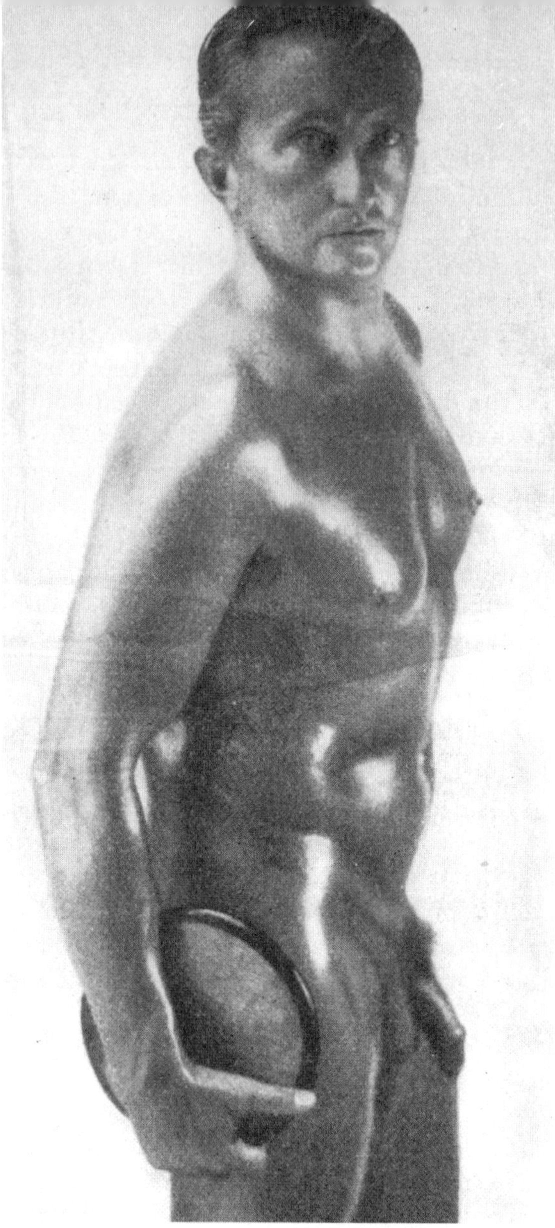

1924 veröffentlichte Hans Surén sein Buch »Mensch und Sonne. Arisch-olympischer Geist«, in dem er den menschlichen Körper in den Dienst der Ideologie zu stellen beabsichtigte. Surén wurde später Mitglied der NSDAP, 1942 aber ausgeschlossen und wegen Exhibitionismus ins Zuchthaus gesperrt.

Leben klammert, mit dem Gedanken der Ewigkeit wappnen kann – ob das, was vergänglich ist, ihn zu dem zu führen vermag, was nicht dem Untergang ausgeliefert ist. Mit anderen Worten: Ist es möglich, daß gerade das Vergängliche den letzten Trost gegen die Vergänglichkeit in sich birgt? Ist es vorstellbar, daß nichts das Vergängliche übertrifft (denn niemand kann es des Todes berauben), d. h. der Körper (der physische) seine eigene Metaphysik, mit Heraklits Worten: seine sterbliche Unsterblichkeit in sich trägt? Unbestreitbar tragisch, aber auch heroisch ist die Anschauung, zu der sich selbst Platon bekannte, wenn er sagte, von der individuellen Schönheit des Körpers führe der Weg zur Letzten Schönheit (Voraussetzung der Unsterblichkeit ist das Erkennen, ja Erleben der Sterblichkeit). Das Christentum war bemüht, die Bürger des christlichen Weltreichs vor dieser tragischen Erkenntnis zu bewahren; aber dadurch, daß es die *sinnliche Metaphysik des vergänglichen Körpers* gegen die *abstrakte Metaphysik der unvergänglichen Seele* auswechselte, konnte es den Menschen nicht endgültig von der Last der Sterblichkeit befreien. Es war genötigt, das auf einen Christus abzuwälzen, diesen Vermittler, der nicht nur König (d. h. ein körperliches Wesen) ist. Christus, der nach Ansicht vieler das Schönste oder das Einzig Schöne ist, übernimmt es, die Einheit von sinnlichem Körper und abstrakter Ordnung herzustellen. Doch obwohl er für alle anderen steht, können seine Tragödie und sein Schicksal nicht vergessen machen, was die christliche Kultur seit zweitausend Jahren peinigt: ob der Körper im Vergleich mit dem Geist einen Wert hat bzw. ob der Mensch Gott näher kommt, wenn er sich in die Schönheit des Körpers vertieft, oder aber sich unabwendbar weiter von ihm entfernt. Die den Körper von der Seele trennende unendliche Entfernung, schreibt Pascal (*Pensées,* 793), symbolisiert die unendliche Entfernung, die die Seele von der Liebe trennt, denn die Liebe ist etwas Übernatürliches; und er gelangt zu der Schlußfolgerung, daß wir allen Körpern zusammen auch nicht den Funken eines Gedankens entlocken könnten, das wäre unmöglich, weil er einer anderen Ordnung angehört; und aus den Körpern und Geistern zusammen läßt sich auch keine wahre christliche Liebe gewinnen, was unmöglich wäre, weil sie als etwas Übernatürliches einer anderen Ordnung angehört.

Dieser Gedanke ist deprimierend und trostlos, und er ist es besonders, wenn wir daran denken, daß der Mensch trotz alledem unfähig ist, sich nicht in den Körper zu vertiefen, selbst wenn er dabei ein schlechtes Gewissen bekommt. Die Kultur zweier Jahrtausende versucht den Menschen auszureden, daß sie das Heil im Versinken im Körper suchen, dennoch kann sie nicht verhindern, daß von Zeit zu Zeit der Körper eines anderen sie in Taumel versetzt. Wer in die Schönheit verliebt ist, ist ein geborener Ketzer, denn er sucht die Ewigkeit im Vergänglichen, und selbst wenn er betont, er habe im Körper des anderen Gott entdeckt, kann er von diesem Gott nicht beweisen, daß er nicht ebenso vergänglich ist wie der Körper, in dem er lebendig wurde.

Unausgesprochen war es dieses Problem, das Leni Riefenstahl zusetzte. Die *Menge schöner Gesichter und schöner Körper,* die einem gemeinsamen Willen gehorchen, ohne daß die Schönheit darunter leidet: das fällt in ihrem Film am stärksten auf. Es scheint, mehr als der Nazismus interessierte sie die Metaphysik des sinnlichen Schönen – *ob die Schönheit des Körpers so in den Dienst einer höheren, nicht körperlichen Ordnung gestellt werden kann, daß dabei seine Körperlichkeit erhalten bleibt.* Ein ähnliches Problem beschäftigt in der *Geburt der Tragödie* Nietzsche bzw. auch Wagner. Sie errangen einen Pyrrhussieg; sie überwanden zwar die Zwiespältigkeit der christlichen Metaphysik, aber der Preis dafür war das tragische Lebensgefühl, das den Menschen nicht nur mit *Kraft* ausstattet, sondern ihm auch das Erlebnis des endgültigen Todes bringt. Daß Leni Riefenstahls Film von Nietzsche und besonders von Wagner inspiriert ist, bemerkt man von den ersten Bildern an – aber man bemerkt auch ihre Widerborstigkeit. Denn ihr Ziel ist es, *das heidnische (germanische) Reich der universellen und bruchfreien Sinnlichkeit aufzuzeigen, aber ohne das tragische Lebensgefühl, das mit der vergänglichen Sinnlichkeit einhergeht.* Es sollte ein nietzscheanischer Film ohne den Geist Nietzsches werden. Die Betonung liegt nicht auf dem sterblichen, einmaligen, unaustauschbaren Körper, der sich allein gegen die ohnmächtige/beharrliche/träge Kraft des Daseins stemmt und deshalb existentiell gefährdet wird, sondern auf dem *Massenkörper,* der wegen seiner Massenhaftigkeit abzuwehren vermag, was für den Einzelnen kennzeichnend ist: Verschleiß, Ermüdung, Vergänglichkeit. Die Kraft ist in der Masse; deshalb ist die Masse in diesen Filmbildern immer beseelt – wenn auch nicht unbedingt von Seele durchdrungen.

Die Regisseurin baute sich eine ungewöhnliche Falle: Um die Metaphysik der Sinnlichkeit verwirklichen zu können, mußte sie sich im Geist Nietzsches und Wagners gegen die christliche Tradition stellen; aber um das mit der optimistischen (nazistischen) Ideologie unvereinbare tragische Lebensgefühl ausfiltern zu können, mußte sie die heidnische Betrachtungsweise ablehnen und dazu den christlichen Geist zu Hilfe rufen. Und diese beiden Standpunkte harmonieren nicht miteinander. Einerseits liegt – dionysischen Rausch heraufbeschwörend – die Betonung auf der Ausschließlichkeit der Körper (überaus schöne Gesichter und noch schönere halbnackte Körper scheinen zu verkünden, das sei das Höchste, wozu die Schöpfung fähig ist), andererseits treten diese Körper in die Dienste einer Idee, d. h., es wird ein *noch schöneres, noch sinnlicheres, noch körperlicheres Wesen* benötigt, ein Christus also, der auch für sie steht. Und dieser Christus ist niemand anderes als Hitler – über den wir in diesem Fall aufgrund seiner Sinnlichkeit und Schönheit und nicht seiner politischen Rolle zu urteilen versuchen sollten. Solange wir nur die

»Ideale Schönheit«, 1940

schönen jungen Leute sehen, fällt uns Schillers *Ode an die Freude* ein, samt dem erbarmungslosen Zusatz, wer sich nicht ins irdische Paradies einfügen könne, der solle sich weinend fortstehlen. Dieses Schillersche Pathos suggerieren die schönen Körper des Films: Häßliches hat hier nichts zu suchen. Aber warum herrscht dann über die ungebrochene Schönheit einer, dem gerade die Erotik, die Schönheit fehlt?

Unter den zahllosen Werken über den Nationalsozialismus ist dieser Film das einzige, das die hinter der Bewegung verborgene linke Ideologie anklingen läßt. Denn indem sie einerseits an den fast schon überspannten Glauben an *Gleichheit* appelliert, zum anderen jedoch äußerst auffällig nicht über deren einzige Realität, den jeden Körper einholenden Tod, spricht (es also nicht fertigbringt, den optimistischen Glauben an eine ewige Diesseitigkeit mit dem Tod zu verknüpfen), tappt Leni Riefenstahl in die Falle, der alle Bewegungen zum Opfer fallen, die Anspruch auf eine Erlösung im Diesseits erheben.

Hitler wurde des öfteren mit dem Erlöser verglichen. In einer Anthologie aus dem Jahre 1933 schreibt Paul Ernst, der Lieblingsdramatiker des jungen Georg Lukács: »Der Dichter muß das Volk so lange führen, bis er es zu der Vorhalle von Gottes Tempel geführt hat; dort wird ein anderer Führer an seine Stelle treten, wie Christus an die Stelle des Täufers Johannes trat.« Ebenfalls 1933 schrieb Richard Euringer das Schauspiel *Deutsche Passion,* in dem ein toter Soldat als Christus aufersteht, um »Führer« sein zu können. Und ein Jahr später steigt bei Leni Riefenstahl der Führer aus dem Himmel herab, um die da unten zu taufen und zu segnen – und um sich mit ihnen zu vereinigen. Denn die letzte große Rede unter dem dunklen Himmel weist alle Merkmale des Liebesaktes auf: Die anfängliche Stille und Ruhe geht unmerklich in ein Vibrieren über, und Hitlers bemächtigte sich eine zunehmende Erregung, sein Körper verkrampft sich zusehends, entkrampft sich, ver-

rüf-Nr.
40072

> Zulassungskarten für Filme sind öffentliche Urkunden im Sinne d
> § 267 Reichsstrafgesetzbuchs. Ohne amtl. Stempel sind sie ungülti
> Änderungen dürfen nur von der Film-Prüfstelle vorgenommen werde

Antragsteller: **Geschäftsstelle des Reichsparteitagfilms**
Berlin-Halensee, Cicerostraße 2-6

Hersteller: **N.S.D.A.P.**

Haupttitel: **Triumph des Willens.** (Schmalfilm.)
Das Dokument vom Reichsparteitag 1934.

Hergestellt im Auftrag des Führers.
Gestaltet von Leni Riefenstahl.

Zwischentitel. 1. Akt. 1. Am 5. September 1934, 2. 20 Jahre nach dem Ausbruch des Weltkrieges, 3. 16 Jahre nach dem Anfang deutschen Leidens, 4. 19 Monate nach dem Beginn der deutschen Wiedergeburt, 5. flog Adolf Hitler krampft sich noch stärker, sein Blick richtet sich verträumt immer öfter ins Nichts, und schließlich ein wellenartiges Beben des Körpers und der Stimme, bis schließlich der Augenblick der Befriedigung und wenig später die völlige Erschöpfung eintritt. Der Aufbau der unbestreitbar überwältigenden Rede erinnert gespenstisch an die musikalische Struktur des Liebestodes in *Tristan und Isolde;* hier aber mündet die Befriedigung in den Tod, dort in das *diesweltliche Heil.*

Dieses Heil ist letzter Zweck der Schönheit der Körper, und zum Heil führt sie ein neuer heidnischer Christus, der diesweltliche Erlösung verheißt. Es gibt in dem Film kein Gesicht, das nicht schön ist (abgesehen vom Nazi-Führungsstab, dessen meiste Mitglieder ungewöhnlich häßlich sind), und deshalb suggeriert er stillschweigend, daß Hitler in erster Linie nicht der Führer einer Partei oder der Kanzler Deutschlands ist, sondern Statthalter und Hirt der irdischen Schönheit. Das wird betont von jeder Einstellung, der Parteitagschoreographie, der Architektur und der Richtung Tausender Blicke. *Triumph des Willens* ist, was die Einzelheiten betrifft, ein asexueller Film, insgesamt aber ist er voll stickiger Erotik. Hier finden die körperliche Schönheit und die weltliche Macht zueinander – eine Vorwegnahme von Pasolinis *Salò oder die 120 Tage von Sodom* mit der tödlichen Verflechtung von Macht und Schönheit.

Beim Ansehen dieses Films stellt sich auch die Frage, ob es eine Schönheit geben kann, ohne daß sie Macht hat bzw. ohne daß die Macht sie nicht an sich zieht. Ist das Schöne nicht dadurch schön, daß es denjenigen fesselt, der es erblickt und sich nach ihm zu sehnen beginnt? Und daß er nicht weiß, was ihn mehr fesselt: die Schönheit oder daß er gefesselt ist? In diese Frage hat sich Leni Riefenstahl tiefer hineinmanövriert als in die Bestandsaufnahme des Nationalsozialismus; aber deshalb auch greift ihr Film tiefer in die nazistische Gesinnung hinein, als wenn sie nur propagandistische Ziele verfolgt hätte. Sie deckte diese Gesinnung auf, und sie fiel ihr dabei zum Opfer – sie ließ sich einfangen von der Illusion, durch die Vereinigung des heidnischen und des christlichen Schönheitsideals könnte sie beide übertreffen und die Fundamente für ein drittes, neues und heidnisches Reich legen. Dies wäre das Reich der sinnlichen Schönheit, das von der Vergänglichkeit ebensowenig bedroht werden kann wie die Bauwerke, von denen Albert Speer gehofft hat, sie würden jahrtausendelang stehen.

ARCHITEKTUR DES UNTERGANGS

Kunst im Dritten Reich

> Die Invasion kommt bestimmt und gelingt auch. Dann aber vae victoribus! ... Ich bin sterbensungern mit den 5 dummen kriegswütigen Frauen und dem vertroddelten Professor: »Goethe und Hitler – wen haben wir denn sonst noch?« ... Als die Nachricht Athen kam, schrien sie entrüstet, die Akropolis nicht zerstört? Skandal! ...
> Wenn mal einen Tag keine große Siegesmeldung, sind sie völlig depressiv und schimpfen! So etwas gibt es! ... Überhaupt: wohin führt uns dieser Krieg!! Ich schäme mich, ich schäme mich!! Und das alles will Deutschland sein! Ich schäme mich so! ... Mein Gott, wie verwöhnten einen doch die Juden, ihre Intelligenz, ihr bloßes Bescheidwissen, ihre Wendigkeit. Ich verstehe diese deutsche Schwerfälligkeit, Plumpheit nicht, über die alle – wenige – deutsche Dichter verzweifelt gewesen sind ...
>
> Aus Briefen JÜRGEN VON DER WENSES, 1941

»Sie können von Glück sagen, daß Hitler als junger Mann kein Pianist werden wollte!« meinte irgendwann Mitte der dreißiger Jahre ein Maler zu einem Musiker. Die Anekdote war allgemein bekannt. Die Musiker waren besser dran als ihre Kollegen. Zwar ließ man auch sie nicht »unbehütet«, aber so bedrängt wie die Maler, Bildhauer und Graphiker waren sie nicht. Das ist natürlich nur teilweise mit Hitlers oder Rosenbergs Malambitionen zu erklären. Hitler versuchte sich ja auch im Komponieren – er wollte eine Oper in der Art Wagners schreiben. Aber er gab den Plan wieder auf, wie er schon vor der Machtergreifung immer seltener zum Pinsel gegriffen hatte. Die Architektur war vielleicht die einzige Kunst, für die er eine unstillbare Leidenschaft empfand; in der letzten Phase des Krieges, kurz vor dem Zusammenbruch, suchte er Trost in selbstverfertigten Entwürfen und Modellen.

Das alles erfahren wir aus einem 1989 entstandenen Film des schwedischen Regisseurs Peter Cohen. Der Film trägt den Titel *Die Architektur des Untergangs,* aber er behandelt auch andere Zweige der Kunst, vor allem natürlich die Malerei. Gegenstand des fast zwei Stunden langen Dokumentarfilms, der das Ergebnis langwieriger Forschungen in einem streng gesperrten Archiv und in verschiedenen Privatsammlungen ist, ist das Kunstleben des Dritten Reiches. Nicht nur das Thema reizte mich, sondern auch die Begleitmusik (Wagner, Berlioz), und die Person des ausgesuchten Sprechers (Bruno Ganz) erschien mir als Garantie, endlich hinter die phrasenhaften Schemata blicken zu können. Bruno Ganz ist für mich nicht nur einer der bedeutendsten deutschsprachigen Schauspieler, sondern auch ein berufener Vermittler deutscher Kultur: Mit der Hölderlinplatte, die er besprochen hat, führt er mit der Art, wie er den Dichter interpretiert, den Zuhörer in das innerste Kraftfeld der deutschen Kultur. Das erwartete ich auch von dem Film. Ich hoffte, er würde Licht auf viele Rätsel werfen. Zum Beispiel darauf, wie die heruntergekommene deutsche Kunst der dreißiger und vierziger Jahre an die Kunst der vorangegangenen Jahrzehnte anknüpfte; welche nichtfaschistische Wurzeln die Malerei, die Literatur, die Architektur oder das Theater der Zeit hat; welches tiefere, gesamtvölkische »künstlerische Wollen« neben den persönlichen Ambitionen der Führungsspitze zu der Hitlerschen Kunst führte. Mit einem Wort, ich war neugierig, inwieweit diese Kunst auch *deutsch* ist darüber hinaus, daß sie faschistisch ist. Denn daß sie nazistisch ist, versteht sich von selbst – oder zumindest scheint es so.

Ich wurde gründlich enttäuscht. Cohen gab sich mit dieser Frage einfach nicht ab – auch nicht mit der, ob die Nazikunst eine Vorgeschichte oder europäische, nichtdeutsche Parallelen hat. Er versuchte die Nazikunst aus ihr selbst heraus aufzurollen, erklärte sie mit ihr selbst und gelangte zu äußerst tautologischen Behauptungen. Die Nazikunst ist nazistisch, weil Nazis sie gemacht haben – das in etwa konnte ich aus dem Film herauslesen. Was als Lehre sehr wenig ist. Statt das Schema aufzulösen, schmiedete der Regisseur es noch fester; und wenn er sichtlich ohne Unterlaß Erklärungen bieten wollte, verschloß er in Wirklichkeit den Weg zum Verständnis.

Dabei hatte er unbestreitbar eine Menge aufregender Dokumente ausgegraben. Aber er zwang sie ins Joch einer sehr vertrauten Logik, und dadurch wurden die Dokumente nach einiger Zeit ermüdend und langweilig. Das Problem ist nicht, daß die Nazikunst langweilig ist (sie ist es, unbestritten), sondern daß er sie auch langweilig abhandelte. Indem er sich an ihre Analyse machte, lieferte sich Cohen unmerklich der inneren Logik dieser Kunst aus. Statt Herr über den Stoff zu sein, wurde er sein Diener. Um mein Urteil vorwegzunehmen: Nur damit kann ich erklären, daß Cohen ungewollt die Sicht derer übernahm, gegen die er seinen Film gedreht hatte.

Die Ratlosigkeit zeigte sich schon in den ersten Bildfolgen. Der Zuschauer bekommt Hitlers Aquarelle zu sehen, farbig und vergrößert. Und in tiefer Stille. Doch das Fehlen eines Kommentars macht die Stille beredt. Die Aquarelle sind behutsam angefertigte Werke, Hitler hat sie mit Geduld gemalt. Zugegeben, Gestalten und Gesichter konnte er nicht zeichnen; aber auffällig ist zum Beispiel die Sorgfalt, mit der er auf jedem Bild den Himmel, die Wolken, das durch die Wolken brechende Licht wiedergibt.

Oder den an manchen Stellen brüchigen Putz von Häusern. Das heißt, für bestimmte malerische Details war er sensibel. Und das läßt sich auch dann nicht bestreiten, wenn die Bilder eher mittelmäßig als gut sind und ihre Stimmung eher an kitschige Öldrucke erinnert. Das größte Problem stellt natürlich die Signatur dar: A. H. Darf man sich so ein Bild an die Wand hängen? Aber in den meisten deutschen (ungarischen) Wohnungen hängen heute Bilder, die noch viel schwächer sind. Dennoch, die Signatur ist abschrekkend. Das ist verständlich bei einem potentiellen Bildkauf – aber unverständlich, wenn jemand in einem Film die Kunst jener Zeit vorstellen will. Dem Regisseur hätten sich zwei Möglichkeiten angeboten. Entweder er würdigt die Bilder keines Blickes und sagt, die hat der Teufel gemalt, oder er analysiert sie sorgfältig und akzeptiert, daß ein fehlbarer *Mensch* mit unsicherem Geschmack sie gemalt hat. In diesem Fall hätte sich herausgestellt, daß den Faschismus Menschen aus Fleisch und Blut gemacht haben, die ihre Vergangenheit und Tradition hatten. Aber die Bilder weitschweifig vorstellen und dabei suggerieren, diese *mittelmäßigen* Werke seien vom inkarnierten und absoluten (maßlosen) Bösen selbst erschaffen – das geht nicht. So bleibt die Stille, die dem späteren Redezwang des Regisseurs zuwiderläuft.

Schon in den ersten wenigen Minuten zeigt sich, daß Cohen nach einer vorgefaßten Logik an den Stoff herangeht. Ihr Kern: Der Nationalsozialismus ist das leibhaftige Schlechte; dieses Schlechte führte zum denkbar Schlechtesten, dem Holocaust; was also irgendwie mit dem Faschismus in Zusammenhang zu bringen ist, das nimmt selbst die Krematorien vorweg. Die Kunst der Zeit ist also allein so zu interpretieren, daß sie Ja zu den Konzentrationslagern sagt. Und wenn dem doch nicht so ist, dann hüllt sich der Regisseur lieber in Schweigen.

Wo ist der Bruch in dieser Logik? Dort, wo sie ungewollt die Sicht der Nazis akzeptiert. Goebbels und seine Leute haben die Kunst der Politik ausgeliefert, und auch Cohen sieht die Statuen von Breker oder Thorak, die Gemälde von Lazinger oder Hilz, die Bauten und Modelle von Speer, die Genrebilder und Idylle der unbekannten Maler ausschließlich durch den Filter des Politischen. Er versucht nicht einmal zufällig, mit »unschuldigem«, unvoreingenommenem Blick zu beobachten, einzugestehen, daß eine ästhetische Wirkung vorhanden ist. So verschließt er sich von vornherein den Werken, obgleich er sich doch gerade mit ihnen beschäftigen möchte. Er interpretiert ebenso ideologisch wie diejenigen, von denen er sich abgrenzen will. Außerdem geht der Verzicht auf die ästhetische Betrachtung damit einher, daß er den Anschein weckt, die Kunst des Dritten Reiches sei aus dem Nichts entstanden. Einige verruchte Künstler (Hitler, Rosenberg, Goebbels, Schirach) hätten ihre vorher verdrängten Sehnsüchte ausgelebt, sie seien verantwortlich dafür, daß sich der Geschmack vieler tausend Künstler und eines ganzen Volkes »auf einen Schlag« veränderte. So als hätte die Kunst jahrhundertelang friedlich dahingelebt, bis sich auf einmal einige Böse zusammentaten, um diesen friedlichen Prozeß zu stören. Der Hitlerismus und seine Kunst seien das Ergebnis einer Verschwörung, nichts anderes – das behauptet der Film und suggeriert, die Kunst des Dritten Reiches habe nichts mit der früheren deutschen Kultur zu tun.

Das faschistische Schönheitsideal führte schnurgerade zu den Gaskammern, behauptet der Regisseur, und er führt eigenwillige Argumente ins Feld: wer (oder was) nicht schön sei, müsse vernichtet, also ein jeder, der nach dem Idealmaß *anders* (ob nun geisteskrank oder Jude) sei, müsse getötet werden. In jedem Kettenglied dieser Argumentation steckt Wahrheit; insgesamt ist sie dennoch deprimierend einseitig und vereinfachend. Unbestritten konnte Hitler in seinen Reden gar nicht oft genug betonen, er erobere für das deutsche Volk auch das Reich der Schönheit. Es ist auch bekannt, daß der Kunsthistoriker Paul Schultze-

Naumburg eine Parallele herstellte zwischen den Werken des Expressionismus und den Fotografien von Geisteskranken und Körperbehinderten, daß er also auf die Kunst Kriterien der Gesundheit und Krankheit anwandte. (Übrigens wie Goethe, der das Klassische vor allem als gesund und das Romantische als krankhaft bezeichnete, aber es ist noch nicht dasselbe, wenn zwei dasselbe sagen. Auch ist das Gesunde zu harmlos und das Kranke zu harmvoll, das Große in der Kunst ist das Genesene!) Und ebenso kennt man das Euthanasieprogramm, in dessen Rahmen massenweise Geisteskranke und unheilbar Kranke ermordet wurden. Gleichzeitig verbrannte man Werke, die die »rassische« Reinheit gefährdeten, die als entartet galten. 1939 wurden 16000 Kunstwerke dem öffentlichen Zugang entzogen, 1004 Gemälde und 3825 Graphiken wurden im März in Berlin verbrannt, die übrigen ließ Goebbels in der Schweiz (!) versteigern. Die Bücher Schultze-Naumburgs (*Kunst und Rasse,* 1928; *Kunst aus Blut und Boden,* 1934), Rosenbergs Werk (*Revolution in der bildenden Kunst?,* 1934) oder die berüchtigte Monographie des im Film erwähnten Kurt Karl Eberlein (*Was ist Deutsch in der Deutschen Kunst?,* 1934) untermauern das ebenso wie der Propagandafilm von Dr. Wagner 1937 über das gesunde Leben.

Dennoch hätte der Regisseur auf der Hut sein sollen. Unter Berufung auf die Kunst wurden tatsächlich viele schreckliche Dinge begangen, aber an diesen schrecklichen Dingen sind nicht die Kunstwerke schuld. Wie Goebbels und seine Leute unter Hinweis auf die Bilder von Kirchner oder Grosz sofort die Euthanasie ins Spiel brachten, so spürt Cohen in den idyllischen Landschaftsbildern, in klassizisierenden Plastiken und in Gemälden nach dem Salongeschmack gleich den Rauchgeruch der Krematorien. Zugegeben, die Werke wurden oft von Mördern bestellt; aber die meisten fertigen Werke waren nicht hetzerisch, ja nicht einmal aufregend. Sie waren armselig, wertlos.

Die Kunst der Nazizeit ist über viele Fäden mit der Vergangenheit verbunden (diese Tatsache läßt der Film schmerzlich vermissen). Die offizielle Malerei etwa kristallisierte sich durch Parteiquerelen heraus – und jedes Lager betonte die Tradition. Goebbels fühlte sich ausdrücklich zum Expressionismus hingezogen (der nach Meinung vieler ein Erbe der deutschen Gotik ist), andere aber (Schultze-Naumburg) lehnten diesen als degeneriert ab. (Neben Munch mochte Goebbels auch Nolde, der für Schultze-Naumburg ein rotes Tuch war.) Rosenberg hatten es eher Gemälde mit volksverbundener Thematik angetan, darunter nicht die schlechtesten. (Einige Künstler aus der Worpsweder Schule genossen im Dritten Reich durchaus Achtung.) Hitler wiederum hatte – besessen von seinem Geschmacksideal – eine Vorliebe für die Genremalerei des ausgehenden Jahrhunderts. *Deutsch sein heißt klar sein,* sagte er 1934 mit Bezug auf die Malerei (zitiert bei Jost Hermand: *Bewährte Tümlichkeiten. Der völkisch-nazistische Traum einer ewig-deutschen Kunst,* in: *Die deutsche Literatur im Dritten Reich,* hrsg. v. H. Denkler und K. Prümm, Philipp Reclam jun., Stuttgart 1976, S. 107). Diese idyllische, kitschige Malerei siegte. Ihr Erfolg aber ist nicht mit der Popularität der faschistischen Ideologie, sondern mit der Zugkraft des fragwürdigen Geschmacks zu erklären. Als 1937 in München die Erste Großdeutsche Kunstausstellung stattfand, dienten nur fünf Prozent der Werke propagandistischen Zwecken, den Rest bildeten Genrebilder, Landschaftsbilder, Porträts und Tierbilder. Wo die hohe Kunst verdrängt wird, dringt der Kitsch ein. Im gegebenen Fall wäre in Frankreich oder England das gleiche geschehen. Die Plastiken von Breker oder Thorak sind monumental und mitunter geschmacklos protzig, aber sie waren nicht nur bei Hitler oder Speer beliebt, auch Jean Cocteau schwärmte für sie – und er war ja kein Befürworter der Konzentrationslager. Zudem beschränkte sich in der zweiten Hälfte der dreißiger Jahre dieser Stil nicht auf Deutschland. Die Avantgarde wurde überall in den Hintergrund gedrängt und von einer Art Klassizismus abgelöst. Und überall sank das künstlerische Niveau; aber das darf nicht allein dem Faschismus angekreidet werden. Ich möchte hinzufügen: Für den Stilwechsel in der deutschen Kultur ist nicht allein Hitler verantwortlich zu machen. Cohen befaßt sich beispielsweise eingehend mit Karl May und legt ausführlich dar, eine wie undurchsichtige Figur Hitlers Lieblingsautor war. Doch das alles bleibt im Film Privatsache: ein dilettantischer Maler, der treuer Schüler eines nie über die deutschen Grenzen hinaus gelangten Schriftstellers und Phantasten ist. Wieviel umsichtiger und glaubwürdiger geht da Hans Jürgen Syberberg vor, der, bevor er seinen monumentalen Hitlerfilm in Angriff nahm, einen langen Film über Karl May drehte und überzeugend nachwies, mit welch zähen Wurzeln die Maysche defektbeladene Literatur an der deutschen Kultur haftet, die selber voller Defekte ist.

Die Nazikunst sprang nämlich nicht aus dem Nichts hervor (wie Hermann Glaser in seiner Monographie *Spießer-Ideologie* (1964) eindringlich beweist). Deren partieller Modernefeindlichkeit ging einerseits ein seit wenigstens dreißig oder vierzig Jahren anhaltender, starker völkischer Konservatismus voraus (in den 1890er Jahren wurde der Impressionismus von vielen ebenso wütend attackiert wie später von Hitler, der mit einer kräftigen Portion Anachronismus die Entwicklung seit den 1880er Jahren geradewegs als »kulturbolschewistische Ismuskunst« ablehnte), andererseits ist das Schönheitskonzept der Nazis auch eng mit dem klassischen deutschen Idealismus verbunden. Wilhelm Heinses 1794 erschienener Roman *Ardinghello* etwa führt die klassizisierende Betrachtungsweise ebenso ad absurdum wie die Plastiken Brekers oder Thoraks. Goebbels schrieb im April 1933 einen langen Brief an Furtwängler, der sich vor Musiker jüdischer Herkunft gestellt hatte, und schilderte darin seinen Wunsch nach der Vereinigung von Politik und Kunst. Seine Worte harmonieren gespenstisch mit den Gedanken Schillers in seinen Briefen über die ästhetische Erziehung des Menschen. (Vgl. Rainer Stollmann: *Faschistische Politik als Gesamtkunstwerk,* in: *Die deutsche Literatur im Dritten Reich,* hrsg. v. H. Denkler und K. Prümm, Philipp Reclam jun., Stuttgart 1976, S. 87–88.) Das bedeutet natürlich nicht, daß Schiller ein Protofaschist bzw. Goebbels ein Idealist war; es bedeutet, daß sich durch die ganze Geschichte Deutschlands der Wunsch nach einem Einklang zwischen der Aktualpolitik und den schönen Künsten zieht. Aber zu dieser idealistischen Forderung wäre es nicht gekommen, wenn beide nicht ein unüberwindlicher Abgrund getrennt hätte. Der übertriebene Anspruch auf politische Schönheit ist im gegebenen Fall ein Unglückszeichen. Und der Holocaust ist eine Folge dieses Unglücks und nicht der Schönheit, wie der Regisseur behauptet.

Ich fand es merkwürdig, daß Cohen die ausgewählten Erscheinungen zu einer logischen Kette verbindet, gleichzeitig aber diejenigen übergeht, die mit der Naziideologie wahrhaftig viel zu tun haben. Er verliert kein Wort über das nationalsozialistische Massentheater, das sogenannte Thing, von dem sicherlich Aufnahmen existieren. Er beschäftigt sich nicht mit dem Agitproptheater, einem beliebten Genre nicht nur der Kommunisten, sondern auch der SA. Er geht nicht ein auf die Verbindungen zwischen der Nazikunst und der kommunistischen Agitpropkunst bzw. dem sozialistischen Realismus, er schweigt über die Parallelen zur Entwicklung in der sowjetischen Kunst, er untersucht nicht die Unterschiede zwischen der Ästhetik des italienischen Faschismus und der des deutschen Nationalsozialismus. (Gottfried Benn wurde nach 1933 Faschismus vorgeworfen, was in den Augen der Nationalsozialisten dem Vorwurf des Avantgardismus gleichkam.) Er behandelt nicht die industrielle Formgebung, die charakteristische Typographie, die überall verbreitet war, die Plakatkunst, das Foto. Obgleich selbst Filmregisseur, befaßt er sich nicht mit dem Film. Und nicht ein einziges Mal fallen die Namen der im Reich gebliebenen *bedeutenden* Künstler (Barlach, Baumeister, Benn, Dix, Huchel, Hartlaub, Hauptmann, Doderer, Gütersloh, Lavant, Langgässer, Emil Schumacher, Kasack, Loerke, die Brüder Jünger, Furtwängler, Nolde, Reinhold Schneider, Ricarda Huch, Riefenstahl, Richard Strauss, von der Wense, Anton Webern, Mies van der Rohe, Karl Amadeus Hartmann). Er übersieht also all das, was entweder wesentlich bekannter und öffentlicher war als die einmal jährlich veranstalteten Ausstellungen und die Modell gebliebenen Bauvorhaben – oder was in innerer Flucht zu »überwintern« trachtete. »Unterm Terror nahm jeglicher Geist vorweg etwas Umstürzlerisches an. Denn er beanspruchte im Angesicht der übermächtigen Ordnung durch sein bloßes Dasein eine Selbständigkeit, die kein totalitäres Regime dulden kann.« (Adorno)

Das alles hätte zu einem nuancierteren Gesamtbild geführt. Und es hätte natürlich eine Bresche in die Mauer der Vorurteile geschlagen. Denn darin liegt das größte Problem von Cohens Film: er beobachtet alles tendenziös selektiert und durch den Filter von Vorurteilen. Menschlich ist das zu verstehen. Die nuanciertere Analyse der Nazikunst bedeutet nicht, daß eine Rechtfertigung für den Holocaust gesucht werden soll. Aber wenn der Schatten des Holocaust gewollt auf etwas zurückgeworfen wird, das mit ihm auch indirekt nichts zu tun hat, dann geht das schwer daneben. Dann wird die Betrachtungsweise des Regisseurs ebenso despotisch und ausschließend wie die derjenigen, die er verurteilt. Auch er ordnet alles einem einzigen Aspekt unter und strebt eine *totale* Erklärung an. Er dämonisiert auch Personen, denen eine solche Wichtigkeit zuzuschreiben unnötig ist. Alles oder nichts – ganz so wie die faschistischen oder kommunistischen Ausrichtungen. (Sein Film ließ mich an Lukács' Werk *Zerstörung der Vernunft* denken, in dem ein schnurgerader Weg vom älteren Schelling über Heidegger nach Auschwitz führt.) In diesem

Film sind nicht nur Cohens antifaschistische Bindungen zu erkennen, er macht auch deutlich, daß diese Traditionen bis zum heutigen Tag nicht zu einer nuancierten Deutung der faschistischen Kunst imstande waren. Ich sah mir mit Interesse die unbekannten Dokumente an; gleichzeitig wuchs meine Verstimmung, daß ich wieder einmal hinters Licht geführt werden sollte. Auch Bruno Ganz konnte meine Laune nicht heben. Er sprach Cohens Text, aber während ich seine Stimme hörte, wollte ich mich lieber an Hölderlin erinnern.

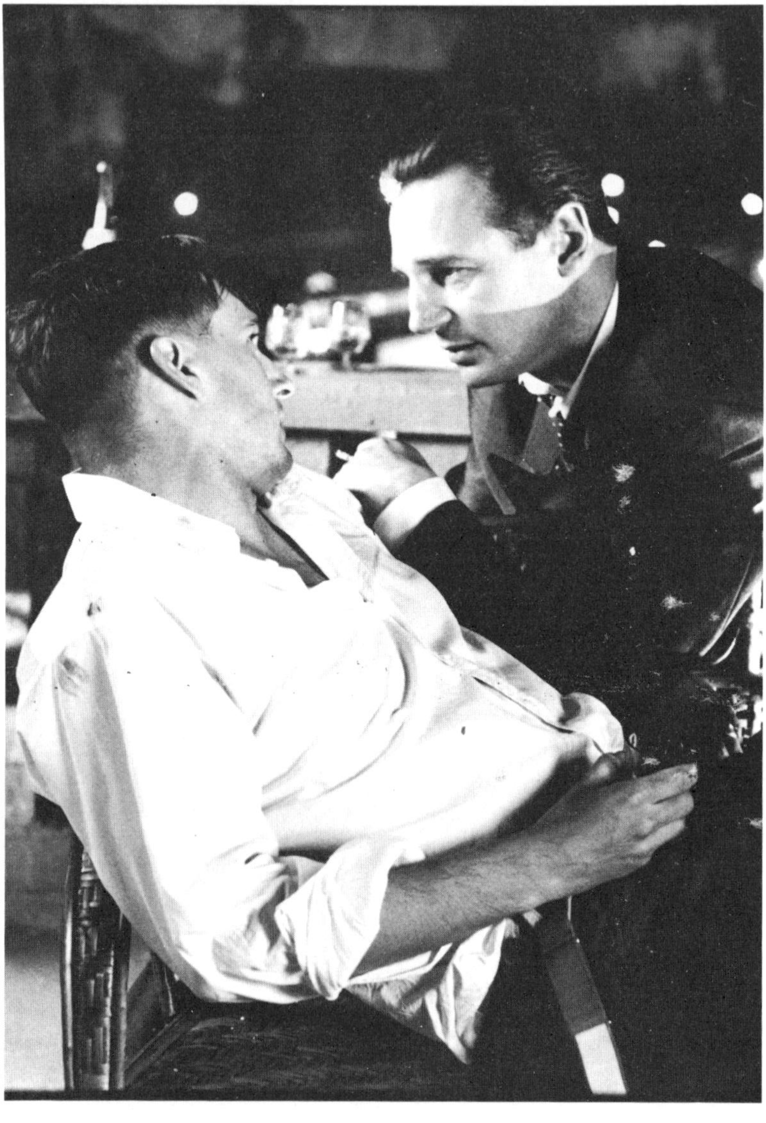

Wie die christliche Tugend und das teuflische Böse ihre Kräfte messen. Goeth und Schindler: Zweikampf der Gemeinplätze.

»SCHINDLERS LISTE«: DER DISKRETE CHARME DER AUFKLÄRUNG

> Nichts vermag den sündigen Strudel in der Phantasie des Menschen so aufzuwühlen wie ein Gemeinplatz. Deshalb kommt es vor, daß eine Rede oder Sonntagspredigt die am tiefsten verborgenen Gemeinheiten im Menschen weckt und schürt.
>
> BÉLA HAMVAS: Karneval

Die Dinosaurier begannen sich zurückzuziehen; zugleich wurde über Oskar Schindler immer mehr bekannt. Dabei gab es eine Zeit, als noch keiner der beiden Filme gezeigt wurde: Spielberg war schon dabei, in Krakau *Schindlers Liste* zu drehen, und gleichzeitig – in den Pausen arbeitete er *immer noch* an den Korrekturen von *Jurassic Park,* die ihn per Satellit erreichten. Wir könnten sagen, dem Workaholic Spielberg gelang es in diesem Fall, die »ernste« und die »Geld«arbeit aufeinander abzustimmen; aber diese »Arbeitswut« kann uns – wie John Berger – auch mißtrauisch machen. Obendrein stellt sich unweigerlich eine merkwürdige Frage: Warum hat nicht Schindler selbst, die historische Figur, sein Heldentum vermarktet? Seien wir nicht sentimental, antworten wir nicht sofort, für Schindler sei die »heilige Sache« wichtiger als alles gewesen. Schließlich handelt es sich um einen gewitzten, geschickten, lebensfrohen Mann, der etwas vom Geld verstand und seinen eigenen Nutzen auch dann für keinen Moment vergaß, als er Juden rettete. Und dennoch: nicht nur, daß kein Nationalheld aus ihm wurde, er kam nicht einmal in die Geschichtsbücher. Er war außerstande, aus seinem »Heroismus« eine

Karriere zu schmieden – sogar im Geschäftlichen versagte er ein um das andere Mal.

Warum überließ dieser Deutsche das Terrain anderen und ausgerechnet einem Amerikaner? Das Recht, sein Leben zu verfilmen, hatte ihm die Metro Goldwyn Mayer bereits 1962 abgekauft, und obgleich die Gesellschaft mehrere zehntausend Dollar dafür ausgegeben hatte, wurde nichts aus dem Projekt. Dann schrieb der Australier Thomas Keneally einen Roman über ihn; auf das Thema war er zufällig gestoßen, und er hatte sofort zugegriffen, denn es war sein innigster Wunsch, einen Bestseller zu schreiben, um jeden Preis. Der *Erfolg* ließ auch da auf sich warten. Was dennoch auffällt: Viele witterten in der Geschichte über die Rettung von 1200 Juden – unabhängig von ihrer historischen, moralischen und religiösen Bedeutung – von vornherein ein *Geschäft,* ohne es aber unter Dach und Fach bringen zu können. Anscheinend braucht alles seine Zeit.

Wie im Märchen – und ein wenig auch an König Midas erinnernd – mußte Spielberg in Erscheinung treten, damit aus dem Geschäft wirklich etwas wurde. Und der Film brauchte noch nicht einmal aufgeführt zu werden, damit sich weltweit der Mechanismus in Gang setzte. Keneallys Buch wurde »wiederentdeckt«, und die Bücherindustrie in aller Welt überzeugte die Kritiker, die aus dem im übrigen sehr mittelmäßigen Roman »unerwartet« einen Bucherfolg machten; das deutsche und das polnische Fernsehen produzierten einen Dokumentarfilm über Schindler, in der deutschen Presse, von der *Zeit* bis *Prinz,* folgte ein Artikel über Schindler auf den anderen, und als Krönung von alledem – Zeichen des absoluten Erfolgs – lud in RTL Gottschalk neben Filmschauspielern und Tenniscracks für zehn Minuten auch die vorher völlig unbekannte Witwe, Emilie Schindler, samt einigen sympathischen alten Juden zu seiner Talk-Show ein. Dieselbe Geschichte, immer wieder anders serviert. Die Kolumnisten der *Zeit* oder der *FAZ* schreckten auch nicht vor einer Zerpflückung geschichtsphilosophischer Zusammenhänge zurück, wobei sie – nicht ganz grundlos – sagten, die Deutschen hätten Schindler vermutlich deshalb aus ihrer historischen Erinnerung verdrängt, weil er das lebendige Beispiel dafür war, daß man sehr wohl etwas gegen Hitler unternehmen konnte; Gottschalk wiederum drückte auf die Tränendrüsen – in seiner Sendung fehlten nur noch kleine Marzipan-Krematorien.

Warum ist das alles interessant? Weil zu den Merkmalen des »realisierten« Erfolgs gehört, daß sich scheinbar unvereinbare Dinge vermischen und verflechten. Bevor also überhaupt gefragt werden könnte, ob dieser Film gut oder schlecht ist (meine Meinung: er ist mittelmäßig), sollten wir uns dem *Mechanismus* zuwenden, der nicht nur fehlerfrei funktioniert, sondern der diese Frage auch von vornherein entkräftet, zwingt er den Zuschauer doch in eine Situation, in der ihn gegensätzliche Gefühle gefangennehmen. Denn ein wenig maliziös kann er sagen, nach vielmaligen Anläufen habe es ein Spielberg endlich geschafft, Kapital aus der Leidensgeschichte der Juden zu schlagen – und das ist auch so, wenn wir wissen, daß der Regisseur zugunsten jüdischer Organisationen auf jeglichen Profit verzichtet hat. Aber er kann auch aus der anderen Richtung an den Film herangehen und sagen, Spielberg habe viel Geld investiert, um der Welt Schindler vorzustellen, um etwas zu erzählen, was, besonders in Amerika, nahezu gänzlich in Vergessenheit geraten ist, um also einen Damm gegen das Vergessen zu errichten. Und dann kann er, vor allen Dingen in Europa, auch noch dies zitieren: organisierte Skinheads, Nationalismus, Antisemitismus, Populismus, Ausländerfeindlichkeit usw. Mit einem Wort, Spielberg ist nichts zu teuer, wenn es darum geht, der »Aufklärung« zu dienen, der guten Sache.

Bei diesem Film achte ich also in erster Linie nicht darauf, ob er gut oder schlecht und ob er historisch authentisch ist, sondern ob ich ihm die unbestreitbare gute Absicht anmerke oder eher das ebenso unbestreitbar von schlechtem Geschmack zeugende Hollywood-Schema, das ja überdeutlich erkennbar ist. Ich weiß, manche Kritiker halten es für pietätlos, im gegebenen Fall die Ästhetik des Films zu untersuchen; ich weiß auch, wer den Film *nur* ästhetisch analysiert, kommt moralisch ins Gerede. Dennoch muß man Wolfram Schütte in seiner Argumentation gegen einen Kritiker recht geben, der den ästhetischen Aspekt des Films als zweit- oder gar drittrangige Frage bezeichnet hatte: »Er hätte mehr recht damit, wenn nicht alle diese Fragen unisono vom Tisch gefegt und nicht jeder Versuch inkriminiert würde, ebendiese (un)kritische Resonanz als Teil einer gesellschaftlichen Verblendung zu verstehen, welche außer dem Gedanken politisch-moralischer Instrumentalisierung des Films keine abweichenden Gedanken der gesellschaftlichen Selbstreflexion mehr gestattet.« (*Wie Schindler unter deutsche Liste kam,* Frankfurter Rundschau, 30. 4. 1994)

Es handelt sich um einen unbestreitbar gutwilligen und anständigen, aber zugleich eben doch einen Hollywood-Film. *Sowohl als auch.* Ein Paradoxon. Kein Wunder, daß er die Gemüter so erregen kann – viel stärker, als wenn er *nur* Hollywood repräsentierte (wie *Jurassic Park,* über den nicht gestritten wurde) oder *ausschließlich* einer Betrachtungsweise Raum gäbe, wie wir sie beispielsweise in den auch auf deutsch erschienenen Büchern von Primo Levi, Piotr Rawicz oder Imre Kertész finden. Spielberg wollte statt dessen *jedem* gerecht werden und alle Erwartungen erfüllen. Er hatte das breite Publikum im Auge, kokettierte dabei aber mit dem Geist. Wir wissen, dies ist auch das Geheimnis der Mittelmäßigkeit: das Sowohl-Als-auch. Was natürlich die Möglichkeit der von Wolfram Schütte erwähnten »gesellschaftlichen Selbstreflexion« ausschließt. Und die von einem enormen finanziellen Hintergrund subventionierte Mittelmäßigkeit hat in der Mehrheit der Kritiker weltweit ihre Handlanger gefunden – was so typisch und verräterisch ist in bezug auf das intellektuelle Niveau der Gegenwart wie kaum etwas anderes. Ich möchte hinzufügen: Die Erfolgsgeschichte dieses Films ist auch eine Folge der Feigheit des Geistes (der freilich nicht mehr als Geist zu bezeichnen ist, da der Geist zur Voraussetzung hat, daß er autonom ist). Denn es ist nur mit Unterwerfung unter eine Art moralischen Terrors erklärbar, wenn nur wenige in bezug auf einen Film über den Holocaust das Wort *Kitsch* auszusprechen wagen – und wer es tut, kann damit rechnen, geächtet zu werden. Und außerdem können wir ein typisches Merkmal der Feigheit beobachten: Die meisten Kritiker moralisieren, nur um nicht gegen den Konsens zu verstoßen, »kämpferisch«. Liest man Kritiken über den Film, fällt zum Beispiel diese paradoxe Situation auf: Je kämpferischer ein Kritiker ihn verteidigt, um so deutlicher ist, daß er nicht die *eigene* Meinung vertritt, sondern dem Herdentrieb folgt.

Um auf die Frage zurückzukommen, warum die Geschichte Schindlers auf Spielberg warten mußte, um endlich ein geschäftlicher Erfolg zu werden – meine Antwort lautet: weil *in Europa* das Geistesleben derzeit einen Tiefpunkt erreicht hat, bei dem in allen Bereichen das Durchschnittliche maßbestimmend werden kann und diejenigen den Ton angeben können, für die früher lediglich am Rand des Geisteslebens Platz war. Und diesmal handelt es sich nicht um den Gegensatz zwischen Links und Rechts, sondern um die Konfrontation von Dummheit und Intelligenz, von Mittelmäßigkeit und geistiger Autonomie. Stellen wir uns vor, wie dissonant der Chor der europäischen Kritik wurde, wenn sich unverhofft ein Adorno, ein Brecht, ein Taubes zu Wort meldete! Gerade die kritische Aufnahme dieses Films läßt auch das Fehlen einer intelligenten kunstaufgeschlossenen Linken so schmerzlich deutlich werden. Adorno schrieb 1960 in seinem Aufsatz *Was bedeutet: Aufarbeitung der Vergangenheit?:* »Was immer propagandistisch geschieht, bleibt zweideutig. Man hat mir die Geschichte von einer Frau erzählt, die einer Aufführung des dramatisierten Tagebuchs der Anne Frank beiwohnte und danach erschüttert sagte: ja, aber *das* Mädchen hätte man doch wenigstens leben lassen sollen. Sicherlich war selbst das gut, als erster Schritt zur Einsicht. Aber der individuelle Fall, der aufklärend für das furchtbare Ganze einstehen soll, wurde gleichzeitig durch seine eigene Individuation zum Alibi des Ganzen, das jene Frau darüber vergaß. Das Vertrackte solcher Beobachtungen bleibt, daß man nicht einmal um ihretwillen Aufführungen des Anne-Frank-Stückes, und ähnlichem, widerraten kann, weil ihre Wirkung ja doch, so viel einem daran auch widerstrebt, so sehr es auch an der Würde der Toten zu freveln scheint, dem Potential des Besseren zufließt. Ich glaube auch nicht, daß durch Gemeinschaftstreffen, Begegnungen zwischen jungen Deutschen und jungen Israelis und andere Freundschaftsveranstaltungen allzu viel geschafft wird, so wünschbar solcher Kontakt auch bleibt. Man geht dabei allzu sehr von der Voraussetzung aus, der Antisemitismus habe etwas Wesentliches mit den Juden zu tun und könne durch konkrete Erfahrungen mit Juden bekämpft werden, während der genuine Antisemit vielmehr dadurch definiert ist, daß er überhaupt keine Erfahrungen machen kann, daß er sich nicht ansprechen läßt.«

[*Amerika* möge in Klammern stehen. Der Holocaust vollzog sich nicht dort, und deshalb vermochte er die erfolgsorientierte amerikanische Zivilisation nicht so zu erschüttern wie die europäische, deren weitester Horizont lange – sehr lange – durchaus nicht der handgreifliche Erfolg war. Könnte es sein, daß nur wir Europäer Auschwitz als Skandal der Schöpfung sehen? Sieht es auch ein Amerikaner als solchen? Oder ein Chinese? Oder ein Inder? Und wenn nicht – was völlig verständlich wäre (denn auch wir betrachten ja nicht als wirklich skandalös, was die europäische Zivilisation jahrhundertelang auf anderen Kontinenten angestellt hat) –, mit welchem Recht erwarten wir dann von Spielberg, daß er denkt wie etwa Paul Celan? Und ein weiterer Verdacht: Wenn dieser erfolgreiche Film ein Abdruck des erfolgreichen »American way of life« ist, bedeutet dann das maßlose Hosianna der europäischen Kritiker nicht stillschweigend auch die kritiklose Vergötterung der erfolgsorientierten Lebenseinstellung – obendrein unter dem Deckmantel des Holocaust, was die von Adorno wahrgenommene Verletzung der »Würde der Toten« bedeutet? Dieses Gefühl hatte ich beim Lesen von *Anathema. Der Holocaust und das Bilderverbot* von Siegfried Kohlhammer (Merkur, Heft 6, 1994), in dem der Autor – eigentlich treffend, doch vollkommen unkritisch – von *Schindlers Liste* behauptet, dieses Werk repräsentierte ›das Prinzip der Moderne‹ (S. 508) und ›es sei ein Film gegen die Totalitarismen der alten Welt, deren Weltrettung und Menschheitsbeglückung und deren Großinquisitoren, für die Rettung des Individuums und sein säkulares Glück‹ (S. 509). Es ist recht merkwürdig, daß er dabei überhaupt nicht mit Faschisten oder Kommunisten polemisiert, sondern ausgerechnet mit Claude Lanzmann, einem jener wenigen, die den Holocaust nicht mit der rationalistischen (d. h.: leidenschaftslosen, letztendlich: auf Erfolg orientierten) Logik der Unbetroffenen zu erfassen versuchen – und nennt die Reinheit seines Films *Shoah,* vielleicht weil er das meinungsbildende Gesellschaftsspiel mancher sogenannter Aufklärer verdorben hat, ›ein Charakteristikum totalitärer, fundamentalistischer Regime und Bewegungen‹ (ebenda, S. 508).]

Um Mißverständnissen vorzubeugen, möchte ich betonen: Ich billige nicht den Standpunkt all derer, die den Holocaust als Werk des verkörperten Bösen ablehnen, denn er suggeriert unausgesprochen, es existiere ein absoluter Maßstab außerhalb der Welt; doch ich tue das nicht, um auf diese Weise das Böse zu relativieren, d. h. freizusprechen, oder zumindest seine Verantwortung zu schmälern. In dem Buch *Größe und Scheitern des radikalen Universalismus* konstruieren Agnes Heller und Ferenc Fehér einen solchen Gegensatz, und Richard Rorty weist in seiner Kritik des

Buches zu Recht darauf hin, daß dieser Gegensatz ein künstlicher und falscher ist: Relativismus und Absolutismus seien je eine Seite derselben Münze von zweifelhaftem Wert. (Richard Rorty, in: Holmi, Budapest, August 1994, S. 1228) Es ist, als bedienten sich die Kritiker von *Schindlers Liste* aus Furcht, des Relativismus beschuldigt zu werden, der Scheuklappen der absoluten Wahrheit, dabei vergessend, daß das Verbrechen des Holocaust gerade im Namen einer Art absoluter Wahrheit begangen wurde. Inzwischen ist die Gefahr der Verkündung absoluter Wahrheiten klar und deutlich geworden; und wenn jemand diese Wahrheiten ablehnt, bedeutet das nicht, daß er Erklärungen oder Freispruch für alles sucht. Man kann vom Holocaust sehr wohl angewidert sein, ohne sich dabei auf absolut gültige Prinzipien zu berufen. »Es ist bewundernswert, die Schuld der schlimmen Vergangenheit zu bekennen«, sagte jüngst Susan Sontag in einem Gespräch. »Aber das sollte nicht das eigene Urteil ruinieren.« (Frankfurter Rundschau, 13. 1. 96)

Kehren wir zum Film zurück! Für mich handelt dieses Werk in erster Linie vom derzeitigen intellektuellen Verfall und von der Ghettoisierung jeglicher geistiger Souveränität. Das ist es, was Spielbergs Film noch exemplarischer macht als die Filme *Krieg der Sterne* oder *E. T.* An diesem Problem gemessen, ist die gezeigte Story, die Geschichte Schindlers, des Krakauer Ghettos oder der Juden, wahrhaftig ziemlich gewichtlos, und beim Betrachter des Films verblaßt sie, nachdem er ihn gesehen hat, von Tag zu Tag mehr. Spielberg schuf – und hier geht es nicht um seine subjektive gute Absicht (die nicht zu bestreiten ist, weshalb ich ihn selbst auch nicht als Zyniker bezeichnen würde) – ungewollt eine Fallensituation. Als Ergebnis der mit Geld verwobenen aufklärerischen Absicht stellt sich das Geld hier unschuldig dar (als neutrales Mittel) – schließlich *gehört es sich nicht,* nach materiellen Zusammenhängen zu fragen, wenn es um den Holocaust geht. Zugleich besteht kein Zweifel, daß das nicht geschehen könnte, wenn nicht auch die Aufklärung selbst zu einer *käuflichen Ware* geworden wäre. (Brillantestes Beispiel hierfür ist die Frühjahrsmodevorstellung 1994 in Paris, bei der – nach dem illustrierten Bericht der Süddeutschen Zeitung – Rei Kawakubo zu jüdischer Musik Mannequins aufmarschieren ließ, deren Kleider an die Kleidung der Juden in *Schindlers Liste* erinnerten.) *Schindlers Liste* als Filmphänomen handelt also auch davon, daß heute die sogenannte Aufklärung und der Erfolg nicht voneinander zu trennen und ohneeinander nicht denkbar sind.

Dieser Film ist deshalb in meinen Augen eine in die Geschichte der Verfolgung und Rettung von Juden verpackte *Erfolgsgeschichte*. Kein Wunder, daß die Vertreter der Medien so einhellig für ihn Partei ergreifen – sind nicht alle Medien von der Hoffnung auf Erfolg beseelt? Ich möchte betonen: Es handelt sich nicht einfach um die Geschichte von Schindlers Erfolg (wenngleich auch sie eine Rolle spielt; Schindler rettet die Juden, die der böse Drache Goeth verschlingen will, wie ein mittelalterlicher Ritter – und er ähnelt sehr auch Indiana Jones, der die Faschisten immer so erfolgreich überlistet!), sondern um eine der erfolgreichen Aktionen, bei denen, entsprechend dargeboten, alles Beliebige verkauft werden kann – sei es die Hölle, sei es die Aufklärung. Und ich möchte gleich hinzufügen: Diese *Erfolgsgeschichte* ist nicht zu trennen von der Geschichte der neuzeitlichen Aufklärung. Spielbergs Werk *als Film* beweist, daß das Aufklären nur für den wichtig ist, der Geld, also Macht, hat. Das wiederum bedeutet, daß sich die krampfhafte Absicht, aufzuklären, zugleich auf die Verteidigung der erworbenen Macht und des Geldes richtet. Denn wer will aufklären? Wer auf der Sonnenseite des Lebens steht und deshalb meint, ausschließlich er verfüge über »Licht«. Und wen will er aufklären? Diejenigen, die noch auf der Schattenseite stehen und seiner Ansicht nach nicht angemessen sehen. Deshalb ist es für viele so ärgerlich, wenn man sie um jeden Preis aufklären oder vom Guten überzeugen will: man macht ihnen unvermeidlich ihre eigene

Wahrheit streitig und will ihnen eine andersartige Wahrheit aufdrängen. Denn es trifft zwar zu, daß die sogenannten notorischen Aufklärer stets den Dialog proklamieren, aber in Wirklichkeit verteidigen und stabilisieren sie doch nur ihre eigenen Positionen.

Spielberg ist es gelungen, einen Film zu drehen, der alles andere als zynisch zu nennen ist, der jeden gutmeinenden Menschen überwältigen muß – dessen Logik jedoch (ob man nun an die Story oder an die Dramaturgie oder an die Vertriebschancen des Films denkt) sich nicht von der von *Krieg der Sterne* unterscheidet. Um einen in Mode gekommenen Ausdruck zu benutzen: So funktioniert die *Dialektik der Aufklärung*. Sie äußert sich bei diesem Film darin, daß der Regisseur einem Menschen gleicht, der in großer Gesellschaft zwar seinem Gesprächspartner zuhört, aber gleichzeitig ungewollt auch die anderen beobachtet (und erinnert nicht unsere ganze Welt an eine solche gesellschaftliche Zusammenkunft?) Innerlich hält er sich immer woanders auf, nicht dort, wo er dem Anschein nach ist. Er tut als ob. Dafür ein Beispiel. In dem betont in Schwarz und Weiß gedrehten Film erscheint der Mantel eines fliehenden jüdischen Mädchens unerwartet in Rosa. Später, in einem freigelegten Leichenberg, erscheint dieser Mantel noch einmal – erneut farbig. Für einen Augenblick stocke ich. Ja; jetzt müßte ich gerührt sein: Dunkel und Licht, Farbe und Tod, Gesichtslosigkeit und Unschuld und obendrein ein totes Kind. Etwas stört mich dennoch: daß das alles so geschickt ausgedacht ist. So daß ich schließlich deshalb nicht angerührt bin, weil ich weiß, der Regisseur will, daß ich gerührt bin. Zugleich kann ich, es geht ja um ein Kind, nicht so tun, als ließe es mich kalt, das kann ich mir höchstens innerlich sagen. Der Regisseur jedoch weiß im voraus, daß ich nicht den Mut aufbringe, nach außen hin ungerührt zu sein, er weiß also auch, daß ich weiß, daß er es weiß. Und so weiter. Beide tun wir so, als nähmen wir einander ernst, dabei sind wir unablässig auf der Hut und achten auf alles, nur eben auf das Mädchen nicht. Würde man uns fragen, gäben wir aufrichtig zur Antwort, gewiß, wir achten nur auf das Mädchen; in Wirklichkeit aber ist die Gleichgültigkeit, die wir zuinnerst empfinden, ebenso aufrichtig. Kurz, wir lügen zwar nicht, aber wir sagen auch nicht die Wahrheit. Wir benehmen uns wie moderne, aufgeklärte Menschen. Wir spielen ein Gesellschaftsspiel.

So ist der ganze Film. Welche Bildfolgen ich mir auch ins Gedächtnis rufe, ich sehe, daß keine mit sich selbst identisch ist. Jede behauptet etwas und wird dem dann nicht gerecht. Da ist zum Beispiel die Schwarzweißtechnik. Meine Reaktion: endlich ein Nicht-Farbfilm über Auschwitz. Ein Anti-Kommerzwerk. Aber wie sich die Bilder mehren und wie die Zeit vergeht, so sehe ich immer deutlicher nur, wie vollkommmmen und wie schön die einzelnen Aufnahmen sind. Der Fall der Schatten, die Reibung des Lichtes, das Spiel von Schwarz und Weiß – alles ist so überwältigend, als wäre Helmut Newton oder Robert Mapplethorpe der Kameramann gewesen. Die Bilder knistern geradezu, so frisch und strahlend ist alles. Ein wenig wurde ich auch an die schwarzweißen Teile in Lars von Triers *Europa* erinnert, diesem zu Unrecht totgeschwiegenen Film, der die Folgen des Weltkriegs äußerst differenziert wiedergibt. Aber während dort die sterile Perfektion zum Wesenselement der dargestellten Welt werden konnte, blieb sie hier bloße technische Bravour und stellte verlogen als schön hin, wovon ich weiß, daß es nicht schön ist. Diese Technik erinnert ein wenig auch an die italienischen und französischen Filme der fünfziger Jahre; aber in ihnen drückte das Schwarzweiß die Farblosigkeit des Lebens aus. Hier hingegen fällt der Gegensatz zwischen der professionellen Fehlerlosigkeit der Aufnahmen und dem vorgeführten Grauen auf. (Spielberg versuchte ihn zu überbrücken, indem er unmerklich auch das Grauen selbst zu etwas ästhetisch Erträglichem verfeinerte: die verfolgten Juden sind meistens schön, edel und auch als Verschleppte würdevoll; der Schmutz des Ghettos zeugt von der perfekten Arbeit der Ausstatter; die Kinder sehen aus, als wären sie aus Murillos Bildern gestiegen.) Kurz, zu den großen Tricks von *Schindlers Liste* gehört, daß der Film mit Schwarzweiß die gleiche Wirkung erzielt, als ob er in Farbe gedreht worden wäre. Er nimmt die Herausforderung von Anti-Hollywood an und erringt mit einem geschickten Dreh einen Schultersieg. Das Ergebnis ist ein Anti-Anti-Kommerzfilm. Wieder möchte ich hinzufügen: Ich zweifle nicht an Spielbergs Gutgläubigkeit. Was mich nachdenklich stimmt, ist das Schicksal dieser Gutgläubigkeit, wenn sie die Bedingungen der modernen Öffentlichkeit akzeptiert.

Oder betrachten wir die Blicke. Isaak Stern und Schindler bei der ersten Besprechung. Noch sind beide beim Abtasten, noch wagen sie nicht, ihre Karten aufzudecken. Dann sehen sie sich in die Augen – genauer, *wir* sehen, wie sie sich ansehen. Sie spielen, daß sie sich nicht verstehen, dabei sind sie sich über die Gedanken des anderen sehr wohl im klaren – und wir, die Zuschauer, spielen (oder sind zumindest berufen, es zu spielen), daß wir diese verständnisvolle Verständnislosigkeit für tief und menschlich halten. Doch wir durchschauen die Absicht des Regisseurs so, wie Stern und Schindler einander durchschauen. Wir dürfen aber die Spielregeln nicht umstoßen, sonst beginnt der ganze Film rissig zu werden. Ein anderer Blick: der Gesichtsausdruck Goeths, des SS-Kommandeurs des Arbeitslagers, nach einem kurzen Schwanken. Den sadistischen Unmensch (ein wahrer Wolfsmensch) überzeugt Schindler, daß die echte Kraft im Verzeihen liegt. Tatsächlich verzeiht Goeth am Tag darauf – und danach können wir in einer langen stummen Szene das »Drama« seines Mienenspiels verfolgen. Die Tugend des Verzeihens erweist sich als schwächer als die Blutrünstigkeit, und Goeth wandelt sich unter unseren Augen so, wie der Beichtvater im *Exorzist* zum Teufel wird. Wie glaubwürdig, suggeriert der Film: ein Ungeheuer, das einen komplexen Charakter und eine komplizierte Seele hat (sowie obendrein, als Faschist, gut aussieht). Dabei handelt es sich lediglich um den phrasenhaften Zusammenstoß zweier Gemeinplätze (christliche Tugend, satanische Sünde) – jedoch so, daß alles suggeriert, jetzt, diesmal sei Schluß mit allen Gemeinplätzen. Was wir sehen, ist ein Anti-Anti-Gemeinplatz.

Das ließe sich fortsetzen. Die jüdische Haushälterin, in der unvermittelt das Selbstbewußtsein erwacht, und während sie klagt und anklagt, habe ich den Eindruck, sie sei eine Figur aus *Dallas*. Die Wörter handeln von der Erniedrigung der Juden, aber die nasalen Diphtonge kommen aus dem Mund einer selbstbewußten Amerikanerin. Das ferne Konzentrationslager in abendlicher Beleuchtung: im Prinzip die Hölle auf Erden; in Wirklichkeit eine Basis auf einem fremden Planeten aus einer Science-fiction. Das Krakauer Ghetto: lebensnaher als die Wirklichkeit, so daß es den Eindruck eines Theaters weckt. Schindler, der Frauenheld: ein bißchen Hochstapler, ein bißchen inkorrekt, aber wie gut er doch aussieht, und was am wichtigsten ist, er hat das Herz auf dem rechten Fleck. Und überhaupt, wer die Juden so sehr mag, darf auch leichte (sehr leichte!) Fehler haben. Das macht ihn noch menschlicher, noch liebenswerter.

Ist *Schindlers Liste* ein schlechter Film? In gewisser Hinsicht ist er es keineswegs – ich muß das auch dann zugestehen, wenn *mich* diese Aspekte überhaupt nicht interessieren. Ist er dann also gut? Das würde ich auch nicht sagen, obzwar ich weiß, daß Spielberg mit ihm eine gute Absicht verfolgte, außerdem war er beispiellos erfolgreich und wurde von der amerikanischen Filmkritik auch schon zum »besten Film der letzten fünfzig Jahre« proklamiert. (Was mag wohl 1943 aufgeführt worden sein, das nicht einmal von diesem Film übertroffen werden konnte?) Wie ist er also dann? Wenn ich zuvor geschrieben habe, *sowohl als auch*, dann sage ich jetzt: *weder-noch*. Ein großangelegter

Film, der mich aber kaltläßt. Ich kann kaum sagen, mich interessiere das Schicksal Schindlers und der Juden nicht – aber dieser Film hat mein Interesse nicht geweckt (um von Katharsis, Erschütterung, Ergriffenheit usw. gar nicht erst zu reden). Zudem geht es nicht um den Holocaust, sondern um einen Film über den Holocaust. Und das ist sehr wohl zweierlei. Selbst wenn eine weltweite, von einem mächtigen Finanzapparat gestützte Propagandamaschine Millionen Menschen einbleut, daß es ein und dasselbe sei. Bei *E. T.* oder *Krieg der Sterne* verwechselte niemand das Genre des Hollywoodfilms mit der gezeigten Geschichte, da war klar: es gibt einen eingefahrenen, gut funktionierenden Mechanismus (die Filmindustrie), und es gibt Artikel, die man verkaufen muß. Jetzt will mir scheinen, der Logik und dem Zwang der Filmindustrie gehorchend hat der Holocaust zu den verkäuflichen Artikeln aufgeschlossen. Selbst wenn sich, ein wenig geniert, alle so verhalten, als wäre es diesmal ausnahmsweise nicht der Fall. Die Logik ist jedoch die gleiche. Auschwitz, Dinosaurier, Gummiteddys, E. T. – unbestritten, jeder ist leicht auszunutzen. Die Kinder ebenso wie im gegebenen Fall die Holocaust-Opfer. Ich akzeptiere die gute Absicht des Films und wage zu behaupten, Voraussetzung für sein Zustandekommen war, daß auch der Regisseur stillschweigend den allgemeinen Konsens anerkannte, der die damalige Darbringung echter Opfer als historische Tatsache betrachtet und darüber hinweggeht. Nicht in Worten (denn laut läßt sich auch das Gegenteil behaupten), sondern durch die Anerkennung der Logik, die das Schicksal der damaligen Opfer zu einem Kettenglied der rationalen Argumentation macht. Auch das gehört zur Dialektik der Aufklärung: Sie protestiert zwar mit Wörtern gegen das Schicksal der Opfer, doch zugleich belegt die Logik ihrer Handlungen, daß sie sich mit diesem Schicksal durchaus abfindet. Sie predigt Wasser und trinkt Wein. Mit jedem Wort dient sie scheinbar der »Wahrheit«; praktisch aber verteidigt sie ausschließlich und mit allen Mitteln die eigene Macht. So steht es heute um die Aufklärung: Die sogenannten beamteten Aufklärer, die Spielberg auf den Schultern tragenden Kritiker und Intellektuellen, formieren sich zu einer Armee, wissend, daß ihre Macht allein durch die Kooperation, den Konsens gesichert wird. Armer Voltaire; wie einsam fühlte er sich, wenn es ihn in dieses gut funktionierende gesellschaftliche Gesellschaftsspiel verschlüge!

Spielberg will mich glauben machen, sein Film handle von etwas, das sich auf eine in Wörtern und Bildern gestaltete Geschichte reduzieren läßt. Er äußerte, sein primäres Ziel sei diesmal nicht ein Erfolgsfilm gewesen, er habe, *Selbstbeherrschung* bezeugend, das Andenken der Opfer ehren wollen. Aber wenn ich mir diese oder jene Szene des Films gründlicher anschaue, sehe ich, daß von etwas anderem die Rede ist: von einem Versuch, all das, was den Menschen »heilig« ist (ob nun der Holocaust oder all die großen Werke der Schwarz-weißfilmkunst), irgendwie in die Sphäre des »Profanen« einzubeziehen. Das nennt man, mit anderen Worten, Aufklären und Aufgeklärtwerden: das im Heiligtum Befindliche ans Tageslicht zu bringen. Ich bestreite die gute Absicht des Films und des Regisseurs nicht im geringsten, aber ich bin mir darüber im klaren, daß der Mechanismus, dem er folgt, in tiefem Kontrast zu den Absichten steht, dem er mit Worten Ausdruck verleiht. Ich wäre also nicht verwundert, wenn es dem gutgläubigen Kinobesucher nach diesem Film statt eines kathartischen Erlebnisses so erginge, wie es im vorangestellten Motto der brillante ungarische Schriftsteller Béla Hamvas, ein tragisches Opfer der stets auf ihr ausschließliches Recht auf Aufklärung pochenden sozialistischen Ideologie, vorausgesagt hat.

»GROSSE WAHRHAFTIGKEIT«

Roman eines Schicksallosen von Imre Kertész

> Wer das Geschehen nicht erlebt hat, wird es niemals erfassen. Und wer es erlebt hat, wird es niemals enthüllen. Nicht wirklich, nicht vollkommen.
>
> ELIE WIESEL, Penser Auschwitz, 1989

Ausgehen möchte ich vom Anfang, von den letzten Sätzen der letzten Seite, wo *Roman eines Schicksallosen,* einer der bedeutendsten ungarischen Romane der vergangenen Jahrzehnte, mit einer Verheißung schließt, falls die Verheißung überhaupt als Schluß und nicht eher als Öffnung zu bezeichnen ist – als Öffnung zum Unbekannten, dorthin, wo der Leser die bisher vom Autor getragene Last weiterschleppen muß. Zu uns spricht ein aus der Deportation heimgekehrtes Kind, ein Junge, der Auschwitz und Buchenwald hinter sich hat und durch seine Erlebnisse erwachsen geworden ist und dem nun die bohrenden Fragen der Erwachsenen, die sie ihm wie einem Kind stellen, allmählich lästig werden – ähnlich wie Erwachsene des kindlichen Nörgelns überdrüssig werden, das sie anfangs als sympathisch, dann aber als lästig empfinden mögen. »Denn sogar dort, bei den Schornsteinen, gab es in der Pause zwischen den Qualen etwas, das dem Glück ähnlich war. Alle fragen mich immer nur nach den Übeln, den ›Greueln‹: obwohl für mich vielleicht gerade dieses Erlebnis das denkwürdigste ist. Ja, davon, vom Glück der Konzentrationslager, müßte ich ihnen erzählen das nächste Mal, wenn sie mich fragen.«

Das »Glück der Konzentrationslager«. Ich erinnere mich nicht, in einem ungarischen Roman jemals etwas Riskierteres gelesen zu haben. Das Verwirrende dieser Formulierung liegt im Sakrileg: in der Auflösung des stillschweigenden und deshalb um so bindenderen Konsenses, den man gewöhnlich nicht in Frage stellt. In der Anwendung einer besonderen Perspektive, die, wenn vom Lager die Rede ist, auf stilistische Steigerungen, die zum Verstummen führen, verzichtet, die sogar darauf verzichtet, Urteile zu fällen, die Schlechten als Teufel hinzustellen und den Leidenden einen Glorienschein ums Haupt zu zaubern. Sie verzichtet auf Brandmarkung, Beschuldigung, Verherrlichung und sogar auf die Trauer – überhaupt auf alles, was doch im Zusammenhang mit den Lagern unumgänglich scheint: auf die Moral, auf das Erkunden des moralischen Universums. Mitunter hatte ich das Empfinden, der Protagonist des Romans, der in der ersten Person Einzahl über sein Leben berichtet, sei kein Mensch. Er kann zwar leiden und sich freuen, doch gleichzeitig betrachtet er die Welt mit einer lähmenden Neutralität, wie sie nur ein Tier oder ein in die Materie versunkener Engel vorzuzeigen vermag. Er nimmt Anteil an der menschlichen Welt, aber er versteht nichts an ihr. Oder eher noch versteht er das Alles, ohne es mit menschlichem Geist kreuz und quer zerschnitten zu haben.

Im 1992 erschienenen *Galeerentagebuch* (Eintragung aus dem Jahr 1975, niedergeschrieben kurz nach dem ersten Erscheinen des Romans im April) heißt es: *»Roman eines Schicksallosen* ist ein stolzes Buch, und das wird man ihm (und mir) nie verzeihen.« Davor steht dieser Satz: »Klage als einzig legitime Form des Protestes verwerfen – und verachten.« Ich weiß nicht, ob es wirklich ein stolzes Buch ist; für mich ist es das nicht. Aber daß es seinem Verfasser nicht verziehen wird, habe ich selbst einmal erlebt. Ende Februar 1992 las Imre Kertész in einer Westberliner Galerie aus der deutschen Fassung von *Roman eines Schicksallosen* vor, und zwar das letzte Kapitel mit den zitierten Schlußsätzen. Mit den Sätzen, die er las, nahmen vor meinen Augen die Gesichter der Zuschauer allmählich einen Ausdruck an, in dem sich ihre eigenen Geschichten spiegelten. Die Stationen dieser Wendlung waren anfängliche Sympathie, dann Befremdung, Verständnislosigkeit, verhaltener Trotz, schließlich ein kleines Drama von Beleidigtsein; das alles vollzog sich natürlich im Rahmen der in solchen Fällen üblichen Choreographie (Beifall, Glückwünsche, Lächeln, Empfang usw.). Die Sympathie galt dem ausländischen Juden, der das deutsche Lager überlebt hat: für den heutigen westdeutschen Durchschnittsintellektuellen gleich drei Gründe, ohne jedes Zögern eine Maske anzulegen. Eine Maske, die zeigen soll, jetzt endlich hat er die bisher getragene Maske abgelegt und präsentiert sein menschliches Gesicht. Die Befremdung galt der Episode, in der der jugendliche Heimkehrer den Journalisten, der sich ihm – unbestritten in bester Absicht – nähern will, zurückweist; er möchte aus seinem Leid keinerlei moralisches Kapital schlagen. In dem Journalisten erkannte sich ein Großteil des intellektuellen Publikums wieder, das war nicht zu übersehen. Wie es sich auch in anderen Gestalten wiedererkannte, die den Jungen um jeden Preis »zur Vernunft bringen«, d. h. in die Welt zurücksteuern möchten, die nach dem Krieg vorgeblich wieder frei und verheißungsvoll geworden war. Und da die Zähmung mißlang, waren alle beleidigt. Nicht nur Fleischmann und der alte Steiner, sondern auch die Deutschen, die sich ihre Geschichte anhörten. Die Schultern, die Mundwinkel, die Augenschlitze, die unwillkürlichen Handbewegungen, das alles bezeugte, daß hier jemand das Gastrecht verletzte. Der, den sie von Herzen erwartet haben, stellt genau das in Frage, was seit vier Jahrzehnten ein Pfeiler ihres (westlichen) Deutschseins ist. Statt zu klagen, zu protestieren, seine Leiden zu schildern oder sich zu entrüsten, erzählt er ihnen vom »Glück der Konzentrationslager«; statt wie sie zu sagen: nein, nein, nie wieder, liest er ihnen was vor von der Abenddämmerung und vom purpurnen Himmel über den Budaer Bergen: »Es war die bestimmte Stunde – selbst jetzt, selbst hier erkannte ich sie –, meine liebste Stunde im Lager, und ein schneidendes, schmerzliches, vergebliches Gefühl ergriff mich: Heimweh.« Er streut dissonante Töne in den Chor, wirft allen Konsens über Bord. In der Stille begriff ich, der Nicht-Deutsche, daß diese Zuhörer, während sie das Gehörte in einem unerforschbaren Winkel ihres Bewußtseins durchaus genießen, darauf warten, daß der dort am Tisch endlich still wird. Er hat zwar das Lager überlebt, aber *wir wissen besser,* wie schrecklich es ist – diese unausgesprochene Selbstsicherheit vibrierte um mich herum. Nach den Regeln der Zivilisation freilich verdeckte ihre gut verdeckte Gekränktheit ihrerseits eine noch tiefere Schicht: Wer sich unablässig auf Auschwitz beruft – selbst dann, wenn er, wie der westdeutsche Intellektuelle, keine andere Wahl hat –, stärkt letztlich nicht die Bastionen der Wahrheit (derlei gibt es ohnehin nicht), sondern vergeht sich an den Opfern von Auschwitz. Und zwar aus dem einfachen Grund, daß er ihr Schicksal zu einem Element der rationalen Logik entwertet. Die Elemente der rationalen Logik aber sind in der Regel beliebig austauschbar. Er beutet sie also noch in ihrem Tode aus, selbst wenn er in bester Absicht das Gegenteil will. Mit einem Wort, er brandmarkt die Schicksallosigkeit der im Namen der einstigen Wahrheit Hingerichteten – diesmal im Zeichen einer anderen Wahrheit. Auch hier gilt, was Georges Bataille im Einverständnis mit Sartres Buch über die sogenannte Judenfrage sagt: »Wenn dieses Grauen überwunden werden soll, genügt es nicht, die Schuld einer Kategorie verabscheuter Menschen zuzuschieben. Auf diese Weise setzt man nur die antisemitische Feigheit fort, den Schwindel mit den Sündenböcken nämlich.« (Georges Bataille: *Sartre,* in: Der Pfahl, Nr. IV, München, Matthes & Seitz, 1990, S. 87)

Wer das entlarvt oder auch nur ahnen läßt, dem ist schwerlich zu verzeihen. Nicht der Stolz ist schwer zu ertragen, sondern das Bestreben, Wahrheiten nicht, wie es für unsere Zeit typisch ist, aufzutürmen, sondern abzubauen. »Der Schriftsteller, der sich ›über die Schicksale beugt‹, also der verlogene Schriftsteller, der moralisierende Schriftsteller, der tendenziöse Schriftsteller«, schreibt Kertész im *Galeerentagebuch*. Ich möchte ergänzen, daß er sich dabei nicht auf den sozialistischen Realismus, sondern auf Sartres sogenanntes Engagement bezieht – auf etwas, das im gebildeten Europa einfach nicht in Frage gestellt werden durfte (und darf), und wenn doch, dann nur, um es auf der Stelle durch eine andere »Engagiertheit« zu ersetzen. Und das gilt insbesondere für das Thema Auschwitz (in diesem Fall: Buchenwald); sich darin nicht zu »engagieren« bedeutet das Risiko, in jeder Hinsicht (Politik, Religion, Menschlichkeit usw.) nicht salonfähig zu sein.

Einen Augenblick! Was ist aber, wenn es nicht ein Ideologe oder Politiker, sondern ein aus Auschwitz zurückgebrachter Jude ist, der sich »nicht engagiert«? (Und wir wollen absehen vom jüdischen Selbsthaß und den verständlichen, aber nicht typischen Erscheinungsformen psychischer Konfusion. Wie der Identifikation mit dem Aggressor oder dem sogenannten Stockholm-Syndrom.) Und es fragt sich natürlich auch, ob Imre Kertész das in seinem Roman wirklich tut. Zu behaupten, er wisse nicht oder ihn interessiere nicht, was das Gute und was das Schlechte ist, wäre Unsinn; das Buch ist auch ein Dokument der unerschütterlichen moralischen Haltung seines Autors – ich würde mich ihm jederzeit anvertrauen. Aber »engagiert« würde ich ihn nicht nennen. Wer sich engagiert, der muß es gegen etwas machen, das heißt, er kommt um eine Geste der Ausschließung nicht herum. Eine solche Ausschließung ist oft verständlich, besonders, wenn es um den Nationalsozialismus geht. Wenn wir beispielsweise *Das siebte Kreuz* von Anna Seghers lesen, besteht kein Zweifel, für wen sich die Schriftstellerin engagiert und wer die sind, die sie aus ihrer Sicht ausschließt. Menschlich ist das akzeptabel; der

Roman ist dennoch nicht gelungen. Nicht wegen des mäßigen Talents seiner Verfasserin. Indem sie sich engagierte, nahm sie, ob sie wollte oder nicht, eine Parzellierung der Welt vor und sah sie wie eine Schachpartie, von der sie obendrein im voraus wußte, wer sie gewinnen würde: der Spieler, der ihr näher stand. Sie schließt, so gesehen, einen Teil der Welt aus ihrer Sicht aus. Es kommen zwar auch die Bösen vor, wir sehen sie, wir erfahren von ihren Schreckenstaten, aber dennoch – sie wirken immer wie Märchenwesen. Menschen sind nur die Opfer; die anderen sind fiktive Wesen, in die wir nicht hineinschauen können. Die Verfasserin zweifelt auch an ihrer Existenz. Daran liegt es, daß die Romane und Filme zum Thema Auschwitz so harmlos wirken: in ihnen wird das Böse nicht greifbar. Die Realität des Bösen aber löst sich auf, wenn auch die sogenannte Realität selbst Schaden nimmt – wenn statt des Ganzen der Teil in den Mittelpunkt des Interesses rückt. Das nun führt unweigerlich dazu, daß das Ganze aus den Augen verloren wird. Aber was politisch vorübergehend machbar ist, das ist existentiell langfristig machbar. »Schaden« nimmt nicht nur der Gegner, sondern auch der, für den man sich engagiert hat. Achtet man auf den Teil, werden Struktur und Sinn des Ganzen nicht greifbar. Doch wenn wir daran denken, wie bequem und scheinbar praktisch es ist, auf den Teil zu achten und nicht auf das Ganze, dann stellt sich eine weitere Frage: Fühlt sich der Mensch nicht vielleicht auf Befehl des Bösen eher zum Teil als zum Ganzen hingezogen? Und wenn es so ist, folgt dann die »engagierte« Literatur nicht letzten Endes der Verlockung des Bösen, wird sie nicht ihm gerecht? Und erleidet der Mensch nicht dann vor allem Schaden (man denke an das Westberliner Publikum), wenn ihm bewußtgemacht wird, daß das, was er zuinnerst für moralisch gut und tadelsfrei hält, möglicherweise eine Maske des nicht bewußt gewordenen Bösen ist? Um es mit Bataille zu sagen: »Es gibt in einer bestehenden Form moralischer Verurteilung eine kaum greifbare Art der Leugnung. Man sagt letztlich: Zu dieser Gemeinheit wäre es nicht gekommen, wenn es nicht Ungeheuer von Menschen gegeben hätte. Bei diesem Gewalturteil macht man einen Schnitt zwischen den Ungeheuern und dem Möglichen. Man klagt sie implizit an, die Grenze des Möglichen zu überschreiten, statt zu sehen, daß gerade ihre Überschreitung diese Grenze bestimmt. Und insofern sich die Sprache an die Masse richtet, ist es gut möglich, daß diese kindische Leugnung wirkungsvoll erscheint, aber sie ändert nichts am Kern der Sache.« (Georges Bataille: *Reflexionen über Henker und Opfer,* in: Der Pfahl, Nr. IV, München, Matthes & Seitz, 1990. S. 94–95)

Roman eines Schicksallosen nenne ich unengagiert in diesem Sinn. Der Verfasser hat das *Ganze* vor Augen, für das ein Mensch sich nicht engagieren kann, ist er doch – ob er will oder nicht – Teil des Ganzen: dieses hält ihn gefangen, und die Stricke sind unzerreißbar. Nur in der Parenthese des »Ganzen« kann es dazu kommen, daß sich jemand für etwas engagiert, ohne Schaden zu nehmen. In dieser Hinsicht sind Imre Kertész' Urteile eindeutig und entschieden: bei ihm bekommt das Böse keinen Freispruch. Und doch verletzt er das Ganze mit keinem Satz; im Gegenteil: Wenn das Ganze es verlangt, fegt Kertész jedes momentane Engagement hinweg – so selbstverständlich, wie nur die Großen es wagten, ein Kafka oder ein Céline. Konkret: Sein Roman ist frei von allen Vorurteilen. Das Maß, das er sich in den ersten Sätzen setzt, verfehlt er nicht ein einziges Mal, weil er sich in jedem Augenblick hineinzwängt in den Zustand des vorangegangenen Nicht-Wissens. Das nennt man Freiheit; ohne sie hält sich kein Kunstwerk dauerhaft auf den Beinen.

Schreiben ohne Voreingenommenheit – gleichsam mit der Aufmerksamkeit eines Marsbewohners, der über nichts hinweggeht, weil ihm alles gleich bedeutsam ist. Kertész baut seinen Roman von Szene zu Szene auf, aber ich habe den Verdacht, daß seine Methode von herkömmlichen Verfahren abweichend nicht darin besteht, die folgende Szene im voraus zu skizzieren, die zur Darstellung erforderlichen Elemente »zusammenzusuchen« und dabei alles auszusondern, was nicht unbedingt notwendig ist, um die gegebene Situation zu veranschaulichen. Daß er sich also nicht den Teilen anvertraut, um zu etwas zu kommen, das im Verhältnis zur Ganzheit partiell bleibt. Er beachtet das Ganze: Auf dem Weg zum gestellten Ziel (zu einer Szenendarstellung) achtet er also auf alles. Er selektiert nicht in Kenntnis des Ziels, sondern er vertieft sich in die Gesamtheit des Wegs, der zum Ziel führt, und dabei ist er sich der Gefahr bewußt, womöglich irgendwo anzukommen, wohin er anfangs nicht wollte.

Dazu ein Beispiel. In Auschwitz werden die Deportierten aus dem Zug geholt, und der Junge findet sich in einem totalen Durcheinander wieder: Gewimmel, Gedränge, nervöses Geschrei, zahllose unbekannte Gesichter, allgemeine Kopflosigkeit. Ruhig sind allein die Wächter, von denen natürlich nur wir Leser wissen, daß sie die künftigen Henker sind. Sie suggerieren dem Jungen, der so wenig versteht wie der junge Parsifal, in dem erschreckenden Durcheinander Sicherheit: »Ich war sogar durch ihren Anblick ein bißchen erleichtert, denn sie wirken schmuck, gepflegt und in diesem ganzen Durcheinander als einzige ruhig und fest.« Bald kommt es zu der sogenannten ärztlichen Untersuchung, bei der die Tauglichen (Überlebenden) von den Untauglichen (Todeskandidaten) getrennt werden. Der Arzt hat ein sympathisches Gesicht, seine Augen blicken gütig; der Junge wundert sich nicht, daß er der ersten Gruppe zugeteilt wird. Er beobachtet den Arzt und ist zufrieden mit seiner Arbeit: »Alles war in Bewegung, alles funktionierte, jeder war an seinem Platz und machte seine Sache, exakt, heiter, wie geschmiert.« Manchmal urteilt der Junge strenger als der Arzt. Als dieser etwa einen dikken Mann zu den Tauglichen schickt, »da war ich nicht ganz zufrieden, denn ich meinerseits fand ihn eher etwas betagt«. Und »mit den Augen des Arztes konnte ich nicht umhin festzustellen«, wie viele alt und unbrauchbar sind; überhaupt machen die meisten Männer keinen guten Eindruck auf ihn. Mit sich selbst und seinen Kameraden aber ist er zufrieden, »beim Anblick dieser strahlenden Gesichter verstand ich vielleicht den Unterschied, der unsere Gruppe von denen auf der anderen Seite wirklich trennte: es war der Erfolg, wenn ich das richtige empfand.«

Diese in moralischer Hinsicht sehr heikle Szene ist ein ausgezeichnetes Beispiel für metaphysische Unengagiertheit. Der Junge (das Opfer) beobachtet mit den Augen des Arztes (des Henkers), was ihm ein ganz besonderes, auf kaum nachvollziehbare Weise raffiniertes Erlebnis von Freiheit vermittelt: Er ist imstande, die Welt mit den Augen dessen zu sehen, der sie ihrer Freiheit beraubt – ohne daß gleichzeitig er selbst irgendwem die Freiheit nimmt. Er beobachtet mit den Augen anderer und bleibt dennoch er selbst. In dieser Szene wird die Gefangenschaft durch die innere Identifikation so total, daß sie einem neuartigen Freiheitserlebnis das Tor öffnet; mit dem üblichen Maß gemessen, erscheint dieses Erlebnis pervers. In dieser Freiheit ist der Junge fähig, die Welt mit dem Blick eines Insektes zu beobachten – eingeschlossen in jene stumme Einsamkeit der Freiheit, in der das Geschöpf allein noch dem Schöpfer Rechenschaft schuldet. Allein in dieser Situation kann er gestehen, daß auch die Augen eines Henkers hell und gütig sein können; daß die Soldaten schön sind; daß die Gefangenen keinen guten Eindruck nach einer unbekannten Schuld tragen mußten. Und das ist in diesem Fall nicht nur Naivität des ahnungslosen Neuankömmlings, sondern auch Ratlosigkeit des unvoreingenommenen Betrachters. Ist es denn wirklich ausgeschlossen, daß Gefangene, die nach den weltlichen Gesetzen unschuldig sind, an einer Schuld in metaphysischem Sinn tragen? Damit spricht Imre Kertész natürlich nicht die Schuldigen und die Unmenschen frei, sondern er knüpft wohl an die Gedankenwelt des Alten Testaments an – Josua (23, 12–13) oder Jeremia (6, 19), die dazu neigten, im Unglück »verdienten Lohn« zu sehen.

Diese Schuld ist natürlich keine moralisch zu verurteilende Schuld, keine Sünde. Sie hat existentielle Wurzeln, und ihr Wesen ist die Niederreißung der Grenzen des Entsetzens. Die Gefangenen sind *unschuldig* ins Lager gekommen; aber die Situation, in die sie gerieten, macht sie schuldig an der Aufdeckung der Abgründe, die nicht nur sie, sondern früher oder später auch *jeden anderen* aufnehmen. Durch ihre Person offenbart sich das grenzenlose, das tiefe Entsetzen, das Existenzbedingung nicht nur für sie, sondern auch für ihre Henker ist. Denn Kertész interessieren, wenn er die Gefangenen beobachtet, in erster Linie nicht der Schmerz und nicht das erlittene Unrecht, sondern welches der geheime Kern im Menschen sein mag, der ihn befähigt, sein Menschsein abzulegen, welche geheime Fähigkeit dem Menschen innewohnt, daß er – als Henker oder als Opfer – den letzten Horizont seines Menschseins am anderen Ufer der Möglichkeiten entdeckt, im Unmöglichen: dort, wo sich Menschliches und Unmenschliches verflechten.

Durch diese eigentümliche Sicht wirkt der Roman, als erzählte der Autor die Geschichte hinter einer dicken, undurchdringlichen Glasplatte – hinter einer Scheibe, die sogar ihn selbst von seinem Selbst trennt. Zu dem Roman findet sich eine Notiz von Kertész in seinem Buch *Die englische Flagge: »Roman eines Schicksallosen* als autobiographischer Roman. Das Autobiographischste in meiner Biographie ist, daß es in *Roman eines Schicksallosen* nichts Autobiographisches gibt. Autobiographisch ist, wie ich darin um der großen Wahrhaftigkeit willen alles Autobiographische weggelassen habe. Und wie aus diesem erkämpften Individualitätsmangel am Ende doch ein Sieg und der Inbegriff des in seiner Partikularität stummen Individuums hervorgeht«. Auf den ersten Blick mag der Ausdruck »große Wahrhaftigkeit« dem Denken des Lesers entgegenkommen, zumal ihm ein gewisses humanistisches Pathos eigen ist. Doch der Roman beweist, daß diese »große Wahrhaftigkeit« Voraussetzung für eine gnadenlose Sehweise ist. Mir fiel es zuweilen schwer, den nächstfolgenden Absatz zu lesen, so weit entfernt sich Kertész von allen traditionellen, »humanistischen« Gewohnheiten, also Vorurteilen. Ich zitierte seine Bemerkung, er lehne das Klagen als einzige legitime Form des Protestes ab. Klagen, Entrüstung oder auch Jammern sind unweigerlich auf die gegebene Einrichtung der Welt ausgerichtet und gewähren deshalb stillschweigend Hoffnung: früher oder später verändern sich die Dinge sowieso, und dann wird das Klagen überflüssig. Doch die Leidenschaftslosigkeit, mit der Kertész das Lager beobachtet, und die Unengagiertheit, mit der er dem Ganzen die Treue zu halten versteht, machen alles Klagen sinnlos. Nun nämlich wird nicht dieses oder jenes Gesicht der Welt grauenerregend, sondern das Universum selbst; es geht nicht mehr einfach nur darum, daß sich die Bösen gegen die Guten zusammengetan haben (was noch Hoffnung auf einen neuen Sieg oder auf Rache bieten kann), sondern daß das Universum Übel an Übel reiht, statt Frieden zu bieten. Niemand kann sich dem Gesetz dieser höheren Gnadenlosigkeit entziehen; jeder ist – durch seine bloße Existenz – Handlanger des Universums, das dieses Böse verbreitet, und so ist jeder schuldig. Selbst dann, wenn er als Unschuldiger nur unter der Schuld seiner eigenen Existenz leidet.

Der Junge macht den Eindruck, als hätte es ihn in ein Schauspiel verschlagen, das von einem unbekannten Dramaturg gesteuert wird. Er ist arglos, aber doch ständig auf der Hut. Er achtet auf alles, nichts entgeht seiner Aufmerksamkeit, und da er nicht versteht, welchen launischen Kräften er ausgeliefert ist, sperrt er sich auch nicht, anderen recht zu geben. Er findet noch in der schlimmsten Situation etwas Positives, das die gegebene Situation freundlicher aussehen läßt. Es geht zur Desinfektion? Zeit wird es ja, findet er. Er schüttet die ungenießbare Plempe weg, die sie als Suppe bekommen haben? »Aber ich kam in Verlegenheit, weil ich von weitem den Blick unseres Vorstehers sah und besorgt war, daß es ihn vielleicht kränken könnte.« Als er einen Sack Zement fallen läßt, schlägt ihn ein Posten grausam zusammen. Danach lassen sie einander nicht aus den Augen. »Zu guter Letzt spielten wir einander beinahe schon in die Hände, kannten uns schon, beinahe las ich schon so etwas wie Befriedigung, Zuspruch, um nicht zu sagen, Stolz auf seinem Gesicht, womit er, das mußte ich zugeben, unter einem bestimmten Blickwinkel gesehen sogar recht hatte: wenn auch schwankend, gekrümmt ... hielt ich dennoch durch, ich kam und ging, ich trug und schleppte ... und das war ja – das mußte ich einsehen – in allem die Bestätigung für ihn.«

Ein Gefangener, der mit seinen Wärtern kooperiert, fast so, als wären sie Kumpane. Nicht aus Berechnung oder Heuchelei oder um eines Vorteils willen, sondern als Folge einer totalen Beraubtheit, gepaart mit einem universellen Unverständnis. Dies ist der alarmierendste Zug an Kertész' Buch: Der Protagonist spricht die Wahrheit, nur die Wahrheit, ohne aber daraus Kraft schöpfen zu können. Im Gegenteil; es scheint, als würde von diesem Wunsch nach restloser Wahrheit seine restliche Lebenskraft aufgesogen. Die bedingungslose Objektivität verhilft letzten Endes der Todesperspektive zur Geltung; und aus der inneren Freiheit, der Unengagiertheit des Jungen erschließt sich die Ungebundenheit des Todes selbst. Darin besteht die hauptsächliche »Schuld« von *Roman eines Schicksallosen;* das ist es, was dem Roman und seinem Verfasser schwer zu verzeihen ist. Kertész entlarvt den metaphysischen Freiheitsdrang, eine große Idee des europäischen Humanismus: er macht auf den Tod aufmerksam, der in der Tiefe lauert. Darauf, daß dieser Freiheitsdrang hätte nicht erwachen können, wenn der Mensch die Schöpfung nicht als verfehlt erlebt hätte. Im Zusammenhang mit dem Lager steigen verständlicherweise Zorn, Haß, Trauer, Verzweiflung in ihm auf. Lauter Gefühle, die Zeugnis vom Leben ablegen – vom Leben, das immer ein Speicher von *Möglichkeiten* ist. Das Lager jedoch ist die Verkörperung des *Unmöglichen,* es bringt sinnfällig zum Ausdruck, daß die Schöpfung verfehlt ist. Wer hierüber auf angemessene Weise sprechen will, muß auf die Sehweise verzichten, die allein ein Privileg der Überlebenden ist und die unvermeidlich suggeriert, die Wahrheit sei bei denen, die am Leben geblieben sind. Kurz, er muß eine neue Wahrheit gegen die aufstellen, die gleichfalls im Namen der Wahrheit getötet wurden. Was ihren Inhalt und ihr Ziel betrifft, besteht zwischen den beiden Wahrheiten ein grundlegender Unterschied, doch sie ähneln sich darin, daß sie im Verhältnis zur Einmaligkeit des sterblichen Menschen abstrakt und despotisch sind. Deshalb wirkt alles Moralisieren in Verbindung mit den Lagern verlogen; keinerlei »Drama« ist dazu geeignet, das leibhaftig gewordene Unmögliche zu verdeutlichen, denn es fördert das Verständnis nicht, es erschwert es. Es wird nicht der Ahnung des lebendigen Todes gerecht, sondern dem Lebensdrang, was im gegebenen Fall dazu führt, daß es den Narzißmus befriedigt, die pornographische Phantasie.

Dieser Falle entging Imre Kertész. Er verzichtete auf Seelendarstellung und auf Anekdotisches, wie es sonst für Romanschriftsteller obligatorisch ist, er stellte seinen Protagonisten vor keinerlei Wahl oder Entscheidung. Er ließ ihn wie ein träges Gesteinsstück immer tiefer abwärts rollen. Der Protagonist wird von Seite zu Seite unpersönlicher, und als er mit vereiterten Beinen ins Lagerlazarett gebracht wird, erinnert er nicht mehr an einen Menschen. Er gleicht Gregor Samsa, der sich hier aber nicht in ein Insekt verwandelt, sondern in eine riesige Wunde – aus einem Menschen in einen Körper. Als sich die Läuse vom

Fleisch unter dem Wundverband nähren, beginnt er einen aussichtslosen Kampf gegen sie. »Nach einer Weile habe ich es dann auch aufgegeben und dieser Gefräßigkeit nur noch zugesehen, diesem Gewimmel, dieser Gier, diesem Appetit, diesem hemmungslosen Glück: es war irgendwie, als würde ich das von irgendwoher ein wenig kennen. Mir ging auf, daß ich sie in gewisser Hinsicht verstehen konnte, wenn ich es mir recht überlegte ... eher so ein bißchen wegen der ganzen Ordnung der Natur, um es so zu sagen.« So ein Wegsinken in die Natur ist die Erklärung dafür, daß die Freude über die Befreiung verdrängt wird vom Ärger über den Ausfall der Suppenration, der in der Gefangenschaft nie vorgekommen wäre. Hier siegt die gleichsam *viszerale* Wahrheit des Körpers über die Wehrheit der *gewußten* Freiheit. Und wiederum die kafkaeske Vision der Verwandlung in einen puren Körper verleiht der für mich erschütterndsten Episode in diesem Roman eine Stärke, die Entsetzen auslöst. Der Junge wird auf einer Bahre aus dem Lazarett ins Lager getragen und denkt, jetzt wird er zum Töten gebracht, doch »von irgendwoher drang vertrautes Geklapper zu mir herauf wie der Glockenklang in unsere Träume, und mein suchender Blick fiel bald auf einen Trupp dort unten, wo mit Mühe dampfende Kessel geschleppt wurden, mit quer über die Achseln gelegten Stangen, und in der herb riechenden Luft erkannte ich, kein Zweifel, aus der Ferne den Duft von Kohlrübensuppe ... Und alles Abwägen, alle Vernunft, alle Einsicht, alle Verstandesnüchternheit half da nichts – in mir war die verstohlene, sich ihrer Unsinnigkeit gewissermaßen selbst schämende und doch immer hartnäckiger werdende Stimme einer leisen Sehnsucht nicht zu überhören: ein bißchen möchte ich noch leben in diesem schönen Konzentrationslager.«

Die Wendung vom »schönen Konzentrationslager« bringt eine Perspektive ins Spiel, die sich von der, an die wir gewöhnt sind, grundlegend unterscheidet und die im allgemeinen dem natürlichen Selbstschutz der Lebenden zuzuordnen ist. Sie gibt nicht dem Lager recht, sondern dem Gefangenen, der auf Selbstschutz verzichtet hat und sich deshalb an keinerlei Illusionen zu klammern vermag. Auch nicht an die, daß er am Leben bleiben werde, blickt er doch bereits aus Regionen jenseits des Lebens hierher zurück, aus dem Tod. Von dorther gesehen ist es sinnlos, zu unterscheiden, was recht und unrecht, was wahr und unwahr sei: es wird überschattet vom Ist, von der Unerklärbarkeit, wie etwas möglich wurde, was unmöglich ist. Dieses Unmögliche glüht wie eine Feuerkugel in allen Szenen des Romans. Das ist es, was auch den Verfasser zu »unmöglichen Äußerungen« veranlaßt; etwa zu der, über das »Glück der Konzentrationslager« nachzugrübeln, Was in meinen Augen ein Zeichen dafür ist, daß All keine Quantität, sondern eine Qualität ist; nicht das Endresultat der Addition von Greueln, sondern Grenzenlosigkeit der Sicht und nicht in Elemente zerlegbar. Es ist Erwachen in dem Sinn, wie Georges Bataille im Zusammenhang mit einem anderen Buch schreibt, das ebenfalls von den Konzentrationslagern handelt (David Rousset: *Die Tage unseres Todes,* Paris 1947): »... natürlich ist das Erwachen, das ein unablässiges Bewußtsein möglichen Grauens verlangt, mehr als nur ein Mittel zu dessen Vermeidung (oder eines, um ihm gewachsen zu sein, wenn der Moment da ist). Das *Erwachen* beginnt mit dem Humor und auch mit der Poesie. Und die Bedeutung des Buches von Rousset liegt nicht zuletzt darin, daß auch der Humor bejaht wird und daß die dabei freiwerdende Sehnsucht – niemals die nach einem satten Glück – eine Sehnsucht nach poesietrunkenen Gefühlen ist.« (Georges Bataille: *Reflexionen über Henker und Opfer,* in: Der Pfahl IV, München, Matthes & Seitz, 1990, S. 95) Jedes Wort, das Erklärung sucht, versucht – und mag die Absicht noch so redlich sein – das Unzähmbare zu zähmen und wird zur Binsenwahrheit. Aber kann man über das, worüber dieser Roman spricht, anders sprechen als in Binsenwahrheiten? Als der Junge am Ende des Buches nach Hause kommt, wählt er deshalb lieber das Schweigen. Er sieht sich denen gegenüber, die das, was er weiß, angeblich besser wissen als er, denen, für die die Wahrheit in lauter Großbuchstaben mehr taugt als seine persönliche, kleingeschriebne Wahrheit. »Ja, ja«, sagt der Journalist, der den Jungen um jeden Preis dazu überreden möchte, die Wahrheit in lauter Großbuchstaben zu verbreiten, »›dort schon, aber ... ich meine, das Konzentrationslager an sich ist nicht natürlich!‹ Endlich hatte er das richtige Wort erwischt, und ich erwiderte dann auch nichts darauf, denn ich begann allmählich einzusehen: über bestimmte Dinge kann man mit Fremden, Ahnungslosen, Kindern in gewissem Sinn, nicht diskutieren, um es so zu sagen.«

Zu sprechen lohnt allein darüber, worüber man nicht sprechen kann – das suggeriert der Roman. Zwar verstehe ich diese Wahrheit, aber meine Ratlosigkeit wächst und wächst, wenn ich an dieses schöne Buch denke, das mir so zu schaffen macht. Ich rede mir ein, daß ich es verstehe; vergebens. Am Anfang las ich es als Erwachsener, und am Ende war ich selbst ein unwissendes Kind.

DEUTSCHES LEID

Lars von Trier: Europa

Wenn nicht endlich jeder einzelne für sich Ernst macht mit der Suprematie des Geistes gegenüber allen politischen oder ökonomischen Lebensbezirken; wenn nicht endlich der Widerstand gegen die Geistfeindlichkeit jeder Diktatur von der politischen auf die geistige Ebene erhoben wird, wo die eigentlichen letzten Entscheidungen fallen; wenn man statt dessen den progressiven Selbstmord der Intelligenz sich immer weiter vollziehen und schließlich vielleicht dadurch vollenden läßt, daß man die letzten, schon heute furchtbar isolierten geistigen Menschen in einen nicht mehr metaphorischen Selbstmord treibt: dann muß die dauernde geistige Katastrophe unserer Zeit – eine Katastrophe, weit verhängnisvoller und unabsehbarer als ihre politischen und ökonomischen Folgeerscheinungen, die man hartnäckig als Ursachen darzustellen pflegt – in einem vernichtenden Untergang der gesamten europäischen Kultur ihr Ende mit Schrecken finden.

FRANZ SCHOENBERNER in *Die Sammlung*, 1935
(Querido, Amsterdam)

5
10
15
20
25

In Deutschland sieht die öffentliche Meinung bis zum heutigen Tag im 8. Mai 1945 und der nachfolgenden Zeit die Stunde Null. Sie dauerte nach der Ansicht vieler bis 1949, als aus den Besatzungszonen BRD und DDR gebildet wurden. Die meisten benutzten den Ausdruck zweifellos in gutem Glauben: für sie bedeutet die »Stunde Null« den Beginn einer neuen Zeit und den Bruch mit dem Hitlerschen System – nach vielen abgebrochenen Versuchen können sie endlich darangehen, ein freies Deutschland aufzubauen, das auf Waffen verzichtet und dessen Aufmerksamkeit vor allem dem Frieden gilt. Die »Stunde Null« ist ein Wendepunkt in der deutschen Geschichte *insgesamt;* vielleicht kann die traditionelle »deutsche Misere« (Marx) diesmal abgelöst werden durch »Reichtum«, weniger in materiellem als vielmehr in politischem und moralischem Sinn. Von Heinrich Böll bis zu der Generation der Achtundsechziger, die sich selbstbewußt (nach 1989 ein wenig verworren und mit zunehmend konservativer Maskierung) für linksorientiert hielt, war die Zeitbezeichnung in diesem Sinn gang und gäbe.

Doch Schlagworte mahnen zur Vorsicht. Denn wenn wir nach dem Ursprung des Ausdrucks forschen, zeigt sich, daß seine gutwilligen Benutzer gerade von denjenigen zu seiner Akzeptanz erzogen wurden, denen nichts an der »Heilung«, der historischen des Deutschseins lag, sondern die es ganz im Gegenteil zerbrechen wollten. Die Bezeichnung »Stunde Null« bekam Deutschland nämlich von seinen Besetzern geliehen, und sie benutzten sie durchaus nicht in verschwommenem und sentimentalem Sinn. Auffällig ist, daß der Ausdruck bereits vor dem Ende des Kriegs geprägt wurde: der Emigrant Albert Schreiner veröffentlichte 1944 in London ein Buch mit dem Titel *Zero-Hour for Germany,* das eindeutig den Standpunkt der angehenden Sieger repräsentierte. Die prosaische Bedeutung der »Stunde Null« ist diese: Deutschland muß seine Geschichte neu beginnen, es muß also mit der eigenen Tradition brechen – beziehungsweise es soll von ihr nur behalten, was nach dem Geschmack der Besetzer ist. Für den Sieger bedeutet der Neuanfang, den Deutschen die Mentalität, das politische System und sogar den Geschmack einerseits der Russen und andererseits des Westens (insbesondere der Amerikaner) als Maßstab schmackhaft oder verbindlich zu machen. Ihnen soll also die Tradition einer anderen Kultur anerzogen werden – von oben und von außen. Kein Wunder, daß den Ausdruck, den die meisten Deutschen später arglos nachplapperten, Churchill, Roosevelt und auch Stalin offen und unumwunden mit der *Enthauptung* Deutschlands in Verbindung brachten. Am 16. August 1945 erklärte Churchill vor dem englischen Unterhaus: »Deutschland ist den Siegern ohne Kopf in die Hände gefallen.«

Ohne Kopf jedoch kann man nichts wollen (nicht nur keinen Krieg, auch keinen Frieden, keine Demokratie), kann man nicht planen, kann man keine Freiheit herbeisehnen, kann man kaum leben. Genau das wollten die Sieger mit der Stunde Null: Deutschlands vermeintlichen – auch geistigen – Irrweg kappen. (Dabei wäre zwischen »demokratischer Normalentwicklung« und »deutschem Sonderweg« noch viel Raum für ein angemessenes Verständnis der deutschen Vergangenheit.) Zwar begannen die Besiegten den Ausdruck schon bald zu benutzen, aber das bedeutete letztlich, daß sie unbewußt die Situation billigten. Sie nahmen nicht nur die Niederlage bzw. die Okkupation zur Kenntnis (etwas anderes blieb ihnen auch nicht übrig), sie sahen es auch als normal und akzeptabel an, daß einem Land jede Selbständigkeit (der Kopf) genommen wird.

1991 drehte der junge dänische Regisseur Lars von Trier seinen in Cannes mehrfach ausgezeichneten Film *Europa;* er spielt in dieser Stunde Null, zwischen dem Oktober und Weihnachten 1945. Um diesen kühnen und an vielen Tabus rührenden Film zu verstehen, sollten wir uns den Ablauf der »Enthauptung« ins Gedächtnis rufen. Am 30. April ernennt Hitler den Großadmiral Dönitz zu seinem Nachfolger, wenig später nimmt er sich das Leben. Am 8. Mai unterzeichnet in Berlin Wilhelm Keitel die bedingungslose Kapitulation der Wehrmacht, an allen Fronten werden die Kämpfe eingestellt. Da die militärische Kapitulation keinerlei politische Maßnahmen vorsieht, bezieht sich der Vertrag nur auf die militärische Situation. Die Regierung Dönitz, deren rechtmäßigen Status die Kapitulation nicht in Zweifel zog, versucht nunmehr die staatsrechtliche Kontinuität des jetzt friedfertigen Nachkriegsdeutschland und damit die Einheit des Reichs zu retten. Im Interesse dessen bietet die Regierung den Besetzern die Hilfe der Fachministerien an, und noch vor den Siegern (!) beginnt Graf Schwerin-Krosigk, der dem Kabinett vorsteht, mit der Aufdeckung und Untersuchung der in den Konzentrationslagern begangenen Verbrechen. Die Verhaftungen kamen nach alledem unerwartet. Am 13. Mai wird Keitel festgenommen, später werden die Minister für Verkehr, Post, Landwirtschaft, Versorgung usw. ins Hauptquartier gerufen und gleichfalls verhaftet. Die sowjetische Propaganda beginnt die Regierung als »Dönitz-Bande« zu bezeichnen. Truman befürwortet am 23. Mai die Verhaftung der gesamten deutschen Regierung (wobei er sich unter anderem auf deren antisowjetische Haltung beruft). Mit dem 23. Mai hört das Deutsche Reich also auf zu existieren. Am 5. Juni wird in allen Zonen die Oberhoheit (»supreme authority«) der vier Besatzungsmächte eingeführt; alle Regierungsaufgaben, von den obersten Organen bis zu den untersten Verwaltungseinheiten, gehen in ihre Kompetenz über. Mit der Selbständigkeit Deutschlands ist es vorbei; was von nun an geschieht, hängt vom Willen und von der Zustimmung der Besatzungsmächte ab. Das Land hat seinen Kopf verloren.

Die »Stunde Null« war der Augenblick der Freiheit. Der Freiheit wovon? Der Befreiung von den Nationalsozialisten. Und der Freiheit wozu? Die Freiheit bedeutete für die

Deutschen, daß sie frei den Siegern gehorchen konnten – allesamt, nicht nur die Schuldigen, auch die Millionen Unschuldigen. Es dauerte nicht lange, und der Gedanke von der Schuldhaftigkeit des ganzen Volkes kam auf; von ihr sprachen immer mehr Menschen, vor allem der Theologe Karl Barth, aber auch Ilja Ehrenburg, der sagte, es gebe nichts Schöneres als den Anblick einer deutschen Leiche. Schuldig sei jeder, der nicht Sieger sei – diese falsche Logik besiegelte das Schicksal der Deutschen. (Ähnliches ist heute in der ehemaligen DDR zu beobachten.) Opfer dieser Entwicklung wurden die 2,4 Millionen Deutschen, die *nach* dem 8. Mai 1945 ihr Leben verloren: durch Vergeltung, Volkszorn, Aussiedlung, Vertreibung, Unbedachtheit, Massenmord usw. (sowie die 2 Millionen, die in russischer Gefangenschaft starben) – unter anderem mit der Zustimmung Eisenhowers, der die Völker kurz nach dem Krieg vollmundig aufgefordert hatte, Pflüge aus den Waffen zu schmieden.

Mit der »Stunde Null« begann eine Umerziehung, die systematische Maßregelung eines Volkes – des Volkes, das zwölf Jahre vorher fast zur Hälfte gegen Hitler gestimmt hatte. Die Besatzer nahmen keine Rücksicht auf die Besetzten, sie verfolgten ihre eigene Politik, und der Sieg berechtigte sie dazu, diese mit dem höchsten Guten gleichzusetzen; das galt für die Russen ebenso wie für die Amerikaner. So wurde Deutschland rasch zur Reibungsfläche *außer*europäischer Interessen: In Vorbereitung auf den kalten Krieg probierten die Besatzer unter dem Vorwand der Bestrafung eines Landes (Volkes) die Lebensfähigkeit ihrer Politik aus. Als sie die Spaltung Deutschlands besiegelten, dachten sie nicht mehr an eine Bestrafung der Deutschen; da rivalisierten sie bereits. (Und zur Vereinigung kam es auch nicht, weil die Deutschen »Buße getan« oder das Geschehene wiedergutgemacht hatten, sondern weil die Interessen der beiden außereuropäischen Großmächte etwas anderes verlangten.) Deutschland wurde zum Vorwand, ein Präzedenzfall für das Schicksal ganz Europas. Der amerikanische Außenminister John Foster Dulles drückte es zu Beginn der fünfziger Jahre offen so aus: »In Deutschland betreiben wir keine deutsche Politik, in Europa betreiben wir keine französische Politik, in Europa betreiben wir amerikanische Politik.« Oder denken wir an Kissingers Metternich-Monographie, deren Thema die Balance der Großmächte ist und die fast unverblümt auf die europäische Nachkriegssituation anspielt. Denken wir auch an Wyschinski, der dem gegen die kommunistische Machtübernahme protestierenden und auf Jalta pochenden rumänischen König Michael diese Antwort gab: »Jalta? Was ist das, Jalta? Jalta bin ich!«

Deutschland in der Stunde Null. Enthauptet und besetzt. Auf der einen Seite die Russen, auf der anderen die Westmächte, vor allem die Amerikaner. Sie achten nicht auf Deutschland und auch nicht auf Europa, sie achten auf sich selbst und natürlich aufeinander. Und Europa muß darunter leiden. Besonders Osteuropa. Frankreich wird das zuerst bewußt, England ein wenig später, Deutschland erst am Ende der achtziger Jahre.

Doch wir befinden uns jetzt in der Stunde Null: im luftleeren Raum, ohne die späteren Erfahrungen von (West-)Demokratie und (Ost-)Totalitarismus. Hierher verschlägt es im Oktober 1945 Leopold Kessler, einen deutschstämmigen jungen Amerikaner, der vermutlich Jude ist – als ob Roßmann aus Kafkas Amerika nach Hause zurückgekehrt wäre. Er ist – zurück – nach Europa gekommen, um beim Wiederaufbau zu helfen. Der Weg nach Europa führt durch Deutschland; und der Zug, in den er steigt und in dem ihm klar wird, was Europa bedeutet, verläßt während seiner schier endlosen Fahrt Deutschland nicht. Kesslers Ankunft zu Beginn des Films gleicht der Ankunft in einer Welt der Utopie; alles ist fremd, unverständlich. Er hat einen Angsttraum: statt Europa erwarten ihn Kafkasche Visionen, die Lars von Trier mit einer den expressionistischen Filmen entliehenen Technik mal ins Groteske, mal ins Komische, mal ins Unerträgliche steigert. Kessler begreift nichts. Nichts bestätigt die Vorstellungen, die er aus der Neuen Welt mitgebracht hat; er findet sich nicht zurecht, wie es sich für einen tüchtigen Amerikaner gehören würde, er gerät ins Taumeln. Verständnislos und wie eine Marionette läßt er sich von den Ereignissen treiben. Er spaziert in den Film hinein, als stände er vom ersten Augenblick an unter Hypnose. Daran ändert sich auch später nichts; als er am Ende des Films stirbt, ist auch sein Tod traumartig, er erinnert eher an eine Vision als an richtiges Ertrinken. Die Welt, in die er aus Amerika kommend geraten ist, türmt sich in jeder Hinsicht hoch über ihn, er ist ständig in Eile, er hastet und keucht, als fürchte er, alles werde auf ihn herabstürzen.

Ein Amerikaner, in Europa angekommen und verloren. Dabei steht er auf der Seite der Sieger; in dem Zug, wo er Schlafwagenschaffner wird, wimmelt es von amerikanischen Soldaten, seinen Landsleuten. Kessler aber ist nicht Soldat, sondern Zivilist, er gehört zu denen, die *nach* den Soldaten kommen und für die die Soldaten das Terrain vorbereiten. Die Soldaten im Film wissen genau, was sie zu tun haben; nicht einmal ihre Hautfarbe (viele von ihnen sind Schwarze) läßt sie in diesem europäischen Chaos wankend werden. Kessler hat keine Waffe, wohl aber ein vages, schwer definierbares amerikanisch-deutsch-jüdisches Selbstbewußtsein. In Deutschland ist er der Sieger; dennoch scheint es, als sei in diesem Film er der einzige Besiegte. Seine Irrfahrt allein suggeriert schon, das besetzte, zerstörte Deutschland verfüge noch immer über eine rätselhafte Gabe, den Sieger zu hypnotisieren.

Nach Hypnose strebt der Film von den ersten Bildern an. Nicht nur, daß Deutschland Kessler hypnotisiert, der Regisseur möchte das gleiche beim Zuschauer erreichen. Europa und Deutschland sind in diesem Film nicht Gegenstand politischer, historischer und soziologischer Spitzfindigkeiten, sondern Gegenstand des Meditierens – und der Zuschauer muß gleichsam in einen Zustand der Betäubung verfallen, wenn er den Film nach der Intention des Regisseurs sehen will. Im Dienst dieser Betäubung, dieser Ekstase steht alles, die hypnotische Stimme des Narrators, Max von Sydow, das Bild der stummen Soldaten in den Wartesälen, das medizinische Labor, das Rattern der Räder, die Kirchenruine im Schneefall, der Kuß, das Blut, das Wasser, sogar das marionettenhafte Gebaren der preußischen Beamten.

Auffällig, wie sehr das alles den jungen Amerikaner verstört. Sein *Amerikanertum* wappnet ihn nicht gegen das *Deutschtum*. Geplant hatte er die Heimkehr, aber »daheim« wartet eine Kultur auf ihn, in der er sich verirrt und die ihn verwirrt – er versteht überhaupt nichts. Das ist um so auffälliger, als alle anderen in diesen Gegebenheiten etwas Natürliches sehen – abgesehen von den amerikanischen militärischen Ordnungshütern freilich, die im Gegensatz zu Kessler gar nicht den Versuch unternehmen, sich heimisch zu fühlen, und deshalb in diesem Film wie Fremdkörper wirken. Kessler aber möchte sich einfügen; sein Zwiespalt hat deshalb etwas Bedauernswertes. Er bemerkt nicht, daß er, der sich von den besten Absichten leiten läßt, auf der Gegenseite unterkommt: bei den Werwölfen. Sie sind die einzigen, die Deutschland vorgeblich zu retten versuchen: mit Sabotageakten, selbstmörderischen Aktionen, verzweifelten Attentaten. Als einziger Ausweg bleibt ihm der Freitod: eine zutiefst romantische Geste, mit der er allerdings immer noch den Werwölfen hilft – er zündet ihre Bombe, als der Zug auf einer Brücke steht.

Kessler ist gekommen, um beim Aufbau Europas mitzuhelfen, um also *Herr* über den Kontinent zu sein. Aber nun verschluckt ihn Europa wie ein Strudel. Statt Herr ist er Opfer geworden. Doch auch die Kultur, die ihn verschluckt, ist zu einer Opferrolle gezwungen. Der Regisseur verheimlicht nicht, daß er Deutschland am Gerüst des *romantischen Mythos* festnageln möchte. In seinem Film sehen wir ein stilisiertes Land, in das Caspar David Friedrich (Messe in der verschneiten Kirchenruine) ebenso gehört wie Heinrich von Kleist, Richard Wagner oder der Liebestod, wie die Beschwörung des Geistes von Visconti, der über die Deutschen einen Film dreht (die Szene, in der sich Kessler und sein Mädchen lieben, während im Bad der Vater sich die Pulsader aufschneidet, erinnert mich an Visconti) oder wie Céline (das Umherreisen läßt mich an sein Buch *Von einem Schloß zum andern,* in dem er auch von seiner Gefangenschaft in Deutschland erzählt, und der durch das Dunkel fahrende Zug an seinen Roman *Reise ans Ende der Nacht* denken); das Gefühl, ich hätte es mit einem deutschen Mythos zu tun, stärkten auch Fassbinders Schauspieler, nämlich Barbara Sukowa und Udo Kier, und sogar der Gesang von Nina Hagen. (Damit das Bild vollständig wird, fehlen eigentlich nur Helmut Berger und ein wenig Homoerotik.)

Diese Auffassung vom deutschen Mythos hätte sich nicht herausbilden können, wenn es sich nicht um ein Land handelte, das an alles den höchsten Maßstab anlegte und immer in tiefste Tiefen stürzte. Voraussetzung einer Kultur, die Kraft aus dem Leiden schöpft, war nicht das prosaische Abwägen, sondern die romantische *Hingabe,* was der Pfarrer im Film so ausdrückt: Die wirklich Schuldigen sind die Gleichgültigen und Kaltherzigen, und Absolution können nur diejenigen erwarten, die einmal im Leben zu etwas aus vollem Herzen ja gesagt haben. Das ist es, was Kessler verstört; er, der grüblerische Amerikaner, spürt, daß er es mit einem Geheimnis zu tun hat – mit dem Zauber der romantischen Seele, dessen Kraft er nicht zu brechen vermag. Der Krieg ist vorbei, die Amerikaner haben Deutschland besiegt – aber sein Geheimnis ist intakt und bleibt für den Fremden beklemmend unergründlich.

Das Geheimnis des Leids und der Unterjochung wird der

Sieger nie nachvollziehen können. Das hat einen einfachen Grund: Nicht er wurde unterjocht, und nicht er leidet darunter. Darin liegt das Mutige in Lars von Triers Unternehmen. Er legt die Handlung seines Films in die Stunde Null und hebt aus der deutschen Geschichte ein einziges, aber um so gewichtigeres Moment heraus: das Erlebnis des Geköpft- und Gedemütigtseins. Die hypnotischen Elemente und die Hinweise auf den romantischen Mythos im Film dienen dazu, daß wir *in diesem Fall die Geschichte ausschließlich aus der Perspektive der Besiegten, der Leidenden sehen* und nicht auf das Leid achten, das diese Besiegten früher anderen zugefügt haben. Obendrein handelt es sich um Besiegte, die sich nicht alle bedingungslos mit den Zielen des Dritten Reiches identifizieren. Sie waren *allesamt Feinde,* aber *nicht allesamt* Verbrecher. Lars von Trier beschäftigt das gleiche Dilemma wie Ernst Jünger, der es so ausdrückt: »Wir dürfen nicht wie die Soldaten auf der Gegenseite für uns in Anspruch nehmen, an einem Kreuzzug beteiligt gewesen zu sein. Allerdings kannten sie auch nicht den unlösbaren Konflikt, der uns bedrückte – einerseits den Krieg auf grausame Weise zu verlieren, andererseits einer Führung ausgeliefert zu sein, die wir nicht weniger als sie verachteten.« (Aus einer Dankesrede anläßlich der Auszeichnung mit der Ehrendoktorwürde der Universität Madrid-Alcalà, gehalten am 7. Juli 1995, in: Frankfurter Allgemeine Zeitung, 14. 7. 1995, S. 29) Wenn die Rede auf das Nachkriegsleid Deutschlands kommt, zuckt seit 1945 die Welt nur mit den Schultern: Deutschland hat bekommen, was es verdient. In der Tat kann gar nicht genug gebüßt werden für das, was viele Deutsche (aber nicht alle Deutschen) begangen haben. Doch der Schmerz, den der Schuldige erleidet, unterscheidet sich – mag die Strafe noch so verdient sein – nicht vom Schmerz des Opfers. Das *Leid* und das *moralische Urteil* bewegen sich auf zweierlei Bahnen. Und das wird im Zusammenhang mit Deutschland gewöhnlich vergessen. Auschwitz, Nürnberg, dann die prosperierende BRD – und zugleich kein Wort über den mal von berechtigtem, mal von unberechtigtem Leid verursachten Schmerz, kein Wort davon, daß die Besatzer auf ihr Siegerrecht pochend und oftmals die eigene Würde vergessend nach Rache lechzten, unerwähnt bleibt, daß die Herausstreichung der Kollektivschuld beim Opfer auch das zerbricht, was der Sieger behüten müßte – und schließlich kein Wort davon, daß die BRD reich, ja sehr reich wurde, was aber (wie gerne betont wird) nicht als Sieg anzusehen ist: der Preis für diesen Reichtum waren die Treulosigkeit gegenüber der Tradition und der Vergangenheit, die Zerstückelung des Landes, der Verzicht auf Trauer darüber, daß Breslau und Königsberg nicht mehr deutsch sind (jenseits der Schuldfrage) – das aber wiegt kein materieller Sieg auf. (Die Geschichte Ungarns dieses Jahrhunderts hat mich gelehrt, diesen Schmerz mitzuempfinden.)

Lars von Trier nimmt ein einziges Moment unter die Lupe – und das kann er um so mehr tun, als das Erleiden von Schmerz ebenso zur deutschen Geschichte gehört wie das Verursachen von Schmerz. Das ist es, was den aus Amerika heimgekehrten Kessler so verstört. Obgleich ein direkter Hinweis fehlt, ist Kessler nicht nur deutscher, sondern sicherlich auch jüdischer Abstammung – seine Gestalt zeigt mit Nachdruck eine Parallele zu der des Karl Roßmann in Kafkas Roman *Amerika*. Das ist für mich der spannendste Aspekt des Films. Ein Jude, der Einblick hat ins deutsche Leid – das allein läßt schon auf eine Sicht schließen, deren Horizont nicht bei den gerade aktuellen politischen und Machtplänkeleien Europas endete. Aber daß sich dieser Jude allmählich in dieses Leid hineingetraut und es sogar als Mit-Leidender (sym-pathein) auf sich nimmt, das ist ein Zeichen einer apokalyptischen Sicht, die das Leid in der Welt nicht auf diese oder jene politischen, moralischen usw. Gründe zurückführt, d.h. es nicht für menschlich eliminierbar hält, sondern aus ihm auf die Fehlerhaftigkeit der Schöpfung schließt.

Kessler begibt sich Schritt für Schritt tiefer. Er verliebt sich in ein Mädchen, das den Werwölfen angehört; er wird Zeuge, wie die Amerikaner die Bevölkerung schikanieren (jeder Deutsche ab dem 18. Lebensjahr hat in der US-Zone einen aus 131 [!] Punkten bestehenden Fragebogen – zusammengestellt vielleicht von amerikanischen Preußen? – auszufüllen, und nur mit dem entsprechenden Nachweis erhält er Arbeit oder Nahrungsmittel. Muß erwähnt werden, welchen moralischen Schaden diese Verfahrensweise gerade bei den Unschuldigen anrichtete?); er sieht, daß die Amerikaner im Zug ein regelrechtes Konzentrationslager eingerichtet haben – nun mit deutschen Insassen –, das sich im Film nicht von den bekannten deutschen KZ unterscheidet; er hilft ungewollt einem ergreifend schönen Werwolf-Jüngelchen, einen gerade erst ernannten jüdischen Bürgermeister, der das Vertrauen der Amerikaner genießt, abzuschießen; und er wird auch Zeuge des Todes von Hartmann, dem Chef der Eisenbahngesellschaft. Dieser Mann, der Vater seines Mädchens, hat sich im Krieg wahrscheinlich so gut wie nichts zuschulden kommen lassen. Um seinen hohen Posten zu behalten, benötigt er Unterstützung. Sein amerikanischer Bekannter schmiert einen jungen Juden (den Lars von Trier spielt), dieser macht die Falschaussage, er sei von dem älteren Mann im Krieg versteckt worden. Hartmann dürfte in seiner Stellung bleiben – aber er begeht Selbstmord. Er wählt lieber den Freitod, als sich mit den Siegern zu identifizieren, indem er weiterlebt. Nicht daß er Nationalsozialist war – aber er mochte weder ein Günstling noch ein Besiegter sein.

Das alles treibt Kessler in eine immer tiefere Verzweiflung. Sein Mädchen – er heiratet sie – klärt ihn über das wahre Wesen des Werwolfs auf: er ist am Tag ein Mensch, in der Nacht ein Wolf. Und so sieht Kessler vermutlich auch Deutschland. Aber bis ihm das klar wird, ist er selbst ein Werwolf. Nicht nur insofern, als er an den Werwolf-Aktionen teilnimmt; er entzweit sich mit sich selbst. Ein siegreicher Amerikaner, der sich im deutschen Sumpf heimisch fühlt. Sein Tod ist apokalyptisch: er reißt alles mit sich. In dem Zug sind alle, die für ihn Deutschland bedeuten: seine Frau, sein Onkel, der Werwolf-Anführer, die preußischen Beamten, die schwarzhäutigen amerikanischen Soldaten und der amerikanische, einst deutsche Offizier. Alle sterben – ohne Auferstehung. Sie gibt es höchstens für Kessler. In den letzten Filmbildern schwimmt seine Leiche friedlich unter dem Spiegel des klaren Wassers, still und nun fern von der unverständlichen Welt da oben.

Warum bekam dieser Film, der nicht nur ausschließlich in Deutschland spielt, sondern dessen gesamte Sicht von höchstem Interesse an allem Deutschen bestimmt ist, den Titel *Europa?* Mehrere Erklärungen kommen in Betracht. Die erste und naheliegende: Wenn sich ein *dänischer* Regisseur in Europa umsehen will, ist Deutschland die erste Station. Und nicht nur die erste, sondern – zumindest nach dem Zeugnis der dänischen Geschichte – auch die gefährlichste. (Eine eigene Aktualität gewann dieser Film aus dem Jahr 1991 durch die Volksabstimmung, bei der sich die Dänen 1992 gegen Maastricht aussprachen – womit sie für die Vielfalt der europäischen Tradition im Gegensatz zu einem unter dem Primat der Wirtschaft vereinheitlichten Europa stimmten.) Die zweite Möglichkeit wäre eine Voreingenommenheit des Regisseurs für die deutsche Kultur. Und eine dritte: Der letzte und für das Schicksal Europas ausschlaggebende Krieg ging von Deutschland aus, also ist dort der Grund vor allem zu suchen, und nur von dorther kann auch der Kontinent geheilt werden.

Ich möchte noch eine vierte Möglichkeit in Betracht ziehen. Der Film handelt von der Demütigung und dem Elend der Deutschen; wenn er aber den Titel *Europa* trägt, dann bezieht der sich sinngemäß auf den gesamten Kontinent. Halten wir nun Europa für gedemütigt, dann können die Demütiger Europas keine Europäer sein. Indirekt handelt der Film auch davon. Nach dem Kriegsende versuchten Nicht-Europäer, Europa mit Beschlag zu belegen, um im einen Teil den asiatischen und im anderen den amerikanischen Geist anzusiedeln. Ich habe Dulles zitiert; ich möchte aber auch den englischen Historiker Arnold Toynbee zitieren, der im November 1947, also vor der Bildung der beiden deutschen Staaten, über einen möglichen dritten Weg zwischen dem Kapitalismus und dem Kommunismus geschrieben hat. Er kommt zu einem eigenwilligen Resultat: Europa müsse sich vor dem Einfluß sowohl Amerikas als auch der Sowjetunion schützen, ohne den Weg des Faschismus einzuschlagen. Hier nun fährt er fort: ein eigenständiges Europa bedeute ein starkes Europa, ein starkes Europa wiederum bedeute, daß auch Deutschland erstarke – in einer Europäischen Gemeinschaft, die die USA und die Sowjetunion ausschließe, müsse Deutschland früher oder später, so oder so an die Spitze kommen. (Zitiert nach Carl Schmitt: *Glossarium. Aufzeichnungen der Jahre 1947–1951*, Duncker & Humblot, Berlin 1991, S. 127) Deutschland ist also eine Hürde auf dem dritten Weg für Europa, und da Deutschland Zügel angelegt werden müssen, wozu ja nur die Amerikaner und die Russen in der Lage sind, sollte man auf ein starkes Europa lieber verzichten. Im Klartext: Damit uns Deutschland erspart bleibt, sollten wir Europa anderen Kontinenten opfern.

Noch im Herbst 1995 kommentierte Margaret Thatcher die Wiedervereinigung mit den folgenden Worten: ich war »von Anfang an gegen die deutsche Wiedervereinigung ... Deutschland zu vereinigen hieß, es zur beherrschenden Nation in der Europäischen Gemeinschaft zu machen. Sie sind mächtig, und sie sind tüchtig. Es würde ein deutsches Europa werden. ... Jedenfalls ist Deutschland jetzt wieder sehr mächtig. Sein Nationalcharakter wird dominieren. Und außer Deutschland haben wir jetzt in Europa auch noch Österreich, was den deutschen Faktor stärkt. Präsident Mitterrand und ich wissen das. Deutschland wird seine Macht einsetzen. Es wird die Tatsache nutzen, daß es am meisten zu Europa beiträgt.« (*Die Zeit,* 8. März 1996, S. 9-10)

Beim Betrachten des 1991 gedrehten und von Deutschland handelnden Films *Europa* ist es unmöglich, nicht daran zu denken, wie es um Europa nach Ablauf der Stunde Null stand. Ende 1945 weiß man noch nicht, wie sich das Schicksal des *einheitlich* besetzten Landes gestalten wird; man weiß noch nicht, daß sich im Westteil eine Demokratie herausbilden und daß der Ostteil eine Diktatur bleiben wird; man ahnt noch nicht, daß es sich hier viel leichter und menschenwürdiger wird leben lassen als im Osten; und natürlich weiß man nicht, daß sich der Westen nach dem Sturz des Bösen im Osten 1989 nicht nur in der Rolle des *Siegers* vor den nun wieder Freien gefallen, sondern daß er auch die Maske des *einzig Guten* anlegen wird; ebensowenig weiß man, daß der Osten mit der von oben erhaltenen Demokratie und dem von oben erhaltenen moralisch Guten schwer umgehen können und enttäuscht sein wird. Alles ist also ungewiß – was auch bedeutet, daß die Mehrheit der Deutschen *damals* die Niederlage nicht (oder noch nicht) als Befreiung empfinden konnte. So erkennt selbst Jürgen Habermas in seiner Rede zum 50. Jahrestag des 8. Mai 1945 in der Frankfurter Paulskirche an, man könne von den Deutschen nicht rückwirkend wünschen, daß sie das Ende des Kriegs als Befreiung erleben, denn damit würden sie »unsere Interpretation auf ein von den Nazis unterdrücktes Volk, auf die eigene Jugend oder die Eltern und Großeltern zurückprojizieren«. Der Film *Europa* greift einen Augenblick heraus, in dem sich noch nichts voraussagen ließ. Aber wichtig ist, wann er entstand. Er entstand, als Europa langsam wieder auf die Beine kam; heute sind seine Grenzen ebenso in Bewegung geraten wie die Interessensphären, in denen nach vier Jahrzehnten viele etwas Natürliches zu sehen begannen.

In einer Szene des Films läuft Leopold Kessler vor einer

überdimensionierten tickenden Uhr vorüber. Es ist die Uhr des Sprengsatzes. Im letzten Augenblick hält er sie an, dann setzt er sie wieder in Bewegung. Alles explodiert, und gleich danach erscheint, das Ende des Films anzeigend, in roten Buchstaben das Wort »Europa«. Diese Uhr hat eine symbolische Bedeutung. Der Zweite Weltkrieg fängt derzeit an, zu Ende zu gehen. Wir leben noch in der Stunde Null, aber wir können bereits beginnen, die Zeit zu messen.

VERWIRRUNG DER GEFÜHLE

Beruf: Neonazi

> Christentum, Demokratie, Nazismus und Kommunismus haben so viele Worte in Ungnade gebracht, daß es heute schwierig ist, noch von irgendetwas zu sprechen, ohne als Komplize irgendeiner niedrigen und gemeinen Sache dazustehen.
>
> NICOLÁS GÓMEZ DÁVILA

Ewald Althans, der strebsame junge Neonazi, der vorläufig nur Einfluß auf eine Handvoll Leute hat, kann den Linken und der Presse dankbar sein. Mit ihrer Hilfe lernten in wenigen Wochen mehr Menschen seine Ansichten und ihn selbst kennen als in den vorangegangenen Jahren zusammen. Winfried Bonengels 1993 entstandener Film *Beruf: Neonazi* war noch gar nicht aufgeführt, da gerieten die Gemüter schon in Wallung. Erst waren es die Sponsoren und Vertreiber des Films, die Bedingungen stellten. Der Regisseur mußte seinem Film eine überaus lächerliche schriftliche Erklärung voranstellen, in der er den künftigen Zuschauern mitteilt, daß er mit dem, was im Film gesagt wird, nicht einverstanden ist – obgleich daran auch im späteren kaum jemand zweifeln wird. Er mußte also die unkritischen Rezipienten auffordern, Distanz zu halten. Was bereits zeigt, daß diejenigen, die ihn zu dieser Erklärung anhielten, das Publikum für unreif, also aufklärungsbedürftig halten. Sie trauen ihm nicht. (Wie sie dem Publikum auch im Fall des Dokumentarfilms *Warheads,* den der indischstämmige Deutsche Romuald Karmakar gedreht hat, mißtrauten; dieser Film handelt von Söldnern und wirbelte in Deutschland wenigstens so viel Staub auf wie Bonengels Werk.) Bald stellte sich heraus, daß es noch eine

Reihe anderer gibt, die ebenso mißtrauisch sind. Nach der Premiere startete die sogenannte Linke eine Attacke, und in der Presse wurde erst einmal der *Regisseur* (nicht Althans!) heruntergemacht, daß er sich auf so einen Film eingelassen habe. Später gingen Bombendrohungen an die Kinos, und es kam sogar vor, daß Schlägerbanden am Kinobesuch hinderten. Weil die Zuschauer natürlich unreif und unaufgeklärt sind. Und das alles geschah natürlich zum Schutz des Humanismus und des Geistes.

Althans wurde im Nu bekannt. Er fand seinen Namen auf den Kulturseiten der angesehensten Zeitungen wieder, und ich vermute, daß er den künstlich geschürten Skandal um seine Person schadenfroh beobachtete. Ich halte es auch nicht für ausgeschlossen, daß die Spenden für seine Partei in geradem Verhältnis zum immer gereizteren Ton in den Artikeln der *Zeit,* der *FAZ,* der *taz* oder der *Zitty* wuchsen. Verkrampfungen lösen weitere Verkrampfungen aus, es kommt zu einem Prozeß der Selbstinduktion, und die konträren Seiten merken gar nicht, wie unentbehrlich sie füreinander werden. Dazu muß man nicht unbedingt nach Deutschland gehen; es genügt, wenn wir uns zu Hause in Ungarn umsehen.

Ich möchte hinzufügen: Althans, der Neonazi, oder sein Mentor Ernst Zündel, der in Kanada lebt, durchschauen diesen Mechanismus besser als ihre Gegner. Diese lassen sich von jenen auf den Leim locken – und das dürfen wir auch nicht vergessen, wenn wir wissen, daß sie sehr wohl jemanden benötigen, den sie provozieren können. Ihre Gegner *moralisieren* meistens nur; sie jedoch sind *Pragmatiker.* Zündel bringt das im Film zum Ausdruck. Man müsse immer das Zentrum des Gegners angreifen, sagt er, weil dessen Stärke auch sie selbst stark mache. Das bedeutet, daß sie auf andere vielleicht nicht, auf die Linke aber immer rechnen können; deren Presse, Fernsehen, Rundfunk, Werbefeldzüge und Propagandamaschinerie halten auch sie am Leben. Warum gibt er diese Strategie so offen zu? Nicht weil er dumm ist (denn ein außergewöhnlich dummer Mensch ist er im übrigen tatsächlich), sondern weil er weiß, daß auch das zum Mechanismus gehört. Ohne den Pragmatismus der anderen Seite wäre der Schillersche Idealismus funktionsfähig. Der Marquis von Posa und Don Carlos benötigen einander. Bonengels Werk illustriert das als *Film:* Die der Kopie vorangestellte Aufforderung (»Seid wachsam!«) und die anschließenden neonazistischen Monologe bilden in meinen Augen eine *Einheit.* Es ist allerdings die Einheit eines Kentauren. Und dennoch, so ist der Film etwas Rundes und Ganzes. Selbst wenn er von Vollkommenheit weit entfernt ist.

Dieser Kentaur ist auch ein Symbol der deutschen Politik und Geisteskultur. Das möchte ich an einem Beispiel zeigen. Der Zuschauer identifiziert Althans, den Neonazi, reflexartig mit dem Bösen; und die, die gegen Althans sind, sind sinngemäß Vertreter des Guten. Im Film gibt es jedoch eine Szene, in der dieser Identifikationszwang umkippt. In ihr konfrontiert der Regisseur den jungen – und der Wahrheit zuliebe sei ergänzt: gutaussehenden, liebenswürdig dreinblickenden, korrekt wirkenden, geschickt redenden und geschmackvoll gekleideten – Althans mit seinen *Eltern.* Wir sehen ein wohlsituiertes bürgerliches Ehepaar, der Vater um die Fünfzig, die Mutter etwas jünger und recht hübsch. Wie zu erwarten, stimmen sie mit ihrem Sohn *in nichts* überein. Der liberal eingestellte, vermutlich vom Geist der Achtundsechziger nicht unberührte Vater meint, das Dritte Reich habe keine einzige Idee, keinen Gedanken geboten, über den nachzudenken sich lohne. Bestimmt hat er recht. Da ergreift die Mutter das Wort und beginnt über den Sohn zu erzählen. Sie versichert dem Regisseur, daß sie den Jungen *durchaus* liebe, aber gleich danach schildert sie eingehend, er sei schon als Kind so sehr *deviant* gewesen. Das alles äußert sie aber *vor Fremden* und obendrein *in Anwesenheit ihres Sohnes.* Sie spielt also die Mutterolle sehr schlecht – zumindest in meinen Augen. Sie hat recht, und dennoch. Dann hält sie inne, sucht grübelnd das passende Wort und meint schließlich, sie glaube, Ewald sei immer unglücklich gewesen.

Da ertappe ich mich dabei, daß ich mit dem jungen Mann mitfühle. Nicht mit dem Nazi, nicht mit dem (übrigens nicht glatzköpfigen) Anführer der Skinheads, nicht mit dem Ideologen, sondern mit dem Kind, das mit verlegener Miene und völlig ratlosem Blick seinen Eltern zuhört, so als wolle es am liebsten im Boden versinken. Er schämt sich wegen seiner Eltern – aber nicht, weil sie eine andere Überzeugung oder Meinung haben, sondern weil sie wohl etwas verdorben haben, weshalb nun die Eltern-Kind-Beziehung nicht mehr lebt. Über die gesellschaftlichen Ursachen des Neonazismus und Rechtsradikalismus ist viel geschrieben worden; unnötig, es zu wiederholen. Aus dieser Szene ging aber noch etwas hervor. Meiner Ansicht nach ist es nämlich in diesem Fall vor allem der Mutter und dem Vater anzukreiden, daß der Junge sogar nach der Aussage der eigenen Mutter *immer* unglücklich und deviant war. Die hübsche Mutter, diese typische deutsche Intellektuelle, bei der sich noch die Frisur und die Brille nach dem intellektuellen Image richten und die vom eigenen Sohn in dessen Anwesenheit wie von einem Abwesenden spricht – nun, diese Frau strahlt vor allem Kälte aus, nicht Vernunft. Und der kluge Vater, der argumentiert, als befinde er sich auf einem Kongreß über politische Fragen, und den Sohn anblickt, als wäre der sein wissenschaftlicher Gegner – nun, ihm ist nicht Klugheit oder Aufgeklärtheit anzumerken, sondern nur ein Mangel an Liebe. Ein wohlsituiertes, typisch liberal-intellektuelles Ehepaar, wie es sich verständnislos über den aus der Art geschlagenen Sohn wundert. Der Dialektiker Brecht hätte sich beim Betrachten dieser Szene die Hände gerieben. Und auch Adorno: die Dialektik der Aufklärung, hélas! Die maßgeblichen deutschen Intellektuellen unserer Zeit aber teilen die Figuren statt dessen lieber ein: in gute (Eltern) und böse (Sohn).

Ich behaupte nicht, daß jemand zum Nazi werden muß, wenn ihn die Eltern nicht lieben, wenn sie ihn wie einen Gegenstand behandeln und wenn sie zu allem Überfluß auch noch Linke sind. Immerhin aber stimmt es nachdenklich, wie stark die weitaus meisten Neonazis Gefühlsdefekte mit sich herumtragen. Nicht nur Althans, der zwar gut aussieht und selbstsicher ist, dessen gesamter Habitus aber belegt, daß er sich selbst übertreffen möchte, weil er sich in seiner Haut unwohl fühlt – auch der erheblich ältere Ernst Zündel, der, während er erschütternden Unsinn zusammenredet, einen ausgesprochen infantilen – sprich: gefühlsmäßig unterentwickelten – Eindruck macht. Und das bezieht sich auch auf die Hauptgestalt des ungarischen, mit Unterstützung der Stiftung Black Box gedrehten Reportagefilms (von Péter Upor und Marta Elbert über einen Skinhead-Führer) *Wachtmeister,* der so unglaublich einsam wirkt, daß es zuweilen unmöglich ist, ihn nicht zu bedauern.

Aber zurück zu Althans: Mir waren die Eltern nicht sympathischer als der Sohn. *Eine* Familie. Doch die erwähnte Szene beleuchtete nicht nur Althans' Lebensgeschichte. Die Eltern – es geht um einen Film! – sind ebenso Typen wie Althans. Und diese Eltern verströmen nicht deshalb Kälte, weil sie so geboren sind. Sie sind in diesen Zustand durch eine tiefe und sorgfältige Verdrängung gelangt. Die Verdrängung galt nicht ihrem bloßen Triebleben (falls es bloße Triebe überhaupt gibt), sondern der ganzen Welt, in die hinein sie geboren wurden, die sie aber dennoch nicht in ihrer Ganzheit zur Kenntnis nehmen wollen. Was fehlt mir an ihnen? Nach den im Film vernehmlichen Meinungen zum Beispiel ein solches Eingeständnis: Es ist wahr, daß wir zur Zeit des Dritten Reichs uns nichts haben zuschulden kommen lassen (da waren wir noch Kinder), aber mit dem Krieg, mit Hitler, mit dem Holocaust müßten auch *wir* irgendwie innerlich abrechnen. Die bloße Ablehnung bedeutet keine Abrechnung, ebensowenig wie die ausschließliche Verneinung. Ein Merkmal der nach dem Krieg herangewachsenen und sich oft als links bekennenden Generation ist es, daß sie *alles* ablehnt, und zwar so *schonungslos,* daß man ihr zwar *im Prinzip* zustimmen kann, aber bei persönlichen Begegnungen angesichts ihrer Gesten erschreckende Parallelen ahnt. Sie lehnen alles ab: nicht nur die Schuld, sondern auch die für die Schuld Verantwortlichen, also die Väter und die Mütter. Und diese ohne Eltern herangewachsene Generation zuckt dann bei allem zusammen, nicht nur beim Holocaust und beim Krieg, sondern auch bei Wörtern wie Geistiges, Seele, Gemüt, Mutterboden, Vaterland, Nation, Tradition, Kontinuität, Vergangenheit, Würde. Und das ließe sich fortsetzen. (Zugestanden: *jeder* Begriff ist gefährdet und droht durch Verschleiß zu klappern.) Diese Generation wuchs nicht nur ohne Eltern heran, sondern auch ohne jegliche Solidarität mit dem Schicksal der Generationsgenossen. Gewiß gibt es manches, womit man nicht solidarisch sein kann. Aber es gibt anderes, womit nicht solidarisch zu sein unmöglich ist. Es lebt sich schwer, wenn man das Vaterland negiert. Die Vergangenheit. Oder die eigenen Eltern. Übrigens gelingt es gewöhnlich nicht, es löst vielmehr Verdrängungen, Krämpfe, Selbsttäuschungen aus. Der Terrorismus bzw. die hemmungslose Machtgier waren ein Symptom der Selbstentzweiung vieler Linken, die sie bis zum heutigen Tag nicht aufgearbeitet haben. Und sie rächen sich für dies alles – eine überaus primitive, aber bestens funktionierende Dramaturgie! – an anderen. Worin zum Ausdruck kommt, daß sie unter dem Gewicht ihrer Verdrängungen unfähig werden, Liebe und Zuneigung zu empfinden. Setzen wir hinzu: Das Problem des Fehlens der Eltern hat die Generation der Achtundsechziger paradoxerweise von der Generation der eigenen Eltern geerbt. Elias Canetti weist darauf hin, daß die Deutschen, die den Zweiten Weltkrieg ausfochten, neben vielem anderen auch für den unterdrückten Glauben ihrer Väter kämpften: Versailles hatte praktisch einer Generation den Boden unter den Füßen weggezogen, d. h. die Väter (Großväter) hatten Macht und Autorität verloren – sie hatten aufgehört, Eltern zu sein. (Vgl. Elias Canetti: Masse und Macht.)

Angesichts dieses Kentaur-Daseins fällt es schwer, gerecht zu sein. Die Deutschen haben sich in unserem Jahrhundert in mehrere Krisen geschleudert, von denen eine genügt hätte, mehrere Generationen krank zu machen. Der Erste Weltkrieg, der dem Kaiserreich ein Ende bereitete; die nationalsozialistische Revolution, die die Weimarer Republik liquidierte; der Zusammenbruch des Dritten Reiches, der zur Verstümmelung und Aufteilung Deutschlands führte; zuletzt der Zusammenbruch der DDR, der nicht nur die östlichen, sondern auch die westlichen Deutschen in Spannungen führt, mit denen fertig zu werden immer schwerer fällt. Die Deutschen treiben aus einer Trauer in die andere, und ihnen bleibt keine Zeit zur Trauerarbeit: die Verdrängungsschichten wachsen, für den einzelnen ebenso wie für die Geschichte.

Ich befasse mich absichtlich nicht mit dem eigentlichen Thema des Films, der neofaschistischen Ideologie und ihren Organisationen. Mir gingen eher Dinge unter die Haut, denen sichtlich weder Althans noch der Regisseur Bedeutung beimaß. Etwa der unschuldige Blick der vorgestellten Neonazis, ihr oftmals schüchternes, verschämtes Auftreten; etwa die Unterwürfigkeit der ostdeutschen Skinheads gegenüber dem in München ansässigen Althans (ein Hinweis weniger auf den Neofaschismus als vielmehr auf den tiefen Konflikt zwischen den Ost- und den Westdeutschen); etwa der mit Dummheit gepaarte Firlefanz des in Toronto lebenden Zündel; die einzige souveräne Figur im Film, ein junger Jude aus Israel, dem keine Argumente mehr einfallen, als Althans den Holocaust als Lüge bezeichnet, und der instinktiv die beste Lösung findet, wenn er sagt: Nimm deine Sonnenbrille ab; und vor allen Dingen natürlich die Gegenüberstellung der Eltern und des Sohnes, ein abgestandener und widerlicher Mischmasch aus Unbeholfenheit, Verlangen nach Zuneigung, kaltem Rationalismus und sentimentaler Nostalgie. Das sind die Augenblicke, die sich einprägen. Die zu erkennen helfen, daß die sterilen Ideologien eine unentbehrliche Grundsubstanz haben: ein verkümmertes, weggerutschtes, in der Sackgasse endendes Gefühlsleben, die Unfähigkeit, mit der Vergangenheit zu »wirtschaften«. Was von außen wie harter Beton wirkt, das ist drinnen sumpfige Verworrenheit. Ich beschränke meine Meinung absichtlich nicht auf den Neonazismus.

Nachtrag. Anfang 1994 zeigte das Stadtmuseum München eine Ausstellung von Hitlers Hoffotografen Heinrich Hoffmann, in der viele bisher unbekannte Hitler-Fotos zu sehen waren. Sie löste, man kann es sich denken, leidenschaftliche Debatten aus. Auf Wunsch der Berliner Jüdischen Gemeinde sagte daraufhin der Direktor des Deutschen Historischen Museums, wo diese Fotos danach ausgestellt werden sollten, seine Ausstellung unbesehen ab. In München hatte es unerwartet einen Schönheitsfehler gegeben: das in der ganzen Stadt geklebte Ausstellungsplakat hatte sich auch Ewald Althans in seinem kleinen Büro an die Wand gepinnt. Die Folge? Das Plakat wurde von den Münchener Behörden aus dem Verkehr gezogen. Und natürlich durfte im Museum auch nicht mehr im Rahmen der Ausstellung der Film *Beruf: Neonazi* gezeigt werden. Muß man noch sagen, daß auch dieses Mal Althans nicht der Verlierer war?

IV.

BERLINER TAGEBUCH 1988–89

Auszüge

23. August 1988, Dienstag Am späten Abend kniete – lag – mitten auf der Joachimsthaler Straße ein Mann, Blut rann ihm aus der Nase. Zwei andere hielten ihn an den Ellbogen, er starrte mit leerem Blick vor sich hin – aber nicht ausdruckslos. So, als gaffte er ins Nichts; aber dieses Nichts schien zusammengesetzt aus Blut, aus dem grellen Scheinwerferlicht vorbeifahrender Autos, aus der gleichgültigen Schnelligkeit der lichthellen Stadt und nicht zuletzt der spätabendlichen Dunkelheit. Das mochte sein Blick in der Gesamtheit erfassen, ohne daß er es in Einzelheiten zerlegen konnte; diese Gesamtwirkung spiegelte sich in seinen Pupillen. Und Teil dieser Gesamtwirkung war auch das Gesicht selbst – als richtete sich der Blick, alles entblößend, auch auf das eigene Porträt. Während ich seinen Blick suchte, hatte ich für Sekunden das Gefühl, alles um mich herum sei in tiefes Schweigen gehüllt und die nächtliche Stadt betrachte sich mit seinem eigenartigen Schauen. Ich erblickte in seinen Pupillen mich selbst, mein Ich, wie es auf der Straße stehenblieb und vor dem Blut erschrak. Ich sah mich als Teil eines unvergeßlichen Bildes, als Figur einer vor dem blutverschmierten Gesicht herabgelassenen Filmleinwand, eine Figur, die, um ihre peinliche Rolle beenden zu können, am liebsten den Platz gewechselt hätte mit dem am Boden liegenden Mann, um die überaus tiefe Gleichgültigkeit und Stille zu durchleben, die ihr mit gesundem, unversehrtem Gesicht nicht zuteil werden kann. Auf der Heimfahrt im Bus setzte sich am Ku'damm ein Schwarzer in meine Nähe. Von uns beiden abgesehen, war das Oberdeck leer. Unter dem Einfluß von Drogen oder Alkohol begann der Schwarze überraschend zu singen. Eine halbe Stunde vorher hatte ich einen Weißen auf der Straße liegen sehen, mir war jetzt, als sänge er. Im Gesicht des Schwarzen lag etwas zutiefst Fremdes, in seiner Stimme ein fünftausend Jahre alter Klang – der Klang des Archaischen, die Stimme Afrikas, die nichts weiß von Berlin, von Europa, vom Weißsein, nur von der Leidenschaft der bis zur Ohnmacht versengenden Dunkelheit. Auf der Straße standen Huren; der Gesang des dunkelhäutigen Mannes verwandelte sie in reglose schwarze Kerzen. Unter seiner Stimme zerbarst Berlin; sie fügte der Stadt tiefere Wunden zu als die Mauer, die jetzt, mit mir verglichen, nicht mehr als eine Schramme war. Die flirrenden Leuchtreklamen zerfielen in sinnlose Zeichen; die Schaufenster wurden zu durchscheinenden, gläsernen Urnen; der Autobus eine unbewegte Bühne. Die singende Stimme brachte mir den Himmel nahe, an sein Dunkel konnte ich mich leichter klammern als an irgendein Gebäude, an irgendeinen Anblick. Für Augenblicke stürzte die Stadt um mich herum ein, sank in sich zusammen. Dann verstummte der Mann, der Bus fuhr weiter, die Straße belebte sich. Später hatte ich das Gefühl, nicht die zerstörerische Leidenschaft des Schwarzen habe sich einen Weg durch die zivilisierte Steinwüste gebahnt, sondern Berlin selbst habe, seine Kehle zu Hilfe nehmend, gesungen. Nicht das Berlin der Marlene Dietrich, der Zarah Leander, der Nina Hagen; nicht das Berlin der nach Befriedigung verlangenden und raffiniert heiseren Frauenkehlen, das die Männerstimmen imitiert und mal in Aggressivität, mal in Rührung zu sich selbst zu finden vermeint: sondern die Stadt einer röchelnden und rasselnden Negerkehle, die jetzt in einem leeren Nachtbus zu ihrem wahren Selbst gefunden hatte, zu der lebensvollen Leidenschaft, die nicht Licht, Geschwindigkeit, Bekleidung, Schäbigkeit oder Gepflegtheit, nicht Werbung und unablässiges Rumoren benötigt, sondern von Dunkelheit lebt, von der Reglosigkeit, die hinter den Bewegungen lauert, und der aus Geräuschen herausgefilterten Stille, die nur von Detonationen hörbar wird, vor der Zerstörung, und die nicht mit dem Fehlen von Geräuschen, sondern mit dem Herzschlag, dem Pochen der Adern, dem unheilvollen Schweigen verwandt ist. Der Neger stieg aus; ich sah ihm hinterher; mir war, als würde ich von Berlin ausgespien; ich bin wieder der zeitweilige Bewohner der zivilisierten Stadt, für den sie ebensowenig Heimat ist wie für den verstummten Schwarzen, der, statt die Stadt aufzufressen, am Henriettenplatz in eine dunkle Nebenstraße einbog.

24. August 1988, Mittwoch Am Nachmittag, in der mittleren Fahrspur der Straße des 17. Juni. Im Rückspiegel erschien das Brandenburger Tor, davor als schmaler, weißlichgrauer Streifen die Mauer, darüber der blaue Himmel. Ein Ausschnitt wie eine Ansichtskarte. Ich sah hin, als wäre ich nicht anwesend, als sähe ich die Stadt durch einen Bildschirm. Wie ein Voyeur; als Außenstehender und doch emotional von dem Verlangen nach Identifikation erfüllt.

26. August 1988, Freitag Im ZDF ein Rundtischgespräch über das Geiseldrama der vergangenen Woche, das für mich, den innerlich nach gleichgültigen Außenstehenden, dadurch zu einem echten Drama geworden ist, daß pausenlos das Fernsehen zur Stelle war, die Ereignisse verfolgte und aus den Verbrechern Stars machte. Auch eine Art Pornographie; besonders, wenn es tödlich endet, was obendrein nicht vorauszuahnen war. (Oder doch? Wich das Fernsehen vielleicht deshalb so hartnäckig nicht von der

Stelle? Weil es ahnte, daß durch die Verewigung – genauer, durch die Reproduktion – das entsteht, was es uns als Wirklichkeit aufdrängen kann?) In einem Interview empörte sich jemand, daß die ganze Sache vom Fernsehen dokumentiert (verfolgt) werde, sei ein Höhepunkt der Geschmacklosigkeit. Doch es wurde zu den Kameras gesagt und war im Fernsehen zu hören. Das Fernsehen konnte nur mit Hilfe des Fernsehens beschimpft werden. Sollte Verneinung nur möglich sein, wenn das Verneinte seine Zustimmung gibt? Diese Falle, so bezeichnend sie für unser Jahrhundert scheinen mag, lenkt den Blick in die ferne Vergangenheit: Einerseits drückt sich hier der Widerspruch des Vernunftkults der europäischen Aufklärung aus – und äußert sich das gleiche nicht andererseits auch im Christentum selbst, dessen eigentliches großes Drama (Tragödie), das unlösbare Verhältnis zwischen Gott und Mensch, wegen der stillschweigenden Annahme eines heilsgeschichtlichen Endpunktes, eines beruhigenden Abschlusses eine Maske der Lösbarkeit anlegt? Das Absurde in der Fernsehreportage erscheint als innerer Widerspruch der Technik (durch die Technik Kritik an der Technik üben, mit ihrer Hilfe sich selbst übertreffen). Dieser Widerspruch kennzeichnet auch den Standpunkt, dem folgend das Mittel zum Zweck degradiert wird; und es hat den Anschein, als wohne dieses Phantom der Technik auch dem Christentum inne. Denn die (listigerweise gleichfalls unausgesprochene) Annahme, einmal werde der Mensch doch imstande sein, sich selbst zu übertreffen, nimmt eigentlich eine Sicht vorweg (und setzt sie voraus), die suggeriert, letzte Abfindung könne es gerade dort finden, wo er sich von seinem Menschsein verabschieden müsse. Nietzsche sagt, das Christentum habe dem Europäer das große Erlebnis des Nihilismus geraubt; doch der Nihilismus ist in diesem Fall nicht die Kenntnisnahme, daß alles gleich ist, sondern der Paradoxität, ist die Einsicht in die letzte Unlösbarkeit der menschlichen Situation (aber nicht Abfindung mit ihr!).

Alles für gleich hält nur, wer sich von vornherein in die Konstruktion des Rationalismus eingekapselt hat, die auch dem in ein einziges Zukunftsbild mündenden Christentum als Grundlage dient, und wer die Unlösbarkeit des Daseins nur als Problem technischer Art (als soziologisch beschreibbare, gesellschaftspolitisch lösbare Frage) sieht, dabei vergessend, daß die letzten Kriterien eines Systems nicht zum System gehören (die Technik ist nicht technisch definierbar). Es stimmt, das Christentum wie die Aufklärung versuchen mit einem großen Widerspruch fertig zu werden, der sich darin äußert, daß der Mensch das eigene Leben für sein höchstes Gut hält, denn es ist der einzige unanfechtbare Beweis für seine Existenz; und dennoch ist es gerade dies, worüber er vielleicht am wenigsten Herr ist und bei dessen Entstehen und Vergehen er keinerlei (parlamentarisches) Mitspracherecht hat. Doch scheint das Christentum ebenso wie die Aufklärung vor den Perspektiven dieser Frage zurückzuschrecken; es stilisierte die Paradoxität in eine lösungsbedürftige Frage um (Erfüllung in Gott; ein immer verheißungsvolleres Zukunftsbild; unaufhaltsamer Fortschritt – hinter jedem dieser Ausdrücke steckt die gleiche Furcht), und indem es die Beantwortung der hier und jetzt jeden Menschen bedrohenden Fragenflut auf die Zukunft abwälzte (weil es vor der insgeheim erahnten Antwort erschrak), ging es am Wesen der Paradoxität vorbei: daran, daß es in der Tat keine Lösung gibt und daß das Fehlen des angenommenen Wesens an sich ein letztes Kriterium ist. Die Christen lehnten das tragische (nihilistische) Lebensgefühl der frühen Griechen immer gereizter ab; die Aufklärung sperrte sich gegen das Weiterdenken der Fragen, mit denen sich Generationen befaßt hatten, angefangen bei Nicolaus Cusanus über Pascal, Baltasar Gracián oder John Donne bis etwa zu Sir John Thomas Browne; und die technische Zivilisation möchte das Recht auf das letzte Wort über den Menschen bis zum heutigen Tag vor allem der Wissenschaft vorbehalten, die schon durch ihre Methode dieses letzte Wort a priori für entschieden hält. Wer den Nihilismus so ansieht, daß alles gleich ist, der stellt sich selbst ein Zeugnis aus: letztlich ist er es, dem – wenn es um die tragische Unlösbarkeit geht – wirklich alles gleich ist, nur damit er nicht über die möglichen Antworten nachzudenken braucht. Gibt es überhaupt noch eine Möglichkeit, die grundlegende Paradoxität des Daseins (um nicht Unlösbarkeit zu sagen) auszuleben? Ist nicht die ganze Zeit darauf eingerichtet, schon die bloße Annahme dieser Paradoxität zu bestreiten und zu leugnen? Oft scheint es, als sei das Nachdenken hierüber nur der Kunst erlaubt; sie ist ein Pferch, wo alles beliebige ausgelebt werden kann. Aber gerade dieses Pferchartige macht auch die Kunst selbst verdächtig; die Zivilisation möchte die Kunst ja von dem absperren, worüber sie sprechen möchten – sie erlaubt ihr etwas, was sie eigentlich am aufrichtigsten verbietet. Das heißt, auch die sogenannte Tabuverletzung der Kunst hängt von der Genehmigung ab, was zur Unschädlichmachung dieser Verletzung führt. Daran liegt es, daß oftmals auch die scheinbar gewichtigsten Werke so gewichtlos bleiben können. Genet verfolgte mit dem Schreiben eingestandenermaßen das Ziel, den Menschen Liebe abzutrotzen; letztlich aber war nicht Liebe sein Lohn, sondern die Entlassung aus dem Gefängnis – jedoch nicht ins Leben, sondern in die Kunst. Nur noch mit seiner Konsequentheit und Hartnäkkigkeit ist zu erklären, daß er ausgerechnet denen den Rükken kehrte, denen er angeblich hätte dankbar sein müssen. Und je größere Aufmerksamkeit die Kunst genießt, desto begründeter ist der Verdacht, daß Kunstwerke die entscheidenden, grundlegenden Fragen nicht beantworten, sondern höchstens simulieren – ganz wie in dem ZDF-Rundtischgespräch, wo auch die Entrüstung selbst simuliert war. Obgleich die Klage der interviewten Person über das Fernsehen aufrichtig und elementar wirkte, verlor sie gerade durch das Fernsehen ihre Realität und damit ihren Zweck. Es handelte sich nun nicht mehr darum, daß jemand vor dem Fernsehen Abscheu empfand, sondern das Fernsehen zeigte, wie man vor ihm selbst Abscheu haben sollte.

Glaubwürdig wäre die Kritik wohl nur gewesen, wenn der Kritiker kopfüber in die Kamera gesprungen und alle Fernsehbildschirme in den Wohnungen zerbrechend vor den Zuschauern auf das Parkett oder den Teppich gestürzt wäre. Allein sein lädierter Kopf, seine blutenden Wunden, seine Tränen, seine vom Glas aufgerissene Haut und die darunter sichtbaren Knochen wären glaubwürdig gewesen. Sonst nichts. Oder das Fehlen, sichtbar geworden durch den leeren Stuhl, weil er sich dem Verlangen des Reporters widersetzte und nicht darauf Platz nahm.

27. August 1988, Samstag Literaturabend in der DAAD-Galerie mit dem mexikanischen Dichter Homero Aridjis. Gedichte, die sich mit Ökologie befassen, engagiert, nicht sonderlich überzeugend; auf deutsch regelrecht unerträglich, besonders im Vortrag der Übersetzerin, die wie eine Fremdenführerin die Sehenswürdigkeiten der im nächsten Gedicht auftauchenden Landschaft oder Stadt schilderte. Doch als Aridjis selbst vorzulesen begann, auf spanisch, geradezu prasselnd, wurde es für Augenblicke mitreißend. Aus seiner Diktion erklang die Art von Ursprünglichkeit, die im Handumdrehen jegliche soziale Problematik und Glasur zu sprengen vermag und den Zuhörer dorthin zurückführt, woher jeder Ton stammt – in das Entsetzen, in die kosmische Spaltung, die die Stille zerbricht, so daß alles zu drohnen beginnt.

Ein Gedicht handelte von Mumien. Und während in dem Wort Mumie der Hauch des Urwalds widerhallte, wandte sich mir langsam eine ältere Frau zu; ihr faltiges Gesicht und ihr Unterkiefer, der an den eines Affen erinnerte, schoben mir den Tod vor Augen. In diesem Augenblick ahnte ich, was Artaud empfunden haben mag, als er unter mexikanischen Indianern, mehrere Tagesreisen von der weißen Zivilisation entfernt, zu sich fand und sich ihm in nie erlebter Schärfe die heimische (europäische) Zivilisation enthüllte.

Auf der Heimfahrt dann, im Auto, hörte ich eine Kassette mit dem Gesang Marlene Dietrichs. Genau als in ihrem Lied der Name Nollendorfplatz fiel, fuhr ich über diesen Platz. Der gegenwärtige hat nichts gemeinsam mit dem damaligen; und dennoch: es ist derselbe Platz. Aber wo bin ich dann? Auf einem dritten Nollendorfplatz? Der weder mit dem damaligen noch mit dem heutigen identisch, sondern eher ein Produkt der Neugier ist, mit der ich den gedachten und den gesehenen Platz aufeinander projizieren will, um mir so meinen eigenen, gewünschten Platz zu schaffen, über den ich jedoch nie werde gehen und den ich nie werde sehen können?

28. August 1988, Sonntag Nächtlicher Spaziergang durch die ausgestorbene Wilmersdorfer Straße. Eine Kabine in der öffentlichen Männertoilette Ecke Kantstraße von Blut überschwemmt. Es wirkte so irreal, daß ich im ersten Augenblick meinte, jemand hätte Farbe verschüttet. Wir hatten Vollmond; zwischen Wolken hervortauchend stand er genau über dem Dach der Bedürfnisanstalt; im Hintergrund als dunkle Masse mit einer Silhouette von Laub der S-Bahn-Damm; auf der Straße tiefe Stille. Ich hatte das Gefühl, in diesem Augenblick vollziehe sich das Leben hier stürmischer und unwiderstehlicher als am Tag, wenn es wimmelt wie in einem Ameisenhaufen. Die halb geöffnete Tür der Toilette – eine erstarrte Installation – verstärkte dieses Gefühl noch.

Am Adenauerplatz prügelten sich drei Italiener mit einem Deutschen. Er hatte die Italiener provoziert (Ihr seid keine Berliner! Ihr seid Ausländer!). Ein Körper prallte mit dumpfem Aufschlag gegen ein Auto. Trommeln in der Nacht. Später aus einem Fenster Gebrüll. Ich konnte nicht herausfinden, ob ich die Stimme eines Menschen oder eines Tieres hörte. Dann anhaltendes Kettengerassel.

Die sadomasochistischen Vorstellungen, die das Geräusch auslöste, ließen sich auch nicht eindämmen, als sich Augenblicke später herausstellte, daß ein Nachtkellner die Straßenstühle eines Restaurants zusammenkettete. Die Blutlache auf dem grauen Steinfußboden: blutete der Beton? oder die Erde?

29. August 1988, Montag Einem Zeitungsbericht entnehme ich erstaunt, daß Nietzsche hin und wieder eine Schreibmaschine benutzt hat, System Malling Hansen. Angeblich gab er es bald wieder auf, er hatte ein fehlerhaftes Stück gekauft.

Nietzsche an der Schreibmaschine: Herrrrakleitos, Herrrrakleitos.

Die berauschende Wirkung des Fernsehens. Ich bin unfähig, zwischen den zwanzig Programmen des im Wohnzimmer (wo sonst?) stehenden Geräts zu wählen, und diese perverse Situation führt zu weiteren Perversitäten. Zum Beispiel ertappe ich mich dabei, wie ich unter den fünfundzwanzig in der Zeitung abgedruckten Programmen ausgerechnet die fünf mit echter Neugier (und Enttäuschung) studiere, die ich nicht empfangen kann. MTV und CNN – Musik und Nachrichten, vierundzwanzig Stunden lang. Hier in Westberlin sind diese beiden Sender wie ein großer Trichter, der nicht so sehr etwas aus dem Weltraum in die Stadt hineinfällt, sondern eher etwas aus ihr heraussaugt. Ihre eigene Identität. Die homogene Klangmauer der Fernsehmusik Tag und Nacht stellt die Zeit in Frage: immer erklingt das gleiche, jeder Augenblick ist ein gegenwärtiger, keiner hat eine Vergangenheit. Und auf dem anderen Kanal eine ständige Flut von Nachrichten. Immer gibt es etwas Neues. Aber neu woran gemessen? Die einzige Bezugsgrundlage sind der Fernsehsender selbst und sein Bannkreis. Es gibt nichts anderes, an dem sich das Neue messen ließe, dessen Neuheit somit fraglich ist. Es ist neu nur an sich selbst gemessen; neu sind die Tonreihen, die

Wörter. Das an sich selbst gemessene neue Neue ist ihrer Gültigkeit verlustig gegangene Aktualität. Vollkommene Gewichtslosigkeit. Die in die Nachrichtenflut aufgenommene neue Nachricht ist in erster Linie und vor allem anderen ein Wörterkatarakt: eine Ausfüllung der Zeit, die sonst ein leeres Loch bliebe. Doch die angehäuften Wörter, die stetige Lautmassierung und das sich selbst außer Kraft setzende Neue wecken selbst ein Gefühl von Leere und machen letztlich den Zuschauer selbst leer. Nichts ist unerträglicher als ein Zustand des unablässigen Jetzt. Das hat nichts mit der Zeitlosigkeit zu tun, in die ein erschütternder, aufwühlender oder einfach nur komprimierter Augenblick den Menschen stößt. Vor dem Fernseher sitzend bin ich passiver Zeuge nicht von Zeitlosigkeit, sondern eines Betrugs um Zeit. Ist es der heimliche Wunsch, mein Schicksal zu destruieren, daß ich diese Zeugenschaft (dieses Märtyrertum) freiwillig, ohne Zwang und mit innerem Einverständnis hinnehme?

Und wenn schon Märtyrerschaft: Ist das die sehnlich erwartete Erfüllung der Heilsgeschichte? Die heimliche Bestimmung dieser beiden Sender scheint darin zu bestehen, daß sie die Aufmerksamkeit von etwas ablenken und etwas verschleiern. Was, kann man nicht wissen. Wahrscheinlich steckt hinter diesem Ton-Bild-Schleier, der den Eindruck von Leere und unendlichem Nichts weckt, ebenso nichts, wie der Scheingeschmack und der Scheingeruch der Speisen von McDonald's und McBurger ausschließlich an sich selbst erinnern. Ist es möglich, daß schon lange etwas aufgehört hat und die zudringliche Leere dieses tiefe Fehlen zu verschleiern versucht? Das suggeriert auch Berlin selbst. Wenn ich an den an Industrielandschaften erinnernden Gleisen der mittlerweile makellos schönen S-Bahn in der Nähe meiner Wohnung entlangspaziere, dann weisen mich das nicht mehr benutzte Gebäude und die dicht von Unkraut umwachsenen Schienen überdeutlich darauf hin, daß diese Stadt das Opfer einer vor langer

Zeit begonnenen Plünderung ist, die in den Fernsehprogrammen aus der Höhe kulminiert. Von oben drückt der Himmel auf Berlin, von der Seite (von unten?) wie ein Ring der von den Russen errichtete, als Mauer bezeichnete graue Betondeckel. The Marriage of Heaven and Hell. Beide täuschen göttliche Zeitlosigkeit vor, zugleich betrügen sie um die Zeit und versetzen die Stadt in die Scheinkulissen der Hölle. Weder echter Himmel noch echte Hölle, obgleich es in Europa keinen anderen Ort gibt, wo beide mit der gleichen Anstrengung ihre suggestive Wirkung entfalten. Statt dessen ein Dazwischen. Ist das die Welt, die Erde, wo sich die Prophezeiung vom Tod Gottes erfüllt hat? Ahnte Nietzsche, daß an den leeren Platz des toten Gottes nicht die Stärke, sondern das Graue, Nichtssagende dringen würde? Ist es denkbar, daß er sich in seinen letzten Briefen deshalb wieder dem verleugneten Christus zuwandte und sie als Gekreuzigter unterschreibt?

31. August 1988, Mittwoch Am Abend wartete ich in einer vernachlässigten und doch anheimelnden Kneipe mit dem Namen SoToDo-Galerie auf die Aufführung eines amerikanischen Films: *The Strap*. Der Autor hatte mit versteckter Kamera gefilmt, wie ein homosexueller und sadistischer Mann ihn, der nach eigener Aussage weder masochistisch noch homosexuell ist, prügelte und vergewaltigte. Nach langem Warten stellte sich um halb elf heraus, daß der Projektor defekt war. Ich konnte bis dahin die Schönheit des fast kahl geschorenen Kopfes einer jungen Chinesin (oder Mongolin?) bewundern, dessen Zierlichkeit die kurze Lederjacke des Mädchens noch hervorhob. Und ein anderes, durchaus nicht schönes Mädchen, von der ich lange nicht entscheiden konnte, ob sie nicht ein Junge war. Je länger ich sie beobachtete, um so schöner kam sie mir vor; dann hustete sie, die Stimme verriet das Geschlecht, und die Schönheit verschwand wieder. Später wurde es immer voller in der Kneipe. Auffällig die ausgehungerten Augen, jeder versuchte voller Hast, den Blick eines anderen zu erhaschen. Wie ein verhaltenes Jagdterrain. Lauter Selbstporträts. Ich wartete nicht, bis der Film anfing.

1. September 1988, Donnerstag Spät am Abend, als ich durch das Tag und Nacht ausgestorbene Villenviertel am Grunewald spazierte, kam ich am Martin-Luther-Krankenhaus vorbei. Gegenüber ein kleines Einkaufszentrum. Zieht ein Krankenhaus so sehr das Leben an? Selbst die beiden Bestattungsunternehmen wirkten lebensprall, das eine sogar, wegen seiner Werbung, ausgesprochen frivol. Das andere war, dem Firmenschild nach, 1830 gegründet. Sicherlich nicht hier. Gleichfalls das Krankenhaus hat es hergezogen.

3. September 1988, Samstag Bernauer Straße. Sie galt 1961, als die Mauer gebaut wurde, als gefährlichste Zone. Samstag am Nachmittag, die Gegend war wie ausgestorben. Neue Wohnhäuser, die Mauer entlang Aussichtspodeste, die Hochständen ähneln. Hinter der Mauer Soldaten; einer lächelte uns freundlich zu. Auf einem Spielplatz drüben zwei kleine Jungen, aber zu hören war nichts. Als ob uns eine Glasplatte von ihnen trennte. Dann bog – ebenfalls stumm – eine Straßenbahn ein und verschwand wieder; in den beiden Wagen saßen kaum Leute. Überall Stille und Menschenleere; einschläfernde Stille. Dennoch unheilvoll und beunruhigend. Wir gingen zum Auto zurück und fuhren eilig davon, während wir uns Gedanken machten: wie schrecklich es ist, wie unerträglich, wie absurd, daß ... daß ... daß ... Kann man in Redensarten sprechen an der Mauer? Auf der westlichen Seite ist jeder Handbreit an ihr vollgesprayt; aber die politischen Forderungen wirken ebenso verlogen wie die witzigen Zeichnungen. Die Politik entlarvt sich zu körpernaher, lebendiger Realität: sie ist menschenfeindlich, wenn sie offen totalitäre Ziele hat, aber sie ist es auch, wenn sie angeblich das Interesse der Menschen vertreten will. Der Mauer gegenüber hat keinerlei Wort Gewicht.

Als wir uns im Sommer auf der Transitstrecke Westberlin näherten, wurde ich immer nervöser und begann zu schwitzen. Dann erblickte ich den Stacheldraht, die unter Strom stehenden Drähte; später reichten uns Grenzwächter einander weiter. Politische Spannung, elektrische Spannung und nervliche Spannung, alle drei aus einer Quelle gespeist. Letztlich existiert nur eine einzige Spannung, und aus ihr nimmt sich das Leben mal soviel und mal soviel, jedesmal in der Menge und Form, wie es sie benötigt. Die jeweils fällige Spannung scheint immer die größte zu sein. Die Spannungen konkurrieren: der rinnende Schweiß hält die Politik für verlogen, und die politische Spannung nimmt keine Rücksicht auf den milligrammschweren Schweißtropfen, der zu gegebener Zeit schwerer wiegen kann als der ganze Erdball. Die elektrische Spannung wiederum summt wie der Strom der Nerven. Ich blickte wie ein Schizophrener über die Mauer, stand gaffend hier, wohl wissend, daß mein Platz dort wäre, daß ich dorther gaffen müßte. Die Mauer aber wandelt sich nicht; sie lastet mit beneidenswerter Ungerührtheit in der Erde, und das ist ebenso bedrückend wie die unauflösbare und unanfechtbare Gleichgültigkeit, die hier und da aus den Rissen zwischen den anspruchslos zusammengefügten Betonplatten sickert.

4. September 1988, Sonntag Auf dem Flohmarkt lehnten sich zwei Mädchen in völliger körperlicher Selbstvergessenheit aneinander, jedes in ein Comicheft vertieft. Das eine bemerkte, daß ich sie beobachtete, und begann seinerseits mich durch seine Sonnenbrille anzusehen. Wen sah es? Eine Comicfigur? Die sich nach Berlin verirrt hat und einen Platz aufzufüllen versucht, den sie für den ihren hält?

6. September 1988, Dienstag Außerordentlich angenehme Arbeitsbedingungen, und die Arbeit geht gut voran. Merkwürdig, daß ich mich in Zeiten größter innerer Unzufriedenheit so empfänglich gefühlt habe wie jetzt in den Stunden vollkommener Ruhe und Ungestörtheit. Ist es denkbar, daß der Zustand der Leidenschaft keineswegs das letzte Ziel ist, für das ich ihn manchmal halte, sondern nur Voraussetzung, ebenso wie der des außergewöhnlichen, schon übermäßigen Friedens? Sind beide nur Schwelle zur inneren Entblößung? Seltsam, daß gerade Westberlin mir hilft, mich bloßzulegen, die Stadt, die doch Schicht auf Schicht häuft, um alles zuzudecken, und die sogar die Menschen voreinander verbergen möchte. Oder kann es sein, daß bei all diesem übertriebenen, von der Mauer noch geförderten Verstecken es nicht einfach um die Verhüllung von etwas geht, sondern um ein Wirken des Lebens, das sich immer und unter allen Umständen so abspielt, nur eben nicht so offenkundig? Vielleicht muß ich eine Zeitlang Ausländer werden, um zu gewahren, daß gerade dieses ständige Verhüllen und Zudecken die einzige Realität ist, zu der man gelangen kann, und daß die darin zutage tretende Kraft das ist, was einmal intensiver, dann wieder matter erscheint? Ist für die Empfänglichkeit, die Bloßlegung vielleicht gerade der restlose (und ebenfalls verborgene) Nachvollzug des in allem zu beobachtenden Versteckens nötig?

7. September 1988, Mittwoch Am Nachmittag im Merve Verlag. Langes Gespräch über Nietzsche – anfangs über die tiefe Stille, die ihn in Deutschland immer noch umgibt, dann über seine Lebensweise. Ich kam auf die Schreibmaschine zu sprechen, Peter Gente sprang auf und kehrte eine Minute später mit zwei Büchern zurück. Im einen eine Farb-, im anderen eine Schwarzweißaufnahme von Nietzsches Schreibmaschine. Das heruntergekommene Schöneberger Fabrikgelände, die vom Hinterhof hinaufführende Eisentreppe, die ungewöhnliche, verschlissene und doch auf raffinierte Weise geschmackvolle Einrichtung des Raums, das schwer zu ermessende, politisch unbestimmte, in die unbekannte Zukunft vorauseilende (oder das Unbekannte in die Gegenwart hereinholende) Verlagsprofil, nicht zuletzt Peters abgehetztes und im unerwartetsten Augenblick dennoch energiegeladenes Gesicht sowie das eigenwillig flächige und dadurch mal schöne, mal nicht charakterisierbare Gesicht seiner Partnerin, Heidi Paris – neben dem allen wirkte das Foto von der Schreibmaschine wie eine Zeitbombe. Als hätte alles dort begonnen, als wäre alles dort gescheitert, in Nietzsches Arbeitszimmer, damit ein solch zwitterhaftes, Ost und West vermengendes, Kühnheit und Melancholie vermischendes, archaischste Sexualität und Körpersprache auf einen künftigen industriellen Lebensraum projizierendes Milieu entstehen konnte hier in Schöneberg, in der Mitte Europas, nicht weit von der Berlin zweiteilenden Mauer, inmitten der von Türken besetzten Wohnhäuser, der Fleischerläden und Stehkneipen.

9. September 1988, Freitag Nachmittags Ausstellungseröffnung oben im Kaufhaus Wertheim. Einzeln lauter interessante Gesichter – als Gesamtheit dennoch eine einzige Masse. Auffällig war, wie schmal der Pfad ist, auf dem ein Gesicht interessant gemacht werden kann – wie wenig Mittel diejenigen einander genehmigen, die nach Extravaganz trachten. Es fehlten genau die wirklich faszinierenden Gesichter, die von den interessant maskierten Gesichtern beschworen werden wollten. Aber solche Gesichter gehen nicht zu Ausstellungen. Vielleicht schämen sie sich. Ich weiß, mein Gesicht ist ein Skandal, hat Georges Bataille gesagt, und er war doch ein schöner Mann.

12. September 1988, Montag Am Abend im Fernsehen ein Dokumentarfilm über die Happenings von Wolf Vostell. Als ich zwischendurch aus dem Fenster blickte, flog nicht weit von meiner Wohnung ein Passagierflugzeug vorbei, beleuchtet, mit blinkenden Positionslichtern. Es bewegte sich langsam, lautlos, würdevoll. Einen Augenblick lang fühlte ich mich zusammen mit Vostell, den ich in diesen Tagen kennengelernt hatte, so elend, wie sich ein Lebewesen vor dem Angesicht eines leblosen Gegenstands nur fühlen kann. Ich beneidete ihn um die Ruhe jenseits des Lebens, mit der er alles Chaos zu ertragen und zu tragen vermag.

Scheußliche Nächte: so viele Träume, die meisten bedrückend, daß ich mich morgens vor Müdigkeit kaum rühren kann. Dann gewöhne ich mich langsam an den Tag, nachmittags erwacht mein Interesse, gegen Abend dann eine solche Apathie und Gleichgültigkeit, daß ich mir den Tod wünsche.

Am Nachmittag räumte ich den Schreibtisch auf. Zwischen den vielen mit blauer Tinte geschriebenen Notizen fand ich ein mit schwarzer Tinte beschriebenes Blatt. Zuletzt habe ich am 16. Mai 1985 mit schwarzer Tinte geschrieben; damals kümmerte mich – eine Folge innerer Ruhelosigkeit und Konfusion – wenig, was gerade zur Hand war, und ich begann mit blauer Tinte zu schreiben, obgleich ich vorher zwölf Jahre lang ausschließlich mit schwarzer geschrieben hatte. Ich bin bei der blauen geblieben, als wollte ich behutsam etwas kompensieren. Das schwarz beschriebene Blatt verwunderte mich; minutenlang studierte ich meine damalige Schrift.

Als ich jetzt aufblickte, zog wieder ein Flugzeug am dunklen Himmel vorbei.

13. September 1988, Dienstag Am Abend Beethovens Fünftes Klavierkonzert mit Pollini. Während der Musik fielen mir immer ordinärere Szenen ein, und mich überkam eine starke Sehnsucht nach ihnen. Beethoven und der Abgrund – als ob sie beide die Zeichen einer Klammer wären, die für mich Berlin einschließt. Meine Mauer, mit der ich die Stadt umgebe. Oder ist Berlin das Podium, auf dem stehend ich zwischen beiden balanciere? Die quälenden Nachtträume gönnen mir immer noch keine Ruhe. Sie kommen aus tiefster Tiefe und wühlen mich auf; Berlin kommt in ihnen nicht vor. Dennoch: ohne Berlin wäre ich kaum so aufgewühlt. Und es ist, als trüge dazu auch das Wetter bei: noch nie im Leben habe ich so dunkle Wolken gesehen, und ganz sonderbar und beispiellos ist auch ihre Form. In dieser Industriestadt par excellence, wo ich selbst Erinnerungen an die Vergangenheit ausschließlich in der Gestalt von Industrieobjekten begegne, spricht mich die Natur viel heftiger an als in Budapest. Ich meine nicht nur die Parks, die überall grünenden Bäume, das an den unerwartetsten Stellen wuchernde Gras, sondern auch den Geschmack der Luft, die Farbe des Himmels, den auffällig raschen Zug der Schatten, den Sonnenuntergang, den an meinem Fenster vorbeiwandernden Mond, die oft tropischen, dann wieder an Nadelstiche erinnernden Regenfälle. Als ob ich in dieser Steinwüste hier der Erde wirklich nahe gekommen wäre.

17. September 1988, Samstag Empfang im Literaturhaus. Ich schlenderte umher, allein, beobachtete mal einen kahlköpfigen jungen Mann wegen seiner merkwürdigen, nervösen Gesichtsbewegungen, die doch nicht ohne Intelligenz und Willenskraft waren, mal eine einsame, braunhaarige junge Frau, deren freundliche Gesichtszüge mich fast rührten.

19. September 1988, Montag Stundenlang in der *Zitty* und der *Hör zu* geblättert. Die eine ist 244, die andere 116 Seiten stark. Beim Lesen und Blättern innerliche Erregtheit und Anspannung. Am liebsten hätte ich mir ganz Berlin einverleibt, ich hätte mir gewünscht, daß alles, was geschieht, in mir vor sich geht. Statt dessen hetzte ich mich ab, in einem Sessel sitzend. Die Zeit verging, während ich doch der Zeit so gerne voraus gewesen wäre. Mit einem Filzstift kreuzte ich mir allerlei an. Dann machte ich nichts von dem, was ich mir vorgenommen hatte. Ich hatte versucht, mir meine Unbehaustheit zu verheimlichen.

22. September 1988, Donnerstag Gestern abend zunehmende Verdrossenheit, in der Nacht folgten aufreibende Träume. Ich wachte mehrmals auf, einmal mit dem Gefühl, etwas hätte sich auf mein Gesicht gesetzt. Am Morgen, beim Aufstehen, fiel mein Blick gleich auf einen dunklen Fleck am blendend weißen Fensterrahmen des schneeweißen Schlafzimmers. Gegen das Gebot einer inneren Stimme trat ich näher. Auf dem Rahmen saß ein rußschwarzer Schmetterling, ein wundervolles Exemplar, reglos, groß, elegant und unheimlich. Ein Negerschmetterling. Alle Mißgelauntheit, Müdigkeit und Niedergeschlagenheit nach dem Aufwachen konzentrierte sich auf dieses Wesen. Ich verließ das Zimmer, aber noch eine ganze Zeit später sah ich nach ihm, durch die Tür, in abergläubischer Scheu.

Eine Straßenreklame, komponiert aus unzähligen kleinen Glühbirnen. Manche waren durchgebrannt, strahlten schwarz in der gleißenden Nacht.

23. September 1988, Freitag Am Nachmittag im Kreuzberger Türkenviertel auf der Suche nach dem Café Jenseits, auf das mich Péter Rácz aufmerksam machte. Später, auf dem Heimweg, fiel mir in der Oranienstraße, nicht weit von diesem Café, bei einem Blick aus dem Wagen ein Mann auf, der Péter Rácz ähnelte. Die Ähnlichkeit überraschte mich so, daß ich bremste und mit ausgestrecktem Zeigefinger auf ihn deutete – eine selbst mir unverständliche Bewegung. Im nächsten Augenblick merkte ich, daß ich mich geirrt hatte, aber gleich darauf wurde ich wieder zum Opfer eines Irrtums. Der Mann nämlich blieb stehen und sah mich mit einem Gesichtsausdruck an, in dem Furcht steckte. Als ob auch er mich erkannt hätte. Sein Gesicht hatte den unerklärlichen Ausdruck, den das Gesicht eines jeden annimmt, wenn er bemerkt, daß sich ein Unbekannter für ihn interessiert.

Am Vormittag saß der schwarze Schmetterling von gestern ein paar Schritte von unserer Wohnungstür entfernt auf dem Rand einer Treppenstufe. Wie herausgewachsen aus der Treppe. Ich hockte mich zu ihm und pustete behutsam, aber er rührte sich nicht.

Am Vormittag kamen von Péter Nádas Fotos, die er in Gombosszeg gemacht hatte, mit Janó. Noch einmal erlebte ich den schwülen Nachmittag, die Stille im Tal, die rasche Abenddämmerung und Abkühlung, das schier zeitlose Essen am Abend. Beim Betrachten der Fotos befiel mich Heimweh, und als ich aus der Wohnung ging, lud es mich mit innerer Kraft auf. Ich schritt auf die Joachim-Friedrich-Straße zu, als ginge ich verkleidet zwischen den Menschen dahin.

27. September 1988, Dienstag Gestern abend im Theater Quartier Latin bei einem Konzert der New Yorker Gruppe Bosho. Zwei Gitarristen und drei Schlagzeuger machten eine unglaublich laute Musik. An dem einen Schlagzeug saß eine junge Japanerin, Kamiko Kimoto, manchmal sang sie auch. Wie sie den mädchenhaften Körper bewegte, wollte sie keinerlei herkömmlicher Konzerterwartung gerecht werden. Es war, als wäre ein weiblicher Kaspar Hauser auf die Bühne gekommen, um mittels des Körpers die ohnehin lauten Klänge noch zu verstärken. Ihr Körper war die leibhaftige Unschuld: unbekümmert um das Publikum. Nerven, Muskeln und Gelenke achteten nur aufeinander; zu der biologischen Harmonie, die so entstand, sind nur Tiere fähig. Dennoch war diese Unschuld beklemmend. Nach einiger Zeit wurde ich immer unruhiger. Der auf nichts achtende, vor innerer Freiheit tobende, wenn auch ständig sanft und mitunter kaum wahrnehmbar vibrierende Körper teilte nicht nur etwas mit und diente auch nicht nur der Musik; es war nicht zu fassen, zudringlich und unerreichbar. Und es lenkte auch die Bewegungen des Mädchens; in seiner Gefangenschaft schien sie so sehr frei zu sein. Aus der Umklammerung durch den stockfinsteren Saal und die gleichfalls in Schwarz gehüllte Bühne grub sich die Gruppe mittels nur eines Lichtstrahls eine Lichthöhle ins Dunkel. Aber es kam ein Augenblick, da wirkte diese Höhle nicht mehr wie ein Versteck, sondern wie ein Loch. Aus diesem Loch schien die unglaubliche Kraft zu strömen. Im Scheinwerferlicht wütete das Chaos; die wilden, fast unerträglich intensiven Schläge und die gelegentlichen exotischen Geräuschfetzen waren geradezu die Stimmen des Unfaßlichen. Mich befiel die Traurigkeit, die ich zuweilen empfinde, wenn ich nachts zu meinen schlafenden Kindern gehe, um sie zuzudecken, und lausche, wie sie atmen. Im Theater sitzend begann ich zu frieren, ich bebte. Im Dunkel vermeinte ich in die Faszination einer dunklen Kraft geraten zu sein, vor der mich die Traurigkeit wie das Beben bewahren wollten, bis sie dann mit einer plötzlichen Drehung selbst mich dieser Kraft hinwarf.

28. September 1988, Mittwoch Am Vormittag, in der Staatsbibliothek, setzte sich an den Nachbartisch ein großgewachsenes, knochiges und dennoch gewinnend fraulich wirkendes Mädchen mit halblangem blondem Haar. Wenig später setzte sich ein anderes Mädchen an denselben Tisch, ihr gegenüber, sie hatte einen jungenhaften Haarschnitt und trug um den Hals ein Tuch. In ihrem Blick vermischten sich Erschrockenheit und unverhohlene Neugier. Sie begann, die Blonde zu beobachten, und sprach sie schließlich unter einem durchsichtigen Vorwand an – sie bat um ein Blatt Papier. Obgleich mehrere Bücher vor ihr lagen – ausschließlich von Nietzsche –, war sie offensichtlich zum Lesen nicht imstande. Wie gebannt beobachtete sie die Blonde. Ich sah sie nur von der Seite, ihr Gesichtsprofil, aber selbst die Rundung ihres Rückens und die Stellung ihrer Beine verrieten das Verlangen nach der anderen. Ihr ganzer Körper war in echtem Kummer gefangen; unübersehbar litt sie unter dem Gefühl der Vergeblichkeit – und der Hoffnungslosigkeit, die man, wenn sie einmal die Oberhand gewinnt, jedem anmerkt. Hin und wieder blätterte sie in einem Buch, sah langsam nach links, dann nach rechts und schließlich auf das andere Mädchen. Ihre ganze Gestalt spiegelte den Genuß, den ihr das Hinsehen bereitete, aber auch die Spannung zwischen dem Genuß und der von der Unerreichbarkeit ausgelösten Traurigkeit. Nach einiger Zeit erbebte auch ich von jeder Bewegung des Mädchens mit dem kurzen Haar; ihr Körper sprach nicht mich an, aber seine Anspannung machte auch mich angespannt. Freilich auf andere Art: Ich versuchte, ihr Begehren nachzuvollziehen, zugleich wollte ich mich in das Wesen der anderen versetzen, um so, durch Telepathie, zu erreichen, daß sie nicht bemerkte, daß ich sie beide beobachtete. Denn dann würde sie aufstehen und weggehen, und die Kurzhaarige wäre ungeheuer enttäuscht. Dann geschah es doch: Die Blonde stand so unvermittelt auf, als wollte sie weggehen, aber das tat sie nicht, sie setzte sich nur drei Tische weiter. Sie kam noch einmal zurück und holte ihre Jacke, dann kehrte sie der Kurzhaarigen den Rücken und las weiter. Die Kurzhaarige sah vor sich hin, als läse sie; aber sie saß so regungslos, daß ihr Körper ahnen ließ: sie kann einfach nicht verstehen, was passiert ist. Sie verhielt sich wie jeder andere in einer ähnlichen Situation. Aber lange hielt sie es nicht aus. Sie stand auf, packte ihre Bücher zusammen und ging eilig davon, sorgsam darauf achtend, daß sie nicht einmal zufällig in die Richtung der Blonden blickte. Doch ihr abgewandter Kopf war eine offenere Botschaft als das unverhohlene Hinsehen.

29. September 1988, Donnerstag Am Abend in der Autorenbuchhandlung ein Vortrag von Joachim Sartorius über William Carlos Williams. Bibliotheken sind Sammelgräber wie Museen. Gelehrte Parks. Ein Buch bot mir merkwürdigerweise Zuflucht: die deutsche Ausgabe von Esterházys *Hilfsverben des Herzens*. Es gab mir ein Gefühl des Heimischseins; einen Anker, an den geklammert ich in diesem wegen der Bücher und der Zuhörerschaft uneroberbaren Raum nicht zu ertrinken brauchte.

30. September 1988, Freitag Am Vormittag habe ich in der Bibliothek auf einen Zettel geschrieben: Theologisches Wörterbuch von Gerhard Kittel, der Geruch. Als ich das Buch – besser, im Buch – las, schlug mir aus den Seiten ein eigenartiger Geruch entgegen: der Geruch nach altem Papier, wie ich ihn vor langen Jahren wahrgenommen hatte, im Alter von acht oder zehn Jahren, bei meiner Großmutter, wenn ich mir die gebundenen Bände einer bestimmten alten Illustrierten ansah. Das gehörte zu meinen Lieblingsbeschäftigungen, wenn ich sie in den Ferien besuchte: Nach dem Mittagessen, sobald alles still war, holte ich mir einen solchen Band aus dem verglasten Schrank und blätterte darin. Die Fotos, manche bläulich-, andere bräunlichweiß, erschlossen mir eine längst verschwundene Welt: die damalige Donau, die alte Burg, das Parlament, die Andrássystraße. Durch diese Bilder lernte lernte ich ein Budapest kennen, daß für mich, wenngleich es heute ebenso steht wie damals, unerforschbar und märchenhaft war; ich murmelte die altehrwürdig klingenden, alten ungarischen Namen vor mich hin; ich sah, wie die Frauen sich in Pelze zu kleiden hatten; die wiederkehrenden Kindergesichter sprachen von einem utopischen, für mich unerreichbaren Glück; hinter den weißen Strümpfen der Frauen ahnte ich Geheimnisse, die mich mit Zufriedenheit erfüllten. Ja, sagte ich mir, so muß es sein, es liegt in der Ordnung der Welt, daß die prickelnden Geheimnisse unaufgedeckt bleiben, und so muß auch ich, in der nachmittäglichen Stille der Stube mir selbst überlassen, die

Ordnung der Dinge hinnehmen – verständnislos, staunend, gefesselt und voller Erwartungen. Auch ein merkwürdiger Trotz überkam mich: Staunen und Bewunderung machten mit der Zeit einer leisen Abneigung Platz, die dann in offenen Haß umschlug – und wenn ich heute von den dreißger Jahren reden höre, empfinde ich ein irrationales Widerstreben und flüchte vor der feinen Welt, die ich in den Illustrierten kennengelernt hatte. Vielleicht, weil ihr Anblick mich eine Zeitlang zu sehr fesselte; vielleicht, weil sie für meine Großeltern das natürliche Umfeld war; am ehesten aber wohl, weil ich ahnte: ich würde mich endgültig verlieren, wenn ich mich gänzlich dem eigenartigen, zwiespältigen, nicht eindeutigen, zuweilen sogar unreinen Genuß dieser Bilder auslieferte. Oder ist es so, daß schon die Situation selbst, in der ich nach diesen Bänden griff, unrein und gelöst war, daß ich selbst nicht wußte, wonach ich suchte?

Der Geruch des Buches in der Berliner Bibliothek erschütterte mich. Er warf mich in Kindheitsnachmittage zurück und weiter in eine noch frühere Vergangenheit, an die ich eigentlich keine Erinnerungen haben kann, die aber – wegen der damaligen Bilder – so eindringlich in mir lebt, als hätte ich sie erlebt. Als ich dann aus der Bibliothek kommend die Potsdamer Straße hinunterging, überkam mich ein Gefühl des Heimischseins, wie ich es in Berlin noch nicht kannte. Viele Fotos in den Illustrierten meiner Kindheit hatten diese Stadt gezeigt, und wenn nicht die Stadt, dann ihre Führer, mit Hitler an der Spitze. Die Aufmärsche, die Begrüßungen, die Handschläge und Begegnungen, die ungekünstelt wirkenden Momentaufnahmen, die Autobahnen, die deutschen Landschaften und die Berliner Bauwerke: sie bedeuteten für mich nicht einfach Deutschland, sondern das Ausland – das Fremde, das wegen seiner Ferne viel vollkommener wirkte als zu Hause. Auch die Fremdheit bereitete mir ein Gefühl des Heimischseins – ja, vielleicht ist auch das ein Zeichen innerlichen

Irrens, für das man später einen hohen Preis bezahlen muß! –; in dem, was fern war, erschien sich für mich ein Wunschtraum zu erfüllen, und im Fernen entdeckte ich das Eindeutige, was ja widersprüchlich ist. Oftmals ersetzten mir solche Irrungen das echte Zuhause; sie sorgten dafür, daß ich mich bei nichts festsetzte und nur im Treibenlassen zu mir fand, abgesondert von allem und die Last des Mißtrauens gegenüber der Welt in mir tragend. Auf dem Heimweg durch die Straßen von Berlin sah ich wieder die Bilder aus der Zeit vor dreißig Jahren vor mir, und sie waren so scharf wie damals; ich betrachtete die Berliner Häuser und versuchte, das traumartige Terrain meiner Sehnsüchte zu entdecken. Ich war mir sicher, daß die stillen Nachmittage meiner Kindheit und der jetzige Trubel in der Potsdamer Straße dennoch Kapitel ein und derselben Geschichte waren. Und dieses Gefühl war so überzeugend und unwiderstehlich wie der Geruch zwischen den Wörterbuchseiten.

3. Oktober 1988, Montag Dreyers Film *La Passion de Jeanne d'Arc* im Kino Arsenal, in einer Rolle: Artaud. Ich sah mir den Film nur ihm zuliebe an; ich wollte das schöne, wie eine Klinge scharfe Gesicht, das binnen einiger Jahre so verfallen war, daß es an einen Menschen nicht mehr erinnerte, »in vivo« sehen. Während des Films wurde ich immer ungeduldiger, ich meinte, alles hätte sich verschworen, damit ich nicht zu sehen bekäme, was ich sehen wollte. Ich sah ein Gesicht, das 1927 aufgenommen worden war, Jahrzehnte vor meiner Geburt – und als ich geboren wurde, war der, zu dem dieses Gesicht gehörte, bereits tot. Ich lebte noch nicht, da spielte sich schon ein Drama ab, eine unwiederholbare Passion. Nicht die der Jeanne d'Arc, sondern die Artauds. Und jetzt konnte ich dieses Gesicht sehen in all seiner Gelassenheit und Klarheit; obwohl ich auf der Hut war, entdeckte ich nichts, was auf jene damalige Passion hingewiesen hätte, wegen der ich ins Kino gekommen war. Man sagt, der Film rette die Vergangenheit in die

Zukunft hinüber. Ich verspürte nichts davon. Eher ist es so, daß er den Tod verbreitet. Er tötet sogar die Vergangenheit. Das empfand ich zum erstenmal, als ich mir Daguerres Aufnahmen von Pariser Straßen und Dächern ansah: alles ist so wie seinerzeit und doch entströmt den Bildern eine gewaltige, unaufhaltsame Leere, ebenso wie den Filmbildern, die Artaud festhalten. Und dieser luftleere Raum ist nichts anderes als das Fehlen, das sich im Zuschauer/Betrachter breitmacht – er ist nicht im Bild/auf dem Bild, und deshalb beobachtet er mit der Neugier eines Leichenbeschauers, mit der Schamlosigkeit eines Voyeurs, wie es war, als er nicht dort war. Noch nie war es für mich so fraglich, ob vor meiner Geburt überhaupt etwas existiert hat. Entgegen allen Vernunftsargumenten wird niemals jemand meinen Instinkten und meinem Körper zufriedenstellend die Frage beantworten können, ob meiner Existenz wirklich etwas vorausgegangen ist und ob ihr etwas folgen wird. Der Leichenbeschauer beobachtet das Bild, zugleich aber sucht er nach einer Spur seiner selbst, und schließlich entdeckt er sich im klaffenden Nichts, im Fehlen dieses Selbst. Während ich Artaud beobachtete, empfand ich die Scham des Existierens, daß ein Filmband mich zu überzeugen versucht, auch vor mir hätten Menschen gelebt und Tiere sich bewegt, auch damals habe der Wind geweht (denn es ist der dramatischste – persönlichste – Augenblick des Films, als der Wind Artauds Haar zaust), auch damals habe man sich die Absätze abgelaufen, auch damals sei der Putz gebröckelt. Aber vielleicht ist gar nicht das die echte Scham, sondern daß derweilen niemand an mich dachte, niemand auf mich wartete, daß ich niemandem und nirgendwo fehlte. Alles war abgeschlossen, lückenlos, dicht und undurchdringlich, es gab keinen leeren, mir vorbehaltenen Platz. Das Fehlen meiner selbst empfinde nur ich als Leere; und das Nichts, das den Filmbildern entströmte und in ihnen tobte, war mein eigenes Fehlen; aber nicht, weil die Vergangenheit vergangen ist, sondern weil der, der die

Bilder ansieht, unweigerlich und vergeblich sein eigenes, sein augenblickliches, gegenwärtiges Ich in den Bildern sucht und angesichts des Fehlens, das aus den Bildern drängt, um dieses selbe Ich bangt. So verhält es sich noch eher, wenn ich eigene alte Fotos betrachte; nicht das Altern an sich ist erschreckend, sondern der Kampf, von dem das Vergehen nur ein handgreifliches Anzeichen ist. Jedes (Film-) Bild ist ein Denkmal des Sieges- und Triumphzuges des alles einverleibenden Fehlens. Im Dunkel des Zuschauerraums sitzend bedrückte mich immer stärker ein Gefühl des Unbefriedigtseins. Noch nie hatte ich mir so sehr die Vernichtung aller Fotos und Filmbilder der Welt gewünscht; sie sind heimtückisch, denn mit ihrer Hilfe fällt uns der Tod nicht von vorne an, sondern von hinten.

4. Oktober 1988, Dienstag Als ich am Vormittag am Schreibtisch saß, hörte ich von der Balkontür her ein mattes Geräusch. Ein großer schwarzer Schmetterling war im Zimmer und versuchte beharrlich, ins Freie zu gelangen, immer heftiger gegen die Fensterscheibe schlagend.

5. Oktober 1988, Mittwoch Im Kupferstichkabinett des Dahlemer Museums; Zeichnungen von Botticelli zu Dantes Göttlicher Komödie. Bei den meisten Zeichnungen ist deutlich zu erkennen, daß er sie nicht für ein Publikum angefertigt hat, sondern mit dem Dargestellten sich selbst fordern – oder trösten? – wollte. Das zeigt sich weniger im Skizzenhaften, Zufälligen der Zeichnungen als vielmehr im Genußvollen, das verräterisch und entlarvend ist. Die bildliche Darstellung von Foltern und Qualen, von niedergeschriebenen und nur wörtlich erzählten Scheußlichkeiten zeugt von einer tiefen, gedrosselten Leidenschaft. Dies ist nicht die Maske des Malers der *Venus* und des *Frühlings,* sondern die eines von Zweifeln bedrängten Menschen, der seine berühmt gewordenen Bilder womöglich gemalt hat, um auch vor sich selbst zu verschleiern, was ihn in unbewußten oder selbstvergessenen Augenblicken wirklich beschäftigte. Das gilt besonders für die letzte Zeichnung, in der er das Empyreum darstellen wollte: Während Dante, obgleich er unablässig verkündet, er könne in Worten nicht sagen, was er hierherkommend erlebt habe, dann doch eloquent vom Unfaßlichen berichtet, läßt Botticelli dieses Blatt leer. Nicht weil er die oberste Region nicht malen kann, sondern weil er hierher keinen Zutritt hat. Nicht die Gattung gebot ihm Halt, sondern die Furcht: Der Maler dieser Zeichnungen wagte offenbar nicht einzutreten, wo er unweigerlich sich selbst von Angesicht zu Angesicht hätte sehen müssen. Gerade die Zeichnungen beweisen, daß er wohl ahnte, was auf ihn wartete. Wer sich so in die Darstellung der Hölle vertieft, der muß auch über das Paradies Bescheid wissen – selbst dann, wenn er als Heimstatt die Hölle wählt. Am Rand einer Zeichnung ist ein Geköpfter zu sehen. Den Kopf hält er in der einen Hand, die andere umklammert das steif aufragende Geschlechtsorgan. Peter Kürten, der Schrecken von Düsseldorf, hätte diese Zeichnung vermutlich verstanden. Wie sein Psychologe berichtet, war der Massenmörder vor der Hinrichtung nur auf eines gespannt: ob er bei der Enthauptung – denn dazu war er verurteilt – das Rauschen des Blutes hören, den Tod fühlen würde, denn das würde den höchsten Genuß seines Lebens bedeuten. Auf einer anderen Zeichnung prangt ein brauner Fleck, der jedoch zum Bild gehört. Ein Blutfleck vermutlich, und zwar vom Blut Botticellis, der sich wohl hier, schon beim Purgatorium, in den Finger schnitt. Es ist, als schlüge hier das Blut des Geköpften durch das Papier. Dieser braune Fleck ist wenigstens so überwältigend und authentisch wie der *Frühling* oder die *Geburt der Venus*. Wie eine Stadt nicht existieren könnte, wenn unter ihr die Kanalisation, Exkremente befördernd, nicht stänke, so lauern auch im Hintergrund eines Werkes von ätherischer Reinheit wilde Leidenschaften, ohne die keine Läuterung existiert. Der Weg zur Erlesenheit führt durch Verdrängungen. Vor

Jahren einmal habe ich mit einem englischen Kunsthändler gespeist, der unerträglich fein war, was sich auf seine Manschettenknöpfe ebenso bezog wie auf seine Eßgewohnheiten, seinen Stil, seine Seidenhemden oder seine Urteile. Als wir uns trennten, dachte ich, nun ja, das ist einer, der mit der Hand Scheiße an die Wände des WC schmiert und der onaniert, während er die Sprüche liest. Schließlich benötigt auch er das Gleichgewicht; auf Dauer mit Gleichgewichtsstörungen zu leben ist unmöglich.

7. Oktober 1988, Freitag In Frankfurt, von der Buchmesse kommend, ging ich in ein Fachgeschäft und fragte nach einer Schreibmaschine vom Typ Malling Hansen. Davon hatte der junge Verkäufer nie gehört, er sah mich ein wenig ungläubig an. Ich zückte den Zettel, auf dem der Markenname stand, woraufhin er sich verlegen umsah und korrigierte: sie hätten den Typ nicht, und wenn er ihn auch nicht kenne, so solle ich es doch anderswo versuchen. Und gab mir den Namen einer Firma, von der wiederum ich nie gehört hatte. Nun war es an mir, verlegen zu sein.

13. Oktober 1988, Mittwoch Am Abend der Film *Sturm über dem Mont Blanc,* 1930 von Arnold Franck gedreht, mit Leni Riefenstahl in der Hauptrolle. Erst langweilte mich die einfältige Story, dann fingen mich allmählich die Szenen im Schneesturm ein, und ich folgte immer selbstvergessener den wunderschönen Schwarzweißaufnahmen von den schneebedeckten Bergen, von Lawinen, Klüften und Stürmen. Ich konnte die Natur selbst sehen; und obgleich sich nichts Schreckliches ereignete, wirkten die scharfen schwarzweißen Bilder stärker und beängstigender auf mich als die Scheußlichkeiten eines beliebigen Katastrophenfilms aus der Gegenwart. Die Stille des Schnees, das Heulen des Sturms oder die Umrisse des Gipfels eines schneebedeckten Berges sind hoffnungsloser (und beängstigender) als ein simuliertes Erdbeben oder Hochwasser. In alledem erkenne ich die Stille und das Brausen meines eigenen Organismus, dessen langsames und an aller Hoffnung nagendes Vergehen ebensowenig aufzuhalten ist wie der unbeeinflußbare Rhythmus, der einmal auch die Berge abschleifen und vernichten wird.

14. Oktober 1988, Freitag Für den späten Abend war ein zusammenfassender Bericht über die Frankfurter Buchmesse angekündigt. Ich drückte versehentlich daneben und bekam die entscheidende Auseinandersetzung um die Meisterschaft im Schwergewicht der Profiboxer zu sehen. Überwältigend war der Kampf von Don Curry über zehn Runden und sein überlegener Sieg. Am schönsten waren die Augenblicke der Ermüdung: Die beiden Boxer stürzten wieder und wieder in die Arme des anderen, sie wollten dem Gegner noch Schläge auf den Rücken versetzen, aber dazu hatten sie keine Kraft mehr. Das Schlagen linderte sich zu einem weichen Streicheln, fast zu einer Liebkosung. Weich wurden in diesen Sekunden auch die beiden Gesichter; die Anziehungskraft, die die Berührung der Haut des anderen und die Vermischung des Schweißes ausübte, war größer als die Abstoßungskraft, die sie hätte trennen können. Wie sie zueinander geneigt und wie sie müde waren, das verband sie miteinander wie ein Gewölbe; es war, als verspürten sie in diesen Augenblicken das gemeinsame Schicksal, dem der Verlierer ebenso hilflos ausgeliefert ist wie der Sieger und von dem es auch um den Preis wildester Schläge keine Erlösung gibt. Erst am Ende des Kampfes wurde mir bewußt, daß ich überhaupt nicht mehr an die Buchmesse gedacht hatte, wegen der ich doch wach geblieben war.

15. Oktober 1988, Samstag Im Deutschen sagt man: die Stadt, das Berlin. Mir kommt die Stadt Berlin manchmal maskulin vor. Das legen ihre Schroffheit nahe und die plötzlich ineinander stürmenden Gewitterwolken über ihr, die in steifen, harten und faltenlosen Mänteln einhermarschierenden alten Frauen mit reglosen Gesichtern hinter ihren Metallbrillen, das laute Gelächter, in das spät am Abend Gruppen auf den Straßen ausbrechen, die Blutlachen, von denen ich hier in wenigen Wochen mehr gesehen habe als je in Budapest, die knallenden Auspuffe der Motorräder, die jäh beschleunigenden Autos, der Uringeruch unter den Brücken der stillgelegten S-Bahn, die roten Backsteinbauten der Schulen, die an Krankenhäuser oder an Gefängnisse oder an norddeutsche Schlösser erinnern, die in den fünfziger Jahren erbauten, kasernenähnlichen Mietshäuser, die Industriegebäude der Jahrhundertwende. Dann erscheint sie mir doch wieder feminin. Weiblich wirken die Seen und Parks, weiblich die Männer, und nicht nur, weil sie sich modisch kleiden, auch, weil ihr Gesichtsschnitt fraulich ist, die Nase, das Kinn; weiblich sind für mich die Polizisten und die Berliner Mauer: ihre gerundete Krone ebenso wie ihr gerundeter Verlauf und ihre fast einschmeichelnde Selbstverständlichkeit; weiblich wirken die Naturschützer, denen man anmerkt, daß sie von Zeit zu Zeit aggressiv sind, weil ihnen unablässig bange ist – das verleiht ihren Gesichtszügen einen fraulichen Trotz, der auf ihren Tonfall, ihren Gang, ihr ganzes Verhalten abfärbt; weiblich wirken die Radfahrer, wie sie verschreckt ihr Dasein von den nicht enden wollenden Autoströmen zu rechtfertigen versuchen; weiblich wirken die übermäßig gepflegten Häusermauern, die eingefaßten Spielplätze, die zuweilen an Friedhöfe erinnernden Kleingärten; und weiblich ist oft das Wetter, das weich und unauffällig den Herbst vor sich hertreibt, ewig mit einem Schritt zurück und dennoch unwiderstehlich. Überall vermischen sich männliche und weibliche Elemente; Sympathie und Geschmack ziehen mich mal zu diesen, mal zu jenen – und doch gleichzeitig besteht auch Antipathie, in beiden Richtungen. Manchmal empfinde ich beim Betrachten eines Gebäudes ein Staunen, ein Verlangen, das sich von erotischem Verlangen kaum unterscheiden läßt; dann wieder werden erotische, sexuelle überhitzte Situationen abschreckend und lassen mich zurückweichen. Die nächtlichen Spaziergänge in der Nähe meiner Wohnung aber faszinieren mich jedesmal – oft denke ich noch Tage später genießerisch an sie zurück.

16. Oktober 1988, Sonntag Am Vormittag im Jagdschloß Grunewald ein Gemälde aus dem 17. Jahrhundert, das die junge niederländische Republik darstellt: eine Frau mit einer Fahne in der Hand, der Busen so gut wie entblößt. Von weitem wirkte es wie ein David-Gemälde: die gleiche klassizistische Sprödigkeit, bestrebt, noch die weichesten Züge hinter einem unsichtbaren Schild zu verstecken. Anscheinend neigt jede Macht, die jung und neu ist (oder kein Selbstvertrauen hat), zu einem Klassizismus – ob nun die Niederlande des 17., das Frankreich des 18., die Sowjetunion oder das Deutschland des 20. Jahrhunderts. Ich sah mich dann weiter um in dem königlichen Jagdschloß. Der barock- und rokokohafte Zierart vermochte nicht die preußische Sprödheit zu verbergen; sie trat an den unerwartetsten Stellen zutage. Mal in den plump gelassenen Beinen eines hübsch ziselierten Stuhls, mal in einer schmucklosen Anrichte, mal in einer Sitzgarnitur, die so praktisch wirkt, daß man beinahe Angst hätte, sich hineinzusetzen. (Sie war auch nicht benutzt.) Am Nachmittag in dem für 1936 fertiggestellten Olympiastadion. Es dämmerte schon, und das Stadion war menschenleer. Ein Spätnachmittag im Herbst ist die beste Zeit, sich ein Stadion anzusehen – nicht nur, daß alles verlassen ist, das Fehlen der Menschen auf den unzähligen leeren Sitzplätzen wirkt so kraß, daß mir niemand einreden könnte, am Tag darauf werde sich das Stadion wieder füllen. Nichts vermag diese Verlassenheit, dieses schreiende Fehlen von Menschen auszugleichen, nichts läßt sich mit dessen bedrückender Größe messen. Der Stil des Dritten Reichs verstärkte die Gesamtwirkung des leeren Stadions. Seitlich war eine riesige Glocke aufgestellt, eingraviert der Spruch Hitlers: Ich rufe die Jugend der Welt ... Die Hälfte der beiderseits eingravierten Hakenkreuze war durch Ausgießen mit Bronze beseitigt – aber nicht in dem Maß, daß nicht erkennbar wäre, was verdeckt werden soll. Diese absichtliche Ungeschicklichkeit, diese Unbeholfenheit des Geschichtsgefühls war das einzige Menschliche in dem vollkommenen, fehlerlosen Bauwerk; bei ihrem Anblick wurde der alles überziehende und im übrigen bedrückende Perfektionismus plötzlich leer, ja geradezu tödlich. Leer, wie es war, war das Stadion wahr; mit gefüllten Tribünen verflöge der Zauber und verlöre sich die Spur dessen, was das Stadion ausmacht: der Maßlosigkeit, der Unverhältnismäßigkeit zu Lasten des Menschen. Dieses Stadion benötigt keine Menschen, sondern nur Massen, in denen der Mensch Opfer der Maßlosigkeit wird – selbst wenn er die Opferrolle freiwillig und gerne übernimmt. Während ich im Rund ging, wurde es völlig dunkel. Hier und da ein Fenster mit Neonlicht vertiefte das Gefühl der Unbehaustheit. Mag sein, da şich dort Menschen befinden; aber dieses Licht ist nicht einladend. Es gleicht nicht dem freundlichen Licht der Hütten, die im dichten Wald der Kindermärchen auftauchen – diese Fenster erinnern eher an die einer Leichenhalle oder eines Seziersaals. Meine Kinder wimmerten fast vor Unbehagen, sie wollten weg, weg um jeden Preis – oder zumindest hinaus aus der Einfriedung aus gewaltigen Eisenstangen. Auch aus dem Jagdschloß am Vormittag hatten sie hinweg gewollt; im Wald hatten sie sich besser gefühlt als zwischen den einschmeichelnden Möbeln, deren Sprödheit das Fehlen des Heims suggerierte, das doch durch die Stühle, Kredenzen, Truhen und Tische hätte freundlich gemacht werden sollen.

28. Oktober 1988, Freitag Am Vormittag, in der Garystraße, wären mir fast die Bücher entglitten, die ich unter dem Arm hielt. Da erst sah ich, was ich trug: einen pornographischen Roman aus dem ausgehenden letzten Jahrhundert von Josefine Mutzenbacher, den höchstwahrscheinlich Felix Salten, der Autor des Bambi, geschrieben hat; eine englischsprachige Textsammlung zum Hintergrund des Neuen Testaments; und Gedichte von René Char. Diese schienen die beiden anderen zu verbinden: die Pornographie und die weiteste kosmische Vision in Chars Dichtung vereinigen sich zu einem Lavastrom, der die Kraft des Blitzes ebenso enthält wie die spätere Kälte des erkühlenden Gesteins, die Kraft der Sonne und die Kälte der Nacht.

30. Oktober 1988, Sonntag Gestern morgen fiel mir im Lebensmittelgeschäft plötzlich mein eigener Tod ein, ich vollzog ihn so eindringlich nach, daß ich mich für einen Augenblick an den Schiebegriff des Einkaufswagens lehnte. Ebenso schnell war es wieder vorbei. Zwei Stunden später saß ich in einem Dahlemer Park auf einer Bank; es war kühl, der Wind frischte immer wieder auf, aber die Sonne schien, und der Himmel war prachtvoll blau. Wie vorher beim Einkaufen, nahm mich auch hier unerwartet ein Gefühl gefangen. Aber nicht das des Todes, sondern ein Gefühl unendlicher Gleichmütigkeit. Während ich, blinzelnd wegen des allzu starken Sonnenlichts, die vibrierenden Schatten auf dem grünen Rasen beobachtete, hatte ich das Gefühl, nichts könne mich jetzt von der unendlichen Leere des Universums trennen. Was ich doch ohne Unterlaß empfinden müßte, hatte ich so intensiv noch nie erlebt: daß sich zwischen meiner Körperoberfläche, der Haut, und dem Weltraum nichts befindet und daß Haare und Haut sich unmittelbar mit dem Kosmos selbst berühren. Daß meine Haut sogar selbst eine Manifestation des Unendlichen, des Kosmos ist; das Unendliche ist auch in ihr, und sie ist ebenso leer, unbewohnt, kalt und jenseits des Todes wie das All. Im Park sitzend fühlte ich mich, wie sich nur ein toter Planet fühlen könnte. Massive Fremdheit umgab mich; aber es war nicht die Fremdheit der Stadt, sondern die, die schon dann drohend zutage tritt, wenn ich mich in den Finger schneide und für einen Augenblick das Fleisch sichtbar wird, oder wenn ich vor dem Spiegel gähne und am Racheneingang alles vage und dunkel wird, oder wenn sich in meinem Mund Speichel bildet, wenn mir Tränen in die Augen treten, wenn mein Körper schmerzt. Auf der Parkbank umgab mich die Fremdheit meines Wesens; sie war es, die das gleißende Sonnenlicht beleuchtete, sie war es, die der Wind kräuselte.

Dann dachte ich, vielleicht würden solche Empfindungen von den atmosphärischen Verhältnissen geweckt, von Wolkenformationen, wie ich sie in Budapest nie gesehen hatte, vom eigenwilligen Versteckspiel des Vollmonds, bei dessen Betrachten gestern nacht aus dem Schlafzimmerfenster ich den Eindruck hatte, der Himmel da oben sei in Stücke zerbrochen. Ich versuche mich einzurichten wie jeder, und ich umgebe mich mit tausend und abertausend Panzern, um nur nicht mit dieser Fremdheit konfrontiert zu sein. Alles ist geeignet, zum Panzer zu werden; das Verlangen nach einem Kleidungsstück ebenso wie die Liebe, die Freude, das Leid. Aber es genügt, in eine fremde Stadt zu reisen, sich dort der Illusion eines neuen Heims auszuliefern und sich in einen ausgestorbenen Park zu setzen, damit sekundenschnell alles auseinanderfällt. Enthüllt wird nicht, daß die Panzerung schwach ist und deshalb das Unbekannte nicht abwehren kann, sondern daß ich von vornherein nicht auf ihre Hilfe hoffen darf. Denn was ich für die Panzerung halte, das ist ein Bote des Unbekannten und Fremden, der sich ohne solche und ähnliche Mittel vielleicht nicht zu offenbaren vermöchte. Letztlich stellt sich auch vom Verlangen heraus, daß es mich der Fremdheit ausliefert, statt mich zu beschützen; und wenn ich mich an etwas verlieren möchte, dann ist das nicht nur mein Wunsch, sondern die universelle Fremdheit nimmt mich in Anspruch, um sich gleichsam zu steigern und zu mehren, indem sie das Verlangen in mich pflanzt.

Könnte ich mich nach einem schönen Füllfederhalter sehnen, wenn nicht weit weg von mir, Millionen Lichtjahre entfernt, Sterne explodieren und Planeten ineinander stürzen würden, wenn nicht hinter der Galaxis irgendwo der Wind bliese und in einem Park das Gras streichelte?

5. November 1988, Samstag Am Abend Fortsetzung des Gesprächs mit Péter Nádas von gestern abend über die Frage, wann und durch das Zusammenspiel welcher Umstände die Sexualität dramatisch werden kann. Nichts ist anstrengender, als wenn der Schwerpunkt meines Körpers in einen anderen Körper gelangt und ich derweil dennoch meine eigene, nun gleichgewichtslose Körpermasse zu tragen habe. Freundschaft kann sich allein dort entwickeln, wo es dieses Drama nicht gibt und der Mensch seine Tage nicht in unablässiger Bedrohtheit verbringen muß – selbst wenn er sich dieser Bedrohtheit vom eigenen Verlangen getrieben ausliefert.

In der Nacht sah ich aus dem Fenster und hatte eine Weile das Gefühl, ich sei in London. Wegen der eigentümlichen Straßengeräusche und des gelben Lichts der Lampen – aber am ehesten vielleicht, weil London immer für mich bedeutet hat, daß ich in der Ferne ein Heim finde, in der Ferne mich einrichte: daß ich *im Anderen* mit mir selbst identisch bin. Berlin kann das nicht bieten. Ich fühle zwar sein Anderssein, aber es ist mal so anders, daß ich mich ausschließlich fremd in ihm fühle, und es ist es mal so wenig, daß mir die zur Spannung nötige Distanz fehlt. Ohne Spannung aber gibt es keine Sehnsucht, und ohne Sehnsucht hat es keinen Sinn, daß ich verreise. Würde denn jemand verreisen, wenn ihn nicht die Sehnsucht leiten würde, die tiefe und einzige Sehnsucht – für die alles übrige nur eine Maske ist –, eine Heimstatt zu finden und sich mit seiner Existenz auszusöhnen? Berlin bietet weniger das Anderssein der

Heimstatt als vielmehr die Sehnsucht, daß ich die Erfahrung von *Anderem* mache. Daran liegt es vielleicht, daß ich im *heutigen* Berlin die Stadt der Bücher über das *alte* Berlin suche und daß mir auffällig oft Erinnerungen an Dresden vor einem viertel Jahrhundert kommen. Ich suche hier das, was in der Kindheit das Deutsche für mich bedeutete, und nicht die moderne, überdrehte, technisierte Welt, die ich auch sonst überall finden könnte.

Ist das eine Botschaft der Kindheit? Verkörpert diese Stadt das Unwiederbringliche? Habe ich deshalb unlängst von der Unwiederholbarkeit meiner Vergangenheit geträumt, so intensiv, daß ich beim Erwachen gelähmt war vor Ohnmacht und davon, daß ich das Vergehen der Zeit nicht aufhalten kann? Dies ist bisher das größte Geschenk Berlins: die grobe, brutale Entlarvung der Vergeblichkeit von Sehnsüchten – aber pfiffigerweise so, daß ich die Vergeblichkeit doch auch als eine Art Erfüllung erlebe, indem ich auch meine gefährlich verführerischen Erlebnisse mit der deutschen Kultur auf sie projiziere: *Tristan und Isolde,* das ich dieser Tage sah, Fontane, Storm oder die Ostsee. Statt zu lindern, macht das Analgetikum die Schmerzen nur noch schlimmer.

7. November 1988, Montag Mit Péter Nádas zur Nachtvorstellung in einem entfernten Kino, fast in Tempelhof: *Out of Rosenheim.* Bei der nächtlichen Heimfahrt war er in auffallend guter Stimmung. Er unterhielt sich mit Marianne, aber ihm entging nicht, durch was für verwinkelte Straßen ich fuhr, vom Rücksitz her meinte er, ich sei ein Orientierungsgenie. Im selben Augenblick verfuhr ich mich. Wir kreisten länger als eine halbe Stunde zwischen ausgestorbenen Fabrikgeländen und Industriegleisen, hoffend, daß die Mauer nirgends einen Durchlaß hätte und wir nicht zufällig in Ostberlin landen würden.

9. November 1988, Montag Im Gedränge einer Einkaufsstraße kam mir eine Nonne entgegen. Unsere Blicke begegneten sich, wir zögerten den Bruchteil einer Sekunde, dann blinkte in unser beider Augen Interesse für den anderen auf. So kurz wir uns auch ansahen, die unverhüllte Neugier in ihrem Blick überwältigte mich. Es war nicht nur erotische Aufmerksamkeit und nicht allein Neugier, die das andere Wesen auf irgendeine Weise prüfen möchte, es war Verblüffung. Ebenso auf meiner Seite. So entblößt kann man nur selten jemandem in die Augen blicken – so überrascht sein, daß das andere Wesen existiert, so sehr *sehen,* daß es diesen anderen gibt. Sie stand mit ihrem bloßen Leben vor mir, und während ich ihr in die Augen sah, verlor genau das seine Bedeutung, was wir sonst mit dem Leben gleichsetzen: das Netz der Umstände. Daß sich ein menschliches Gesicht so öffnen kann, hatte ich bisher nur in Augenblicken der Gefahr oder der Ekstase beobachtet, und vielleicht habe auch ich nur in ähnlichen Augenblicken so in die Welt gesehen. Ich erblicke dann in den Augen des anderen mein eigenes Leben, und doch bietet gerade dann der andere am wenigsten Rückhalt.

In der Kleidung einer Nonne war mir auf der Straße die tödliche Schönheit entgegengekommen. Als ich mich umdrehte, sah ich sie nicht mehr; sie war in der Menge verschwunden.

Am Abend der Film Schidors über die Dreharbeiten zu *Querelle.* Fassbinder, wie er halb auf einem Sofa liegend ein Interview gibt – hinter dem Sofa eine Puppe. Wegen dieser stumm zusehenden Puppe bot der an Genet erinnernde, lässige und arrogante, aber damit eher seine Verlegenheit und vielleicht seine Befangenheit ob des Daseins überspielende Fassbinder, der nun nicht mehr lebt, einen unendlich traurigen Anblick.

13. November 1988, Sonntag Am Abend in einer Galerie Gespräch mit einem Autor. Wegen seiner Zurückhaltung hätte ich Sympathie für den jungen Schriftsteller empfinden müssen, doch etwas stieß mich stark ab – wie glatt sein

Gesicht, wie geschliffen sein Benehmen war, verstärkt noch durch das Funkeln des Metallgestells seiner Brille. Genau das, was mich für ihn hätte einnehmen müssen, gab mir Anlaß, mich zurückzuhalten; er hatte sich mit Zügen gewappnet, die sich als echte Waffe erwiesen. Sein jegliches Gefühl verheimlichendes Gesicht war sorgfältig präpariert; aber beim aufmerksameren Hinsehen begann ich zu ahnen, daß dahinter nichts verheimlicht war. Äußerliches Präpariertsein ist die einzige Tiefe, in die ich durch die Augen blicken kann. Das Gesicht eines typischen deutschen Intellektuellen der Achtundsechziger-Generation, bei dessen Betrachten sich die Frage aufdrängt, was ein Mann mit einem solchen Gesicht wohl schreibt, und überhaupt, wo der Strudel und das Drama sind, die ihn zum Schreiben bewegen. Ich konnte keine Spur von Spannung entdecken – auch nicht, daß sein Gesicht von irgend etwas besessen war. Es war ein kunsthandwerklicher Gegenstand, ähnlich wie eine perfekt entworfene Lampe (aber ohne Licht) oder ein schön geschwungenes Bügeleisen (ohne Hitze).

Und dieses Gesicht war nicht nur es selbst. Es hatte in sich ein komplettes Umfeld mit all seinen Erwartungen, seiner gesamten Kultur, seinen Verhaltensmechanismen. Dieses Gesicht wurde voll und ganz etwas gerecht – vermutlich der Schicht, die seinen Büchern für Monate zum Erfolg verhelfen kann.

Später im selben Raum ein Gespräch mit dem brillanten tschechischen Bildhauer Kolibal. Sein gepeinigtes, von Runzeln gefurchtes Gesicht, alt und doch mit auffällig leuchtenden Augen, wirkte so glaubhaft wie alles, was er macht. Unverkennbar hat er drinnen, dort, wohin ja niemand gelangt, etwas, das strahlt. Niemand weiß, was es ist, aber das ist vielleicht auch nicht wichtig. Und ich kann nicht einmal behaupten, die politische Verfolgung mache sein Wesen glaubwürdig – sie sorgt höchstens für die Runzeln. Nein, wodurch er einnehmend wirkt, das ist die vorbehaltlose Offenheit für alles. Nicht nur für die Menschen, auch für das eigene Schicksal. In seinem Gesicht zog mich am stärksten die Unverhohlenheit an – in seinen Zügen konnte ich schnell die Gedanken eines zum Tode Verurteilten entdecken. Keine Spur von alledem im Gesicht des Berliner Schriftstellers; es wirkte ebenso dauerhaft und unverwüstbar wie ein Mercedes, der noch im Schaufenster eines Autosalons steht. Und in seinem Gesicht zeigte sich – anders als bei Kolibal, mit dem er, wie ich beobachtete, über einige höfliche Plattheiten hinaus kein Wort wechseln konnte – auch ein Gesicht Berlins: dasjenige, das sich auf die Ewigkeit einrichtet, das fremden Erwartungen angepaßt um sich herum Erwartungen hochzüchtet, das nicht anfällig sein will und nicht daran denkt, daß auch ihm der Untergang, der nur auf Zeit aufhaltbare Zerfall droht. Das Gesicht des Bildhauers glich dem anderen Gesicht Berlins, selbst wenn er aus Prag war. Dieses Gesicht strahlte echte Kraft wider; doch das verdankte er nicht seiner Umgebung, auch nicht der ständigen Bereitschaft und dem unermüdlichen Training, sondern der Kenntnisnahme des Geplagtseins, der Illusionslosigkeit – und dem Trotz, mit dem er dennoch nicht annimmt, was er andererseits nicht ablehnen kann. Er erzählte, man hätte für den Olympiapark in Seoul eine Statue bei ihm bestellt und ihn für eine Woche eingeladen, volle Versorgung und fürstliche Betreuung eingeschlossen. Auf meine Frage, ob er hingereist sei, antwortete er mit Nein: man könne nicht alles wollen, sagte er. Die Souveränität dieses alten Mannes war beeindruckend; das ist das, was man niemals vortäuschen kann, und es ist das, was sich nie wird aneignen können, wer Rollen übernimmt, wer sich einer Schicht, einer Mode, einer Geschmackwelle verpflichtet oder auch nur seine Gesten einer Idee, einer Laune unterordnet.

Die beiden Gesichter waren nicht das des Ostens und das des Westens, selbst wenn eine solche Einordnung verlokkend und naheliegend wäre. Aber einordnen läßt sich nur eins von den beiden Gesichtern, das des Deutschen, nur er selbst. Das andere Gesicht ist nicht einzuordnen; dadurch ist es souverän. Das Gesicht des Deutschen ist nur ein Westberliner Gesicht, und das ist für ihn eigentlich recht traurig. Kolibals Gesicht ist ein Prager Gesicht, aber nicht nur das. Durch dieses unbestimmbare Mehr wurde des Deutschen Gesicht hinfällig – und letztlich bedauernswert. Während ich es betrachtete, bedauerte ich nicht nur ihn, sondern Berlin, in dem auch dieses Gesicht lebt; das Berlin, das ähnlich wie dieses Gesicht nicht fähig ist, sich ein wirklich eigenes, souveränes Sein zu verschaffen, das vielmehr seine Kraft aus den mit ihm verbundenen Vorstellungen, Erwartungen und Illusionen saugt und dabei auch den Launen fremder Mächte ausgeliefert ist – wenngleich es den Eindruck zu wecken versucht, das sei durchaus nicht so –; obendrein hindert eine lange Mauer Berlin daran, sich zu seiner Hinfälligkeit und Besessenheit zu bekennen und bei aller Abschlaffung auch ein Leben voll Erfülltheit und Freude zu leben – das zu sein, was es sein müßte: eine natürliche Stadt, die nicht gezwungen ist, den Anschein von Natürlichkeit mit Gewalt und in stetiger krampfiger Bereitschaft aufrechtzuerhalten.

15. November 1988, Dienstag Der Sonntagabend beobachtete Gegensatz zwischen zwei Gesichtern wurde nochmals im Gegensatz zwischen zwei Filmen lebendig, die ich gestern und heute sah. Wie gespenstisch, daß ein solcher Gegensatz gerade im zweigeteilten Berlin so scharf und deutlich in Erscheinung tritt. Noch gespenstischer, daß der eine Film, Wenders' *Himmel über Berlin,* in Berlin spielt und seine Hauptgestalten, die Engel, die Mauer überschreiten, als gebe es sie nicht, so die Zusammengehörigkeit der beiden Stadtteile verdeutlichend. In einer Szene des Films macht Peter Falk den Engel Bruno Ganz auf die Vorteile des Menschseins aufmerksam, auf etwas, das einem Engel nie zuteil werden kann. Diesen Vorteil machen die Körperlichkeit, die Sinnlichkeit und die Sterblichkeit aus. Die Beispiele, die Falk anführt (z. B. wie wohltuend es ist, wenn man sich in der Kälte die Hände reibt), überzeugen den zur Umwandlung ohnehin geneigten Engel, und alsbald wird ein Mensch aus ihm. Danach zeigt Wenders einige Situationen, aus denen hervorgeht, was er unter Sinnlichkeit versteht: gemächlich Kaffee zu schlürfen, sich in der Kälte die Hände zu reiben, eine Zigarette zu rauchen, eine Frau zu küssen. Es sind schöne und anrührende Szenen; dennoch ließen sie mich völlig kalt, eine innere Stimme flüsterte mir sogar immer wieder zu: alles Lüge. Warum, das wurde mir heute klar, nachdem ich mir in einem verlotterten, nach Zigarettenrauch und Urin stinkenden Kino Arrabals *Viva la muerte* angesehen hatte. Der Film spielt in den Jahren nach dem spanischen Bürgerkrieg in Nordafrika, er handelt von einem Jungen, dessen Vater auf der Seite der Republikaner gekämpft und den die Mutter deswegen angezeigt hat, was zur Verhaftung und Hinrichtung des Vaters führte. Der Film zeigt die sadomasochistischen Phantasien des Jungen und durch diese die Verflechtung von Revolution, Katholizismus und Erotik. In einer Szene beobachtet Faldo – so heißt der Junge – durch das Schlüsselloch seine Tante, wie sie, die Beine auf das Fensterbrett gelegt, masturbiert. Er ist mit einer Eidechse in der Hand an die Tür getreten, und während er die Frau beobachtet, streichelt er der Eidechse mit einem Finger sanft über den pulsierenden Bauch – genauer gesagt, es ist kein Streicheln, sondern mit seinem Finger auf dem Bauch des Tieres versucht er dessen unbegreifliches Beben und nicht wahrnehmbare Zartheit nachzuvollziehen; er berührt die Haut der Eidechse, als berühre er sich selbst – als wäre er das Tier und als zucke er in der Umklammerung einer unberechenbaren Kraft, ahnend, daß sein Schicksal von ihren Launen abhängt. Dann richtet er sich rasch auf, drückt einen Kuß auf den Kopf der Eidechse (genauer: er berührt ihn knapp mit den Lippen), schiebt ihn langsam in seinen Mund und beißt ihn ab, immer noch in unglaublicher Langsamkeit.

Ein wenig Blut rinnt ihm über die Lippen, nur so viel, daß die Unterlippe rot wird. Dann bückt er sich und beobachtet weiter.

Der Junge hat sich auf ein weitläufiges, am ehesten vielleicht an einen Sumpf erinnerndes, unberechenbares und rätselhaftes Terrain begeben: in den Anziehungsbereich von Neugier, Entsetzen, Abscheu und Todesfurcht. Nur daß er der Eidechse den Kopf abbeißt, vermag zu veranschaulichen, was sich wohl in seinem Inneren abspielt; das allein kann sein Ohnmachtsgefühl dämpfen – oder vielleicht kann das allein ihm Befriedigung bieten, wenn er nun einmal in den Besitz des Unmöglichen und Unvergleichlichen gelangt ist. Mit dem Unmöglichen kann man nichts anfangen; man kann es nicht in Mögliches verwandeln, aber man kann sich vor ihm auch nicht verstecken. Man kann es sich allein dadurch etwas leichter machen, daß man in eine andere Unmöglichkeit flüchtet, das Chaos durch Chaos krönt und das Unvorstellbare so steigert, daß sich zuletzt alles zu einem Alptraum verzerrt. Die Welt scheint dann aus sich selbst herauszutreten; den unschuldigen Jungen könnte vermutlich höchstens der Anblick einer Leiche so sehr aufwühlen wie diese nackte Frau.

Die Sinnlichkeit ist nichts anderes als Unberührtsein von dem, was unvorstellbar scheint; in solchen Augenblicken drängt sich das Unglaubliche in das Sinnfällige. Der Mensch lebt in dem, was sinnfällig ist. Dennoch bleibt ihm im größten Teil des Lebens das Erlebnis der Sinnlichkeit versagt, obzwar er sie ständig durchlebt. Dieses Erlebnis ist ein Geschenk besonderer Augenblicke. In ihnen verdichtet sich das Sinnfällige zu Unfaßlichem, wird das Wirkliche unwirklich. Ein guter Kaffee, eine gute Zigarette, eine Frau mit schönem Mund – für Wenders ist das der Höhepunkt der Sinnlichkeit, deshalb fühlt der Engel sich als Mensch. Im Spiegel von Arrabals Film jedoch wirkt dieses Urteil deprimierend leichtfertig und oberflächlich. Kann sich verdichten, was sinnlich, also von vornherein dicht ist? Ja; aber die Verdichtung führt in diesem Fall paradoxerweise zu einer Ausdünnung bis zum nicht mehr Greifbaren. Unter dem Eindruck eines entscheidenden Erlebnisses (und was erlebnishaft ist, das ist von vornherein sinnlich) wird das Leben zusammengepreßt wie im Märchen der Stein, aus dem in der Faust des Riesen Wasser tröpfelt – nichts widerspricht stärker der Natur von Gestein. Auch aus dem Leben wird in solchen Augenblicken etwas herausgepreßt, was dem Leben widerspricht, was mehr als das Leben, was sinnfällig und Grundsubstanz des Lebens ist. Die Sinnlichkeit ist in erster Linie nicht eine dicke Scheibe Fleisch, nicht ein Bier und nicht ein Sonnenbrand, sondern das, was dem Menschen Perspektiven eröffnet, die selbst nicht mehr sinnlich sind. Aber auch nicht unsinnlich – sondern die das Leben aus sich herausdrehen, die Orientierung unmöglich machen, einem den Boden unter den Füßen wegnehmen. Ich hatte die sinnlichsten Erlebnisse in der Nähe der Erotik, der Religion oder der Todesfurcht – in Grenzsituationen, die ich wiedererkannte, als im Film der Eidechse der Kopf abgebissen wurde. Dies sind Augenblicke der Erschütterung, sie machen den Menschen ohnmächtig, hilflos und ausgeliefert, hoffnungslos und gereizt, zugleich aber auch neugierig – und obendrein summiert sich das alles in einem Genuß. Das Verlangen veranlaßt mich zudem, nicht zurückzuweichen, wenn ich ein aufwühlendes Erlebnis nahen fühle, sondern weiterzugehen, wohl wissend, daß ich alsbald zittern werde.

Für Wenders bedeutet die Sinnlichkeit etwas ganz anderes – selbst wenn er am Ende des Films dem Engel Verwunderung über die Sinnlichkeit des Menschseins erlaubt. Er hält die Sinnlichkeit grundsätzlich für etwas, das *jeder jederzeit* erlebt. Letzten Endes sieht er in ihr eine *demokratische* Sache, wie es sich für einen aufgeklärten deutschen Intellektuellen gehört. Für Arrabal hebt die Sinnlichkeit den Menschen aus der im übrigen sinnlichen Welt heraus; sie vermittelt ihm ein Erlebnis der Paradoxität und eröffnet ihm *kosmische* Horizonte, die die menschlichen weit übertreffen. Was freilich die Frage aufwirft, ob nicht auch die Engel selbst – als kosmische Wesen – über Sinnlichkeit verfügen. Kann es sein, daß Wenders' Fragestellung – die Gegenüberstellung von Engel und Mensch – in ihren Wurzeln falsch und irrig ist? Als ich mir nach Arrabals Film den von Wenders ins Gedächtnis rief, dachte ich zuerst, welch beschränkte und ärmliche Bedeutung die Sinnlichkeit für einen protestantischen Deutschen doch hat. Dann fiel mir Fassbinders Querelle ein, durchaus nicht weniger katholisch und mediterran als Arrabals Film (oder war Fassbinder Katholik?). Dabei kann nur teilweise das bayerische München eine Rolle spielen, das die metaphysischen Perspektiven der Sinnlichkeit nie so stark verdrängt hat wie der protestantische Norden; von entscheidenerer Bedeutung könnte die Seinswahrnehmung sein, die durch keinerlei kulturelle Zwangsjacke und keinerlei geographische Grenze beeinflußbar ist und die mit niedrigerer oder höherer Temperatur immer dort am Glühen ist, um einmal dann – seltener oder öfter – aufzulodern.

Als ich aus dem verlotterten Kino Xenon trat, war ich ratlos. Was hat wohl der Gegensatz zwischen den beiden Filmen mit Berlin zu tun, wo ich auf ihn aufmerksam wurde, und zwar eindringlicher als anderswo? Denn Berlin hat etwas mit ihm zu tun, ich spürte es mit absoluter Sicherheit. Aber wie, das könnte ich nicht sagen. Wenn ich es versuche, steigen Situationen, Episoden, zufällige Vorkommnisse, Anblicke, Erfahrungen, Geräusche in mir auf – lauter Dinge, die mich scheinbar dem Verständnis meines Lebens in Berlin näherbringen, in Wirklichkeit aber immer weiter von ihm wegführen.

16. November 1988, Mittwoch Um elf Uhr abends an der Ecke zum im Nebel liegenden und menschenleeren Henriettenplatz ein Auto, darin ein junges Paar. Er aß Pommes, die er am nahen, auch nachts geöffneten, verödeten und beleuchteten Stand gekauft hatte, hastig nach den auf die Plastikgabel gespießten Stiften schnappend. Sie strickte; im gleichen Rhythmus, verblüffend flink, leicht vorgebeugt, so daß die Straßenbeleuchtung nicht nur auf das Armaturenbrett, sondern auch auf das Strickzeug Licht warf. Es sah aus, als säßen sie seit Stunden auf dem verlassenen Platz in diesem Auto, das ihnen die Vorstellung von einem warmen Heim vermittelte, und als wollten sie dort auch bleiben, eingemauert in Glasscheiben, wie ein Ausstellungsstück im Museum.

Am Abend bei Bernd Schmidt, mit dem ich im Herbst 1981 eine Woche in Venedig verbracht hatte. Es war, als sähen wir uns zum erstenmal; die damalige leidenschaftliche Zuneigung wollte sich nicht wieder einstellen, wenngleich sie auch nicht vergangen war. Das zögernde Abtasten zeigte an, daß alles gedrosselt blieb, und ich fand mich drein; wir schlugen einen freundschaftlichen, ja ungezwungenen Ton an, mit dem es uns leicht möglich war, die Spannung zu verhüllen und die früheren Gefühle nicht zur Kenntnis zu nehmen. In Venedig hatten wir uns lange über Thomas Mann unterhalten; als er abreiste, hatte ich den Fahrplan seines Schiffes studiert. Ich empfand eine Zuneigung für ihn, durch die ich mir selbst näherkam; es war für mich eine Beziehung, die einer psychologischen Kur gleichkam. Ich sah mich mit mir selbst konfrontiert, entfernte mich zunehmend von alledem, was bisher mein Leben ausgemacht hatte. Als wir uns heute abend gegenübersaßen, suchte ich das damalige Gesicht, und nicht erfolglos. Hinter den Wörtern und den in Jahren darauf gelagerten Gedanken tauchte hin und wieder das alte Gesicht auf, und dann sah ich für Augenblicke auch mein altes Selbst. Später, nach dem Besuch, ging ich noch lange durch die Straßen. Allmählich stellte sich das starke Gefühl ein, es fehle etwas, und während ich in die Schaufenster sah, dachte ich, deshalb nach Berlin zu kommen war unnötig; als hätte ich durch diese Begegnung von der Stadt einen Schlag unter die Gürtellinie bekommen.

17. November 1988, Donnerstag In Rudolf Ottos Buch *Das Heilige* habe ich das folgende Goethe-Zitat gelesen: »Das Dämonische ist dasjenige, was durch Verstand und Vernunft nicht aufzulösen ist. – Es wählt sich gern etwas dunkle Zeiten. In einer klaren prosaischen Stadt wie Berlin fände es kaum Gelegenheit, sich zu manifestieren.«

6. Dezember 1988, Dienstag Am Abend beim Insel-Musikfestival ein 45-Minuten-Werk von Erhard Großkopf: Erinnerungen – für Klarinette, Klavier, Schlaginstrumente und Elektronik. Ein zerfaserndes Werk, ohne innere Kohäsion, und dennoch empfand ich es als inspirativ. Es war, als sonnte ich mich. Wenn man sich sonnt, geschieht vielerlei – Wolken kommen und gehen, Insekten schwirren, Stimmen sind zu hören, der Wind rauscht usw., und dennoch: im Grunde genommen geschieht gar nichts. Es geschieht intensiv das Nichts. Ein wenig erinnerte mich diese Musik an mein Berliner Leben: Tag für Tag neue Eindrücke, dennoch ändert sich nichts, ich erwache mit den gleichen Gedanken wie daheim, versuche den Tag ebenso zu verbringen wie in Budapest und bin bestrebt, mich ebenso zu vergessen wie dort.

In dieser Nacht nach dem Konzert wachte ich auf und hörte Geräusche vom Eßzimmer. Die gleichen Geräusche später vom Schlafzimmerfenster, dann vom Fußende meines Betts. Ich lauschte, ohne mich zu rühren, nervös, bedrückt wegen des plötzlichen Erwachens. Die Geräusche wurden so bedeutungsvoll wie in einem Musikwerk. Als sie verstummt waren – falls ich sie überhaupt wirklich gehört habe –, dachte ich, auch das war ein Konzert. Wenn Großkopfs Musik ein Echo der Struktur meines Berliner Lebens gewesen war, dann legte dieses nächtliche, mit dem Magen, dem Herzen und dann auch den Ohren wahrgenommene Konzert das Wesen dieser Struktur bloß: daß mir mein Leben, während ich es lebe, zugleich doch fremd bleibt und daß sein Vergehen nicht einfach mein Vergehen, sondern ein Beweis für mein Entfernen vom Leben ist. Das Tages- und das Nachtkonzert verhielten sich zueinander wie die Selbstvergessenheit zur anschließenden Ernüchterung: sie unterscheiden sich, bedingen einander aber auch.

10. Dezember 1988, Samstag Ein Samstagnachmittag vor Weihnachten im Kaufhaus Leineweber: so muß die Hölle sein. Teufel, feurige Gänge, eiserne Gabeln, Pech: das ist zu eindeutig und deshalb gar nicht so erschreckend – den Menschen empfängt das, was er erwartet hat. Das wahre Schlechte greift immer auf Umwegen an und bringt die Struktur der Wünsche und Instinkte durcheinander. Das vollzieht sich auch in einem Kaufhaus voller Menschen: der Wille (der Wunsch zum Einkauf) verkehrt sich, aber man bemerkt es zu spät. So wird der Wunsch immer krampfhafter, immer aussichtsloser und greift den Menschen von innen her an. Schließlich wünscht er sich etwas, das er gar nicht möchte, und macht genau das nicht, was er eigentlich wünscht, nämlich hinauszurennen. Er rennt nicht, nein, er schlendert hinaus, aber erst, als alles zu spät ist: er hat nichts gekauft, die Laune ist ihm verdorben, er ist voller Haß und versteht sich selber nicht mehr, und es wird eine Weile dauern, bis er seine Fassung zurückgewinnt.

12. Dezember 1988, Montag Abends mit Hans Skirecki im Café Hegel am Savignyplatz. Mit schneeweißen Möbeln eingerichtet, wirkte es auch wegen seiner Winzigkeit zerbrechlich. An einem Tisch saßen junge Männer; ihr Lärmen widersprach den sanften Gesichtszügen. Wieder und wieder klang Gelächter auf, wie es allein von Gruppen junger Deutscher hörbar und in ganz Europa sofort erkennbar ist: ein dröhnendes, hemmungsloses Lachen voller Aggressivität. Spektakulärer Zwang zur Selbstbestätigung. Wie wenn sie nicht lachten, sondern mittels ihrer Münder das unpersönliche deutsche Lachen vermittelten. Deswegen erschien mir der Kontrast zwischen den einnehmenden Gesichtern und den Stimmen so merkwürdig. Fast sprengte das Gelächter das kleine Café – oder zumindest würde es alles zerschlagen. Mir fiel der Namensgeber ein, auch meine Überraschung, als ich vor Jahren in Bamberg das rosafarbene Barockhäuschen sah, in dem Hegel die *Phänomenologie des Geistes* geschrieben hat. Vermutlich hat sein Denken jenes Haus sprengen wollen – möglich aber auch, daß sein tobender Geist dort ähnlich eingeklammert war wie das Gelächter im weiß möblierten, zerbrechlichen Café Hegel. Für einen Augenblick verstand ich den Kampf der jungen Leute. Sie blieben mir unsympathisch, aber ich fing an, sie zu verstehen. Das Café und das Johlen bildeten die Einschlußklammer, in der ich den Kampf sah, der für die Deutschen immer so bezeichnend war: ihr Verlangen nach Leistung und Selbstbestätigung, ihre Bereitschaft zum Gehorsam und ihr Wunsch nach geistiger Tiefe, der ja auch nur ein Ableger der Knebelung ist – Humanismus und Militarismus, Schubert und die Mauer aus Beton.

14. Dezember 1988, Mittwoch Zu Besuch bei Philippe Despoix. Während wir uns unterhielten, gab mir seine Frau das voriges Jahr erschienene französische Buch über die Melancholie von Julia Kristeva in die Hand. Beim Blättern glaubte ich zuerst, ich halluziniere – ich wußte, daß ich das Buch dieser gerade kennengelernten jungen Frau schon einmal in den Händen gehalten hatte. Ich erkannte die Unterstreichungen und die mit einem Bleistift an den Rand geschriebenen Anmerkungen, ja sogar den Bruch im Buchrücken wieder: jemand hatte es mit einiger Gewalt aufgebogen, als er ungefähr ein Drittel hinter sich hatte, und bei mir hatte es sich gleichfalls immer an dieser Stelle geöffnet. Eine Weile starrte ich verblüfft auf das Buch, dann fand ich die Lösung. Die junge Frau, Michaela Ott, hatte einen Baudrillard-Band für den Münchener Verlag Matthes & Seitz übersetzt und dann den Kristeva-Band eingesandt, auch den wolle sie gerne übersetzen. Der Verleger hatte mir das Buch nach Ungarn geschickt, und ich nahm es mir auf dem Abrahamberg vor, wobei ich die Randbemerkungen mit aufrichtigerem Interesse las als den Text von Frau Kristeva selbst. Dann schickte ich das Buch nach München, und aus München gelangte es nach Berlin zurück. Daß sich der Kreis zufällig geschlossen hatte, flößte mir dennoch das Gefühl ein, ich sei ein Außenstehender geblieben; nicht nur wegen M. O. und der ziemlich ambivalenten Persönlichkeit ihres Mannes, die mich nicht für ihn hatte einnehmen können, sondern auch wegen der plötzlich aufsteigenden Erinnerung an den Abrahamberg. Ich spürte, daß ich dort zu Hause bin, am Berghang. Angesichts eines französischen Buches über die Melancholie überkam mich in Berlin die Melancholie, und das um so mehr, als die Frau eines ausdrücklich nicht melancholischen Mannes meine Aufmerksamkeit auf ein Buch lenken wollte, das trotz seines Titels und seiner Themenwahl im Grunde genommen nichts mit der Melancholie zu tun hat.

18. Dezember 1988, Sonntag Am Abend im Fernsehen *Les quatre coups* von Truffaut. Die deutsche Synchronisation verstößt schroff gegen die Stimmung des Films. Wenn ich die Augen schloß, war mir, als hörte ich eine Story, die in einer deutschen Großstadt spielt: alles wirkte härter und rauher, besonders die Figur der Mutter. Zugegeben, im Grunde genommen handelt es sich um eine böse Frau; aber sie ist auch jung und erotisch. Die Synchronstimme jedoch ist die einer verhärteten, vom Schicksal geschlagenen, unangenehmen Deutschen. Die Zweideutigkeit, die der französischen Sprache und Intonation innewohnt, ist weg – der Film ist plötzlich eher berlinisch geworden.

20. Dezember 1988, Dienstag Nach dem Absturz der PAN AM-Maschine über Schottland berichtete das Fernsehen vom Schmerz der Wartenden auf dem New Yorker Flughafen. Eine Frau wollte in Ruhe gelassen werden, aber die Kamera wich nicht von der Stelle. Sie wandte sich mit einer solchen Indiskretion an die weinenden Menschen, als handelte es sich um Fische in einem Aquarium. Der Kameramann und der Reporter unterschieden sich in keiner Weise von den SS-Offizieren, die durch die Fensterscheibe den Todeskampf der Hingerichteten beobachteten – einer von ihnen hatte sich unzerbrechliches Glas in sein Fenster setzen lassen. Aus dem Fernsehen ergoß sich das gleiche unmenschliche Interesse – vom Leid geweckte Neugier.

Aber ist dieser Blick tatsächlich ein Frevel? Ist er nicht Ausdruck einer uralten, angeborenen Neugier, Zeichen des Interesses aller Menschen am Tod? Im Gegensatz zum Tier weiß er von seinem Tod; er ist das einzige Wesen dem der Tod deshalb auch Genuß bereiten kann. Im Grunde genommen ist das Auge, das Schmerz und Sterben anderer beobachtet, auf den eigenen Tod neugierig. Versucht es nicht aus einem Bereich innerhalb von Grenzen über dieses hinaus zu schauen? Edmund Burke schreibt im 18. Jahrhundert, die überwältigende Theatertragödie, die die Leute im Zuschauerraum festzuhalten vermöchte, wenn sie hören, daß neben dem Theater eine öffentliche Hinrichtung durch den Strang beginne, gebe es nicht. Ihre Neugier ist auch die der SS-Offiziere und der Kameramänner.

Natürlich ist diese Neugier letzten Endes doch ein Frevel; aber er ist eine Erbschaft der Erbsünde, des Menschseins. Ein Frevel ist sie dadurch, daß sie den Menschen auf einen Abweg leitet; sie vermittelt ihm die Illusion, er könne gegenüber dem, worauf er neugierig ist, das also irgendwo in der Tiefe sein Wesen angerührt hat, neutral und ein Außenstehender bleiben. Er kokettiert mit der Grenzüberschreitung und ist auf den Tod neugierig, ohne daß er bei ihm Leidenschaft auslöst. Das ist der Frevel: Verrat der Leidenschaft, Aufrechterhaltung der Illusion, man könne dem für alle gleichermaßen gültigen Schicksal ausweichen, Wunsch nach Sterilität, also nach Umgehung des Lebens. Im Fernsehen entlarvt sich das am spektakulärsten: Der Zuschauer läßt sich nicht mehr nur von der eigenen Neugier leiten, er liefert sich auch einem leblosen Gerät aus, einem Fenster, das wie ein Fleischwolf die Welt zerteilt, ohne die Schrecken des Zerteilens in seine Welt einzubauen. Wenn es wenigstens imstande wäre, die geradezu unerträgliche Spannung zu sprengen, die sich aus dem teuflisch variablen, mit Mitgefühl, mal Kameraderie, mal Ernsthaftigkeit, mal Spaßigkeit, mal Erstaunen, mal Entrüstung suggerierenden, auf Knopfdruck wechselnden – und nicht menschlichen – Gesichtsausdruck der Kommentatoren, Ansager, Moderatoren und Reporter speist! Vielleicht ist es das Fernsehen, das am deutlichsten Verrat am Leben begeht. Das ist sein wahrer Frevel, und an ihm gemessen ist die Indiskretion gegenüber seinen gerade ins Auge gefaßten Opfern etwas Sekundäres.

Peter Kürten, der Schrecken von Düsseldorf, ist des vielfachen Mordes schuldig; aber war es Frevel, als er neugierig war, ob er bei seiner Hinrichtung das Rauschen des Blutes hören würde, was dann, wie er sagte, der höchste Genuß seines Lebens gewesen wäre? Oder verbirgt sich nicht in jedem einzelnen Fernsehgerät ein blutloser, kastrierter, zur Todesleidenschaft nicht mehr fähiger Peter Kürten?

22. Dezember 1988, Donnerstag Zu später Stunde ein Porträtfilm über den an Aids gestorbenen Fotografen Rolf von Bergmann. Von ihm stammen unter anderem die bekanntesten Aufnahmen und Plattencover des gleichfalls an Aids gestorbenen Klaus Nomi. Bergmann in Frauenkleidern mit dem Kommentar des Berliner Malers Salome. Schöne Einstellungen, und schwer zu entscheiden, ob ich einen Mann als Frau gekleidet sehe oder eine Frau, die daran gehindert wird, die zu sein, die sie ist. In der hinreißendsten Szene des

Films, der kein Requisit der homosexuellen Schichtenkultur ausließ, begann ein als Frau zurechtgemachter Mann zu singen: Er verlor sich im Gesang. Zwar sang er am Anfang noch für das Publikum, aber später war es immer deutlicher nur noch ein Singen für sich selbst, ein immer tieferes Einsinken in das unauflösliche Alleinsein, das seine fraulich maskierten Gesichtszüge allmählich zutiefst menschlich werden ließ. Und am Ende war es dann einerlei, ob er Mann oder Frau war, und unwichtig, ob er seine Rolle gut gespielt hatte; was zählte, war einzig und allein, daß er sich etwas Unsäglichem gegenübergesehen hatte, vor dem er sich vielleicht schon immer ängstigte und fürchtete, das ihn aber über die Maßen erregte und anzog. Das widerspiegelte sich in seinem Gesicht – und noch mehr: das Unsägliche selbst. Es wurde deutlich, daß der Kleidungs- und Geschlechtertausch, die Hemmungslosigkeit, die Verantwortungslosigkeit und der damit einhergehende Exzeß nicht in erster Linie auf Befriedigung bedacht waren, auch nicht nur auf Genuß oder Wunscherfüllung, sondern auf diese Konfrontation. Die Verkleidung war es, die ihn schutzlos machte – nicht der Welt, sondern ihm selbst gegenüber. Denn kann man der Welt gegenüber schutzlos sein, wenn man noch Selbstvertrauen hat, also nicht den Glauben an die Identität des eigenen Wesens verliert? Ein solcher Glaubensverlust ist kein Zeichen von Schwäche; er ist eher eine Botschaft jenes Unsäglichen, das als unwiderstehliche Kraft – als Tod – verlockender ist als jede Überzeugung und Gewißheit und vor dem bisweilen auch der selbstsicherste Mensch hilflos wird. Das Gesicht des Sängers in Frauenkleidern war natürlich noch nicht das Gesicht des Todes – es war wunderbar anzuschauen, hinreißend. Doch dieses Gesicht achtete nicht mehr auf das Publikum und war nicht der Welt zugewandt, sondern es sah in den Tod, zitternd und dennoch fasziniert. Seine Blicke und Gesichtszüge waren dem Tod angepaßt, damit schließlich in ihnen das Gesicht des Todes selbst zutage träte.

Mir fiel dabei Anita Berber ein, eine Berliner Tänzerin der zwanziger Jahre; ich hatte ihr Porträt im Schaufenster einer Buchhandlung gesehen und daraufhin die Monographie über sie bestellt. Sie war in den Zehnern und Zwanzigern aus einem Skandal in den nächsten getaumelt und achtundzwanzigjährig in einem Kreuzberger Krankenhaus gestorben, geschwächt von den Exzessen. Als ich über ihr kaum bekanntes und schwer dokumentiertes Leben las, besonders aber als ich die Fotos von ihr betrachtete, empfand ich das gleiche wie beim Anblick des Sängers: die merkwürdige Faszination des Entsetzens, der sich der Mensch hingibt, sogar Leid in Kauf nehmend, um sie nur nicht wieder zu verlieren. Dies ist eine Hölle, in die man freiwillig geht, ein Strudel, der dem Fehlen von Glauben entspringt – und dies ist es, wodurch ein nicht sonderlich schönes Gesicht so besonders schön und fesselnd erscheint. Eines Tages fuhr ich in die Zähringerstraße, wo in der Nummer 13 Anita Berber in den zwanziger Jahren bis kurz vor ihrem Tod gewohnt hat. Ein indifferentes Berliner Mietshaus, nicht unterscheidbar von anderen um die Jahrhundertwende erbauten. Das Geheimnis von Anita Berbers Gesicht ist, wie auch das des Gesichtes des Sängers, nicht in Berlin zu suchen; im Spiegel eines solchen Gesichts wird die Stadt zur bloßen Kulisse, es regt mit seiner Fremdheit und Unnahbarkeit die in ihr Wohnenden höchstens zum forcierten Leben an. Es ist, als fänden diese Gesichter in sich selbst die Mitte des Labyrinths, das diese Stadt bildet – als entdeckten sie in ihrer Seele das endlich beim Namen nennbare, nicht nur aus unbekannter Richtung drohende Ungeheuer, den Minotaurus.

Und natürlich fiel mir auch Klaus Nomi ein, der einstige Opernsänger und spätere Rockstar, der geschlechtslos (oder vielgeschlechtig?) maskierte Künstler, der als begnadeter Interpret Purcells und dann wieder als Partner David Bowies aufzutreten wagte; ich erinnerte mich an seinen Brief, der im Schubfach meines Budapester Schreibtisches liegt, und hörte wieder seine Stimme, die so oft abgehörte Schallplatte. Zu Beginn der achtziger Jahre hatte unter anderem diese – übrigens in New York produzierte – Platte für mich Westberlin bedeutet; Stimme und Wesen des aus sich selbst heraustretenden, seinem Schicksal gegenüber gleichgültigen, dennoch von allen Dingen *Freiheit* verströmenden Sängers gaben dem in meiner Phantasie entstehenden Berlin Gestalt, Geruch, Geschmack und Farbe; ich habe es nicht gefunden, und doch weiß ich, trotz alledem, daß *das* Berlin ist.

23. Dezember 1988, Freitag Zufälle. Gestern abend zeigte das Fernsehen ein Foto von Klaus Nomi. Wenig später hörte ich, gesungen von Brigitte Fassbaender, die Arie der Dalila aus der Oper von Saint-Saëns – die durch Nomi so viele kennen und die auch mein Interesse für seine Person geweckt hat. Danach blätterte ich in dem Buch über Anita Berber, wo ich las, sie sei nach einwöchigem Leiden im Kreuzberger Krankenhaus Bethanien gestorben – heute dient das Haus als kulturelles Zentrum. Zuletzt war ich dort am vergangenen Donnerstag, am 15. Dezember, um mir eine Ausstellung von Stephan Michael und HS Winkler anzusehen: *Antarktisches Alluvium.* In einem mit bläulichem Neonlicht ausgeleuchteten, leeren und schneeweißen Raum lag in einem großen Glasbehälter ein Eisblock von einem Kubikmeter Größe, den man aus der Antarktis hergebracht hatte. Es war sieben Uhr abends; wegen der starken Kälte war kaum jemand zur Eröffnung gekommen. Ich befand mich im dritten Stock eines großen neugotischen Gebäudes; meine Schritte widerhallten im leeren Treppenhaus. Da wußte ich noch nicht, daß das Haus einmal als Krankenhaus gedient hatte. Dennoch war mir zumute, als hätte es mich in ein riesiges neugotisches Leichenschauhaus verschlagen – alles war ausgestorben; lange, in Neonlicht getauchte Korridore, verschlossene Türen in dichter Folge, dann hinter einer offenen der Eisblock. Mir schlug aus dem

Raum eine unangenehme Spannung entgegen, was mich veranlaßte, eilig wieder zu gehen – nicht nur aus dem Raum, auch aus dem Gebäude hinaus. Als ich gestern nacht an Anita Berber dachte, fiel mir ein, daß dieser Eisblock eigentlich ein Denkmal für sie war, auch dann, wenn die beiden Bildhauer nie von ihr gehört haben. Das Gebäude, das Eis und der Tod sind nicht voneinander zu trennen. Obwohl jedes seine Zeit hat (das Haus wurde im vergangenen Jahrhundert gebaut, und nach György Jovánovics, der lange dort gewohnt hat, war Fontanes Vater der erste Direktor; A. B. starb 1929; der Eisblock stammt aus dem Jahr 1988), ist jedes auch zeitlos: Der Tod ebenso wie das Eis, das mich an nie von Menschen gesehene Tiefen der Polargebiete erinnerte, und die gespenstische Stille und Verlassenheit des Gebäudes ließen es mir illusorisch erscheinen, ob ich mich jetzt in Berlin befand oder in der Mitte des vergangenen Jahrhunderts, ob überhaupt ich es war, der durch das ausgestorbene Gebäude stolperte. In der Zeitlosigkeit begegnete ich Anita Berber, dabei halfen mir ein Gebäude und ein Eisblock; sie wurde meine Zeitgenossin, und für Augenblicke durchlebte ich ihr Schicksal im Spiegel meiner eigenen Sehnsüchte.

2. Januar 1989, Sonntag Am Nachmittag im Charlottenburger Schloß Watteaus *Einschiffung zur Liebesinsel Cythera.* Anfangs beeindruckte mich das Bild überhaupt nicht, und das versetzte mich in eine wachsende Spannung. Dann meinte ich, seine Wirkung liege vielleicht gerade darin: es verschließt sich und bringt es fertig, sich nicht herzugeben. Obwohl ich es war, der sich einschloß, schien mir nach einiger Zeit, das Bild schließe mich aus. In dem matt beleuchteten Museumssaal, wo sich nur wenige Besucher aufhielten und in dessen Nachbarschaft mit Folien verhangene Gerüste darauf warteten, daß am folgenden Tag die Instandsetzungsarbeiten fortgesetzt würden, hing Watteaus Gemälde so an der Wand, als hinge es in der Grabkammer einer ägyptischen Pyramide: unnahbar, nicht zum Reden bewegbar und deshalb auch erschreckend. Nicht wegen des Inhalts, sondern wegen des Ortes. Ich sah es lange an, folgte der Stromlinie des vom Steg gebildeten Bogens, dem raffinierten Rhythmus von Hell und Dunkel, der hilflos wogenden Bewegung der Paare, und meine Gereiztheit, daß mich all das dennoch kaltließ, nahm weiter zu. In dem halbdunklen, menschenleeren Raum überkam mich ein Gefühl von Feindseligkeit gegenüber Watteau, daß er etwas erschaffen hat, das den Menschen so übertrifft, daß er in diese Welt nicht eintreten kann. Das Bild kam mir vor wie ein stummes Stück Gestein, aus dem das Fehlen der Schöpfung strömt, die Zeitlosigkeit, also die stumme Finsternis, die den Menschen aus der Zeit heraushebt und mit etwas konfrontiert, das ihm in jeder Hinsicht fremd ist. Angesichts des Watteauschen Gemäldes legte sich mit dem Gewicht der Steine, der völligen Leblosigkeit eine Art Ohnmachtsgefühl auf mich, und alsbald erkannte ich mich in etwas wieder, das nicht ich bin: in der Stille, der Dunkelheit, der Unaussprechbarkeit, dem Unbegreiflichen, kurz, in der Leblosigkeit. Übertrieben wäre es, wenn ich behauptete, der Tod schaue aus diesem Bild – genauer, aus diesem an die Wand gehängten und eingerahmten, mit Farbe bestrichenen Stück Leinwand –; und dennoch, die Spannung, die Gereiztheit und der Zorn, die ich vor dem Bild stehend empfand, waren so unaufhaltbar und unbeeinflußbar, wie wenn der Mensch durch eine von ihm scheinbar unabhängige Kraft sanft und doch unerbittlich einem unbekannten Ziel entgegengetrieben wird.

11. Januar 1989, Mittwoch Spät am Abend Unentschlossenheit, ob ich spazierengehen oder aber mit dem Auto in irgendein entferntes Viertel der Stadt fahren sollte. Ich entschied mich richtig und ging zu Fuß, instinktiv spürend, daß ich es jetzt nötiger brauchte, bekannte Wege zu gehen, als Sehenswertem nachzujagen. Ich ging die Auguste-Viktoria-Straße hinab, bog in die Lynarstraße ein, kreuzte die Hubertus- und die Bismarckallee und schlug den Heimweg durch die Königsallee ein. Das in der nächtlichen Kälte ohnehin menschenleere Grunewalder Villenviertel war ganz und gar wie ausgestorben. Ich betrachtete die in Dunkel gehüllten Villen; einige Fenster waren noch hell. In einem Haus steckten zwei Männer beratend die Köpfe zusammen, hinter ihnen Aktenordner; im hellen Eckzimmer eines anderen stand gerade ein Mann in einem Trainingsanzug auf, als ich am Fenster vorbeiging; seine Kleidung stach auffallend ab von der eleganten Umgebung, der alten, sorgfältig geschnitzten Eichenholzverkleidung an den Wänden. Dann traten aus einem Haus vier junge Männer, sie trugen Paletos und Trenchcoats und drei von ihnen Tellermützen. Sie sahen aus wie Mitglieder eines Turnvereins zu Beginn des Jahrhunderts in Zivil. Sie gingen auf der anderen Straßenseite davon, kräftigen Zigarrenrauch hinter sich herziehend. Am Johannaplatz bogen sie in die Bismarckallee ein. Als ich weiterging, öffnete sich unvermittelt eine Einfahrt, aber ich sah niemand. Ich war zusammengezuckt; aber da erschien auch schon das Auto – der Fahrer hatte die Tür ferngesteuert geöffnet. Im Gehen genoß ich den Widerhall meiner Schritte, die kalte Luft, die mir Gesicht und Ohren zwickte; ich freute mich an der Stille, am dumpfen Gebrumm ferner Autos. Es machte mir auch Freude, in die beleuchtete Wohnung einer Villa zu blicken und zu sehen, in welchem Reichtum und Wohlstand man dort lebte; ich freute mich, daß vermutlich auch sie sich freuten, und mir schien, diese heimliche Freude verbinde uns – das ist es, was weder die Gestorbenen mit uns teilen können noch die Ungeborenen. Auf dem Heimweg und dann fast zu Hause, an der Ecke zum Storkwinkel, gewahrte ich, daß ich unbemerkt alle Spannungen losgeworden war, das Herz stach nicht mehr, ich bedauerte nicht mehr, das Auto stehengelassen zu haben, und mich stört auch nicht, daß ich gerade allein bin, im Gegenteil – ich genieße es.

14. Januar 1989, Samstag Nach dem Konzert am Abend zum Essen im Restaurant Antonel: mit den Jeneys, mit Jovánovics, Henning Christiansen, dem Nomos-Streichquartett und Peter Gente. An der Tür zur Damentoilette klebte das Plakat, das meine Lesung ankündigt. Entschädigung für die sehr hohe Rechnung und für die anderen natürlich unerschöpfliche Quelle für immer wieder neue Witzeleien.

15. Januar 1989, Sonntag Am Abend im Großen Konzertsaal der Philharmonie das *Clarinet and String Quartet* (1983) von Morton Feldman, vorgetragen vom Streichquartett Leonardo. Beim Hören der ähnlich wie ein Spinnetz strukturierten Musik dachte ich – wie bei aller Musik Feldmans – daran, was alles sich abspielen mußte, bis nach dem Urknall einmal eine solche Musik für ein solches Streichquartett entstehen konnte. Und daß diese Musik nicht hätte entstehen können, wenn es den Urknall nicht gegeben hätte; er findet sein Echo in allen Werken Feldmans, die ich kenne. Ja, ich höre *dasselbe* Geräusch, nur jetzt zu Musik verfeinert. Feldmans Musik ist die Herauskristallisierung des stetigen, alles durchdringenden, oftmals unhörbaren Geräusches, ohne das keinerlei Sein denkbar wäre. Und wenn das, was wir als Stille bezeichnen, nichts anderes ist als ein stetiges, mit dem Gehör nicht wahrnehmbares Geräusch, dann ist diese Musik wiederum nichts anderes als in den Lärm geschlagene Stille. Ein Stillefeld, ein Stillemonument. Sie erinnert an die Bilder von Lucio Fontana; auch bei ihm ist der Spalt wichtig, die daraus sich entfaltende unsichtbare Leere. Morton Feldmans Musik ist eine Folge ebensolcher Spalte: in ihnen erklingt die Stille. Als ich nach dem Konzert heimfuhr, hatte ich unter dem noch immer lebhaften Eindruck der Musik im Wagen das

Gefühl, der Weg, den ich durch die Berliner Straßen zurücklegte, sei auch selbst ein riesiger Spalt im Körper der Stadt – als reiste ich in diesem Stilletunnel, in einem Pausenzeichen, das Berlin zerschneidet. Solche Stillen und Pausen erschaffe ich Tag für Tag, und wenn ich sie auf den Stadtplan von Berlin übertrüge, dann sähe ich eine neue Karte, auf der mein Berlin dargestellt ist; und wenn gar – dreidimensional – zu sehen wäre, was ich unterwegs sehe oder bemerke, dann käme der gewaltige Torso zusammen, der *mein* Berlin und als stummes Monument viel lebendiger ist als die angeblich lebende Stadt.

16. Januar 1989, Montag Um halb elf Uhr abends im Arsenal ein Film von Genet aus dem Jahr 1950: *Un chant d'amour.* Ein Stummfilm in Schwarz und Weiß und dennoch reicher und differenzierter als viele Tonfilme in Farbe. Wie machen zwei Häftlinge, jeder in eine andere Gefängniszelle gesperrt, miteinander Liebe, ohne sich physisch zu berühren? Sie klopfen, sie stecken einen Strohhalm durch einen schmalen Spalt, durch ihn blasen sie einander Zigarettenrauch in den Mund und befriedigen sich währenddessen. Der Jüngere kokettiert obendrein unaufhörlich – weniger mit dem unsichtbaren anderen als vielmehr mit sich selbst. Der Leidende ist, wie im allgemeinen, der Ältere: er ist dem Tod näher, er bricht oft in Tränen aus. Wirklich erotisch wird das Spiel der beiden dadurch, daß ein Aufseher sie ständig beobachtet. Obgleich er frei ist, stellt sich heraus, daß er vielleicht noch erbärmlicher dran ist als die beiden Häftlinge: Er ist mit seinen Sehnsüchten allein. Wenn sie beide einander auch nicht berühren können, so ist doch ihr Verlangen wechselseitig. Der Aufseher hingegen leidet unter echter und tiefer Einsamkeit, und deshalb ist sein Verlangen zerstörerisch. Mit vorgehaltener Pistole tritt er in die Zelle des Älteren, schnallt seine Koppel ab und beginnt ihn damit zu schlagen, wobei er sich vorstellt, wie er mit dem anderen in einem Wald Liebe macht. Danach geht er hinaus, beobachtet weiter, kommt dann zurück und steckt dem Älteren den Lauf der entsicherten Pistole in den Mund. Der Ältere macht Liebe mit der Pistole, dieser Anblick verhilft dem Aufseher zum Genuß. Als er das Gefängnis verläßt und zurückblickt, sieht er noch, wie der eine Häftling den Arm durch das Gitter schiebt und einen aus Rosen geflochtenen Kranz schwenkt, den der andere ergreift. Die Rosen, ein immer wieder auftauchendes Motiv, sind ein unverfälschtes Genetsches Element; sie verkörpern eine Geschmacklosigkeit, die auf nichts Rücksicht nimmt und deshalb, wenn auch geschmacklos bleibend, die Stimmung von vollkommener Freiheit verbreitet. Diese Freiheit ist anders als das, was man im allgemeinen für Freiheit hält; sie ist hemmungsloser Exhibitionismus und hat deshalb den Hauch des Todes an sich. Sie ist eine Geste der Verzweiflung: *So sehr* geschmacklos wird jemand dann, wenn er jede Hoffnung verloren hat, auf normale, das heißt geschmackvolle Weise Kontakt zu anderen herzustellen. Es ist ein Zeichen der Verschlossenheit, wie die drei Filmfiguren sich unter dem Eingeschlossensein leidend befriedigen. Eine Sackgasse der Sehnsüchte. Oder ist dies letzter Zweck aller Sehnsüchte? Die unfruchtbare, sich in sich schließende Befriedigung? Der geschmacklose Rosenstrauß könnte so ein Symbol des ganzen Lebens sein; denn wenn der Geschmack angeblich eine Stileinheit bedeutet, dann ist das Leben, das nicht einheitlich zu werden vermag, da der Tod es früher oder später sowieso zerbricht, die vollkommene Geschmacklosigkeit.

Während der Vorstellung hörte ich, wie in dem vorwiegend aus jugendlichen Intellektuellen bestehenden Publikum hier und da gekichert und manchmal sogar laut gelacht wurde. Nach den Gesichtern zu urteilen handelte es sich um typische kritisch eingestellte, also sklavisch ihren »linken« Neigungen folgende junge Leute. Deshalb erinnerten sie mich an die Gefangenen im Film; sonst hätten sie nicht mit solchem Nachdruck versucht, ihre Distanziertheit zu demonstrieren. An den ungefähr zwanzig Minuten langen Genet-Film schlossen sich weitere Underground-Filme an (denn auch Genet war als Undergroundler angekündigt), aber sie sah ich mir nicht mehr an. Ich ging davon, zur Grollmannstraße, und sah mit einem Bier in der Hand lange zu, wie sich die Gäste an den Spielautomaten amüsierten.

30. Januar 1989, Montag Am späten Samstagabend war erst das Spülbecken in der Küche verstopft, dann auch noch das Toilettenbecken im Bad. Zuerst versuchte ich es mit einer Saugpumpe, dann mit einer Spirale, als auch das nicht half, ging ich daran, die Rohrleitungen außerhalb des Mauerwerks bis hin zur Wand abzubauen. Während mein Arm bis zum Ellbogen in der dunklen Höhlung steckte und der Kanalisationsgestank immer unerträglicher wurde, hatte ich auf einmal das Gefühl, im Magen oder eher im Mastdarm von Berlin zu wühlen. Ins Dunkel spähend, um herauszufinden, was die Verstopfung ausgelöst haben mochte, erblickte ich Berlins nächtliches, dunkles Gesicht. Das wirklich dunkle Gesicht einer Stadt ist nicht das platte, mondäne Halbweltmilieu, sondern ihr Kanalisationssystem, ohne das sie nicht bestehen könnte, das sie aber verbirgt wie Schamteile. Es ist die Ergänzung zur Tagesstadt, hier erfüllt sich alles, was oben beginnt, hierher strömt alles, was man oben nicht haben will: Unrat, Schmutz, Exkremente, Abwässer, all das, was wie ein gigantisches Gebräu unter der Stadt kreist und brodelt, ohne Rücksicht auf das, was oben ist: politische Zänkereien, Unterschiede, materielle, gesellschaftliche Ungleichheiten, Liebschaften, Abneigungen, langweilige Geselligkeiten. Ich hätte hineinkriechen wollen in diese Kanalisation, um mir Berlin von unten her anzusehen – und nicht nur es, denn unter jeder Stadt wogt träge das, was ich hier sehen könnte, jede Stadt wird vom gleichen Schmutzlavastrom unterwaschen. Dort hineinblickend sähe ich etwas,

was vom menschlichen Zusammenleben ebensowenig zu trennen ist wie die Liebe, die Ehe, die Freundschaft; es verbindet die Menschen, es bescheinigt den Menschen, daß sie oben wirklich *miteinander* leben, auch wenn sie einander meiden und oft genug gar nicht sehen mögen.

2. Februar 1989, Donnerstag Spät am Abend ein Spaziergang in Kreuzberg, hinter dem Haus Bethanien, an der Mauer entlang, im Mondschein. Menschenleere und Stille; später hörte ich auf der anderen Seite der Mauer ein Auto vorbeifahren, ohne daß ich es sah. Danach wieder durchdringende Stille, gespenstisch durch das Licht des Halbmonds. Ich beobachtete, wie kompliziert und rätselhaft der Schatten eines sehr großen, kahlen Strauches an der Wand eines Hauses war. Vom Park her näherten sich ein Mann und eine Frau; sie sprachen englisch, und sie stiegen in ein Auto. Danach wieder Stille. Später, nun zu Hause, fielen mir mehrmals der Strauch, die Mauer im Mondlicht, die Stille und die Reglosigkeit ein – ein idyllischer Friede, der dennoch beunruhigend und unergründlich rätselhaft war.

7. Februar 1989, Dienstag In der Kreuzberger Gneisenaustraße zu nächtlicher Stunde ein langes Gespräch mit einem halb betrunkenen Mann. Er habe sein Auto in der Nachbarstraße stehenlassen, er habe zu viel getrunken. Als ich sagte, er solle sich ein Taxi nehmen, da er ja weit weg wohne (in Neukölln), warf er sich in die Brust und meinte: Daß ich mich in ein Taxi setze, wäre unter meiner Würde.

9. Februar 1989, Donnerstag Gestern abend hat mir die phantastisch geschminkte Sissi Sax die Monographie Friedrich Kittlers zur Geschichte der Schreibmaschine, des Films und des Phonographen mit einer Beschreibung und einem Foto von Nietzsches Schreibmaschine darin geschenkt. Seine Schilderung, wie er sich Nietzsches Maschine beschaffte, erinnert am ehesten noch an eine Kriminalstory.

22. Februar 1989, Mittwoch Am Abend zum Konzert im Hebbeltheater. Danach im Theaterbüfett mit György Jovánovics; im Zusammenhang mit dem Streichquartett von Scelsi ein Gespräch darüber, ob es Sinn macht, von von Kunstgattungen zu sprechen, wenn doch sowieso jedes Kunstwerk das gleiche Unergründliche sucht und ausströmt. Gleichzeitig beobachteten wir die Kellner, wie sie Batterien von Sektflaschen öffneten. Mit der Zeit wurde allmählich alles uferlos; Jován flirtete mit einem Mädchen hinter dem Ausschank, mir machte eine ältere Frau den Hof. Das Theater fing an, seine Theaterhaftigkeit zu verlieren.

23. Februar 1989, Donnerstag Am Abend ein Konzert des Arditti-Streichquartetts, wieder im Hebbeltheater. In der Pause unterhielt ich mich mit Axel Matthes, der am Vormittag aus München und vom Flugplatz direkt zu mir gekommen war, zum Essen. Nach dem Konzert aßen wir mit Jován und Marianne Frisch im Restaurant Exil, das die Wiener Aktionisten gegründet hatten, als sie in den sechziger Jahren aus Wien verbannt wurden. Als Marianne über Max Frisch und ihre Ehe zu sprechen begann, wurde ihr Gesicht plötzlich so müde, als steckten zwanzig Kilo Blei in ihr. Je mehr sie trank, desto unnahbarer wurde ihr Gesicht, während sie selbst merkwürdigerweise immer aufgeschlossener wirkte. Es war kein billiger Abend; gefährdet war sogar das Geld, das sich Jován bei dem Philosophen Hannes Böhringer für einen Wintermantel geliehen hatte.

26. Februar 1989, Samstag Abends mit Marianne Frisch im Literarischen Colloquium am Wannsee. Während der Lesungen beobachtete ich, wie sie vor Nervosität vibrierte, was im absoluten Mißverhältnis zur Gelassenheit ihrer Gesichtszüge stand. Später ein Gespräch mit Cees Nooteboom, der sich mit andere aussperrender, ausschließlich mir geltender Freundlichkeit an mich wandte. Nach Mitternacht machten wir uns zu dritt auf den Heimweg; mit Marianne unterhielt ich mich noch lange vor ihrem Haus. Aus irgendeinem Grund waren wir uns über nichts einig; das ärgerte uns beide, was wir mit erhöhter Freundlichkeit zu überdecken versuchten. Später ging ich den Kurfürstendamm entlang; ich genoß das natürliche Gewimmel, das vielleicht dem ungewöhnlich milden, fast frühlingshaften Wetter zuzuschreiben war.

5. März 1989, Sonntag Am Vormittag mit Jován am Wannsee, an Kleists Grab. Das unerhörte Verlangen nach dem Absoluten und der unfaßbaren Perfektion, das seinen Worten entströmte, hat sich allmählich auch auf die Landschaft gelegt; die muskulösen Ruderer in ihren Booten wirkten für eine Weile, als wären sie allesamt Alter egos von Kleist. Am Nachmittag beim Komponisten Zoltán Jeney, der unerwartet ins Klagen kam und erzählte, wie ein Taxifahrer ihn zu demütigen versucht hatte, weil er Ungar sei. Das Klagen bezog sich nur indirekt auf den Taxifahrer; diesem sanftesten Menschen, den man sich denken kann, war seine Bestürzung anzumerken, daß man ihn zwang, negative Emotionen nachzuvollziehen. Während er über den Taxifahrer sprach, hatte ich das Gefühl, Berlin selbst habe ihn gekränkt.

6. März 1989, Montag Spät am Abend saß im Bus ein Schwarzer auf der Nachbarbank. Er summte vor sich hin, und ich hatte das gleiche Gefühl wie Monate vorher, ebenfalls im Oberdeck, als ich einem anderen Schwarzen zuhörte. Wieder war es das Barbarische, was mich gefangennahm. Am Adenauerplatz gab es wegen eines Unfalls einen Stau; die Leuchten der Rettungs- und Feuerwehrwagen blinkten schon von weitem. Ich erhob mich ein wenig, um hinauszusehen, der Schwarze gleichfalls, dabei begegneten sich für einen Moment unsere Blicke. Das merkwürdige Licht, das in seinen Pupillen – oder eher in dem unwiederholbaren und aufzeichenbaren Spalt, zu dem sich die Lider verengten – aufblitzte, suggerierte mir, den Unfall da draußen habe er verursacht.

7. März 1989, Dienstag Am Nachmittag las ich meinen Töchtern Wilhelm-Busch-Geschichten vor. Ziemlich spät erst fiel mir auf, daß ich versuchte, die schauderlichen, unangenehmen Pointen der Geschichten mit Hilfe meines Tonfalls harmloser zu gestalten, als sie eigentlich waren. Die Geschichten waren mir peinlicher als ihnen, die sie gestern nachmittag in der Autorenbuchhandlung entdeckt hatten, während ich in der soeben erschienenen *Justine* und *Juliette*-Ausgabe des Marquis de Sade blätterte – mindestens so gespenstisch und märchenhaft wie Wilhelm Busch! –; während ich ihre unverständliche und merkwürdige Hinneigung zu diesem durch und durch berlinischen Buch beobachtete, schien mir, ich müßte sie nicht nur vor Busch, sondern auch vor Berlin schützen. In der Nacht, in Zehlendorf, verfuhr ich mich. Als ich später durch die Onkel-Tom-Straße und den Grunewald fuhr, kam es mir vor, als führe ich am Nordufer des Plattensees entlang, von Keszthely in Richtung Badacsony, nachts, auf dem Heimweg aus Gombosszeg, von Péter Nádas, der mich hier in Berlin einen Augenblick vor einer ähnlichen Irrfahrt ein Orientierungsgenie genannt hatte. Die gleiche Dunkelheit und Menschenleere, und doch auch das gleiche Gefühl von Heimischsein, das der Rest des Heimischseins vor der Fahrt war.

9. März 1989, Donnerstag Am Abend besuchte ich mit Joachim Sartorius einen Vortrag im Wissenschaftskolleg; ich hatte schon lange zwei Leute treffen wollen, und bisher war es mir nicht gelungen. Neben mir saß eine ältere Dame, ich beobachtete den Glanz ihrer Strümpfe. Das

Warten, wann sie die Beine bewegen und das Licht dann in einem anderen Winkel darauf fallen würde, nahm mich so gefangen, daß ich auf den Vortrag nicht sehr achtete. Statt die Bekanntschaft der Leute zu suchen, die ich kennenlernen wollte, ging ich die Königsallee entlang davon. Vielerlei drängte in mir empor, aber als ich zu ergründen versuchte, was es war, das mein Inneres mit solch spannungserregendem Enthusiasmus ausfüllte, fand ich nichts. Vielleicht nur *das* Nichts. Den Nachmittag hatte ich mit dem Nichts verbracht, und jetzt forderte es in Gestalt von Leidenschaft seine Rechte. Durch die dunkle und stille Straße schlendernd wollte mir scheinen, ich sei nicht völlig identisch mit mir selbst; es war, als lauerte in mir auch ein vollkommen unbekanntes Wesen, das noch leben wird, wenn ich längst nicht mehr bin, und das dann andere mit Leidenschaft oder Ekel erfüllen wird. Davon empfand ich den Tod als nahe; aber statt mich zu fürchten, dachte ich an ihn mit einer Gleichgültigkeit, die ich selbst nicht verstand.

10. März 1989, Freitag Am Abend verabschiedeten wir uns im Atelier am Käuzchensteig von Jován, der morgen nach Hause fährt. Wir tranken eine Flasche stark gewürzten griechischen Wein, hörten das Scelsi-Streichquartett und Schuberts C-Dur-Quintett von Kassetten und betrachteten dabei die farbigen Reliefs. Selten im Leben haben mir Kunstwerke einen solchen *sinnlichen* Genuß bereitet wie diese an die Wand gelehnten Plastiken; ich war mir völlig sicher, daß allein diese restlose Sinnlichkeit den Weg zu dem eröffnen kann, was jenseits allen sinnlich Wahrnehmbaren ist. Wir waren fröhlich und gesprächig, aber zuletzt wurde ich traurig.

11. März 1989, Samstag Am Abend im Kreuzberger Kino Sputnik ein Dokumentarfilm über die Happenings der sechziger Jahre. Danach mit dem Wagen zur Potsdamer Straße, weiter durch die Straße des 17. Juni zur Wilmersdorfer Straße und dann in die Behaimstraße. Ich suchte die Transvestitenbar Lützower Lampe, von der mir in Budapest Péter Esterházy erzählt hatte. Ich fand sie auch, aber was ich betrat, war ein stilles, zurückhaltendes, ein wenig langweiliges Café. Dennoch war ich nicht enttäuscht; schon bevor ich aus dem Auto stieg, hatte ich das Gefühl gehabt, in dieser Straße würde ich die angenehmsten Minuten der letzten Monate verbringen. Hier fand ich zum erstenmal die unverfälschte Stimmung vor, die ich von Berlin schon vor meiner Ankunft erwartet hatte; und das war keine Nostalgie gegenüber der Vergangenheit, sondern Genuß der absoluten Gegenwart. Alte Mietshäuser, beleuchtete Fenster, wohltuend vernachlässigte Auslagen und Stille – alles wirkte verlockend anheimelnd. Ich spürte, daß ich hier nicht zu lange bleiben durfte, deshalb ging ich schnell zur Otto-Suhr-Allee und dann zurück zum Wagen, um durch die Wilmersdorfer Straße nach Hause zu fahren.

12. März 1989, Sonntag Nachts um halb zwölf stand an der Bushaltestelle ein mittelgroßes Mädchen mit kurzem kastanienbraunem Haar, in einem Lederjäckchen, mit der gesunden Gesichtsfarbe einer Skandinavierin, die Lippen von der Sonne ausgelaugt. Der Bus kam, ich stieg hinter ihr ins Oberdeck und erblickte dort ein anderes Mädchen, etwas älter als sie, aber im Gesichtsschnitt und besonders im Blick dieser gespenstisch ähnlich. Nach ein paar Minuten eilte die Ältere, wie angezogen von der Ähnlichkeit, nach vorn und setzte sich neben die Jüngere. Sie küßten sich, vertraut und erfreut, die Jüngere legte der Älteren den Arm um den Hals, und sie unterhielten sich lachend. Später zog die Jüngere ein Papiertaschentuch hervor und zerriß es, und beide schnaubten sich die Nase. Sie stiegen zusammen aus; sie verbreiteten eine so wohltuende Stimmung, daß ganz Berlin aufatmete.

13. März 1989, Montag In der Nacht bin ich im Traum heim nach Ungarn gereist. Von dem Traum blieb am deutlichsten das Bild der Budapester Gehwege: der schmutziggraue Asphalt, der hier und da aufgebrochen ist wie ausgetrockneter Käse. Dieses Gehwegbild verfolgt mich schon seit Monaten, an Berlin gemessen bedeutet es das Zuhause. Die Berliner Gehwege sind nicht asphaltiert. Sie sind gepflastert, mit Granitplatten oder mit kleinen Basaltwürfeln ausgelegt – um das zu machen, benötigt man eine Geduld, wie sie in Ungarn seit Jahrzehnten unbekannt ist. Ich sah einen Gehweg, der aus sieben Streifen bestand, selbstverständlich alle aus natürlichem Material. Solche Gehwege sind nicht nur eine Pracht – Berlin ist die Stadt der Gehwege –, sondern auch praktisch: sie werden nicht schmutzig, zumindest nicht so wie Asphaltwege. Als vorigen Monat Miklós Mészöly hier war, sagte er in einem anderen Zusammenhang, natürliches Material widerstehe dem Schmutz. In der Tat, ein dörflicher Erdweg ist nie schmutzig. Die Budapester Gehwege aber sind Brutstätten widernatürlichen Schmutzes, bedeckt mit Unrat, Staub, Ölflecken und versteinertem Schmutz unbekannter Herkunft – Terrain für einen Spießrutenlauf.

6. April 1989, Donnerstag Um dreiviertel elf am Abend machte ich mich auf den Weg zur Grunewalder Delbrückstraße 23, um mir Walter Benjamins einstigen Wohnsitz anzusehen. Der Wind war außergewöhnlich stürmisch, und in der Hubertusallee gab es einen Augenblick, da hätte ich fast kehrtgemacht. Beim Rauschen der riesigen Kiefern war mir, als wäre das Meer sehr nahe. Ortsnamen fielen mir ein: Markgrafenheide, Graal-Müritz, Warnemünde, Bad Doberan, Bergen, Juliusruh, Saßnitz, Altenkirchen. Sie fügten sich zusammen zu einem einzigen Ort – einer Siedlung an der See, die auf keiner Karte verzeichnet ist und doch deutlicher als alle bestehenden meine Sehnsüchte und Gedanken in bezug auf das Meer verkörpert. Zwischen den Villen des Grunewalds spazierend hatte ich das Gefühl, ich spazierte immer tiefer in mein Inneres, in meine Vergangenheit hinein. So war ich an der Ecke der Bismarckallee und der Delbrückstraße nicht weiter überrascht, als ich angesichts der schwach beleuchteten Fenster einer Wohnung sofort dachte, daß ich nach dreißig Jahren nun wieder genau das gleiche Lampenlicht bemerkte, das ich abends in der Wohnung meiner Großeltern erlebt hatte. Das gleiche sonderbare Licht. Zu schwach, um freundlich zu wirken, gleichzeitig aber auch nicht ungemütlich. Bei solchem Licht war ich eingeschlafen, während sich die Großeltern an einem Tisch über unverständliche Dinge unterhielten, in diesem Licht hatten die neben dem Bett aufeinander getürmten Paradekissen eigenartige Schatten geworfen, dieses Licht war auf ein großes, mich immer befremdendes Foto gefallen, das wie ein Gemälde an der Wand hing und das meinen Urgroßvater zeigte, den ich dennoch nie als Verwandten empfinden konnte; dieses Licht hatte mich abgeschirmt von der Dunkelheit draußen, aber auch verhindert, daß ich mich völlig heimisch fühlte; und lange war mir dieses Licht in den Sinn gekommen, wenn ich an den Tod dachte – genauer, an den Sarg, den sich Großmutter noch vor ihrem Tod gerne gekauft hätte. Kann es sein, daß das Licht schon da aus jenem späteren Sarg sickerte? Dann vergaß ich das Licht; und erst jetzt, Jahrzehnte später, lebte es wieder auf in mir, gerade als mich das Heulen des Windes und das Rauschen in den Baumkronen an alte Kindheitssehnsüchte erinnerte. Verknüpft der Tod alle Erinnerungen und Wünsche? Ist er das unsichtbare Bindemittel, das das weitverzweigte, labyrinthartige Leben dennoch so einheitlich gestalten kann und das gewährleistet, daß ich wirklich *ich* bin, ein einmaliges, einzelnes und endliches Wesen, das aus einem einzigen Stoff geknetet ist, obgleich seine Wünsche es in die unterschiedlichsten Richtungen und Gegenden treiben, wo mal dies, mal jenes es fesselt, bis es letztlich den widersprüchlichsten Hoffnungen und Träumereien zum Opfer fällt? Habe ich die Einheit meines Lebens dem nie gesehenen Tod zu verdanken? Und sorgt genau der für die Einmaligkeit dessen, was er dann auch wieder aufhebt? Später bekam ich starke Kopfschmerzen, und ich dachte, möglich, daß ich bald sterbe. Als ich an dem leeren Grundstück vorbeiging, wo Walter Benjamins zerbombtes Wohnhaus gestanden hatte, wollte mir scheinen, das größte Geschenk Berlins sei gerade seine Fremdheit, seine Uneinnehmbarkeit: endlich ein Ort, der nicht zuläßt, daß ich mich vergesse, der mich wieder und wieder, in den am wenigsten erwarteten Augenblicken, zu mir selbst zurück lenkt und so verhindert, daß ich mich in irgendeine Illusion des Zuhauseseins einmauere.

NACHWEISE

I.

Ein Foto aus Berlin (Sprache im technischen Zeitalter, 120/1991 Dezember).

II.

Ich bin ich – für mich – und zugleich Du – für andere (Schriftliche Version eines Vortrages, gehalten beim Symposium *Neue Heimaten – neue Fremden* der Wiener Festwochen im »Theater im Künstlerhaus«, Wien, 24.–26. Mai 1991. Auf deutsch zuerst: Der Pfahl. Ein Jahrbuch, VI. München, 1992).

Anlehnung durch Ablehnung (Schriftliche Version eines Vortrages, gehalten am Symposium *Literatur und nationale Identität,* organisiert durch die Stiftung Niedersachsen, Osnabrück, 26.–28. November 1993. Zuerst erschienen: Der Pfahl. Ein Jahrbuch, VIII. München, 1994).

Die Schule (Deutsche Menschen von W. Benjamin).

An der Grenze zwischen Vergangenheit und Zukunft (Zuerst erschienen in: *Der Potsdamer Platz. Eine Geschichte in Wort und Bild,* Nishen Verlag, Berlin, 1991).

Perspektiven der Freiheit (Umgearbeitete Version eines Nachwortes zu Jot Es: *Kleiner Idiotenführer durch ganz Deutschland,* Matthes & Seitz, München, 1991).

Aufklärung um jeden Preis (In: Der Pfahl. Ein Jahrbuch, IV. München, 1990).

Masken der Machtgier.

III.

Die Last der Heilssuche (Der Pfahl. Ein Jahrbuch, V. München, 1991).

Im Zauber der Reichsschönheit (Der Pfahl. Ein Jahrbuch, VI. München, 1992).

Architektur des Untergangs.

Schindlers Liste: Der diskrete Charme der Aufklärung (Der Pfahl. Ein Jahrbuch, VIII. München, 1994, erweiterte Version).

»Große Wahrhaftigkeit« – Imre Kertész: Roman eines Schicksallosen.

Deutsches Leid.

Verwirrung der Gefühle.

IV.

Aus den Tagebüchern, Berlin, 1988–89.

Matthes & Seitz

André Masson: Antonin Artaud

Antonin Artaud

Antonin Artaud
Mexiko
Die Tarahumaras.
Revolutionäre Botschaften. Briefe.
Mit einem Essay von Luis Cardoza y Aragón. Aus dem Französischen übersetzt von Brigitte Weidmann und Bernd Mattheus. 382 Seiten, Abbildungen, gebunden mit Schutzumschlag, DM 49,80 (Batterien, 47)
(ISBN 3-88221-259-4)

Antonin Artaud
Van Gogh, der Selbstmörder durch die Gesellschaft und Texte über Baudelaire, Coleridge, Lautréamont und Gérard de Nerval
Aus dem Französischen übersetzt von Franz Loechler. Nachwort Elena Kapralik. Erweiterte Neuauflage, 160 Seiten, Bildteil.
Englische Broschur, DM 39,80
(ISBN 3-88221-200-4)

Antonin Artaud
Surrealistische Texte
Herausgegeben und übersetzt von Bernd Mattheus. 168 Seiten, Bildteil.
Englische Broschur. DM 28,–
(ISBN 3-88221-227-6)

Antonin Artaud
Briefe aus Rodez – Postsurrealistische Schriften
Aus dem Französischen von Franz Loechler und mit einer Marginalie von Bernd Mattheus.
204 Seiten, 5 Bildseiten.
Englische Broschur.
DM 34,–
(ISBN 3-88221-208-X)

Antonin Artaud
Schluß mit dem Gottesgericht – Das Theater der Grausamkeit. Letzte Schriften zum Theater.
Aus dem Französischen übersetzt von Elena Kapralik.
152 Seiten.
Englische Broschur. DM 39,80
(ISBN 3-88221-211-X)

Antonin Artaud
Briefe an Génica Athanasiou
Herausgegeben und übersetzt von Bernd Mattheus.
260 Seiten, 35 Bildseiten.
Gebunden mit Schutzumschlag.
DM 49,80 (Batterien, 42)
(ISBN 3-88221-252-7)

Antonin Artaud
Frühe Schriften
Herausgegeben und übersetzt von Bernd Mattheus.
188 Seiten, 12 Bildseiten,
Englische Broschur.
DM 29,80
(ISBN 3-88221-220-9)

Elena Kapralik
Antonin Artaud (1896–1948) Leben und Werk des Schauspielers, Dichters und Regisseurs.
Batterien, 3. 488 Seiten mit 58 Abbildungen. Broschur. DM 68,–
(ISBN 3-88221-202-0)

Georges Bataille

Georges Bataille
Die Literatur und das Böse
Aus dem Französischen übersetzt von Cornelia Langendorf. Mit einer Studie von Gerd Bergfleth und mit einem Beitrag von Daniel Leuwers.
248 Seiten, Pappband mit Schutzumschlag.
DM 46,–/sFr. 46,–/öS 359,–
(ISBN 3-88221-230-6)

Georges Bataille
Die psychologische Struktur des Faschismus. Die Souveränität
Aus dem Französischen von Rita Bischof, Elisabeth Lenk, Xenia Rajewsky. Herausgegeben von Elisabeth Lenk.
Nachwort Rita Bischof.
120 Seiten. Englische Broschur.
DM 34,–/sFr. 34,–/öS 265,–
(ISBN 3-88221-207-1)

Georges Bataille
Die Tränen des Eros
Aus dem Französischen übersetzt und herausgegeben von Gerd Bergfleth. Mit bisher unveröffentlichten Briefen Batailles.
260 Seiten mit 240 Abbildungen. Gebunden.
DM 68,–/sFr. 68,–/öS 531,–
(ISBN 3-88221-216-0)

Georges Bataille
Die Aufhebung der Ökonomie
Der Begriff der Verausgabung.
Der verfemte Teil.
Kommunismus und Stalinismus.
Die Ökonomie im Rahmen des Universums.
Aus dem Französischen von Traugott König, Heinz Abosch und Gerd Bergfleth. 304 Seiten, Englische Broschur.
DM 48,–/sFr. 48,–/öS 375,–
(ISBN 3-88221-225-X)

Georges Bataille
Das Blau des Himmels.
Aus dem Französischen übersetzt von Sigrid von Massenbach und Hans Naumann. Mit einem Prolog von Marguerite Duras und einem Anhang von Bernd Mattheus.
232 Seiten, gebunden mit Schutzumschlag,
DM 36,–/sFr. 36,–/öS 281,–
(ISBN 3-88221-763-4)

Georges Bataille
Abbé C. Roman
Mit einem Prolog von Maurice Blanchot und einem Kommentar von Bernd Mattheus.
Aus dem Französischen übersetzt von Max Hölzer.
256 Seiten, gebunden mit Schutzumschlag,
DM 33,–/sFr. 33,–/öS 258,–
(ISBN 3-88221-770-7)

Georges Bataille
Die Erotik
Herausgegeben und übersetzt von Gerd Bergfleth.
400 Seiten, 20 Bildtafeln, gebunden mit Schutzumschlag,
DM 78,–/sFr. 78,–/öS 609,–
(Batterien, 43)
(ISBN 3-88221-253-5)

Bernd Mattheus
Georges Bataille.
Eine Thanatographie. Band I: Chronik 1897–1939
464 Seiten. 120 Abbildungen. Englische Broschur.
DM 98,–/sFr. 98,–/öS 765,–
(ISBN 3-88221-222-5)

Bernd Mattheus
Georges Bataille.
Eine Thanatographie. Band II: Chronik 1940-1951
400 Seiten, zahlreiche Abbildungen. Gebunden mit Schutzumschlag.
DM 98,–/sFr. 98,–/öS 765,–
(Batterien, 32)
(ISBN 3-88221-224-1)

László F. Földényi
Abgrund der Seele. Goyas *Saturn*.
Aus dem Ungarischen übersetzt von Hans Skirecki.
Ca. 250 Seiten, zahlreiche Abbildungen, gebunden mit Schutzumschlag, ca. DM 48,–/sFr. 49,–/öS 375,– (Batterien, 52)
(ISBN 3-88221-267-5)

Der unlängst von *Cees Nooteboom* in der FAZ gerühmte ungarische Essayist László F. Földényi legt sein neues, spannend zu lesendes Buch vor, das 1993 in Ungarn erschienen ist.
Der Spanier Goya ist einer der größten Künstler der Neuzeit.
In fast allen Goya-Monographien werden Ortega y Gassets Ansichten über den großen Maler Goya nachgeplappert, der seine Ausführungen zu Goya zu schnell beendete und viele Probleme einfach nicht erwog.
Goya war nicht nur ein zeitkritischer Maler, sonst würde sich heute kein Mensch für ihn interessieren (abgesehen von Kunsthistorikern). Nicht daß der Zwiespalt zwischen Volk und Aufklärung für Goya nicht existierte, aber dieser Zwiespalt ist selbst ein Zeichen tieferen Zwiespaltes: jenes der christlichen Kultur, die spätestens seit dem 18. Jahrhundert den Sinn für das Heilige verloren hat, wobei sie selbst doch auf die Idee des Heiligen gegründet ist. Dieser Zwiespalt kann einen, wie Goya, in den Wahnsinn treiben. (Wegen politischer Probleme wird niemand wahnsinnig.) Auch heute hat das seine Gültigkeit nicht verloren.
Kurztext: Földényi sieht ganz Neues; er schaut die Bilder des genialen Malers Francisco José de Goya y Lucientes (1746–1828) ohne irgendeine ideologische Brille.

Weitere Bücher des Autors László F. Földényi, die lieferbar sind: »Melancholie«; »Caspar David Friedrich. Die Nachtseite der Malerei.«
In den einzelnen Jahrbüchern »Der Pfahl« sind etliche Essays zu unterschiedlichen Themen aus der Feder L. F. Földényis erschienen.

László F. Földényi